†

'검은 그림' 시리즈 중에는 색다른 그림 한 점이 있다.
〈물살을 거슬러 오르는 개〉라든가 〈모래에 묻히는 개〉라고
불린다. 보기에 따라서 있는 힘껏 급류를 헤엄쳐 건너는 것
같기도 하고, 개미지옥의 흘러내리는 모래에 삼켜져 어찌할
도리가 없는 듯 보이기도 한다.
물론 이 개는 고야 자신이다.
하지만 그때 나는 이 개는 나야, 라고 생각했다.

‡

진보는 반동을 부른다. 아니, 진보와 반동은 손을 잡고 온다.
역사는 때로 힘찬 물살처럼 빠르게 흐르지만 대개 기운이
빠질 정도로 느리다. 그리고 갔다가 되돌아왔다가 하는
그 과정의 국면마다 희생은 차곡차곡 쌓여 가야만 한다.
게다가 희생이 가져다주는 열매는 번번이 낯 두꺼운
구세력이 가로채 간다.
하지만 그 헛수고처럼 보이는 희생 없이는 애당초 어떤
열매도 맺지 않는다. 그것이 역사라는 것이다. 단순하지도
직선적이지도 않다.

―「모래에 묻히는 개」, 『나의 서양미술 순례』에서

프란시스코 데 고야, 〈개(모래에 묻히는 개)〉,
1819~23년, 석고 벽에 유채(현재 캔버스에 유채), 131.5×79.3cm,
프라도미술관 소장.

어둠에 새기는 빛
서경식 에세이 2011-2023

어둠에 새기는 빛

서경식 에세이 2011–2023

일러두기

1. 이 책은 서경식이 2011년 9월~2013년 2월, 2015년 7월~2023년 7월 '서경식의 일본통신',
   '특별기고', '서경식 칼럼'이라는 연재명으로 『한겨레』에 기고한 72편의 칼럼에 아래의 9편을
   더해 총 81편의 글을 엮은 것이다.
   - '디아스포라의 눈' 제하의 과거 『한겨레』 연재 칼럼(2007년 5월~2011년 8월) 중 기존 출
     간 도서 미수록작: 「'국어 내셔널리즘'을 극복하라」, 「여름의 끝자락에 걸린 몰락의 그림자」,
     「'기억의 싸움'은 계속된다」, 「불의에 순응하지 않은 미술의 힘」
   - 정규 연재 이외의 『한겨레』 기고: 「기묘한 평온, 공황의 다른 모습」, 「온몸에 박힌 기억이 죽
     는 날까지 그를 고문하리라」, 「감옥의 형에게 넣어 준 시집」
   - 타 매체 기고: 「파도에 휩쓸려 간 흔적」(디아스포라영화제 10주년 기념 도서 『환대의 순간
     들』, 인천영상위원회, 2023), 「피서지에서의 일」(『SPO Magazine』, 재단법인 서울시립교향
     악단, 2012년 9월 호)
2. '서경식 칼럼' 중 「죽음의 산들」(2016년 3월 31일), 「선한 미국」(2016년 5월 19일)은 기존
   출간 도서(『나의 미국 인문 기행』, 반비, 2024)와 내용 및 구체적 문장 표현이 중복되는 관계
   로 이 책에는 수록하지 않았다.
3. 『한겨레』 게재 시 지면의 한계로 인해 부분적 삭제가 있었던 41편은 복원해 수록했다.
4. 각 칼럼의 제목에 딸려 표기된 날짜는 『한겨레』 인터넷판의 게재일을 가리킨다.
5. 단행본의 제목이나 정기간행물의 제호는 『 』로, 논문·기사·시·강연 원고 등 개별 문헌의 제목
   은 「 」로, 전시명은 《 》로, 미술·영화·음악·방송 등의 작품명은 〈 〉로 묶어 표기했다.
6. 인용문 중 [ ] 안의 문구는 인용자(서경식)가 삽입한 것이다.
7. 본문의 모든 각주는 옮긴이의 것이다.
8. 독자의 이해를 돕기 위해 몇몇 칼럼의 끝머리에는 해당 칼럼이 다루는 주제·인물에 관한 저자
   서경식의 좀 더 구체적인 논의를 소개했다.

차례

chapter 1.

노년의 초상

노년의 초상

내 안에서 자라나는
'늙음이라는 타자'와
끈기 있게 사귀고
대화해 나갈
작정이다.

체감
시간

2012년 5월 2일

'체감 시간'이라는 말을 떠올리고 있다. 이런 말이 실제로 있는 것인지는 모르겠다. '체감온도'는 온도계가 표시하는 온도와는 별개로 사람이 느끼는 온도를 가리킨다. '체감 시간'은 거기서 나온 연상으로, 시계나 달력상으로는 같은 시간일지라도 사람에 따라 그것이 빠르다거나 느리다며 다르게 느끼는 걸 말한다.

나는 요즘 '체감 시간'이 무척 빠르다. 모든 게 순식간에 지나가는 느낌이다. 그것은 인생의 끝이 무서운 기세로 다가오고 있다는 느낌이기도 하다. 그렇지만 그래서 두렵다거나 슬프다는 이야기는 아니다.

나는 원래 신슈信州(나가노현)의 고원에 자그마한 산장을 갖고 있었는데, 이번 봄에 고도가 조금 낮은 곳으로 옮겼다. 그래도 해발 1,200미터 정도는 된다. 숲속의 작은 집이다. 이제부터는 이곳에서 지내는 시간이 늘어날 것이다. 하지만 그 시간은 순식간에 지나가리라.

이 계절이 되도록 집 주변에는 눈이 수십 센티미터나 쌓여 자동차를 주차할 수 없을 정도였다. 도로가 꽁꽁 얼어 스노타이어를 장착해도 세심한 주의를 기울이며 천천히 운전할 수밖에 없었다. 그랬던 것이 바로 엊그제 같은데 지금은 나무들이 일제히 새싹을 틔우고 매화, 복숭아, 벚꽃, 개나리, 진달래, 수선화 등 색색의 꽃들도 피었다. 순백이던 야쓰가타케八ヶ岳 연봉(해발 2,899미터의 최고봉을 비롯한 8개의 고봉이 늘어선 산)은 산꼭대기 부근에만 곳곳에 잔설이 남아 있다. 저 추웠던 겨울은 한바탕 꿈이었던가. 아니면 지금 내 눈앞에 펼쳐진 풍경이 꿈인가. 흡사 여우에 홀린 것 같다.

나는 지금까지 책을 버린 적이 없다. 그런데 얼마 전부터 연구실 정리에 들어가 작심하고 책을 일부 버리기로 했다. 이 역시 '체감 시간' 때문이다. 정년이 되면 연구실을 비워 줄 수밖에 없어 그곳에 난잡하게 쌓여 있는 책들을 내가 치워야 한다. 정년을 맞이하는 모든 동료가 이 문제로 골머리를 앓는다. 책을 치워도 마땅히 둘 곳이 없기 때문이다. 도서관에 기증하면 되지 않느냐는 건 실정을 모르는 생각이다. 우선 그런 제의를 환영하는 도서관이 없다. 정리와 소장에는 비용이 들기 때문이다. 몇 해 전까지는 내게 남은 시간에 대한 현실감이 없었다. 언젠가는 읽어 봐야지 하는 심정으로 산 책들이 잔뜩 쌓여 있다. 하지만 문득 생각이 나서 지난 1년간 제대로 읽은 책을 떠올려 보니 몇 권 되지 않는다. 연구실과 집에 있는 책을 내가 다 읽는다는 건 이제 불가능하다. 그것을 인정할 수밖에 없다.

글을 쓰는 것도 마찬가지다. 책을 읽을 수 없게 되어 입력되는 정보는 점점 줄어든다. 게다가 장시간 컴퓨터 화면을 바라보고 있으면 눈이 흐려지고 머리가 아파 와 오래 앉아 있을 수가 없다. 만일 이대로 남은 인생을 큰 문제 없이 보낼 수 있다고 하더라도 앞으로 많아야 열 권 정도 쓸 수 있지 않을까.

연구실의 책을 버린다지만 여전히 미련이 남아 학생들에게 가져가라고 이야기하기도 한다. 막상 책을 처분하려니 쉽지 않다. 오래된 책을 정리할 작정이었지만 1970~80년대에 손에 넣은 책들은 귀중하다. 학생들과 이야기하다 보면 쓸데없이 그런 느낌이 든다. 내게는 현실의 기억과 얽힌 일들이 그들에게는 먼 과거의 일이다. 예컨대 베트남 전쟁이나 한국의 민주화 운동이 그렇다. 그들과 이야기하면서 당시 읽었던 책을 책장에서 꺼내 한 구절 읽어주기도 한다. 읽은 뒤 문득 깨닫고 보면 그 책은 30~40년 전에 입수한 것이다. 학생 시절의 나에게 누군가 해방(일본에서는 종전終戰이라 한다) 전의 책을 읽어 주는 격이다. 학생 시절의 나는 내 앞에 놓인 시간에 끝이 있다는 걸 개념상으로는 이해하고 있었지만 그게 현실이라는 건 느끼지 못했다. 오히려 언제까지고 끝없이 이어지는 인생을 상상하고는 조바심을 쳤다. 젊은이와 노인의 '체감 시간'에는 그만큼 차이가 있다.

그런데 여기까지는 그다지 새로운 이야기가 아닐 것이다.

많은 사람이 이 이야기를 '그래서 젊은이에게는 미래가 있다'는 식의 낙관적인 방향으로 받아들이지 않을까. 하지만 내가 생각하는 건 그 반대다. 노인이 된 내 경험과 감각이, 시간은 얼마든 넘쳐 난다고 생각(착각)하는 젊은이들에게 잘 전달되지 않는 데 대한 안타까움이다.

내가 젊었을 때 일본 사회는 물론 문제투성이였지만, 그래도 많은 보통 시민이 군국주의에 대한 혐오와 경계심을 공유하고 있었다. 고미카와 준페이五味川純平라는 소설가가 쓴 『인간의 조건』(1956~60)이라는 작품이 베스트셀러가 되어 영화나 텔레비전 드라마로도 크게 히트했다. 그 내용은 병역면제의 특권을 따내기 위해 만주의 광산 회사에 부임한 양심적인 일본인 청년이 중국인과 조선인을 학대·혹사하는 회사의 방침과 국책 사이에 끼여 고뇌하는 이야기다. 청년은 저항하는 중국인 노무자들이 헌병의 손에 차례로 참수당하는 클라이맥스에서 마침내 소리치며 그것을 저지하려 한다. 그 때문에 헌병대에서 고문당하고 병역면제의 특권을 빼앗겨 최전선으로 내쫓긴다. 침략당한 민족의 시각으로 보면 불충분한 점이 많지만, 실로 전쟁의 한복판에서 '인간의 조건'을 일본인 스스로 자문한 작품이라 할 수 있다.

"여러분도 잘 아는 영화 〈인간의 조건〉에 그려져 있듯이……." 나는 학생들에게 무심결에 말을 꺼내지만, 영문을 모르는 그들은 멍한 채로 듣고 있을 뿐이다. 내게는 어제의 일이지만 지금의 일본인들에게는 '옛날' 이야기일 수밖에 없다. 수많은 일본인과 그 몇 배는 될 아시아인들이 피 흘려 쌓아 올린 유산은 이제 거의 사라져 버렸다.

원자력발전소 사고 처리나 소비세 도입 논란을 둘러싸고 일본 정계가 혼란에 빠졌다. 이 틈을 타 자민당은 개헌 초안을 발표했다. 천황을 국가 원수로, 히노마루(일장기)를 국기로, 기미가요를 국가로 삼고, 국군을 보유하고, '공공질서를 해치는 결사'를 금지하고, 총리로 하여금 긴급사태를 선언할 수 있게 하는 그 내용은 전후戰後 민주주의의 성과를 거의 모두 부정하는 것이다. 그럼에도 누구 하나 이를 진지하게 논의하는 사람이 없다. 사람들은 멍한 상태다. '체감 시간'의 낙차가 보수파에게 유리하게 돌아가고 있다.

이 빠진
연초의 소감

2020년 2월 13일

또 이가 빠졌다. 흔들거리던 의치가 빠진 것이다. 지난 10년간 잇따라 치아가 상해 자주 치과를 다녔다. 비용 부담, 시간 소모, 정신적 스트레스는 실로 컸다. "그래서 제때 양치질하라고 전부터 얘기해 왔건만"이라고 아내는 탄식했다. 거기에 뭐라 대꾸할 말은 없지만, 속으로는 이렇게 중얼거린다. "그렇긴 하나 이 나이 되도록 살아 있는 건 내 예정에 없던 일이오……." 사람들은 이런 중얼거림에 기막혀할지도 모르지만, 그것이 내 솔직한 기분이다. 동감할 사람도 웬만큼 있지 않을까.

내 부모님은 모두 60대 초반에 돌아가셨다. 그때 어머니는 이미 모두 틀니였는데, 늘 "너희를 하나둘 낳다 보니 영양분을 빼앗겨 이가 다 빠졌다."라고 하셨다. 내가 어렸을 때는 이가 다 빠진 어른이 드물지 않았다. 나는 교토공예섬유대학 후문 가까이에서 어린 시절을 보냈는데, 그곳의 수위 아저씨는 근처 아이들에게 틀니를 빼내 보이고는 아이들이 기겁해 달아나는 것을 보며 재미있어했다. 당시에는 완전한 노인이라고 생각했지만, 아직 50대였는지도 모르겠다.

나는 1951년생이다. 그해 조국에서는 한국(조선)전쟁이 한창이었다. 사춘기 때는 베트남에서 무자비한 살육이 자행되었다. 대학에 입학했을 무렵 한국은 군사독재의 절정기였고, 두 형은 투옥되어 있었다. 서른 살 이후의 내 모습을 구체적으로 그려보는 것은 불가능했다. 만사가 '임시적인 삶'이었다. 중장기적인 계획을 세우고 인생을 설계하는 건 생각도 할 수 없었다.

쉰 살 가까이 되어 우연히 대학에 취직했을 때 놀랐던 것 중 하나는, 주변 동료들이 정년 때까지의 수입과 지출을 치밀하게 계산해서 은행 대출을 받아 집을 사는 모습이었다. 사회조직 속에 편입된 머조리티(다수자, 주류)의 '안정'이라는 게 이런 것인가 하는 생각을 했다. 어디에서 살고 어떻게 죽을지도 예측할 수 없는데 노후를 대비한 양치질이라니, 무리였다. 이 나이 되도록 어떻게든 살아온 것은 수많은 우연의 결과에 지나지 않는다.

일본에서 태어난 나는 일본 사회밖에 알지 못하면서도, 일본에서 인생 마지막까지 보내겠다는 생각은 하지 않았다. 애당초 일본이라는 나라는 재일조선인을 배제하는 데 여념이 없었다. 우리는 1960년대 말까지 '국민 건강 보험'에도 가입할 수 없었다.

1년 뒤면 나는 만 70세. 정년퇴직이다. 말 그대로 노인이다. 예나 지금이나 스스로 죽고 싶다고 생각한 적은 없지만 오래 살기를 바란 적도 없다. 애당초 장수를 인생 최고의 가치로 여기는 사고방식에 익숙하지 않은 것이다. 살아 있는 것 자체를 가치로 여기는 사고방식은 인생의 자기목적화라 할 수 있다. 인생의 가치는 그런 차원의 것과는 달라야 한다. 사람은 진실, 아름다움, 정의, 공정, 평화 등 개개인의 삶을 넘어선 가치를 위해 살아가는 게 아닐까. 젊은 시절부터 그런 생각이었다.

물론 그 '가치'가 가짜이거나 왜곡된 것인 경우도 많다. 거짓 '가치'가 사람들을 통제하고 지배하는 데에 이용되어 온 역사를 우리는 알고 있다. 그것을 비판하고 그에 맞서 싸울 수 있는 것은 보편적 가치라는 '기준'을 공유해야 한다는 원칙이 존재하기 때문이다. 지금 눈앞에 펼쳐진 것은 그 원칙조차 내팽개쳐진 세계, '기준'이 필요하다는 의식조차 잃어 가는 세계다.

역사의식과 이상을 잃어버린 세계에서는 수단을 가리지 않고 눈앞의 이익만 추구하는 사람들이 큰소리치기 마련이다. 중대한 사고가 났는데도 원전 재가동을 고집하는 사람들, 핵전쟁의 위기가 닥쳤는데도 무기 개발과 판매에 열중하는 사람들, 환경 파괴의 악영향이 이토록 명백해졌는데도 화석연료의 대량 소비를 멈추려 하지 않는 사람들 등이 그 전형적인 사례다. 이런 사람들은 짧은 시간의 척도로 사고하며, 시야는 협소하다. 자신이 살아가는 짧은 시간, 좁은 국가밖에 안중에 없다. 트럼프 정권이나 아베 정권이 이런 사람들을 대표한다.

미국에서는 또다시 대통령 선거가 다가왔다. 지난 선거를 전후해서 나는 몇 번이나 '악몽'의 조짐에 관해 이야기했다. 그 것이 조짐이 아닌 현실이 됐다. 트럼프 대통령의 출현으로부터 어느새 4년 가까운 세월이 흘렀다. 이 짧은 기간에 얼마나 많은 파괴와 상실이 일어났는가. 이스라엘의 팔레스타인 불법 침략과 지배가 트럼프 정권의 강력한 지지 속에 진행되고 있다. 미국은 이란 핵 합의(JCPOA)에서 일방적으로 탈퇴했으며, 새해 초두 이 란의 요인을 공공연히 살해했다. 살기 위해 필사적으로 미국으 로 향하던 중앙아메리카 난민들은 국경에서 입국을 저지당해 다 수가 강제송환되었다. 일본은 천문학적인 가격의 미국제 무기를 아낌없이 사들이면서, 주민들의 반대에도 오키나와 헤노코의 새 미군 기지 건설을 강행하고 있다.

트럼프가 북핵 문제를 '딜'(거래)의 대상으로 삼은 뒤 한반 도의 군사적 위기는 일단 수그러드는 듯 보였다. 나를 비롯한 많 은 사람이 안도했고, 트럼프 정권에 실낱같은 희망을 품기도 했 다. 하지만 냉철하게 현실을 바라보건대 우리는 다시 험난한 앞 길을 예상하고 각오를 다져야 할 듯하다. 전 세계를 향해 횡포를 부리는 정권이 한반도만은 예외로 취급해 줄 것이라고 낙관할 근거가 없기 때문이다.

미국에서는 지난 4년간 무법이 판치는 가운데 트럼프가 지 지 기반을 다졌다. "4년 더!"라는 트럼프 지지자들의 외침은 요 한 복음서에 나오는 "[예수를] 십자가에 매달아라, 매달아라!" 라는 '민중'의 야비한 외침을 떠올리게 한다. 트럼프는 저 혼자

악인인 게 아니다. 히틀러도, 아베도 혼자가 아니다. 주변에 그
들을 뒤따르며 국물을 얻어먹으려 모여드는 자들이 있다. 이성
과 지성이 쇠약해진 세계에서 사람들은 이기적인 이익만을 행동
기준으로 삼는다.

한나 아렌트는 『예루살렘의 아이히만』(1963)에서 '악의 평
범함'이라는 탁월한 고찰을 제시했다. 그것은 막대한 희생의 대
가로 얻은 평화를 위한 고찰이다. 하지만 이 역시 크고 작은 아이
히만들의 끊임없는 출현을 막을 힘이 되지는 못했다. 국회에서
태연히 거짓말을 지껄이는 정치인, 자료를 은폐하고도 부끄러움
을 모르는 관료, 그것을 제대로 보도하지 않는 언론, 그런 상황을
알면서도 멍하니 사고 정지 상태에 빠져 있는 다수의 국민. 일본
사회의 이런 현실을 보고 있노라면 그런 생각이 점점 더 강해진
다. 일본 정부는 저출산 고령화로 인해 정년을 연장하려 하는 한
편으로 의료비나 사회보장비는 억제하려 하고 있다. 켄 로치Ken
Loach(1936~) 감독이 영화 〈나, 다니엘 블레이크〉에서 묘사한
것처럼, 노인과 사회적 약자에게는 지옥이 기다리고 있다.

이 나이까지 살아남았기에 '악몽의 시대'를 목격하게 됐다.
형들이 옥중에 있던 군사정권 시절에 "나는 그저 두 눈 부릅뜨고
이 운명이 어디로 향하는지 속속들이 지켜보라고 스스로에게 명
했다."(『나의 서양미술 순례』) 지금은 이 빠진 무력한 노인이 됐
지만, 30년 전에 한 그 말을 다시 나 자신에게 들려주고 있다. 이
는 그렇다 치고, 눈만큼은 부릅뜨고 지켜볼 작정이다.

은퇴기

2021년 3월 25일

　　이번 칼럼은 사적인 이야기부터 하는 걸 양해해 주시기 바란다. 무슨 일이든 시작하는 것보다 매듭짓는 것이 어렵다. 그렇게 느끼는 나날이 이어지고 있다. 나는 3월 말로 20년간 일해 온 도쿄경제대학에서 정년퇴직한다. 만 70세가 됐다.

　　꼭 20년 전 나는 이 대학에 채용됐다. 그때까지 정규직이 되어 본 적 없던 나는 '인권과 마이너리티(소수자)'라는 신설 과목을 맡게 됐다(나중에 '예술학'도 함께 담당). '인권'을 교과서적으로 가르치지 않고 '살아 있는 마이너리티'로서 현실을 이야기하는 것이 내가 이해한 내 역할이었다.

　　난생처음 연구실이라는 것을 배정받고 이전까지와는 다른 혜택과 대우에 오히려 당혹스러워했던 기억이 난다. 노동조합 간부가 나를 찾아와 노조 가입을 권유했다. 문필가를 지망하는 고립된 비정규직 마이너리티였던 나는 '조합'이 존재하는 조직에 내가 속할 것이라고는 상상도 할 수 없었다. 그것이 많은 재일조선인 앞에 놓인 현실이었다. 지금도 기본적으로는 변함이 없을 것이다.

1974년 '히타치日立 취직 차별 사건'*에 대한 원고 승소 판결 전까지 일본 대기업의 민족 차별은 당연한 것이었으며, 1977년 일본 최고재판소(한국의 대법원)가 김경득 씨의 사법연수생 임관을 인정하기 전까지 일본 내 외국 국적자는 변호사가 될 수 없었다. 또 내가 마흔 살이 된 1991년까지 외국인은 공무원 국적 조항 때문에 일부 기술직을 제외하고는 공립학교 교원이 될 수도 없었다. 그것은 국공립대학에서도 (기술 분야로 분류되는 이공계 분야를 제외하고) 기본적으로는 마찬가지였다. 사립대학의 경우에는 외국인을 채용한 사례가 있었으나 많지는 않았다. 대다수 재일조선인이 영세기업에서 일하거나 요식업, 유흥업 등 자영업에 종사하는 것은 그 때문이다.

부모님이 내게 이공계로 진학하라고 귀에 못이 박히도록 말한 데에는 이런 배경이 있었다. 그러나 나는 부모님 이야기를 듣지 않고, 프랑스 문학이라는 '벌어먹기 어려운' 길을 택했다. 원래 문학을 좋아했기 때문이기도 했으나 그 외에 달리 선택지가 없었던 것도 사실이다. 그럭저럭하다가 언젠가 조국이 통일되고

---

*
1970년 일본식 통명으로 히타치 입사 시험에 합격한 박종석이 외국인이라는 이유로 채용을 거부당한 사건. 박종석은 소송을 제기하여 4년 만에 승소 판결을 받아 히타치에 입사했으며, 2012년 정년퇴직했다.

민주화되면 나 같은 재외 동포도 무언가 보람 있는 일을 찾을 수 있지 않을까 하는 치기 어린 기대도 가지고 있었다. 하지만 모국 유학을 간 두 형이 박정희 군사정권에 의해 투옥되면서 그런 기대에도 찬물을 끼얹었다.

형들이 1980년대 말에 살아서 출옥한 것은 불행 중 다행이었으나 이미 마흔 살에 가까웠던 나 자신의 미래상은 막막하고 불투명했다. 다만 당시에는 고맙게도 형들을 비롯한 한국 정치범에 대한 구명 운동이나 한국 민주화 연대 운동에 공감해 주는 일본인이 많이 있었다. 그중에는 내게 마음을 써 주신 여러 선생님이 있었다. 이 기회에 내가 직접 말씀을 들을 수 있었던 분들의 일부만이라도 존함을 들어 기념하고자 한다(이하 경칭 생략). 목사 쇼지 쓰토무東海林勤(1932~2020), 사상사가 후지타 쇼조藤田省三(1927~2003), 사회학자 히다카 로쿠로日高六郎(1917~2018), 철학자 고자이 요시시게古在由重(1901~90), 역사학자 야마다 쇼지山田昭次(1930~), 시인 이바라기 노리코茨木のり子(1926~2006), 평론가 가토 슈이치加藤周一(1919~2008), 잡지 『세카이世界』(이와나미쇼텐岩波書店 발행)의 전 편집장 야스에 료스케安江良介(1935~98). 이 밖에 실제로 구명 운동에 참여해 주신 분들에 관해서는 일일이 말할 수도 없다. 당시에는 잘 몰랐지만, 이는 지금 일본의 사회 상황에서라면 생각할 수 없는 일이다. 그 시대의 공기가 이후로도 유지되며 커졌더라면 일본 사회는 지금과 같은 모습은 아니었을 것이다.

위에 거명한 분들의 격려와 조언을 들으며 나는 겨우겨우 글을 쓰고 있었는데, 그것이 세상 사람들의 눈에 들게 됐다. 그리고 복수의 사립대학에서 10년 가까이 비상근 강사로 일한 뒤인 1990년대 말 도쿄경제대학이 내게 말을 걸어 온 것이다. 나는 물론 내 행운을 기뻐했지만, 그것이 단순한 '행운'에 지나지 않는다는 것 역시 늘 의식하고 있었다(형들의 투옥이 가져온 결과라고 생각하면 '행운'이라고 말하기도 꺼려진다). 나보다 능력 있고 성실한 재일조선인 동포들이 불합리한 상황이나 불우로 인해 고생을 겪다 찌부러져 가는 모습을 봐 왔기 때문이다.

대학 노조의 가입 권유를 받았을 때 내가 그것을 예상외의 '특권'인 것처럼 느꼈던 데에는 이런 사정이 있다. 하지만 일본 전체로 보면 노조 조직률은 계속 하락하고 있으며 노조 운동의 보수화 경향 역시 멈출 기색이 없다. 이런 이야기를 하는 것은 안정된 기업에 정규직으로 취업할 수도, '조합'에 가입할 수도 없는 사람들이 지금 오히려 늘고 있다는 사실을 잊고 싶지 않기 때문이다. 그 다수는 여성, 재일 외국인, 무언가 핸디캡이 있는 사람들, 즉 '마이너리티'다. 코로나 사태로 실직해 고통받는 사람도 늘고 있다. 여성과 청소년의 자살이 급증하고 있다. 나는 노동조합이 자신들의 권리에 못지않게 마이너리티의 권리에도 민감하기를 바란다.

도쿄경제대학에 재직하며 내가 관여한 여러 행사 중 기억에 남는 것으로 2003년 7월 12일의 특별강연회 〈'교양'의 재생을 위하여)가 있다. 가토 슈이치 씨와 시카고대학의 노마 필드Norma Field 씨를 강사로 초빙해 내가 사회를 봤다. 그 기록은 한국에서는『교양, 모든 것의 시작』이라는 책으로도 간행됐다. 내가 고등학생이었던 1960년대 말, 세계에서는 베트남 전쟁에 대한 반전운동이 한창이었다. 가토 씨는 당시 캐나다의 한 대학에서 교편을 잡으며 북미 지역의 반전운동에 대한 논평을 발표했다. 그에 따르면 학생들이 먼저 반전운동을 시작했으며 교수들은 엉덩이가 무거웠다고 한다. 학문의 문제로서 전쟁을 저지할 가능성을 생각한다면, 그것은 곤란하다는 답밖에 나오지 않기 때문이다. 베트남 농민의 머리 위로 네이팜탄을 퍼붓는 상황에 대해 눈을 감을 것인가 하는 윤리적인 물음, 인간적인 상상력이야말로 사람들로 하여금 운동에 나서게 했다고 가토 씨는 말했다.

그것은 내게 인생의 가치를 '승패'로 결정해서도, 행동의 원리를 '승산의 유무'에 두어서도 안 된다는 귀중한 가르침이 되었으며, 대학 교원 생활을 하는 데에도 중요한 교훈이 됐다. 내가 가토 씨를 비롯한 일본의 '선한 지식인'들로부터 받은 지적 은혜라고 할 수 있다. 나아가 이런 소수의 '선한 지식인'들로부터 또 하나 배운 것이 바로 '관용'의 사상이다.

'관용'이란 자기만족에 빠져 타자를 내려다보며 연민하는 태도가 아니다. 생생한 인간적 관심을 가지고 '다양성'에 마음을 여는 것이다. 일본은 오늘날까지 '다양성'을 받아들이는 관용적인 사회가 되는 데에 실패해 왔다. 이것은 단지 살기 어렵다는 차원의 문제에 그치지 않으며, 일본과 일본인에게 (그리고 세계에도) 매우 위험하기도 하다.

지금 세계를 뒤덮은 불안은 '코로나 사태'만이 아니다. 나는 얼마 전 뉴스에서 미얀마군이 자국 시민들을 폭행하는 장면을 보고 반사적으로 생각했다. '아, 이건 광주다.' 다친 시위대를 구조하려던 구급대원 세 명을 군인들이 구급차에서 끌어 내려 곤봉과 총대로 마구 두들겨 패는 장면이었다. 그 구급대원들은 어떻게 됐을까. 목숨은 건졌을까. 그 뒤의 일은 모른다. 이런 무도한 폭력이 미얀마뿐 아니라 홍콩, 태국, 벨라루스, 러시아 등지에서 일상적으로 되풀이되고 있다. 정치 폭력이 '역병처럼' 세계에 만연해 있다. 도대체 어떻게 된 시대인가.

다음 대통령 선거까지 앞으로 1년. 한국이 저 암흑시대로 되돌아가지 않는다는 보장은 없다. 정년 뒤 조용한 은퇴 생활을 바라는 마음이 절실하지만, 세계는 그것을 허락해 줄 것 같지 않다.

인생의 가을에
생각한다

2021년 9월 9일

써야 할 것이 너무 많다! 이것이 나의 숨길 수 없는 지금 심경이다.

일본에서는 지금 '자택 요양'이라는 미명 아래 입원하지도 못한 채 방치된 사람들의 수가 전국에서 13만 5,000여 명이나 된다(9월 1일 현재). 파멸적인 의료 붕괴가 진행되고 있다.

그런 가운데 스가 요시히데 총리가 9월 3일 여당인 자민당 총재 선거 불출마, 즉 사실상의 총리 퇴진 의사를 표명했다. 아베 신조 총리의 뒤를 이어 1년간 부조리한 전횡을 거듭하며 코로나 사태에 대해서도 갈지자 행보와 무대책으로 일관한 끝에 스가 정권은 퇴장하게 됐다. 하지만 다가온 총선거에서는 자민당 정권이 치명적인 패배를 면하고 살아남을 가능성이 높아 보인다. 잇따라 '당의 얼굴'을 바꿔 가며 현직 총리를 내쳐서라도 체면 불고하고 권력 유지에 집착하는 집권당의 자세는 마치 잇따라 변이를 거듭하며 증식해 인간 사회를 위협하는 코로나바이러스의 패러디 같다.

8월 31일에는 미군의 아프가니스탄 철수라는 큰 사건이 있었다. 9·11테러로부터 꼭 20년이 지났다. 지난 20년간 수십만의 인명과 함께 실로 많은 것을 잃었다. 이라크 전쟁 발발로부터 (그리고 에드워드 사이드Edward Said[1935~2003]가 세상을 떠나고) 18년이 흘렀다. 이라크는 대량살상무기를 숨기고 있다거나 알카에다와 연계되어 있다는, 나중에 사실무근으로 판명된 혐의로 미·영 연합군을 비롯한 서방 연합의 공격을 받아 사실상 소멸했다. 그 혼란 속에서 '이라크·레반트 이슬람국가'(통칭 IS) 같은 무장 단체가 대두했고, 시리아도 파괴되어 무수한 난민이 쏟아져 나왔다. 이 무익하고 폭력적인 20년의 세월 뒤에 이번 미군의 아프가니스탄 철수에 따른 대혼란으로 또다시 많은 인명이 손실될 것이다. 이 밖에도 벨라루스, 미얀마, 태국 등 세계 각지에서 민주화를 요구하는 시민의 평화적 운동에 대한 온갖 탄압이 이어지고 있다.

유럽사 연구의 석학 하위징아Johan Huizinga(1872~1945)의 명저 『중세의 가을』은 흑사병 대유행과 백년전쟁의 시대상을 그리면서 거기에서 역설적으로 탄생한 주옥같은 플랑드르파 예술을 논한 명저로, 나는 젊은 시절부터 이 책의 애독자다. 그런데 책 제목의 '가을'은 원문대로라면 '조락凋落' 또는 '쇠퇴'라는 의미다. 이것은 중세 말 유럽의 이야기인데, 인간의 어리석음과 무력함이 지금만큼 적나라하게 드러난 시대가 또 있었을까? 그것을 통감하게 만든 것은 '지구환경 파괴'라는 인류의 자살행위에 제동이 걸리지 않는 현실이다. 올해도 일본은 이상기후에 시달리고 있다. 내가 사는 지역에서는 한여름인데도 차가운 비가 내리는 날이 일주일 이상 이어지고 있다. 주민들은 "벌써 가을이 왔네요."라는 말을 불안스럽게 주고받는다.

'현대'라는 시대는 두 차례의 세계대전과 '홀로코스트'를 비롯한 거대한 폭력과 함께였다. 우리는 모두 '폭력의 시대'의 산물이다. 제2차 세계대전 뒤에는 '진보'와 '평화'라는 가치에 실낱같은 희망을 걸려는 사상적 움직임이 있었다. 하지만 신자유주의가 전 세계를 석권하는 국면을 맞아 그런 노력은 탁류에 휩쓸려 가고 정글의 논리(약육강식)가 개가를 올리고 있다. 우리는 폭력과 절연하지 못한 채 '가을'을 맞이한 것이다.

세계는 문제투성이다. 써야 할 것이 너무 많다! 그래서 이번에는 오히려 남은 지면에 한국의 여러분에게 다소 사적인 보고를 하려 하니 양해해 주시기를 바란다.

지금까지 몇 번인가 언급했듯이 나는 올해 3월 말 근무처에서 정년퇴직했다. 만 70세가 됐다. 퇴직을 전후한 어수선한 시기가 지나고 분주했던 나날에서 얼마간 해방된 것은 분명하지만, 퇴직 전에 예상했던 평온한 일상은 아니다. 어쩐지 흉흉한 느낌이 진정되지 않는 심경이다. 이는 물론 나 자신이 나이를 먹어 인생의 '가을'에 들어선 것과도 무관하지 않을 것이다. 또 코로나 사태로 행동을 제약받는 스트레스가 예상외로 오래 이어지는 데서 오는 심리적 영향도 있을 것이다.

멍하니 과거를 회상하노라면 오랫동안 완전히 잊고 있던 장면이나 인물에 대한 기억이 느닷없이 되살아난다. 예컨대 이럴 때다. 대학 연구실에서 거두어들인 책들을 정리하다가 '언젠가 읽어봐야지', '이것도 공부해 봐야지' 하는 마음에 입수해 놓고는 죽 손도 대지 못한 책과 재회한다. 그러나 지금은 그런 책들을 수납할 공간도 없고, 지금부터 그것들을 다시 공부할 시간도 체력도 남아 있지 않다는 것만은 알고 있다. 그럴 때면 내가 인생살이에서 얼마나 많은 일을 허투루 해 오며 살아온 것인가 하는, 찌르는 듯한 아픔을 느낀다.

이것은 하나의 비유로, 모든 일, 특히 인간관계에 대해서도 같은 이야기를 할 수 있다. 뜻하지 않게 소원해진 사람을 불시에 떠올릴 때면 20년, 30년이라는 긴 세월이 지나가 버린 것을 깨닫는다. 그 사람은 이제 살아 있지 않을지도 모른다는 생각을 하기도 한다. '어찌할 도리가 없었다'며 보이지 않는 무언가를 향해 변명하고 있는 나를 본다. 무언가를 이뤘다는 성취감은커녕 거듭된 실패, 과오, 죄 같은 기억들만 가슴속에 쌓인다. 초로기에서 노년기로 이행한다는 게 이런 것일까. 그리고 이제부터는 '인생을 마감한다'는 큰 과제를 향해 나아가야 한다.

그런 나를 격려해 주는 것은 한국 동포와 나눈 교류의 기억이다. 1980년대 말 옥중에 있던 형들이 출옥하고 1990년대에는 나도 조국인 한국을 종종 왕래하게 됐다. 예전에는 일본 땅에서

관념적으로 그려 볼 수밖에 없었던 조국 사람들과 실제로 만나게 됐다. 초기 저작인 『나의 서양미술 순례』와 『소년의 눈물』은 한국에 번역·출판되어 뜻밖에 일본에서보다 많은 독자를 얻었다. 나라는 인간에게 공감해 주는 사람들이 조국 땅에 존재한다는 걸 '발견'할 수 있었다. 이는 모두 국내 동포들이 큰 희생을 치르며 '민주화'를 진전시킨 덕이다. 나는 그 투쟁의 과실을 누린 것이다.

2006년부터 2년간 연구 휴가를 얻어 서울에서 생활한 경험은 내게 결정적으로 중요했다. 여기서 일일이 이름을 들 수는 없지만, 그 체류를 계기로 많은 '선한 한국인'을 알게 됐다. 이런 기회를 얻지 못한 재일 동포 대다수는 답답한 일본 사회의 바깥을 알지 못한 채 살아가고 있다는 것을 나는 잊지 않을 것이다. 이런 현실은 무엇보다 민족 분단이 이어지고 있고 일본 사회가 역사수정주의를 강화해 가고 있는 데서 기인한다. 나는 이제 인생의 '가을'을 맞아, 이런 근본적 문제의 극복에 내가 이렇다 할 공헌을 하지 못했다는 죄책감을 새삼 느끼고 있다. 한국은 대통령 선거를 반년 앞두고 있다. 고귀한 희생으로 이어 온 '민주화'의 역사적 맥락을 어떻게든 지켜 나가기를 간절히 바란다. 그것은 오늘날 노골적인 탄압 아래 살아가고 있는 전 세계 형제자매들에 대한 더없는 격려이기도 하다.

내 정년퇴직을 계기로 『서경식 다시 읽기』라는 문집의 간행을 준비하고 있다. 나에게 과분한 일이라 생각하지만, 1990년대부터 지금까지의 시대를 살았고 이제 '인생의 가을'을 맞이한 한 재일 동포를 기억의 한 자락에나마 담아 주시기를 희망하면서, 그 기획을 받아들이기로 했다.

+

『중세의 가을』에 관한 좀 더 자세한 소개는 「비관적 현실을 냉철하게 응시하는 낙관주의자를 만나다」, 『내 서재 속 고전』, 나무연필, 2015 참조.

'늙음'이라는
타자

2023년 1월 26일

내가 있는 일본 나가노현은 몹시 춥다. 창밖에는 눈이 흩날리고 있다. 일기예보에 따르면 내일은 기온이 영하 15도까지 떨어진다고 한다. 엄동의 일본에서 독자 여러분께 새해 인사를 드린다. 부디 평화로운 한 해 보내시기를.

러시아가 우크라이나를 침공한 지도 벌써 1년이 다 되어 간다. 전투는 아직 계속되고 있고, 앞으로도 오래 이어질 것이다. 물론 그동안 일반 민중의 희생도 거듭됐다. 내 뇌리에는 '관리된 전쟁'이라는 말이 떠오른다. 관리된 채로 전쟁이 계속되는 것은 각국 정부와 군軍·산産·학學 및 금융자본 공동체에는 더없이 바람직한 상태일 것이다. 서방(일본 포함)이 취하고 있는 기본적 자세에서는 전투 범위를 우크라이나 영토 내로 한정하고, 자국 병사 등의 직접적인 희생은 가능한 한 피하면서 지금의 상태를 오래 끌고 가려는 의도가 엿보인다. '전시戰時'나 '비상시'를 구실로 일반 대중을 사고 정지 상태로 몰아가 오랜 난제를 단

숨에 처리할 태세다. 일본의 예를 들자면, 지금 정부가 추진 중인 방위비(군사비) 대폭 증액을 증세로 충당하려는 정책이나 원전 재가동 및 신축 방침 등이 그 대표적 사례다. 이때까지 가까스로 유지되어 온 민주적 의사 결정 구조가 크게 망가지고 있다. 전 세계가 반동기에 접어든 듯하다. 그런 세계적 대반동의 시기에 일본은 (그리고 한국도) 저출산 고령화 시대를 맞았으며, 나 자신도 노년기에 접어들었다.

이번 칼럼의 마감을 눈앞에 두고, 서둘러 저녁을 먹고 책상머리에 앉아야지 생각하며 입속의 음식물을 씹는데, 또 이가 빠졌다. 아래턱 앞니다. 예전에 이 칼럼난에 「이 빠진 연초의 소감」이라는 글을 쓴 게 문득 생각났다. 그때로부터 꼭 3년이 지났고, 나는 그만큼 착실하게 나이를 먹었다. 이제 내게 남아 있는 치아의 수는 빈약하다.

자동차에 오래 앉아 있으면 다리와 허리가 경직되어 아프기에 전철을 이용하는 일이 많아졌다. 그런데 늘 약속 시간에 늦지 않을까 허둥댄다. 목적지까지 걸리는 시간을 제대로 계산하지 못하는 것이다. 어떤 곳까지라면 45분이면 충분하다고 확신하는데, 그것은 젊었을 때의 기준이 갱신되지 않았기 때문이다. 환승 등의 이유로 서둘러 달려가려 해도 제대로 달릴 수 없고, 자칫 넘어질 것 같다.

정신이 깜빡깜빡한다. 휴대폰, 안경, 읽던 책……. 끊임없이 뭔가를 찾는다. 요즘은 마스크다. 찾아 헤맨 끝에 대개 내 턱밑에서 발견한다. 하지만 최근에는 뭔가를 찾으면서 내가 무엇을 찾고 있는지 떠올려 내지 못할 때가 있다. 이런 식이라면 앞으로 내가 누구인지 떠올려 내지 못해 '나는 누구지?' 하고 물을 일이 없을 것이라고 장담할 수 없다.

화를 잘 낸다. 특히 컴퓨터나 휴대폰을 쓸 때 잘 다룰 줄 모르는 건 물론이고 그 세계에서 통용되는 언어 자체에 어두운 탓에 마음이 몹시 상한다. 내 패스워드를 잊어버리고, 신용카드 결제도 뜻대로 안 된다. 그런 자신에 대한 화를 참지 못한다. 하얀 천에 뚝뚝 떨어진 '늙음'이라는 검은 얼룩이 서서히 번져 나가는 느낌이라고 할까.

20년쯤 전에 독일의 뮌스터라는 도시에 갔을 때 공영 버스가 정류장에 정차할 때마다 차체를 비스듬히 아래로 기울이는 모습을 봤다. 승객, 특히 고령자가 부담 없이 타고 내릴 수 있도록 한 장치였다. 나와 아내는 거기에 감동해서 우리가 사는 일본의 도시에도 이런 장치가 어서 보급되어야 하는 것 아니냐고 이야기했다. 그 이야기를 했을 때는 우리가 그런 혜택을 입을 것이라는 생각은 거의 없이 고령자나 약자들을 위해서라고 생각했다. 그 뒤 어느새 일본에도 그런 버스가 꽤 보급되었다. 지금은 그 버스를 반기며 감사히 노약자석에 앉게 됐다. 50대 무렵의 나는 고령자의 '타자'로서 '타자'인 노인들을 바라보았다. 지금은 내 몸에 '늙음'이라는 낯선 타자가 비집고 들어와 나의 내부를 침식하고 있다고 느낀다.

나는 예전에 이 기간을 초로기에서 노년기로의 이행기라고 표현했는데, 그 '이행'의 난처함은 상상 이상이었다. 평온한 노년기를 조용히 즐기기는커녕 뭔가 의미 있는 일을 해야 한다는 절박감과 그런 의지를 심신이 따라가지 못하는 데 대한 초조감이 끊이지 않는다.

'노인'이란 어떤 존재일까? 어린이나 청년을 두고서는, 실제로 그것이 얼마나 유효하게 행해지고 있는지와는 별개로 "미래를 위한 투자"라는 말이 상투적으로 쓰인다. '노인'에 대해서는 어떨까? "여러분 덕택에 지금이 있다."라는 미사여구가 있지만, 거기에는 이미 '생산력'으로 계산되지 않는 존재에 대한 온정주의적 '책임'론, 어쩌면 버리고 싶지만 버릴 수 없는 '짐짝'이라는 함의가 있지 않을까? 적어도 이제 역할을 다하고 퇴장을 기다릴 뿐인 무용한 존재, '폐기물'로 여겨질 수 있는 존재가 아닐까? '노인'은 자신을 폐기물로 바라보는 사람들의 온정에 기대어 목숨이 다하기를 얌전히 기다릴 수밖에 없는 것일까?

나는 이런 압력에 가능한 한 저항하려 한다. "미래를 위한 투자"라는 말에는 '생산력'이라는 교묘한 주문呪文이 숨어 있다. '투자'에는 이윤 획득이 전제되어 있다. 즉 모든 것을 재는 척도는 '이윤'인 것이다. '노인'은 이윤 획득에 봉사하면서 자신에게 아직 '생산력'이 남아 있음을 증명할 것이 아니라, 그 반대의 시야, 즉 '생산력'이나 '이윤'이라는 척도로는 잴 수 없는 가치를 드러내 보여야 한다.

일본의 대표적 전후 지식인인 가토 슈이치는 일찍이 사회운동의 '노학공투老學共鬪'라는 아이디어를 제시했다. 일본 사회의 성인 남자 대부분은 회사라는 조직에 얽매인 '회사 인간'이다. 이래서는 그들이 사회운동에 적극적으로 참여하리라 기대할 수 없다. 한편, 아직 '회사 인간'이 되지 않은 학생은 비교적 자유롭게 발언하고 활동할 수 있다. 정년퇴직해 회사의 굴레에서 해방된 노인에게도 그런 가능성이 있다. 젊은이들의 활동에 '해방된 노인'이 합세해 함께 싸우면(공투), 일본의 사회운동에 새로운 희망이 싹트지 않겠는가. 내 기억에 따르면 대체로 그런 취지였다. 1970년대, 일본 사회가 탈정치화의 비탈길로 미끄러져 내리기 시작한 무렵의 이야기다.

이 이야기는 '해방된 노인'들이 떨치고 일어나 작금의 상황에 파문을 일으킨다는 꿈, 일종의 우화다. 현실의 많은 청년들은 자진해서 '회사 인간'이 되어 안정을 얻는 것을 지상 목표로 삼고 있다. 가토의 '노학공투'는 흥미진진한 꿈이었다고 할 수밖에 없다. 그래도 이런 우화를 나도 이야기하고 싶다. 젊은 사람들이 말하려 하지 않는 꿈, 다른 인생의 꿈을 제시하는 것, 그 역시 노인이 할 수 있는 사회 공헌이다.

내 안에서 자라나는 '늙음이라는 타자'와 끈기 있게 사귀고 대화해 나갈 작정이다.

마지막
'전후 지식인'

2018년 11월 8일

지난 9월 22일, 교토에서 히다카 로쿠로 선생 추도회가 열렸다. 추도라고는 해도 종교적 색채가 없는, 오히려 동창회 같은 분위기의 소탈한 모임이었다. 얼핏 보니 참가자는 100명이 좀 안 되는 듯했다. 이는 고인의 대단했던 존재감에 비하면 꽤나 적적하다고 해야겠다. 물론 화려함이나 과대함을 좋아하지 않았던 히다카 선생답다고 하면 그뿐이겠지만.

나는 최근에 『일본 리버럴파의 퇴락』(고분켄, 2017)을 내면서, 일본 사회는 1990년대 중반 이후 '긴 반동기'에 들어섰으며, 그동안 지식인과 언론인, 정치인을 포함한 '일본 리버럴파'는 반동의 흐름에 저항하지도 못한 채 '퇴락'을 거듭하고 있다고 지적했다. 하지만 나는 높은 데 서서 '일본 리버럴파'를 쉽게 단죄할 생각은 없다. '일본 리버럴파'의 선배 세대에 해당하는 지식인들(일본에서는 보통 '전후 지식인'이라 부른다)의 언설은 나에게도 자기 형성의 중요한 토대가 되어 주었다. 나 역시 그들의 '제자'

중 한 사람인 것이다. 그분들 중 일부를 거명해 보고자 한다. 돌
아보면 젊은 날 그분들을 직접 뵙고 이야기를 들을 수 있었던 것
은 실로 다행이었다.

  야스에 료스케 씨는 1972년부터 1988년까지 월간지 『세카
이』의 편집장을 맡아 군사정권 시대 한국 민주화 운동의 육성을
세계에 전한 「한국으로부터의 통신」을 연재했다. 고자이 요시시
게 씨는 전쟁 전에 두 차례 치안유지법 위반으로 검거되었다. 회
상기를 통해 옥중에서 한방을 쓴 조선인 운동가에 대한 공감을
표한 바 있는 그는 내 형들의 구명 운동에도 마음을 써, 우리 집
에 찾아와 어머니를 위로해 준 적도 있다. 가토 슈이치 씨의 자
전적 명저 『양의 노래』는 한국어로도 번역·출간됐다. 가토 씨
는 만년에 일본국 헌법의 전쟁 포기 조항(제9조)을 지키는 운동
에 앞장섰다. 이바라기 노리코 씨는 일본의 전후시를 이끈 대표
적 여성 시인이다. 독학으로 한국어(조선어)를 배워 한국의 시
를 번역해 소개했다. 윤동주(1917~45)를 소개한 에세이는 일본
의 고등학교 교과서에도 실렸다.

  이런 가장 좋은 인물들은 이미 모두 세상을 떠났다. 마지막
으로 남아 있던 히다카 선생도 결국 올해 6월 7일 교토의 한 요
양 시설에서 별세했다. 향년 101세.

  이들의 이름은 지금의 한국 독자들에게는 낯설지도 모르겠
다. 아니, 일본에서도 이들에 대한 기억은 해마다 급속히 희미해
져 가고 있다. 그것은 '일본 리버럴파의 퇴락'의 원인이자 결과

이기도 하다. 앞으로 일본 사회는 더 나쁜 방향으로 나아갈 것이다. 하지만 일본에 평화나 민주주의를 향한 작은 희망이 싹텄던 '전후'라는 시대의 기억은 이 사람들의 이름과 함께 앞으로도 사라지지 않을 것이다.

파시즘의 심리학적 기원을 밝히고 민주 사회가 채택해야 할 대안을 제시하려 한 에리히 프롬Erich Fromm의 명저 『자유로부터의 도피』는 내가 태어난 1951년 일본에서 번역·출간됐다. 그 번역자가 히다카 로쿠로 선생이다. 선생은 일본이 점령했던 중국 산둥성 칭다오에서 태어나 1941년 도쿄제국대학 문학부 사회학과를 졸업했다. 전후에는 도쿄대학 신문연구소에서 교편을 잡으며 평화운동과 시민운동에 헌신했다. 베트남 전쟁에 반대해 미군 탈영병을 지원하는 운동에 참여했고, 1969년에는 도쿄대학 분쟁에 기동대가 투입된 데 항의하여 도쿄대학 교수를 사직했다. 1976년에는 교토의 작은 사립대학 교수가 됐다. 평화운동 외에 공해병 문제나 한국 민주화 연대 운동, 정치범 구명 운동에도 힘을 쏟았다. 대표적인 시민운동가, 아니 '문화적 지도자'라고 해야 할 것이다.

내가 선생과 직접 알게 된 것은 1970년대 말이었다. 히다카 선생은 당시 한국의 감옥에 있던 내 형들의 구명 운동에 진력했다. 나도 교토에 살았지만 주눅이 들어 실제로 뵙기까지 몇 년이나 걸렸던 것으로 기억한다. 선생 주위에는 언제나 사회운동에 관계하는 다양한 연령대의 사람들이 모여 있었다. 개인적으로는

모두 좋은 사람들이었지만, 나는 이들과 좀처럼 친하게 교류할
수 없었다. 내 기질에 관련된 문제이기도 하고, 또 당시(유신 독
재 시기)의 갑갑한 공기가 일본에 사는 나에게까지 영향을 끼쳤
던 결과라고도 할 수 있다.

　세월이 흘러 형들이 출옥한 뒤 도쿄로 옮겨 가서 '글쟁이'
가 된 나는 히다카 선생을 길게 인터뷰할 기회를 얻었다. 선생이
『나의 평화론─전전에서 전후로』라는 저서를 낸 이듬해, 1996년
의 일이다. 이른바 '위안부 문제'를 비롯한 일본의 전쟁 책임, 식
민 지배 책임이 마침내 널리 주목받고, 다른 한편에서는 '새로운
역사 교과서를 만드는 모임'이나 '일본회의' 등의 등장에서 보듯
우파의 움직임이 활발해져 오늘날로 이어지는 '긴 반동기'의 기
점이 된 때였다고 할 수 있다. 그 인터뷰 「국민에 대하여」는 졸저
『새로운 보편성을 향해』(가게쇼보, 1999)에 수록되어 있다.

　민주주의자, 평화주의자로서 히다카 선생은 일관된 자세를
지니고 있었다. 전쟁 말기, 도쿄제국대학 조교수였던 선생은 해
군 기술연구소에 군무원으로 재직했는데, 그때 제출한 의견서
에 대략 다음과 같은 소견을 내놓았다. '세계의 대세는 민주주의
를 향해 있다. 일본은 식민지 조선·대만을 포기하고, 인도·인도
네시아·필리핀 및 여타 아시아 국가들의 완전 독립을 세계에 요
청해야 한다. 국내에서는 언론·집회·결사 등의 자유와 8시간 노
동제 등의 개혁을 실현해야 한다.' 이런 주장은 당시 그가 전후의
민주주의 개혁을 이미 머릿속에 그리고 있었음을 방증한다.

20대의 젊은 연구자가 이처럼 공공연하게 국책을 비판하는 데에는 당연히 큰 위험이 따랐다. 연구소에서 해고당하고 최전선에 배치되어 목숨을 잃을지도 모르는 위험이었다. 그러나 이 목숨을 건 '소견'은 물론 상부에 받아들여지지 않았다. 더구나 불행하게도 그 시점에 전체주의 체제가 극에 달했던 일본 사회에는 그와 같은 정책을 실행에 옮길 정당, 노동운동, 학생운동, 지식인 등의 주체가 전혀 존재하지 않았다. 히다카 선생은 그것이 "공상적일뿐더러 그 이상으로 우스꽝스러운" "비정치적인 정치적 주장"이었다고 회상했다.

그럼에도 그런 절망적인 상황 속에서 젊은 히다카 로쿠로가 위험을 무릅쓰고 최대한의 노력을 기울인 것은 제대로 평가받아야 할 것이다. 물론 오늘날의 눈으로 보아 그 사고와 행동은 시대적 제약성을 안고 있으며, 문제시할 만한 의문도 남아 있다. 앞에서 이야기한 '주체'의 부재라는 절망적인 상황에서 천황에게 '위로부터의 변혁'을 기대한 부분이 그렇다. 일찍이 나는 그런 의문을 직접 히다카 선생에게 던진 적이 있다. 선생은 씁쓸한 표정으로 "노예의 말이지요."라고 한마디 흘렸으나 그 이상은 말을 아꼈다. 그것은 그가 시대와의 격투 중에 떠안은 정리되지 않은 사상적 과제일지도 모르겠다. 그리고 그것을 극복하는 일은 후배 세대의 몫이다. 현실을 보건대 현대 일본의 '리버럴파 지식인'이 이 물음을 진지하게 계승하고 있는 것 같지는 않지만 말이다.

히다카 선생은 늘 중국에서 태어난 자신을 '식민자colon'로 규정했으며, 그 특권적 생활의 '쾌적함'을 쓰라린 죄책감과 함께 회고했다. 일본이 패전했을 때 중국과 조선에는 각각 150만, 70만 명의 일본인 민간인이 살고 있었다. 그들 대다수는 패전 후 일본으로 돌아갔는데, 기껏해야 철수할 때의 고생을 피해자적 관점에서 기억하는 경우가 많았지 가해자·지배자로서의 존재 형식을 고통스럽게 인식하는 사람은 많지 않았다. 히다카 선생의 사상의 밑바탕에는 그 고통의 감각이 있었다.

앞에서 이야기한 인터뷰 때 히다카 선생이 한 이야기 중에 내 마음에 새겨진 것이 있다. 많은 '식민자'와 달리 선생에게서는 식민지 사람들의 마음이 보이는 듯한데, 그 이유가 무엇이냐는 질문에 대한 대답이다. "나는 어릴 때부터 빈곤의 밑바닥에 있는 중국인, 이른바 쿨리coolie, 苦力로 불렸던 사람들을 늘 보고 자랐습니다. (…) 이런 옳지 못한 일은 절대로 용납할 수 없다고 생각했습니다. 최근에는 문화상대주의가 유행하고 있고, 나도 사물을 상대화해 바라보는 것을 강조하는 등 머리는 비교적 유연한 편이라고 생각합니다. 그러나 이 세상에는 용납할 수 없는 불의가 존재한다는 직관은 역시 중요하지요."

언제나 온화하고 신사적이었던 선생으로서는 의외라고 할 만큼 강한 어조이다.

일본에서는 20년 넘게 반동기가 이어지면서 헌법 9조를 고치거나 없애 버리는 일마저 현실의 문제가 됐다. 현대 일본 사회의 사람들은 지금 마지막 전후 지식인 히다카 로쿠로의 죽음 앞에 옷깃을 여미며 그가 남긴 뜻을 이어 가야 한다.

+

이 글에서 언급된 '전후 지식인'들에 관한 좀 더 자세한 소개는 『서경식 다시 읽기 2』, 연립서가, 2023, 155~171쪽 참조.

감옥의 형에게
넣어 준
시집

2016년 1월 22일

어딘가 아름다운 마을은 없을까
하루 일을 끝낸 뒤 한잔의 흑맥주
괭이 세워 놓고 바구니를 내려놓고
남자도 여자도 큰 맥주잔 기울이는

어딘가 아름다운 거리는 없을까
과일 달린 가로수들이
끝없이 이어지고 노을 짙은 석양
젊은이들 다감한 속삭임으로 차고 넘치는

어딘가 아름다운 사람과 사람의 힘은 없을까
같은 시대를 더불어 살아가는
친근함과 재미 그리고 분노가

날카로운 힘이 되어 불현듯 나타나는
—이바라기 노리코,「6월」

현대 일본의 여성 시인 이바라기 노리코의 「6월」. 내가 이
시를 처음 읽은 것은 중학교 2학년 때, 반세기도 더 지난 옛날이
다. 중학생 시절의 나는 이 시에 그려진 '유토피아'(그것도 노동
하는 남녀의 유토피아)의 이미지에 매료당했다. "과일 달린 가로
수들이" 늘어선 거리는 바로 식민 지배로부터 해방된 조선 민중
이 그리던 꿈이기도 했을 것이다.

그로부터 10년쯤 지나 모국 유학 중 군사정권에 의해 투옥당
한 형(서준식)에게『이바라기 노리코 시집』을 넣어 주었더니, 형
은 이 시에 각별한 애착을 느낀 듯 직접 이 시를 번역해 옥중에서
쓴 편지에 적어 보냈다. 가장 험악했던 군사독재 시절에 이 '유토
피아'의 이미지가 한국 옥중의 젊은이에게 전달된 것이다. 그 소
식을 당시 일면식도 없던 시인에게 전했더니, 그는 굳이 내가 사
는 교토까지 찾아와 주었다. 처음 만난 그 사람은 산뜻했다.

이바라기 노리코는 1926년생이다. 초기 작품에 「내가 가장
예뻤을 때」라는 게 있다. '내가 가장 예뻤을 때 전쟁으로 사람들
이 죽고, 거리는 파괴되어 쓰레기로 뒤덮였다. 나는 멋쟁이가 될
기회를 잃어버렸다'고 노래하는 시다. 그러나 피해자 의식에 사
로잡힌 한탄의 노래는 아니다. 봉건제와 군국주의의 멍에에서
해방되어 홀로 서려는 여성의 눈부심, '폐허에 내리비치는 빛'이

라 할 만한 광휘로 가득하다.

그 뒤 세상은 바뀌어 많은 동료 시인(특히 남자들)이 무기력한 현실 긍정 쪽으로 돌아선 상황에서도 이바라기는 한평생 그 광휘를 잃지 않았다. 1975년 10월 31일 쇼와 '천황'은 기자회견에서 자신의 '전쟁 책임'에 대한 질문을 받자, 그런 "언어의 기교에 대해서는, 나는 문학 방면은 별로 연구한 바가 없어 (…) 대답하기 어렵습니다."라고 답했다. 제국의 절대권력자이자 전쟁의 최고사령관이었던 천황이 타국과 자국의 무수한 사람을 죽음으로 몰고 간 전쟁에 대해 "언어의 기교"라는 표현으로 자신의 책임을 교묘하게 얼버무린 것이다. 게다가 더욱 놀랍게도 일본의 거의 모든 일본 지식인, 언론은 이 발언을 문제 삼지 않았다. 이바라기 노리코 한 사람을 제외하고는 말이다.

전쟁 책임에 대해 묻자

그 사람은 말했다

　　그런 언어의 기교에 대해

　　문학 방면은 별로 연구한 바가 없어

　　대답하기 어렵습니다

나도 모르게 웃음이 터져 나와

거무칙칙한 웃음 피 토하듯

내뿜다, 멈추고, 또 내뿜었다

—「사해파정四海波靜」에서

만년의 이바라기는 한국어를 독학해 윤동주 같은 조선의 시인을 일본 독자에게 소개하는 한편으로 일본 사회의 급속한 우경화를 개탄했다. 1999년 73세에 낸 시집『기대지 않고』는 '히노마루(국기)·기미가요(국가)'의 법제화가 강행되던 중 출판된 것이다.

더 이상 어떤 권위에도 기대고 싶지 않다
오래 살아
속속들이 배운 것은 그것뿐
(…)
기댄다면
그것은
의자 등받이뿐
—「기대지 않고」에서

2006년 2월, 시인으로부터 편지 한 통이 도착했다. "나는 (2006)년 (2)월 (17)일, (지주막하출혈)로 이 세상을 하직하게 되었습니다. 이것은 생전에 써 둔 것입니다."

시인은 자신의 사망 통지서까지 준비해 놓고 홀로 떠나간 것이다. 지금은 일본에서나 한국에서나 「6월」이 노래한 유토피아의 이미지는 오히려 냉소의 대상이 되어 있다. "어딘가 아름다운 사람과 사람의 힘은 없을까"……. 지금은 저 유토피아의 빛과 시인의 산뜻했던 뒷모습을 상기해야 할 때다.

어느
목사

2012년 10월 22일

기분 좋게 화창한 가을날 오후, 도쿄 교외의 철도역에서 오랜만에 쇼지 쓰토무 목사를 만났다. 편찮으신 사모님 안부부터 물으니 최근 들어 많이 회복됐다고 했고, 당신 표정도 평온해 보였다. 사모님은 일본군 위안부에 대한 지원과 보상을 요구하는 운동에 앞장서 온 쇼지 루쓰코東海林路得子 씨다.

"나도 이제 여든입니다."라고 쇼지 목사는 말했다. 그러고 보니 그와 내가 만난 지도 얼추 40년이 됐다. 1971년 4월 20일 한국 육군 보안사령부는 내 형 서승과 서준식을 '학원 침투 간첩단' 혐의로 체포했다고 발표했다. 나는 그때 만 스무 살의 와세다대학 학생이었다.

형들의 동창생이나 지인들이 시작한 구명 운동은 일본 각지로 퍼져 나갔다. 당시 쇼지 목사는 와세다대학 YMCA 학생 기숙사의 사감이었다. 당시는 학생운동의 절정기로, 기독교계 학생

단체도 예외가 아니었다. 학생들은 쇼지 목사에게 구명 운동에 협력해 달라고 강하게 요청했다. 반공 독재 체제 아래의 한국에서도 목사는 비교적 자유롭게 행동할 수 있으리라는 계산도 있었다. 고백하건대 나도 그런 이들 중 하나였다. 지금 생각하면 부끄러운 일이다. 하지만 내 형들과는 아무 관련이 없었으며 나와도 일면식이 없던 쇼지 목사는 학생들의 요청을 받아들여 그 곤란한 역할을 떠맡았다. 당시의 학생 중 다수는 젊은 날의 뜻을 관철하지 못한 채 자신들의 보잘것없는 이익에만 급급해하다 이제 환갑을 넘긴 나이가 됐다. 조금도 흔들리지 않고 지난 40년을 살아온 쪽은 쇼지 목사다.

쇼지 목사는 원래 자신이 고생한 이야기는 하지 않는 분이어서 그의 청년 시절에 대해서는 거의 알지 못했다. 이번에 처음 들었는데, 키르케고르와 도스토옙스키를 탐독하며 실존주의에 경도되어 있던 그는 정치에는 별로 관심이 없는 내성적인 성격이었던 듯하다. 하지만 대학원에서 돌연 신학으로 진로를 바꾼 뒤 1960년대 후반 뉴욕 유니언신학교에 유학하며 베트남 전쟁 반대 운동을 접한 것이 전환점이 되었다.

1971년 12월 8일 쇼지 목사는 서울구치소에 수감 중이던 내 형들을 면회하기 위해 처음으로 한국을 찾았다. 그것이 한국과 맺게 된 긴 인연의 출발점이었다. 유신 체제 아래서 발표된 '1973년 한국 그리스도인 선언'에 크게 공감한 그는 일본에서 납치된 김대중에 대한 구명 운동을 비롯해 한국의 민주화를 지원하는 연대 운동을 이어 나갔다.

1996년 쇼지 목사 부부와 우리 부부는 함께 이스라엘을 여행한 적이 있다. 목사인 그에게 그곳은 일생에 한 번은 가 보고 싶은 특별한 장소였다. 일본기독교협의회 총간사였던 그에게 이스라엘 정부가 몇 번이나 초대장을 보내기도 했다고 한다. 하지만 재임 중에는 초대를 사절하다가 퇴임한 뒤에 자비로 찾아갔다. 그럼으로써 이스라엘 정부의 팔레스타인 정책에 동의하지 않는다는 의사를 드러낸 것이다.

그때 예루살렘의 한 레스토랑에서 식사를 하던 중 쇼지 목사가 불쑥 지난 일을 떠올렸다. "이제 시간이 지났으니 이야기해도 괜찮겠지요. 실은 그때 사감 숙사 2층에 미군 탈영병 한 사람을 숨겨 놓고 있었어요……." 그때란 바로 그가 '서 군 형제를 돕는 모임'의 대표를 맡고 있던 무렵을 말한다. 25년이 지난 뒤 아무렇지도 않은 듯 그는 그 이야기를 했다.

80세를 넘긴 지금도 그는 변함이 없다. 원전 문제든 오키나와 미군 기지 문제든 기독교계의 태도가 무관심하거나 불투명하다는 것을 그는 조용하게 비판한다. 이런 말도 덧붙였다. "나는 너무 타협을 몰라서 다른 사람들을 불편하게 만들지요. 이건 내 결점이라고, 이 나이가 되어서야 반성하고 있습니다."

40년간의 교류를 되돌아보며 나는 굳이 대꾸했다. "그렇지 않습니다. '이게 기준이다'라는 걸 온몸으로 보여 주는 존재가 우리에게는 필요합니다. 선생님은 그런 분입니다."

　일본은 지금 전후 최악이라고 해도 좋을 역사적 갈림길에 서 있다. 지난해 동일본대지진과 후쿠시마 원전 사고 뒤 나는 내 예감이 빗나가기를 진심으로 바라며 "이를 계기로 일본 사회가 파시즘으로 전락할 위기를 맞고 있다."라고 썼다. 유감스럽게도 현실은 내가 예감한 대로 진행되고 있는 듯하다. 이런 시대일수록 일본 사회 일각에 쇼지 목사와 같은 사람이 존재한다는 사실을 기록해 둬야겠다는 생각이 들었다.

파도에
휩쓸려 간 흔적

　　　　　　10주년을 맞은 디아스포라영화제가 기념으로 펴내는 소책자에 글을 써 달라는 의뢰를 받았다. 마땅히 수락해야 한다고 생각했지만, 막상 시작하려니 간단치 않았다. 평소 같지 않은 몸 상태가 첫 번째 이유였지만 물론 그게 전부는 아니다. 진짜 이유는 우크라이나 전쟁이 아직도 끝나지 않아 인류 사회 전체가 앞을 내다볼 수 없는 상황이며, 핵무기 사용의 위기감이 현실로 다가오고 있다는 데 있다. 70년 남짓 살아오면서 핵전쟁의 위기감은 항상 존재했지만, 이번은 과거 어느 때보다 짙어 온몸으로 밀어닥친다. 내 인생이 끝나기 전에 핵전쟁의 참상을 목격해야만 하는 걸까. 하지만 또 한쪽에서는 일상이 변함없이 이어지고 있는 듯 보인다. 미래가 보이지 않아도 사람들은 일하고, 웃고, 울고, 싸우고, 사랑을 하며, 아이를 낳는다. 내게는 이런 현실이 더할 나위 없이 불가사의하게 느껴진다. 인간이라는 존재가 지닌 불가사의함이다.

우크라이나뿐 아니라 세계 각지에서 수많은 디아스포라가 계속해서 생겨난다. 생활 기반이 무너지고 고향에서 쫓겨나 낯선 땅에서 사람들의 몰이해와 편견에 둘러싸여 살아가야만 한다. 예전에 졸저 『디아스포라 기행』의 에필로그에서 이렇게 쓴 적이 있다. "또 새로운 디아스포라들이 생겨나는 걸까. 눈물을 흘리며 황야를 가로지르는 사람들의 기나긴 행렬이 환시幻視처럼 내 시야에 들러붙어 떨어지지 않는다."

그때로부터 거의 18년의 세월이 흘렀지만, 세계는 조금도 나아지지 않았음을 통감한다. 지금 우리는 핵전쟁의 늪으로 휩쓸려 들어가고 있으며 이를 저지할 어떤 방법도 없다. 세계사의 시계가 한 세기 정도 되돌아가 버린 듯하다. 이런 생각에 사로잡히니 글을 쓰기가 어렵게 된 것이다.

그럼에도 무언가를 쓰고 싶다는 마음은 여전하다. 그럴 때 내가 떠올리는 것은 슈테판 츠바이크Stefan Zweig(1881~1942), 파울 첼란Paul Celan(1920~70), 장 아메리Jean Amery(1912~78), 프리모 레비Primo Levi(1919~87) 같은 '디아스포라 지식인 선배'들이다. 그 '선배'들은 하나같이 인간성이 지닌 외면하고 싶은 추악함과, 그럼에도 희미하게 빛나는 숭고함에 관한 깊은 고찰을 남기고는 스스로 삶을 저버렸다. 나는 '디아스포라'라는 존재를 정의할 때 이런 의미를 넣어도 좋겠다고 몰래 생각해 본다. 디아스포라는—그 일부 지식인은—'인간성이라는 심연까지 도달하는 말들을 남기고 자살하는 존재'이다.

앞에 언급한 '선배'들이 남긴 글 중에서 내 마음속에 오랫동안 남아 있는 건 프리모 레비의 단편 「아르곤」(『주기율표』)이다. 소설 『가족어 사전』을 쓴 나탈리아 긴츠부르그Natalia Ginzburg 는 「아르곤」을 "초상화 갤러리"라고 평했다. 말 그대로 19세기부터 20세기에 걸쳐 '동화同化와 해방의 시대'를 살아간 북이탈리아 피에몬테 지방 유대인들의 생생한 초상화가 펼쳐진다. 그려진 모델은 바로 레비의 친인척들이다.

엔지니어였던 프리모 레비의 아버지는 푸줏간 진열장 앞에 서면 유혹을 이기지 못하고 유대교 계율에 반하는 햄이나 소시지 같은 돼지고기 가공육을 사곤 했다. 그럴 때면 셈이 맞는지 눈금이 새겨진 로그자로 검산했기 때문에 동네 푸줏간에서 모르는 사람이 없었다. "말리아 할머니"는 레비의 할머니다. 한창때 뭇 남성을 "애끊게 하던" 그녀는 젊어서 혼자가 되었지만 나이를 더 먹은 뒤 늙은 기독교도 의사와 재혼했다. 하루건너 유대교 예배당인 시나고그와 기독교 교구 교회에 번갈아 다니며 80세가 넘어 세상을 떠났다. "바르바파르틴"은 '보나파르트 아저씨'라는 뜻으로, 나폴레옹이 잠깐 가져다준 유대인 해방을 기리기 위해 붙여진 이름이다. 이 '아저씨'는 도저히 "견딜 수 없었던 아내"로부터 도망치기 위해 개종을 하고 기독교 선교사가 되어 중국으로 떠난다. 이렇듯 다채롭게 펼쳐지는 매우 기괴하면서도 사랑스럽기도 한 초상화들……. 유대인들이 계율을 어기고 돼지고기를 먹기 시작하고 기독교도와 결혼한다. 이 간결한 몇 줄의

글만으로 그들이 오랫동안 얽매였던 전통적 유대교 공동체가 흔들리던 시대 상황이 떠오른다.

1492년의 '대추방'으로 스페인에서 쫓겨난 프리모 레비의 선조들은 남프랑스의 프로방스를 거쳐 1500년경 북이탈리아 피에몬테 지방에 도착했다. 콜럼버스 함대가 아메리카 대륙에 당도한 바로 그해, 이베리아반도에 거주하던 유대교도는 '국토 회복'을 외치는 기독교도에 의해 추방되어 세계 각지로 이산離散한 것이다. 프랑스 혁명과 나폴레옹전쟁의 결과, 19세기 중반이 되어서야 겨우 유대인의 신분 해방이 실현되지만, 불과 수십 년이 지나 그들은 파시즘과 나치즘이라는 대홍수에 휩쓸리게 된다. 레비가 생생하게 그려 낸 모습은 그 대홍수 이전의 이야기다. 유머가 넘치는 추억담인 동시에, 비통한 묘비명이기도 하다.

'후배'인 나도 쓸 수 있을까. 재일조선인 사이에서 늘 주고받는 농담 중에 "모든 재일조선인은 소설 한 권 쓸 만큼의 사연을 가졌다."라는 말이 있다. 어디까지나 농담이지만 가혹한 역사에 떠밀려 온 재일 디아스포라 개개인에게는 그만큼 파란만장한 이야기가 살아 있다는 뜻이리라. 물론 실제로 글을 쓰는 일이 그렇게 쉽지 않다는 점은 잘 알고 있지만 내게도 인생을 마무리하기 전 내 가족과 친척, 지인들의 '초상'을 글로 그려 내 남기고 싶은 욕구가 있다. 디아스포라는 고향, 국가, 가족, 혈통 같은 허구의 관념에 믿음을 두지 않기에, 적어도 작품으로 자기의 흔적을 새겨서 남기고자 하는 어려운 희망을 품는 것이다.

내 친척 중에 '하루코 고모'라는 사람이 있다. 본래 우리식
이름이 있지만 일본에서 태어났기에 하루코라는 통명을 썼다.
어머니는 어린 시절 기억대로 '하루코짱'이라고 불렀다(그 기억
을 따라 이 글에서도 하루코 고모라고 부르려 한다). 식민지 시기
의 기억과 얽혀 있기에 사람에 따라 기분이 상하거나 화가 날지
도 모른다. 하지만 한편으로는 그런 기억을 있는 그대로 떠올려
보는 일도 필요하지 않을까. 내 어머니는 '오기순'이라는 이름이
있음에도 일제강점기 때부터 내가 어렸을 적(1950년대 무렵)까
지는 '시즈코'라고 불렸다. 교토에서 어린 시절부터 남의 집 아
기를 돌보는 보모 일을 했던 어머니를 고용한 일본인 가족이 자
신들이 부르기 쉬운 이름을 붙인 것이다. 어머니의 여동생은 '야
스코'였다. 이름 하나에도 그런 디아스포라로서의 흔적이 남아
있다. 그것이 나에게 '리얼리티'다.

하루코 고모네 식구들은 그 험악했던 군사독재 정권 시대
에도 아무런 사심 없이, 정치범으로 구속된 형들을 지켜 주었고,
우리 가족을 친절히 돌보아 주었다. 고모 역시 경제적으로 여유
로울 리 없었다. 여유는커녕 해방 후 어린 시절에 부모(나의 할
아버지와 할머니)를 따라 고향으로 돌아갔지만, 남북 분단과 한
국전쟁을 거치며 아버지를 잃고 모진 고생을 했다. 젊은 여성의
몸으로 시장에 노점을 열어 양말과 속옷 같은 것을 팔며 생계를
꾸려 나갔다. 두뇌 회전이 빨랐고 장사 수완이 있어서 물건을 떼
오는 일이나 수익 계산에 뛰어났다. 고모는 마찬가지로 노점상

을 하던 키 큰 청년과 만나 결혼했다. 그는 한국전쟁 때 남하한
인민군 소년병 출신이었다. 포로로 잡혔다가 휴전 후 송환 작업
이 이루어졌지만 북에는 가족도 친척도 없었기에 남한에 남았
다. 동란의 결과 거리로 떠밀렸던 맨주먹의 젊은 디아스포라 두
사람이 시장에서 만나 사랑에 빠지고, 서로 도와 가며 가정을 일
궜던 셈이다.

나는 1966년 처음으로 '모국 방문'을 했을 때 고모부와 만난
적이 있다. 청계천 시장에서 옷 장사를 하고 있던 그는 시장 한
쪽의 식당에서 나에게 돈가스를 사 줬다. 일본에서 온 조카를 위
한 서비스였을 것이다. 당시 돈가스는 꽤 비싼 음식이었다. 내가
우리말을 못했기 때문에 나와 고모부는 말없이 얇고 딱딱한 돈
가스를 한가득 입에 넣고 우물거렸을 뿐이다.

형들이 육군 보안사령부에 구속되었을 때는 고모부도 연
행되어 조사를 받았다. 인민군 소년병 출신이라는 이력도 있어
서 말도 안 되는 고초를 겪은 것이다. 그 후로는 장사도 생각만
큼 잘 안 풀렸던 것 같다. 하루코 고모, 고모부도 이 사건으로 많
은 피해를 입었지만, 우리 가족을 원망하는 말은 한마디도 하지
않았다. 오히려 하루코 고모의 자녀들(내 사촌들)은 감옥에 있
던 형들과 편지를 주고받으며 끝까지 따뜻하게 대해 줬다. 형들
이 20년 가까이 옥고를 치른 끝에 석방되었을 때는, 이미 세상을
떠난 우리 부모님 대신 하루코 고모가 신원보증을 서 주었다. 그
때 형의 출소를 보러 일본에서 달려온 나는 마중 나온 사람들 사

이에 뒤섞여 있던 고모가 갑자기 손에 든 두부를 형의 입에 밀어 넣는 장면을 보았다. 이것이 한국의 서민들 사이에 전해지는, 출옥한 사람이 다시는 감옥에 들어가지 않도록 하는 주문 같은 행위임을 당시는 알지 못했다. 마치 영화의 한 장면 같았다.

일본 교토에는 '구니모토 이모부' 가족이 살았다. 그는 어머니의 여동생 '야스코 이모'의 남편이다. 일제강점기에 당시 재일 조선인으로서는 드물게 고등전문학교를 다녔다. '인텔리'라고 불러도 손색없었던 이모부는 깔끔하게 이발한 머리카락을 늘 포마드로 빳빳이 세우고 다녔다. 친척이 모인 자리에서는 자신의 박식함을 과시하는 듯한 지루한 설교조의 이야기를 길게 늘어놓는 버릇이 있었다.

내가 막 20대가 되었을 무렵, 그가 앞으로는 무엇을 할 거냐고 묻기에 글을 쓰는 작가가 되고 싶다고 대답했다. 그는 "그런 일로는 먹고살지 못해."라고 충고하면서 고향에서 전해 내려오는 '에밀레종' 전설을 지루하게 반복하며 "이런 이야기를 써라. 이런 건 좀 팔릴 거야."라고 되풀이했다. 내가 건성건성 대답하자 그는 더 열의를 담아서 "이 세상에 돈으로 살 수 없는 건 없어."라며 골수에 새겨진 자기 나름의 '철학'을 설파했다. 그리고 정색하며 타이르듯 말했다. "문단의 등용문인 '아쿠타가와상'에 이름을 올려서 팔아 보라고. 200만 엔? 300만 엔? 그 정도는 너끈히 벌 것 아니냐?"

자기가 사 주겠다는 말이 아니라, 장사로 성공한 든든한 친척의 힘을 빌려 한번 팔아 보라는 것이었다. 문학과는 도무지 거리가 먼 현실주의자였다.

일본에서 자라나 우리말이 능숙하지 못했던 구니모토 이모부는 해방 후 귀국했을 때 비애와 굴욕을 맛봤다. 한국전쟁이 발발하자 국군에 징집된 그는 훈련을 위해 일본 후지산 근처 스소노裾野에 있는 미군 훈련장으로 끌려갔지만, 기회를 틈타 탈영했다. 어머니 말에 따르면, 세찬 비가 내리던 어느 날 밤 온몸이 흠뻑 젖은 이모부가 유령 같은 모습으로 교토의 우리 집에 나타났다고 한다. 그런 모험에 성공할 수 있었던 것은 그가 우리말이 서툰 대신 일본어를 할 줄 알았고 일본의 지리와 지형에도 밝았기 때문이었다. 어머니는 물론 이모부를 두말없이 숨겨 줬지만, 그가 술에 취해 이층 계단에서 아래로 오줌을 누는 바람에 얼굴을 찌푸리며 진저리를 치기도 했다.

그 후로도 이모부는 꽤 오랫동안 강제송환의 공포에 떨면서 일본에 숨어 지냈다. 탈영병이었기에 한국에 송환된다면 예삿일이 아니었음이 틀림없다. 이모부는 제법 세월이 지난 뒤에야 '특별 재류 허가'를 얻어 일시적이나마 겨우 안정을 찾을 수 있었다.

이모부에게는 일본으로 밀항하면서 어쩔 수 없이 한국에 남겨 두고 온 장녀 외에 일본에서 낳은 딸도 두 명 있었다. 이모부는 딸들이 아직 어렸을 때부터 의사와 결혼시키겠다는 목표를 세우고는 엄청나게 애를 썼다. 그때는 유명 대학의 합격자 명단이 신문에도 발표되었기 때문에 그는 매해 그 기사를 소중히 오려서 명단 속에 동포인 듯한 이름이 없나 찾곤 했다. 연줄을 이용해 딸들의 혼담을 성사시키기 위해서였다. 어떻게든 안정된 생활을 찾기 위한 방도였으리라 생각한다.

　말할 필요도 없겠지만 '불법체류'란 국가가 마음대로 단정해 놓은 정의다. 예를 들어 지금 우크라이나의 경우를 보자. 그 땅에서 태어나 그 땅의 말을 쓰며 살아온 사람들은 한때 오스만 제국이나 오스트리아-헝가리 제국, 러시아 제국의 신민이었고, 그 후로는 '소련인'이었다. 그러고는 우크라이나인이 되었다가 지금은 러시아와 우크라이나로 찢겨 있다. 본인은 '이동'하지 않았지만 위로부터 국가가 차례차례 자의적으로 선을 긋고 나누어 서로 싸우게 만든 것이다. 우리 민족의 경우도 기본적으로 마찬가지다. 내 이모부는 남한의 탈영병, 고모부는 북에서 온 인민군 소년병이었다. 두 사람이 어디선가 총탄을 주고받았다고 해도 이상한 일은 아니다. 그런 일이 지금 우크라이나에서 일어나고 있으며, 이는 '조선' 민족의 역사에서도 오히려 흔하디흔한 일이었다고 할 수 있다. 그런 상황에서 이모부는 누구로부터 어떤 보호도 받지 못한 채 필사적으로 살아남았다. 그 과정을 겪으며 허무하다고 할 만큼 현실주의적이고 공리주의적인 처세술을 몸에 익혀야 했다. 전 세계의 많은 디아스포라가 그러했다.

　내 형들이 한국에서 체포당해 투옥된 시절부터 보신 제일주의의 원칙을 가지고 있던 이모부는 자기 가족에게 피해가 미칠까 두려워 우리와의 관계를 철저하게 피했다. 그래서 점점 멀어졌다. 내가 보기에 이모부의 이런 모습은 쓴웃음이 날 정도로 전형적인 디아스포라의 그것이다. 생각하면 생각할수록 '영화적'이기도 하다. 송강호라면 제대로 연기해 주지 않을까.

당시 아이였던 내 나이가 이미 일흔이 넘었기에, 이모부가 살아 계신다면 100세 가까운 나이다. 아마 이미 세상을 떠났을 것이다. 이모부가 언제 어떻게 돌아가셨는지 지금으로서는 알 수 없다. 훌륭한 삶이었건 그렇지 않건, 한 디아스포라의 흔적이 이렇게 백사장 위 발자국이 파도에 쓸려 나가듯 지워져 간다. 이 세상의 디아스포라 한 사람 한 사람, 그리고 그 가족들에게는 저마다 이러한 삽화가 남아 있을 것이다. 이 글에서는 내 고모부와 이모부에 관해 간단히 이야기했지만, 본격적으로 쓰게 된다면 내 친척들만으로도 수십 배의 지면이 허락되어도 부족할 것이다. 나는 하다못해 내가 아는 사람들에 관해서만이라도 다양한 삽화를 남겨 두고 싶다. 그 삽화가 현실과 유리된 낭만적 미담이나, 반대로 눈물로 얼룩진 비가로서 전해지는 일을 참을 수 없기 때문이다. 내가 이 글을 통해 단편적인 메모만이라도 남기고자 했던 이유다. (최재혁 옮김)

악몽의 시대에 보는 예술

그림 1 피터르 브뤼헐, 〈십자가를 진 그리스도〉,
1564년, 패널에 유채, 124×170cm, 빈 미술사미술관 소장.

그림 2
쓰키오카 요시토시, 〈대일본사략 화첩 제15대 진구 황후〉,
1879년, 목판화, 36×73cm, 도쿄경제대학 도서관 사쿠라이 요시유키 문고 소장.

그림 3

고바야시 기요치카, 〈전기를 사용한 평양 공격〉,

1894년, 목판화, 36×71cm, 도쿄경제대학 도서관 사쿠라이 요시유키 문고 소장.

그림 4
이자와 히로시, 〈가족〉,
1940년, 캔버스에 유채, 73.0×90.8cm, 무언관 소장.

그림 5
케테 콜비츠, 〈카를 리프크네히트를 추도하며〉,
1920년, 목판화, 34.9×49.9cm.

그림 7
케테 콜비츠, 〈희생〉,
1922년, 목판화, 37.2×40.8cm.

그림 8
케테 콜비츠, 〈씨앗들을 짓이겨서는 안 된다〉,
1941년, 석판화, 37×39.5cm.

그림 9
리화, 〈포효하라! 중국이여〉,
1935년, 목판화, 27.5×18.7cm.

그림 10
마루키 이리·도시, 〈까마귀〉(〈원폭도〉 연작 제14부),
1972년, 종이에 수묵, 4곡 병풍 한 쌍, 1.8×7.2m, 원폭도 마루키미술관 소장.
ⓒ 有限会社 流々

그림 11

마루키 이리·도시, 〈구메지마의 학살(2)〉,

1983년, 종이에 수묵·채색, 180×180cm, 사키마미술관 소장.

ⓒ 有限会社 流々

그림 12
마스다 조토쿠, 〈부재의 표상 ― 입욕(오염수)〉,
2018년, 패널 위 캔버스에 유채·금박·구운석고, 80×60.5cm, 작가 소장.
ⓒ Jotoku Masuda

'종말은
이렇게 찾아오는 것이다.'
예술 행위는 그것을 알리는
경종이다.

잔혹한 현실은
변하지 않는다

2012년 1월 13일

예년에 볼 수 없던 따뜻한 날씨가 이어지고 있는 파리에서 새해 인사와 함께 이 글을 보낸다. 벨기에의 도시들을 돌며 플랑드르파 회화의 명작들을 다시 보고 싶었다. 1983년이니 꼭 29년 전인데, 그때 첫 유럽 여행길에 올랐던 나는 아무런 예비지식도 없이 브뤼주(브뤼허)라는 고도古都에서 산 채로 인간의 살가죽을 벗기는 그림과 맞닥뜨렸다. 15세기 말에 그려진 헤라르트 다비트Gerard David(1460?~1523)의 〈캄비세스 왕의 재판〉이라는 작품이다. 그 순간이 『나의 서양미술 순례』의 기점이 됐다.

새벽 5시 반에 일어나 파리 북역에서 벨기에행 특급을 탔다. 안개가 자욱했다. 참으로 이 계절의 벨기에다운 암울한 날씨다. 한 시간 반쯤 지나 브뤼셀에서 기차를 갈아타고 다시 한 시간 정도 더 가서 브뤼주에 도착했다. 15~16세기의 분위기가 그대로 남아 있는 옛 시가지는 예전에 찾았을 때는 역사의 잔해라는 느낌이었으나 지금은 인공적인 장난감처럼 보였다.

흐루닝어미술관으로 직행했다. 전에는 사람이 거의 없었는데, 이번에는 관람객이 길게 줄지어 입장을 기다리고 있었다. 전시실도 그사이에 새로 지었다. 첫 전시실에서 〈캄비세스 왕의 재판〉이 나를 기다리고 있었다.

그 시절의 나는 아직 30대였다. 예순을 넘긴 내가 같은 그림을 다시 보면 과연 어떤 생각이 들까. 그것이 궁금했다. 그 그림을 바라보는 짧은 시간에 내 머릿속에서 30년 가까운 세월의 기억이 빠르게 흘러갔다. 그때 한국은 군사정권 시대의 한가운데였다. 동서 냉전이 긴박하게 이어지고 있었고, 남아프리카공화국에서는 아파르트헤이트(인종격리정책) 체제가 유지되고 있었다. 유럽연합(EU) 결성 이전, 유로라는 통화는 아직 꼬투리도 보이지 않던 시절이었다. 나라는 인간이 지닌 강한 비관적 성향 때문이겠으나, 앞날에 희망이라고는 보이지 않았다. 그때 한 인간으로서 인간의 어리석음과 잔혹함을 철저히 묘사한 그 그림과 마주친 것이다.

군사정권은 일단 종식되었으나, '문민 독재'라는 형태로 여전히 한국 사회를 유령처럼 떠돌고 있다. 냉전은 끝났지만, 과거의 사회주의 대국은 극단적인 배금주의가 날뛰는 사회가 되어버렸다. 사회주의의 대안이 될 체제를 찾아내지 못한 현대 세계는 출구 없는 고통 속을 헤매고 있다. 남아공의 아파르트헤이트 체제는 무너졌으나 팔레스타인인들에 대한 억압은 더욱 거세졌

으며, 이민자를 배척하는 여러 선진국의 움직임에서 보듯 인종
차별 자체는 도무지 사라질 기미가 보이지 않는다. 유럽연합의
출현에 따라 국경을 넘는 새로운 틀에 대한 낙관론이 퍼졌으나
지금 유로는 급락하고 있으며, 이제는 누구도 그런 낙관론을 진
지하게 입에 올리지 않는다. 세계는 불안정과 대란의 조짐으로
가득하다. 더구나 억압당하는 사람들이 의지해야 할 조직이나
이념이 부재하기 때문에 이 불안정한 상황은 그들을 예컨대 파
시즘과 같은 극단적인 방향으로 몰아갈 것이라는 우려가 짙다.
그런 데다 지난해에는 후쿠시마 원전에서 파국적 사고가 발생했
다. 이것은 일본의 정치 시스템 자체의 결정적인 기능 부전, 사
고는 아랑곳없이 원전을 유지하려는 세력에 맹종하는 대중의 어
리석음을 드러낸 사건이었다.

　약 30년 만에 이 그림 앞에 서서 내 인생이 그만큼 흘러가
버렸다는 것을 실감했으나, 우리 인류가 변함없이 그 어리석음
과 잔혹함에서 헤어나지 못하고 있다는 것도 새삼 느꼈다. 30년
이라는 짧은 잣대로 하는 이야기가 아니다. 이 그림이 그려진 때
로부터 500년이 넘는 세월이 흘렀다. 그럼에도 그 경고와 교훈
에서 조금도 배우지 못한 것이다.

　연말에 일본을 떠나기 며칠 전 시간을 내서 〈브뤼헐의 움직
이는 그림The Mill and the Cross〉이라는 영화를 봤다. 폴란드인
감독 레흐 마예프스키Lech Majewski의 신작이다. 이번 여행을
앞두고 있었기에 더욱 보고 싶었다.

이 영화도 암울했다. 스페인의 합스부르크 왕가가 지배하던 16세기의 플랑드르를 역사적 배경으로 하여 피터르 브뤼헐 Pieter Bruegel the Elder(1525?~69)의 명화 〈십자가를 진 그리스도〉(그림 1)의 세계가 스크린에 충실하게 재현됐다. 붉은 제복을 입은 기마병들이 이단 혐의를 구실로 무고한 마을 사람들을 폭행하고 죽인다. 희생자들은 마차 바퀴에 얽어매 높다란 기둥 위에 매달아 놓는 중세 유럽의 전통적 형벌에 처해진다. 까마귀들은 희생자의 눈알을 쪼아 먹는다. 마을 사람들은 아무 힘도 없이 그저 울면서 이 포악한 광경을 지켜볼 뿐이다. 한쪽에서는 싸움, 연애, 축제, 춤 등 마을 사람들의 일상이 담담하게 이어진다. 브뤼헐은 그 모습을 성서 속 이야기에 비추어 보면서 '시간을 멈추어' 극도로 세밀하게 묘사한다. 무거운 십자가를 짊어지고 골고타 언덕으로 향하는 예수의 모습은 작아서 자칫 풍경과 군중 속에 묻힐 듯하다. "중요한 건 눈에 보이지 않는" 것이다.

이 영화를 보고 브뤼헐은 역시 천재라는 생각이 다시금 강하게 들었다. 그림을 그리는 솜씨가 뛰어나다는 차원의 이야기가 아니다. 눈앞에 펼쳐진 사건을 '다른 잣대'로 관찰하고 묘사할 수 있다는 의미에서 그렇다.

브뤼셀로 돌아가 왕립미술관에서 브뤼헐을 포함한 명작 몇 점을 보고 짤막한 벨기에 여행을 마쳤다. 새해가 밝았다. 올해는 어떤 해가 될까? 일본에서는 후쿠시마 이후의 위기와 싸워야 하는 어려움이 이어질 것이다. 한국에서는 명운을 가른다고도 할 수 있는 총선과 대선이 다가오고 있다. 현실을 '다른 잣대'로 관찰하려 애쓰면서도 동시에 눈앞에 펼쳐지는 일들을 하나하나 최선을 다해 풀어가지 않으면 안 될 것이다. 우리는 500년 전의 가난하고 무력했던 저 플랑드르 민중과 조금도 다를 게 없으므로.

난민 화가
이중섭

2016년 2월 18일

———————

올해는 화가 이중섭(1916~56)이 탄생한 지 100년이 되는 해다. 일본 NHK 교육 텔레비전은 〈일요미술관〉이라는 프로그램에서 이중섭 특집을 내보냈는데, 나도 논평자로 출연했다(2016년 1월 24일 방영).

나는 2014년에 펴낸 『나의 조선미술 순례』의 끝머리에서 다음과 같이 썼다. "일본 유학을 마치고 고향으로 돌아온 후, 한국 전쟁 때 북한을 떠나 피난 생활 끝에 가족과도 헤어지고 정신적으로도 피폐해져 병사한 이중섭. 해방 후 남한에서 일본으로 밀항한 후 화가로서 인정받기 시작했다가 그 안정된 생활을 버리고 북쪽으로 귀국해 끝내 소식불통이 된 조양규(1928~?). 한국 전쟁 당시 인민군에 가담하여 부산의 포로수용소에 수용되었다가 포로 교환 때 북쪽을 선택한 이쾌대(1913~65). 세 사람은 모두 뛰어난 재능을 지닌 화가였지만 각자의 길은 이렇게 극단적으로 갈렸다. (…) 실제로 해방 이후 70년이 다 된 지금까지도 이중섭, 조양규, 이쾌대 세 작가의 작품을 한자리에 모아 감상할 수 있는 전시회조차 마련된 적이 없다. (…) 식민 지배에서 벗어난 해방이 곧바로 분단이라는 암전으로 이어진 그 시대, '해방 공간'으로 불리는 그 시대를 이 세 화가는 어떻게 살아갔는가? 그 시대와 현실을 어떻게 자신의 예술에 투영시켰는가? 교차하는 작가 각각의 궤적을 이러한 질문에 비춰 보는 일은 '우리/미술'의 콘텍스트를 이해하는 데 매우 중요한 작업이다."

　이것은 내가 풀어야 할 '무거운 과제'라고 생각했다. 이중섭은 남쪽에서는 '국민적 화가'로 불릴 만큼 유명하지만, 나처럼 일본에서 나고 자란 이들에게는 그다지 친숙한 존재가 아니었다. 하지만 이 '과제'를 풀어 가는 과정에서 새삼 이중섭에게 관심을 가지게 되어 제주도 서귀포에 있는 그의 옛집에도 가 봤다. 말 그대로 고양이 낯짝만 한 작은 방이었다. 거기서 이중섭 일가 네 사람은 입에 겨우 풀칠하며 지냈다. 고독사한 그의 유골이 매장된 서울 망우리 묘지에도 가 봤다. 평론가 최열은 이렇게 썼다. "추위와 배고픔에 지쳐 죽어간 이중섭이 너무도 안타까워 이렇게 살아 있는 내가 죄스러울 지경이다."(「황폐한 세기의 격정」, 『화전』) 나 개인의 소회를 한마디로 표현하자면 '애절함'이라고 할 수밖에 없다. 이 민족의 운명 그것처럼, 애절하다.

　조선의 근대미술가들은 일부를 제외하고는 일본에 거의 알려지지 않았다. 오랜 세월 근대미술을 보거나 논할 때 '일국적인 틀'이 선행되어 왔기 때문일 것이다. 최근에야 그런 닫힌 미

술관에 대한 문제 제기라고 할 수 있는 전시회가 일본에서 열렸
다. 하나는 2014년의 《도쿄·서울·타이베이·창춘—관전官展으
로 보는 근대미술》이고, 다른 하나는 2015년의 《재회, 한일 근대
미술가의 시선—'조선'에서 그리다》이다. 모두 일본의 몇몇 주요
도시를 순회했다. 비판하거나 주문하고 싶은 점이 없지는 않았
지만, 제법 충실한 내용이었다고 할 수 있다. 2015년 전시에서는
조양규, 이쾌대와 함께 이중섭의 작품도 전시됐다.

　일본에서 조선 근대미술가가 별로 알려지지 않은 또 다른
이유는 조선 민족 쪽에 있다. 민족이 남북으로 분단된 지 이미
70년이 넘었다. 식민지 시대의 갑절이나 된다. 이 너무도 오랜
분단은 미술사에 대한 이해에도 짙은 그림자를 드리우고 있다.
지난해 국립현대미술관 덕수궁관에서 대규모 이쾌대전이 열렸
으나 조양규는 아직 본격적인 개인전이 열린 적이 없다.* 북쪽
사람들은 이중섭을 얼마나 알고 있을까? 남쪽 사람들은 조양규
를 얼마나 알고 있을까?

　조양규의 대표작은 도쿄국립근대미술관에 소장되어 있다.
남북 동포와 코리안 디아스포라가 한자리에 모이는 전시회를 열
수조차 없는 것이다. 더구나 '해방 공간'에서 엇갈린 이들 화가

---

*
2018년 10월 16일 광주 하정웅미술관에서 마침내 조양규 탄생 90주년 기념전 《조양규, 시대
의 응시_단절과 긴장》이 열렸다. 하정웅 컬렉션, 도쿄국립근대미술관, 미야기현립미술관 등의
소장품을 한자리에 모은 것으로, 화가가 북송선을 탄 지 58년 만의 일이었다.

세 사람에 주목하여 그 작품을 모은 전시회는 국내에서 아직 열린 적이 없다. 이래서는 식민지 시기, 해방 공간, 분단 시대를 관통하는 우리 미술사의 像을 그려 볼 수도 없을 것이다. 극히 일부이기는 하지만, 이 세 화가의 동시 전시가 일본의 《재회》전에서 먼저 실현된 것이다. 나는 이를 기쁘게 받아들이면서도 서울과 평양에서 이런 전시회를 열 수 없는 현실을 참으로 안타깝게 생각한다.

　이중섭은 1916년 평안남도의 부유한 지주 가정에서 삼 형제 중 막내로 태어났다. 오산고교에 다니다 1934년에 일본으로 건너가 제국미술학교와 문화학원에서 공부했다. 루오Georges Rouault(1871~1958)의 영향을 받았으며, 보들레르와 릴케의 시를 즐겨 암송했다. 졸업 뒤 조선으로 돌아간 이중섭은 해방 3개월 전인 1945년 5월, 그를 따라 조선으로 건너온 문화학원 후배 야마모토 마사코山本方子와 결혼해 원산에 둥지를 틀었다. 전쟁이 나자 이중섭은 아내와 어린 자식 둘을 데리고 부산으로 갔다가 또다시 제주도 서귀포로 피난했다. 생활은 더없이 곤궁했으나 그는 아이들을 데리고 바닷가로 나가곤 했다. 화구를 살 여력조차 없었던 그는 담뱃갑 은박지에 태양과 바다, 게, 신나게 노는 아이들의 모습을 그렸다.

　결국 생활고를 견디지 못한 그는 영양실조와 결핵으로 고생하는 아내를 일본의 처가로 돌려보낸다. 홀로 남은 이중섭은 친지의 도움으로 각지를 전전하며 계속 그림을 그려 1955년 1월에는 서울 미도파백화점 화랑에서 개인전을 열었으나, 그 직후 정신병을 앓으며 건강을 크게 해친 끝에 1956년 9월 6일 고독 속에 세상을 떠났다. 이런 최후는 고흐나 모딜리아니의 그것을 떠올리게 한다. 다른 점이라면 이중섭에게는 식민 지배, 민족 분단, 전쟁의 그림자가 짙게 드리워져 있다는 것이다. 일본인 아내와의 이별도 그런 역사를 반영하고 있다.

마사코 부인은 지금도 건강해서 이번 〈일요미술관〉에도 출연했다. 프로그램은 자연스럽게 이중섭과 그 가족의 사랑과 이별에 초점을 맞추었는데, 나로서는 다음의 사항을 덧붙여 강조하고 싶었다.

이중섭은 소를 많이 그렸다. 일제강점기에 일본에 유학한 조선인 미술 학도들은 1933년 '백우회白牛會'라는 그룹을 결성한 적이 있다. '흰색'(白)과 '소'[牛] 모두 그들의 민족적 아이덴티티를 나타내는 것이었다. 나라를 잃고 고향이나 가족과도 떨어져 있지만 자기 자신을 잃지 않고 살아가겠다는 자그마한 바람의 표현이라고도 할 수 있다. 특별히 첨예한 정치적 의식을 가지고 결집했다기보다는 느슨한 형태로 상부상조하는 조직이었다고 보면 좋을 것이다. 그러나 일본 당국의 개입으로 이 그룹은 결국 '재동경미술협회'로 이름으로 바꿀 수밖에 없었다고 한다. 자신들의 민족적 아이덴티티를 자유롭게 표현할 수 없었던 것이다. 해방 뒤 마침내 마음껏 '소'를 그릴 수 있는 상황이 돌아왔다. 조선이 전쟁으로 분단되지 않았다면 화가는 '소'를 그려 나가며 가족과 평온한 나날을 보낼 수 있었을지도 모른다. 그러나 현실은 그렇지 못했다.

이중섭은 말하자면 '난민 화가'다. 모든 걸 잃고 '난민'이 되어서도 계속 그림을 그렸다. 도대체 무엇을 위해서인가. 애초에 인간이란 존재에게 예술이라는 행위는 어떤 의미가 있을까. 그런 의문에 사로잡히게 만드는 존재가 이중섭이다. 예술에 삶을 바친 화가 중에는 영예와 부를 거머쥐기는커녕 생존보다도 '예술하기'의 가치를 더 우위에 둔 이들이 존재한다. 빈곤, 병고, 사회적 불우 같은 경험은 드문 일이 아니다. 이중섭은 바로 그런 존재다. 한국의 많은 사람이 그의 생애와 작품에 자신들의 이야기를 포개어 본다. 그것이 그의 작품이 사랑받는 이유일 것이다. '난민'이 된 화가가 극심한 빈곤 속에서 담뱃갑 은박지에 못으로 눌러 그린 그림. 이 얼마나 보잘것없고 초라한가. 하지만 그 세계는 친밀하고 에로스로 가득하며 유머도 있다. 가만히 보고 있자면 어렴풋이 광기를 띤 궁극의 유토피아像이라 할 만한 것이 떠오른다.

처자식과 함께 일본에서 살았다면 좀 더 오래 살 수 있었을 텐데, 하고 이야기하는 이도 있다. 정말 그럴까? 주운 은박지에라도 그리고, 그리고, 또 그리는 것이 그가 '살아가는' 방식이었다. 어려운 상황일수록 그림을 그리는 것이 그의 '삶'이었던 것이다. 그것은 일본이라는 장소에서 살아가는 것으로는 채워지지 않는 예술적 욕망이었을 것이라고 나는 생각한다. 거기에 이 화가의 독자성과 보편성이 있다.

지금도 세계에는 '난민'이 넘쳐난다. 국가의 보호에서 배제된 채 오직 생존을 위해 거친 들판을 맨발로 헤매고 다니는 사람들. 그중에는 이중섭과 같은 사람들도 꽤 있을 것이다. 이중섭을 애석하게 여길 수 있는 사람이라면 그 무수한 고난에 공감할 수 있을 것이다. 그렇게 믿고 싶지만…….

+

조양규와 이쾌대에 관한 좀 더 구체적인 논의는 『디아스포라 기행』, 돌베개, 2006/2023, 150~155쪽(조양규); 「분열이라는 콘텍스트」, 『나의 조선미술 순례』, 반비, 2014(이쾌대) 참조.

'니시키에'와
근대 일본의 아시아관

2019년 12월 19일

　　'니시키에錦繪'를 아시는지? 니시키에는 일본 근세 회화를 대표하는 우키요에浮世繪의 한 갈래로, 메이지 유신을 전후해 사회가 요동치며 청일·러일 전쟁 등이 이어지는 가운데 '보도성'이 있는 값싸고 대중적인 미디어로서 일본 국민들 사이에 널리 보급된 것이다. 미술사적으로 흥미롭고 사료로서도 매우 귀중하다. 내가 관장으로 있는 도쿄경제대학 도서관의 '사쿠라이 요시유키櫻井義之 문고'에는 니시키에가 약 130점 들어 있다. 사쿠라이 요시유키는 일제강점기에 경성제국대학의 조교가 됐고, 나중에 조선총독부 관방문서과에서 서지 작성이나 자료 수집 일을 한 인물로, 일본의 패전(조선 해방)과 함께 일본으로 돌아가 문헌 자료의 수집을 이어 나갔다. 조선과 관련된 주제는 '진구 황후神功皇后의 원정', '임진왜란', '정한론 논쟁', '강화도 사건', '임오군란', '갑신정변', '김옥균 암살 사건', '갑오개혁', '조선국 왕성王城', '청일전쟁' 등 10개 항목이다.

도쿄경제대학에서는 평소 별로 눈에 띄지 않는 도서관 깊숙한 곳에 잠들어 있는 이 컬렉션을 지난달 부분적으로 공개해 전시하고, 관련 학술 심포지엄을 열었다. 니시키에는 다루기 어려운 자료다. 그것은 겉보기에 아름다우며 근대 일본 미술 문화의 발전, 나아가 현재의 애니메이션 문화로 이어지는 맥락을 고찰하는 데에도 빠트릴 수 없다. 또한 니시키에 작가 중에는 쓰키오카 요시토시月岡芳年 등 주목할 만한 인물이 포함되어 있다. 그와 동시에 사쿠라이 문고의 니시키에는 대부분 '전쟁화'이며, 일본이 근대에 침략·지배한 이웃 민족들에 대한 적대와 멸시의 표상이다.

사쿠라이 요시유키는 "조선을 주제로 한 니시키에가 당시의 일본 국민에게 어떻게 비쳤는가, 그들은 니시키에를 통해 이웃 나라 조선을 어떻게 바라보고 의식했는가."라는 문제의식을 제시하면서, 니시키에가 메이지 시기의 한반도에 대한 의식을 고찰하는 데 필요한 가장 전형적인 자료라고 지적했다.(「메이지 시대의 니시키에로 보는 조선 문제」, 『사쿠신가쿠인여자단기대학기요』 4, 1977). 또 역사학자 강덕상은 "일본의 역사는 에도 막부 말기·메이지 시기 천황제 국가의 입맛에 맞게 재편되었다."라고 문제를 제기하며 "또 하나의 역사 바꿔 쓰기 공방의 산물"인 니시키에는 그런 의문에 대한 해답인 "조선·중국 침략의 실태"를 은폐했다고 지적한다(강덕상 편, 『니시키에 속의 조선과 중국―막부 말기·메이지 시대 일본인의 시선』, 이와나미쇼텐, 2007). 니시키에는 역사적 사실을 보여 주는 자료라기보다는 사람들(이 경우에는 당시 일본의 대중)이 거기에 묘사된 '인상'(이미지)을 어떻게 내면화했는가, 그것이 훗날의 역사에 어떤 영향을 끼쳤는가 하는 문제를 고찰하기 위한 자료다.

앞에서 이야기한 심포지엄에서 동아시아 고대사 연구의 권위자인 와세다대학 이성시 교수는 「니시키에에 묘사된 삼한三韓 정벌」이라는 제목으로 보고를 진행했다. 보고에서 이 교수는 일본 고대 신화에서 이야기하는 '진구 황후의 삼한 정벌'(진구 황후가 한반도를 원정해 신라, 백제, 고구려를 정복했다는 신화)은 완전한 허구임을 확인하고, 그 허구가 근대 이전부터 비대해져 정착되고 일본 국민에게 내면화되었다고 지적했다. 이 교수에 따르면 이 신화가 학문적으로 부정된 것은 놀랍게도 일본 패전 14년 뒤인 1959년 발표된 나오키 고지로直木孝次郎의 논문에 의해서였으며, 그 이전의 일본인들은 다수의 지식인을 포함해 이 신화를 사실로 받아들였다. 이것은 예컨대 성서의 서술을 사실이라고 강변하며 팔레스타인 지배를 이어 나가는 이스라엘을 상기시킨다.

13세기 말 원나라(몽골)의 침공 이후 진구 황후 신화는 한 단계 진화한다. 진구 황후는 삼한을 정벌한 결과 이국異國(한반도)의 왕들에게 일본국의 '개'가 되어 일본을 수호하겠다는 약속을 받아 내고, 활로 "신라국의 대왕은 일본의 개"라는 문구를 바위에 새긴 뒤 귀국했다는 것이다. 그 상상의 장면을 그린 것이

〈대일본사략 화첩大日本史略圖會 제15대 진구 황후〉(그림 2)이다. 진구 황후의 전설은 지금도 신사신도神社神道*와 결부되어 일본 국민의 정신에 깊이 뿌리내려 있으며, 임신한 몸으로 삼한을 정벌했다는 진구 황후는 지금도 일부 일본 국민에게 순산의 수호신이라는 신앙의 대상으로 받아들여진다.

또 다른 발표자 고고 에리코向後惠里子는 「청일전쟁 니시키에로 보는 신체의 표상」이라는 제목의 보고에서 니시키에에 드러난 신체 표상이 '일본인'에 대해서는 규율, 문명, 강인함을 나타내며, 조선인과 중국인에 대해서는 무규율, 야만, 연약함 등을 나타낸다고 분석했다. 〈전기를 사용한 평양 공격平壤攻擊電氣使用之圖〉(그림 3)은 당시의 최신 무기인 전기를 사용해 평양을 공격하는 일본군의 모습을 원근법에 기초한 참신하고 '근대적'인 구도로 묘사한 것이다.

세계적으로 보더라도 이른바 '문명'의 발전은 타자에 대한 침략·지배 과정과 깊이 결부되어 있다. 제국주의 국가가 타자에게 '야만', '미개', '후진'이라는 표상의 딱지를 붙임으로써 스스로를 '문명', '개화', '선진'의 위치에 놓고 침략과 지배를 정당화하려 할 때 미술, 사진, 영화 등 시각 미디어가 수행한 역할은 지대하다. 이런 '이미지'는 대중의 무의식에 침투함으로써 타자에

---

*
특정 지역에서 같은 씨족신을 모시는 신사를 중심으로 하는 신도. 좁은 의미로는 메이지 시대 이후의 국가신도를 가리킨다.

대한 우월감을 양성해 몇 세대나 되는 장기간에 걸쳐 줄곧 영향을 끼친다. 유의해야 할 것은 이런 이데올로기가 단지 권력에 의해 위로부터 서민에게 강제됐을 뿐 아니라 서민 쪽에서도 이를 기쁘게 받아들였다는 사실이다. 당시 니시키에는 큰 인기를 얻어 날개 돋친 듯 팔렸다.

근대 일본에서 시각 이미지로 대중에게 침투해 내면화되어 온 '타자상'을 발견해 내는 것은, 일본 국민이 그런 '거울'에 비친 근대의 왜곡된 '자기상'을 발견하고 그 극복의 방향을 모색하는 데에 중요하다고 생각한다. 뛰어난 예술성과 타자에 대한 멸시의 동거. 이것은 굳이 말하자면 우리에게 '근대' 자체의 양의성이라는 난문을 던지며, 일본과 아시아 여러 민족에게 '근대'의 의미를 다시 한번 깊이 생각해 보게 한다고 할 수 있다. 또한 오늘날의 '헤이트스피치'(타자에 대한 증오[혐오] 언설)에 대해 생각하기 위해서도 '근대'에 대한 좀 더 깊은 고찰이 필요할 것이다. (니시키에는 다음 도쿄경제대학 도서관 웹사이트의 '귀중서 아카이브'에서 열람할 수 있다. www.tku.ac.jp/library/about/collection/)

미야기 오토쿠

2018년 7월 19일

    태풍이 한창 몰아치던 시기에 오키나와
를 찾았다. 몇 가지 볼일이 있었는데, 그중 하나는 사키마佐喜間
미술관에서 일본의 전쟁화에 관해 강연하는 것이었다. 강한 비
바람에도 불구하고 참석해 준 열띤 청중의 호응이 고마웠다.
    사키마미술관에는 독일의 여성 미술가 케테 콜비츠Käthe
Kollwitz(1867~1945)의 작품이 소장되어 있으며, 마루키 이리
丸木位里(1901~95)와 마루키 도시丸木俊(1912~2000) 부부의 대
작〈오키나와전투도〉가 상설 전시되어 있다. 강연에서 나는 일
본의 전쟁 기록화(차라리 '전쟁 의지 고양화'라고 해야겠지만)를
대표하는 후지타 쓰구하루藤田嗣治(1886~1968)의〈사이판섬의
동포, 신절臣節을 다하다〉에 대해 해설했다. 이 그림은 남태평양
사이판섬이 미군의 공격으로 함락되었을 때, 당시 섬에 거주하
던 많은 일본인이 '신절'(천황에 대한 신민의 충절)을 다하고 자
결했다는 '애국 미담'을 큰 화폭에 묘사한 것이다. 이 그림은 전
쟁 중 일본 각지를 순회한《성전聖戰 미술전》등에 전시되며 많

은 일본인 관람객을 불러 모았다.

이 그림의 화면 오른쪽 끝에는 '만세 절벽Banzai Cliff'이라 불리는 절벽에서 바다로 떨어지는 여성들의 모습이 그려져 있다. 이들도 '신절'을 다하기 위해 자결했다고 알려져 있다. 그러나 이때 사이판에서 목숨을 잃은 이들 중에 적지 않은 수의 조선인도 있었다는 사실을 상기하는 이는 별로 없다. 일본의 식민지였던 남양 군도에는 노무에 동원된 조선인들이 있었고, 이른바 '위안부'들도 있었다. '일본인'이라는 '국민'의 미담이 날조될 때 이런 주변화된 존재들은 언제나 버림받는다.

오키나와 지상전에서는 많은 현지인이 목숨을 잃었다. 희생자 중에는 일본군의 손에 살해당하거나 '자결'을 강요당한 예도 적지 않다. 패색이 짙어진 일본군은 그들이 알아듣기 어려운 방언을 쓰는 오키나와 현지인에게 스파이 혐의를 씌웠다. 또 좁은 방공호는 군인 우선이었기에 현지 주민들은 출구 근처나 바깥으로 쫓겨났다. 아기를 안은 엄마가 울음소리 때문에 적에게 발각되어서는 안 된다는 이유로 제 아이를 죽인(죽일 수밖에 없었던) 사례도 있다. 산지옥이었다. 같은 전쟁, 같은 '자결'을 묘사하면서도 마루키 부부의 〈오키나와전투도〉와 후지타의 작품은 그 방향성이 정반대다. 하나는 오키나와의 미군 기지에 인접한 사립 사키마미술관에 있고, 다른 하나는 도쿄 중심지의 황궁(고쿄皇居)에 인접한 도쿄국립근대미술관에 있다.

7월 2일 나고名護시박물관에 갔다. 그곳에는 화가 미야기 요토쿠宮城興德(1903~43)의 작품들이 소장되어 있다. 몇 년 전 그 중 한 점이 사키마미술관에 전시되어 있는 것을 우연히 보았다. 어촌에 작은 배가 정박해 있는 풍경화다. 동행한 아내는 화가의 이름도 모른 채 "어쩜 이토록 투명한……"이라 말한 뒤 숨을 죽이고는 작품에 완전히 빠져들었다. 그로부터 몇 년이 지나 마침내 바라던 바가 이뤄졌다. 이번에 사키마미술관 관장이 힘써 주시고 나고시박물관도 호의를 베풀어 휴관일임에도 그 작품들을 특별히 관람할 수 있었다.

미야기 요토쿠를 아는 사람은 그의 고향인 오키나와를 제외하고는 일본에도 많지 않다. 하물며 한국에서야 거의 알려지지 않았을 것이다. 1903년 지금의 나고시에서 태어난 미야기는 사범학교에 입학했으나 폐결핵으로 도중에 그만두고, 돈벌이를 위해 먼저 미국에 가 있던 아버지의 부름을 받아 1919년 16세 때 미국으로 건너갔다. 미국에서는 미술학교에 다니며 1924년의 이른바 '배일排日 이민법'(존슨-리드법)으로 대표되는 미국 이민노동자들의 수난에 분노하며 사회문제에 눈을 떴고, 1931년 미국 공산당에 입당해 일본인부에 들어갔다. 1933년 10월에는 지령을 받고 비밀리에 일본으로 돌아가 '조르게 기관'의 일원으로 활동했다. '조르게 기관'이란 리하르트 조르게Richard Sorge(1895~1944)가 이끈 첩보 조직이다. 조르게는 1895년 러시아의 바쿠에서 태어났다. 독일인 아버지는 석유정제 기술자였고, 어머니는 러시아인이었다. 조르게는 강철 같은 의지를 지닌 비밀활동가였을 뿐 아니라 중국 문제 전문가요 일류 저널리스트 이기도 했다.

조르게 기관의 임무는 일본의 대소련전 정책에 관한 정보를 수집하는 것이었다. 나치 독일의 위협에 직면한 소련에게 극동의 일본이 북진해서 소련을 공격할지, 남진해서 아시아·태평양 지역으로 진격할지를 알아내는 것은 사활이 걸린 문제였다. 조르게의 활동에 동지로서 협력한 이가 오자키 호쓰미尾崎秀實 (1901~44)다. 오자키는 『아사히신문』 기자이자 중국 문제 전문가로, 아그네스 스메들리Agnes Smedley나 루쉰魯迅(1881~1936) 과도 친교가 있는 지식인이었다. 그는 당시의 고노에 후미마로 近衛文麿 내각의 두뇌였기 때문에 중요한 정보에 접근할 수 있었다. 조르게 기관의 활동은 1933년부터 8년여 동안 계속됐고, 그 기간에 귀중한 정보를 모스크바로 빼돌렸다. 1941년 7월 2일 어전회의(천황이 참석하는 최고 의사결정 회의)의 결정을 토대로 한 "일본, 북진하지 않는다."라는 조르게 기관의 첩보 덕에 소련은 극동의 전력을 대독일 전선에 투입할 수 있었다.

1941년 10월 조르게 기관의 주요 멤버가 일제히 검거됐다. 기관원 17명, 비기관원 18명이 검거됐으며, 재판 결과 조르게와 오자키는 사형, 크로아티아인 기자 부켈리치, 독일인 무선 기사 클라우젠은 종신형을 선고받았다(부켈리치는 후에 옥사). 미야기 요토쿠는 취조받던 중 수갑을 찬 채 경찰서에서 두 차례나 뛰어내려 자살을 기도했으나 실패했고, 결국 결핵의 병고가 겹쳐

1943년 8월 2일 공판 중에 옥사했다. 그의 나이 40세였다.

오자키와 조르게는 종전이 가까운 1944년 11월 7일 도쿄 스가모巢鴨구치소에서 처형되었다. 오자키의 옥중서간집『애정은 반짝이는 별과 같이』는 전쟁 뒤 베스트셀러가 됐는데, 거기에는 아내와 딸에 관한 생각과 함께 동지 조르게에 대한 존경의 마음, 몸이 약했던 미야기에 대한 염려 등이 적혀 있다(조르게와 오자키에 대해서는 졸저『사라지지 않는 사람들』참조).

전쟁 후 미야기는 고향에서 오랜 기간 '국적國賊'으로서 금기시되었지만, 1990년대부터 서서히 재평가의 움직임이 나타나 2003년에는 나고시에서 지역 유지에 의해 탄생 100주년 기념행사도 열렸다. 내가 이번에 나고시박물관에서 입수한 기념 책자『그대들의 시대』에 그 경위가 기록되어 있다. 이 책자에 수록된 역사학자 히야네 데루오比屋根照夫 류큐대학 교수의 강연문에는 이런 내용이 있다.

"이런 세계사적 사건에 어째서 이 나고 얀바루山原*라는 작은 지역 출신들이 뛰어들었는가. 이는 20세기의 커다란 드라마라고 할 수밖에 없습니다. 거기에 이른바 20세기의 혁명과 전쟁의 시대, 이상을 내걸었던 (…) 사람들의 뜻이 좌절되어 간 시대의 빛과 그림자가 펼쳐져 있습니다."

조르게, 오자키, 미야기 등 위와 같은 활동에 참여한 사람들

---

*
오키나와 본도 북부의 산악 지방.

은 가지고 있던 배경이나 생각이 제각각이었다. 미야기의 경우 는 "비토非土의 비애"가 그 밑바탕을 이룬다고 히야네 교수는 말 한다. '비토'는 '토착이 아님'을 뜻하는 조어인데, '디아스포라'를 가리키는 말일 수도 있다. 그들의 활동은 "당시의 국제 관계 속 에서 가능했던 최대한의 반전·평화 활동이었다고 평가받는다."

박물관에서 소박한 민예품 등의 전시도 보고 가까운 광장에 있는 미야기 기념비도 본 뒤 귀로에 올랐다. 태풍으로 비바람이 거셌으나 가끔 구름이 갈라진 틈새로 남국의 태양이 빛났다. 난 폭해진 바다가 발하는 빛은 무시무시하면서도 아름다웠다. 열여 섯 나이에 이 바다를 넘어 이국으로 건너가 화가가 되고자 했던 청년. 스스로 반전·평화 활동에 투신해 고통 끝에 옥사한 청년. 그 생애는 단지 지나간 과거일까. 오키나와의 미군 기지 반대 운 동은 놀라울 정도로 끈기 있게 계속되고 있다. 하지만 야마토(일 본 본토) 사람들 대다수는 그 일에 무관심하다.

불의에 순응하지 않은
미술의 힘

2010년 10월 29일

이 글은 한국 연수 여행에 관한 지난 칼럼*의 후속편이다. 일정은 일주일로 짧았지만, 바쁜 일정 중에도 하루를 미술 견학에 할애했다. 역사와 평화를 성찰하는 이런 연수 여행에도 반드시 예술 감상을 포함시켜야 한다는 게 내 지론이다. 한국 사람들이 오키나와에 갈 기회가 있다면 좀 무리를 해서라도 사키마미술관을 찾아 마루키 부부의 대작 〈오키나와전투도〉를 관람하기를 권한다.

9월 11일, 비가 내리는 가운데 과천 국립현대미술관에 갔다. 나는 전에도 몇 번 이 미술관을 찾은 적이 있는데, 상설 전시관에 신학철의 대작 벽화 〈한국현대사〉가 걸려 있었던 건 의외였고 또 기뻤다. 나는 전부터 한국 근대미술은 예쁘기만 한데 민중미술은 예외라고 말해 왔다. 신학철의 이 작품은 바로 그 '예외'

*
「일본과 한국의 배제 사이에서」, 『디아스포라의 눈』, 한겨레출판, 2012, 278~281쪽 참조.

의 빼어난 사례다. 한 일본 학생은 "선생님, 일본에는 이런 그림이 없겠죠."라고 말했다. 분명 그의 말대로다. 학생들은 한국 현대사에 관한 지식이 거의 없다. 조금 안다고 해도 보통은 자신과는 인연이 없는 곳에서 벌어진 과거의 일로만 느낀다. 그러나 그런 학생들도 이 그림을 보고는 숨을 삼켰다. 눈물과 피로 얼룩진 한국 현대사에 대한 이미지를 획득하고, 더 알고 싶다는 관심을 가지기 시작한 것이다.

한때 국가가 금기시한 이 작품이 국립미술관의 소장품에 포함되어 있다는 건 좋은 일이다. 이 작품은 한국이라는 '국가'를 대표한다고 할 수는 없으나 분명 이 땅의 사람들이 겪어 온 고투 어린 삶을 표현한 작품이기 때문이다. 경계해야 할 것은 이런 작품에 대한 평가가 일시적인 정권 교체 등에 의해 이리저리 바뀌는 것이다. 이 작품을 구입한 미술관이 앞으로 작품을 어떻게 다뤄 나갈지 주시해야 한다. 또 이 그림에 묘사된 살아 있는 역사가 단순히 과거의 죽은 역사로 진열되는 것도 경계해야 할 것이다. 신학철의 작품에 감격한 학생들은 미술관 상점에서 이 그림이 담긴 도록을 사려고 했으나 어찌 된 일인지 민중미술 관련 서적은 한 권도 없었다. 그것은 우연이었을까?

같은 날 오후 덕수궁미술관에서 《아시아 리얼리즘》전을 봤다. 서구의 리얼리즘 기법이 아시아 여러 민족에게 수용된 과정은 제국주의 침략과 식민 지배의 과정과 일치한다. 그런 의미에서 각 민족의 그림에 그 종주국의 영향이 스며들어 있는 건 당연하겠지만 직접 보고 있자니 참으로 흥미로웠다. 그 가운데서도 베트남인의 작품에서는 오랜 세월 중국의 압박을 받은 흔적과 함께 프랑스, 미국과의 기나긴 전쟁에서 싸워 이긴 민족다운 독자성이랄까, 독특한 매력을 느낄 수 있었다.

일본인의 작품으로는 서양풍 사실화의 선구자인 다카하시 유이치高橋由一(1828~94)의 작품과 함께 미야모토 사부로宮本三郎(1905~74)와 시미즈 도시淸水登之(1887~1945)의 전쟁화도 전시되어 있었다. 관람객들이 이 일본 전쟁화들을 어떻게 봤을지, 그 배경이나 문맥에 대해 얼마나 알고 있을지 궁금했다.

일본의 전쟁화는 사실 일본에서도 별로 전시되지 않는다. 그것이 화가들과 일반 감상자의 덮어 두고 싶은 '거북스러운 과거'와 관련이 있기 때문이다.

자세히 보면 시미즈의 작품에는 태평양전쟁의 말레이 작전 중 교량 건설 작업을 하는 일본군 공병대와 더불어 같은 작업에 동원된 터번을 쓴 현지인들도 묘사되어 있다. 한국인들은 이 '현지인'의 존재에 관심을 가졌을까? 이것이 즐거운 공동 작업이었다면 한마디로 그저 '아시아'라고 해도 문제없을 것이다. 하지만 실상은 침략하는 쪽과 침략당하는 쪽으로 찢겨 있었고, 일본과 여타 민족들에게 근대는 각기 다른 의미를 지닌다. '아시아 리얼리즘'이라 일괄해서 부르고 있지만, 일본과 여타 민족들에게는 '아시아'도 '리얼리즘'도 당연히 다른 의미로 다가올 수밖에 없다.

솔선해서 전쟁화를 그린 미야모토 사부로는 전쟁 뒤에 일전해서 화려한 색채의 정물화와 인물화를 그려 인기를 얻었다. 그 세대의 일본인은 그를 '아름다운 여성 그림을 그린 화가'로 인식하고 있다. 미야모토는 전쟁에 협력한 자신의 과거에 대해 별로 입을 열지 않았지만, 전후 10년쯤 지나 어느 잡지의 좌담회에서 이렇게 말했다. "기록화[전쟁화를 일본인들은 이렇게 부른다]를 그리는 일은 대체로 국민 전체의 요망 사항이었습니다. 자신들의 기념상이었던 것이죠. 대동아공영권*이라는 이상을 앞세워 죽어가는 것을 아무렇지도 않게 생각하는 마음을 모두가 가지고 있었습니다. 따라서 그 이상에 순응해 잘 그리기만 하면 됐습니다. (⋯) 전체에게 어필하는 기쁨이지요. 그게 지금은 전혀 없어요."

속내를 솔직하게 토로한 것이리라. 미야모토는 침략 전쟁의 선봉에 선 일을 후회하지 않았을 뿐 아니라 오히려 평화주의에 '순응'하는 전후의 현실에서 공허감을 느꼈다. 나는 그런 화가의 그런 작품을 전시해서는 안 된다고 주장하려는 게 아니다. 오히려 많이 전시하고 관람하면서 침략과 식민 지배로 점철된 근대라는 시대에 미술이 수행한 기능의 공과功過를 깊이 성찰할 기회를 가져야 한다고 생각한다. 하지만 덕수궁미술관의 전시가 그

---

*

일본을 중심으로 한 아시아 광역 경제권 구상 및 그 대상이 되는 지역. 태평양전쟁 중 일본의 대외 침략을 정당화하기 위해 사용된 표어다.

런 의도로 기획된 것이었는지는 의문이다.

9월 12일에는 '나눔의 집' 역사기념관에서 윤석남의 작품을 봤고, 13일에는 매향리 미군 사격장 터에서 임옥상의 대형 설치 작품을 봤다. 나는 2007년 경기도미술관에서 임옥상의 작품을 본 적이 있다. 그러나 실제로 불발탄과 포탄 껍데기들이 여기저기 뒹굴고 있는 현장에서 보니 더욱 각별하고 인상 깊었다. 윤석남이든 임옥상이든 그 신조는 미야모토의 '순응'과 정반대일 것이다. 그것이 나뿐만 아니라 백지상태의 젊은이들에게 감동을 주었다. 어느 것이나 한국 사람들(국가가 아니다)이 세계에 자랑할 수 있는 작품이다.

무언관
방문기

2012년 8월 22일

지난 8월 6일 히로시마 원폭 투하 추모일에 나는 학생 10여 명과 함께 나가노현 우에다上田시 교외의 '무언관無言館(무곤칸)'을 찾았다. 무언관은 1997년에 개관한 조그마한 사설 미술관이다. 그곳에는 전몰 미술학도 108명의 유작과 유품이 전시되어 있다.

애초에는 썩 내키지 않았다. 화가의 꿈에 부풀었던 많은 미술학도가 전쟁에 동원되어 아시아, 남태평양 등지에서 목숨을 잃었다. 생환을 기약할 수 없었던 그들은 아내나 연인의 초상, 고향의 산하 등을 그림으로 남겼다. 그들 중 다수는 자발적으로 종군하지는 않았을 것이다. 그들이 남긴 미숙하면서도 순수한 작품은 전쟁의 무참함을 더욱 도드라져 보이게 한다.

그런데 그들 다수가 자국의 침략 전쟁에 근본적인 의문을 품는 일 없이 명령에 따라 총을 겨누고 방아쇠를 당긴 것 역시 부인할 수 없는 사실이다. 그래서 나는 그곳에 갈 때마다 석연치 않은 느낌에 사로잡히지 않을 수 없었다. 그들의 비통한 운명에 대한 동정과 연민에 빠지면 가해와 침략임이 명백한 저 전쟁을 피하기 어려운 숙명과 비장한 희생의 이야기로 오독하는 '요술', 피해자적 감정에 말미암아 가해의 역사를 외면하는 '요술'에 걸릴지도 모르기 때문이다.

그래도 A 군의 수업 발표를 듣고 가 보고 싶은 마음이 생겼다. A 군은 인상에 남은 작품으로 이자와 히로시伊澤洋(1917~43)의 〈가족〉(그림 4)을 들었다. 화가의 늙은 부모와 형 부부가 정장 차림으로 거실 탁자에 둘러앉아 있다. 탁자 위에는 과자와 과일이 담긴 쟁반, 홍차 잔이 놓여 있다. 화가 자신은 이들 뒤 캔버스 곁에 서서 이쪽을 보고 있다. 죽음을 예감한 듯 망연한 표정을 하고 있다. 전형적인 중류 가정의 단란한 풍경이다.

필시 유복한 가정의 자제였을 것이다. 그렇지 않고는 화가가 되겠다고 생각할 수도, 미술학교에 진학할 수도 없었을 것이다. 나는 이 그림을 보고는 한눈에 그렇게 판단했다. 하지만 반세기 뒤 유족을 찾아갔던 무언관의 구보시마 세이이치로窪島誠一郎 관장에 따르면 이자와의 집은 "요즘 세상에 아직도 이런 집이 있나 기겁할 정도로 허름한 집"이었다고 한다. 그 이야기를 듣고 나니 한 미술학도의 존재가 실감으로 다가왔다.

이자와는 도쿄미술학교(도쿄예술대학 미술학부의 전신) 3학년 재학 중에 징병당해 만주에 갔다가 다시 홍콩 전투에 투입된 뒤 뉴기니에서 전사했다. 26세였다. 그의 집안은 극빈 농가였다.

"아침부터 밤까지 농사일에 쫓겨 생활에 여유가 없었다. 〈가족〉이라는 작품은 상상화"라고 이자와의 형은 말했다. 구보시마 관장에 따르면, "당시 지방 농가에서 자식 하나를 도쿄의 미술학교에 보내려면 상당한 결단과 용기가 필요했다. 얼마 안 되는 입학금과 월사금(수업료)을 내기 위해 이자와 집안은 마당에 있던 소중한 느티나무를 베어 팔았다고 한다."

그토록 꿈에 그리던 화가의 길이 전쟁에 무자비하게 짓밟히고 만 것이다. 전몰 미술학도들은 피해자다. 하지만 '전쟁'이라는 추상적인 운명의 피해자가 아니다. 침략 전쟁을 강행한 자국 지배층의 피해자인 것이다. 동시에 그들은 자발성 유무와는 관계없이, 침략에 가담했다는 의미에서 가해자이기도 했다. 관장은 내게 "그들의 총구 앞 저쪽 편에 그들과 다를 바 없는 젊은이들이 있었다는 사실도 잊어서는 안 됩니다."라고 말했다.

무언관 앞뜰에 '기억의 팔레트'라는 기념비가 있다. 거기에는 화가 노미야마 교지野見山曉治와 구보시마 관장이 자비를 들여 조사한 전몰 미술학도들의 이름이 새겨져 있다. 죽 늘어선 이름을 훑어가는데 조선인의 것으로 보이는 이름들이 눈에 들어왔다.

고석(1913년생, 경기도 고양군 숭인면 출신, 1939년 제국미술학교 졸업), 황낙인(1915년생, 충청북도 괴산군 청안면 출신, 1938년 제국미술학교 졸업), 시로야마 긴지城山金治(정순모, 1918년생, 1944년 제국미술학교 졸업).

식민 지배자의 전쟁에 동원되어 죽어간 이들은 어떤 사람들이었을까? 어떤 심정이었을까? 그들은 어디까지 피해자이고 어디까지 가해자일까? '무언관'에 그들의 작품은 전시되어 있지 않았다. 유족과 연락이 닿지 않아 유작을 찾아낼 수 없었기 때문이다. 문자 그대로 '무언'이다.

미군 기지에
저항하는 미술관

―오키나와에서 케테 콜비츠를 보다

2015년 7월 16일

지난 6월 27일, 한여름 더위 속에 오키나와를 찾았다. NHK의 〈마음의 시대〉라는 프로그램으로 나갈 사키마미술관 관장과의 대담을 위한 방문이었다. 이 미술관은 미 해병대 후텐마普天間 기지 옆에 있다. 아니, 옆에 있다기보다 그 절반 이상이 기지 부지 안으로 머리를 들이밀듯 들어가 있다. 후텐마 기지는 주택 밀집 지역의 중앙에 위치하여 "세계에서 가장 위험한 비행장"이라 불리며, 오키나와 현민은 오랜 세월 그 철거를 요구해 왔다. 그러나 미·일 정부는 이 요구를 거절하고 같은 오키나와의 헤노코邊野古에 새로운 기지를 짓겠다는 방침을 강행하려 하고 있다.

미술관 바깥뜰에는 류큐의 민간신앙에 따른 거북 등딱지 모양의 거대한 묘가 있다. 270년 전부터 대대로 내려온 사키마 일족의 묘다. 사키마 미치오佐喜眞道夫 관장은 제11대 종손이다. 제

2차 세계대전 뒤 오키나와를 점령한 미군은 주민들을 강제 퇴거
시키고 기지를 건설했다. 사키마 일족도 조상 대대로 물려받은
땅을 미군에게 점거당했다. 사키마 관장은 미군으로부터 토지 일
부를 돌려받아, 지주가 받는 지대를 자금으로 하여 1994년에 이
미술관을 개관했다. 이곳에는 마루키 이리·도시 부부의 〈오키
나와전투도〉가 상설 전시되어 있다. 태평양전쟁 말기, 미·일의
군대가 격렬한 지상전을 벌일 때 오키나와 주민이 자국 일본(야
마토)의 군대로부터 '집단 자결'을 강요받고 학살당한 모습을 그
린 대작이다.

〈오키나와전투도〉 외에 사키마미술관의 특징을 더욱 뚜렷
하게 보여주는 것은 독일 여성 미술가 케테 콜비츠의 컬렉션이
다. 판화를 중심으로 한 59점의 컬렉션은 동아시아 최대 규모라
고 한다. 한국에서도 북서울미술관에서 올해 2월 3일부터 4월
19일까지 처음으로 본격적인《케테 콜비츠》전이 열렸는데, 이는
사키마미술관으로부터 작품을 대여받아 성사될 수 있었다. 평화
를 위해 일생을 바친 독일 여성 미술가의 작품이 일본에서 도쿄
나 교토가 아닌 오키나와에 있다는 것은 상징적이다. 그리고 그
컬렉션은 중국이나 한국에 대여되어 평화를 바라는 동아시아 민
중에게 공유되고 있다.

내가 케테 콜비츠의 작품을 처음 실제로 본 것은 대학을 졸
업한 지 2년째가 되던 1976년, 교토국립근대미술관에서 열린
《독일 리얼리즘 1919~1933》전에서였다. 그때 〈카를 리프크네히

트를 추도하며〉(그림 5)에서 큰 감명을 받았다. 아름다움이나 위안보다는 직접적인 고통을 느꼈다. 거기에 그려져 있는 세계는 지나간 일, 외국에서 벌어진 일이 아니라 나 자신이 처해 있는 현실 바로 그것이라는 생각이 들었다. 그 당시 한국은 유신 독재가 기승을 부리던 시대였다. 당시 우리는 그 작품에서 콜비츠가 묘사한 것처럼, 정치 탄압 희생자들의 죽음을 지켜봐야만 했다. 아니 제대로 조문조차 할 수 없었다.

그 후 독일이 통일된 해에 대규모 콜비츠 회고전이 독일 전국을 순회했다. 나는 옛 동독의 드레스덴에서 이 회고전을 볼 수 있었는데, 그중에서 내게 가장 큰 충격을 준 것은 〈죽은 아이를 안은 어머니〉(그림 6)다. 사키마 관장도 젊은 시절 긴자의 화랑에서 이 작품을 보고 "혼을 빼앗겼던" 것이 미술 컬렉터의 길을 걷게 된 계기였다고 한다. 그는 자신의 할머니를 비롯해 그런 어머니들의 모습을 오키나와 곳곳에서 목격했다고 한다.

전쟁, 기아, 질병으로 죽어 가는 자식과 비탄에 빠진 어머니. 어머니의 모습은 흡사 자식을 잡아먹는 악귀처럼 보인다. 정말 비탄에 빠진다면 바로 이런 모습일 것이다. 그건 자식들의 출옥을 학수고대하다 원통하게 죽어야 했던 내 어머니의 초상이었다. 한국과 전 세계에는 이런 비탄을 강요당한 어머니들이 얼마나 많을까. 더구나 이 작품은 1903년에 제작된 것이다. 콜비츠는 작품의 모델이 된 차남 페터를 11년 후에 일어난 제1차 세계대전에서 잃고, 그 스스로 비탄에 빠진 어머니의 하나가 되었다. 예술이 실제 인생을 앞지른 것이다. 출정을 지원한 아들을 만류하지 못한 것은 콜비츠에게 평생의 후회로 남았으며, 그 평화주의의 원천이 되기도 했다.

케테 콜비츠는 1867년 7월, 프로이센 동부의 쾨니히스베르크에서 태어났다. 법률을 공부한 부친은 직업적 법률가의 자격을 얻기 직전에 그 길을 포기하고 기술을 익혀 미장이가 된 인물이다. 13세 때부터 미술을 배운 케테는 졸라Émile Zola, 입센 Henrik Ibsen의 작품을 접하고, 사회주의 운동과 페미니즘 운동에 관심을 품었다. 1891년에는 노동자계급 출신으로, 가난한 사람들을 대상으로 하는 진료소를 운영하던 의사 카를 콜비츠Karl Kollwitz와 결혼했다.

초기 작품 〈직공〉은 하웁트만Gerhart Hauptmann의 희곡에서 영감을 얻은 것으로, '독일 최초의 노동자 폭동'으로서 프로이센군에 의해 무자비하게 진압된 1844년 슐레지엔(실레시아) 지방의 직공 봉기를 다루고 있다. 1898년 《베를린 미술 대전》에서 공개된 이 작품은 그 급진적인 주제에 말미암아 센세이션을 일으켰다. 심사 위원회는 금상을 주려 했으나 황제(빌헬름 2세)가 그것을 거부했다고 한다. 〈직공〉에 이어 콜비츠는 16세기의 독일농민전쟁을 테마로 한 〈농민전쟁〉 연작을 제작했다.

1918년, 오랫동안 이어지며 엄청난 희생자를 낸 제1차 세계대전이 끝났다. 독일혁명이 일어나 각지에서 노농평의회(레테)가 결성됐다. 전쟁 중 '스파르타쿠스단'을 결성해 사회애국주의와 싸워 온 독일 공산당의 지도자 로자 룩셈부르크Rosa Luxemburg(1871~1919)와 카를 리프크네히트Karl Liebknecht(1871~1919)는 사회민주당의 구스타프 노스케Gustav Noske가 이끄는 의용군('자유군단Freikorps')의 손에 참살당했다. 사회민주당의 지지자였던 콜비츠는 리프크네히트와 정치적 입장은 달랐지만, 그의 유족으로부터 데스마스크 제작을 의뢰받고는 망설임 없이 이를 수락했다.

1933년 나치당이 정권을 탈취한 이래 콜비츠는 갖은 압박 속에서 '퇴폐예술'로 낙인찍혀 예술원에서 추방됐으며, 1942년에는 제2차 세계대전에 종군한 손자 페터를 잃었다. 늙은 콜비츠는 강제수용소로 보내질지도 모른다는 악몽에 시달리면서 자살을 생각하며 만년을 보내다가 1945년 4월 22일 78세로 세상을 떠났다. 히틀러가 자살하기 불과 8일 전이었다.

중국의 신흥 판화(목각화) 운동을 이끈 루쉰은 말년에 상하이에서 『케테 콜비츠 판화 선집』을 상하이에서 간행했다. 중일전쟁 발발 직전이었다. 루쉰은 1931년에 출간된 잡지 『북두北斗』에서 콜비츠의 〈전쟁〉 연작 중 〈희생〉(그림 7)이라는 작품을 소개했다. 루쉰이 1936년에 쓴 「심야에 적는다」는 국민당의 백색 테러로 암살당한 젊은 문학자 러우스柔石를 추모하는 글이다. "두 눈을 실명한 그의 어머니만은 틀림없이 자신의 사랑하는 아들이 변함없이 상하이에서 번역과 교정 일을 하고 있다고 생각하리라는 것을 나는 알고 있었다. 우연히 독일 서점의 목록에서

이 〈희생〉을 발견하고 서둘러 이것을 『북두』에 투고했다. 나는 이를 무언의 기념으로 삼았다.”

1936년 10월 19일, 루쉰은 숨을 거두었다. 그는 말년에 일본어로 쓴 글 「나는 사람을 속이고 싶다」의 끝머리에서 “끝으로 피로써 개인적 예감을 덧붙이는 것으로 감사를 표하고자 합니다.” 라고 썼다. 그 예감대로 루쉰 사망 이듬해부터 중국 본토에 대한 일본의 침략이 본격화되어 중일전쟁, 태평양전쟁으로 이어졌다. 일본의 항복으로 전쟁이 끝난 뒤에는 광대한 폐허, 겹겹이 쌓인 시신이 남았다.

전후 일본에는 진지한 반성과 더불어 재출발을 모색하는 사상적 시도도 존재했다. 그 대표적인 예로 역사학자 이시모다 쇼石母田正(1912~86)의 『역사와 민족의 발견』(1952)을 들 수 있다. 여러 이웃 민족을 상대로 침략 전쟁을 벌이고 무참한 패배를 맞은 일본의 근대를 ‘역사의 주체는 무엇인가’ 하는 문제의식에서 탐구한 책이다. 이 책의 케이스와 속표지에 콜비츠의 〈희생〉이 실려 있다. 또 제3장 ‘민중과 여성의 역사에 부쳐’에는 「어머니에 대한 편지—루쉰과 허남기에 부쳐」라는 글이 수록되어 있다. 허남기(1918~88)는 「화승총의 노래」로 알려진 재일조선인 시인이다.

이시모다는 전쟁 전 구제舊制 고등학교 시절 사회과학연구회에 참가했던 이력 때문에 ‘적색분자’ 혐의로 경찰에 구금되어 무기정학 처분을 받은 바 있다. 이때 무신론자이자 사상적 진보파였던 그의 아버지는 출세가 물거품이 되자 심히 화를 내며 아들을 나무랐다. 반면에 교육을 받지 못했고 보수적이었던 어머니는 아들을 조금도 나무라지 않았으며, 옳은 일을 하는 사람은 부끄러워할 필요가 없다는 것을 아들에게 확신시켰다고 한다. '근대적'인 사상의 소유자인 아버지가 부르주아적 입신출세주의에 물들어 있었던 데 비해 '봉건적'인 어머니는 자신과 자식의 인간성을 외부와 아버지의 권력으로부터 지키기 위해 노력하고, 또 저항했다. 이런 '민중과 여성'의 관점에서 깊은 사색을 통해 자국의 역사를 반성하며 통찰하지 않으면 안 된다고 이시모다는 생각한 것이다.

이 서술은 나에게 내 어머니를 떠올리게 했다. 그런 감개를 품는 것은 나만이 아닐 것이다. 일본, 한국, 독일, 아니 세계 어디에서든 어머니들은 그렇듯 필사적으로 아이를 감싸 안아 왔다. 콜비츠의 〈희생〉은 그런 어머니들에 대한 찬가다. 단, 나에게는 그처럼 어머니를 칭송하는 것에 대한 주저와 고뇌가 있는 것도 사실이다. 자칫 잘못하면 자식이자 남자인 내가 어머니를 두 번 이용하고 착취하게 될 수도 있다고 생각하기 때문이다. 현대를 사는 우리는 콜비츠를 그저 '감동적'으로 소비하기만 해서는 안 될 것이다.

지금 일본에서 이시모다 쇼를 기억하는 사람은 많지 않다. 기억은커녕 호전적인 야만의 목소리가 전 사회에 넘쳐흐른다. "일본을 되찾자."라고 외치는 아베 신조 정권은 지금 불법적인

'헌법 해석'을 통해 자위대가 미군과 함께 세계 각지에서 군사행동을 할 수 있도록 법 개정을 강행하려 하고 있다. 그런 법 개정이 필요한 이유로서 정권이 항상 거론하는 것 중 하나가 '한반도(조선반도) 유사' 사태라는 상정이다. 즉 일장기를 내건 일본군이 또다시 한반도에 발을 들여놓고 조선 민족에게 총구를 들이대는 일을 상정하는 것이다. 전쟁이 일어나면 기지가 몰려 있는 오키나와의 사람들도 막대한 희생을 치를 것이다. 일본 본토에서는 관심이 저조하지만, 오키나와에서는 헤노코 기지 건설 반대 운동이 경탄할 만한 집념으로 계속되고 있다. 이것은 오키나와인들 자신은 물론 한국인, 나아가 동아시아 민중이 피를 흘리지 않도록 하기 위한 투쟁이다.

제2차 세계대전 중이던 1941년, 74세의 콜비츠는 〈씨앗들을 짓이겨서는 안 된다〉(그림 8)를 제작했다. 그 자신의 일기에는 이렇게 적혀 있다. "그 여자(늙은 여인)는 자식들을 제 외투 속에 품고 절대로 빼앗기지 않겠다는 듯 넓게 팔을 벌려 소년들을 감싸고 있다. 〈씨앗들을 짓이겨서는 안 된다〉—이 요구는 〈두 번 다시 전쟁을 해서는 안 된다〉와 마찬가지로 막연한 바람이 아니라 율법이다. 명령이다."

케테 콜비츠의 이 '명령'을 오늘날에 전하는 사키마미술관. 기지에 머리를 들이밀듯 들어선 그 모습은 평화를 위한 투쟁의 선두에 내걸린 깃발처럼 보였다.

어둠에 새기는
빛

2019년 1월 3일

연말에 일정을 변통해서 규슈로 사흘 간 짧은 여행을 다녀왔다. 최대의 목적은 후쿠오카 아시아미술 관에서 개최 중인 《어둠에 새겨진 빛─아시아의 목판화 운동 1930~2010년대》전을 보는 것이었다. 단, 이 목적은 마지막 날로 미뤄 두고 첫날은 다가와田川시의 시립미술관으로 향했다. 부관 장 후미카와 가즈 씨가 안내해 주셨다. 이곳에서는 여성 화가 가 미조 요코上條陽子 등의 3인전이 열리고 있었다. 가미조 씨는 1월 에 가나가와현의 사가미하라相模原시민갤러리에서 《팔레스타인 가자지구의 화가를 지원하는 교류전》을 기획했는데, 전시 기간 중인 1월 20일에는 내가 이야기를 하기로 되어 있다. 하지만 초 빙된 가자지구의 화가들이 숱한 방해를 물리치고 무사히 일본에 올 수 있을지 지금으로서는 예측 불허다.

미술관 옆에 있는 다가와시석탄·역사박물관에도 안내를 받았 다. 이곳은 옛 미쓰이 탄광 유적이다. 야마모토 사쿠베에山本作兵衛

라는 탄광 노동자가 극명하게 그려 남긴, 세계기록유산에 등재
된 기록화가 보존되어 있으며, 탄광촌 사람들의 생활상을 떠올
리게 하는 귀중한 자료도 전시되어 있었다. 건물 바깥에는 광부
들이 탄 케이지(새장 모양의 승강기)를 지하 수백 미터까지 내려
보내던 권양기 탑이 보존되어 있다. 지하에 내려간 광부들은 그
곳에서 사방팔방으로 뚫린 갱도를 더듬으며 위험한 중노동에 종
사한 것이다. 물론 이곳에서도 많은 조선인이 가혹한 노동을 강
요받았다. 그 자손인 동포들이 지금도 그곳에 살고 있다. 박물관
뒤 조금 높은 곳에는 '한국인 징용공 위령비'가 서 있었다. 지역
의 재일 동포 유지들이 세운 듯하다.

　다가와에 대해 이야기하고 싶은 것은 많지만, 마지막 날의
목판화전 이야기로 넘어가자. 이날은 차가운 비가 내렸다. 우리
는 비를 피해 상점가의 아케이드를 걷다가 명물이라고 하는 소
박한 우동을 먹었다. 후쿠오카 아시아미술관은 번화가의 대형
빌딩 7층에 있다. 주변에는 단란해 보이는 커플이나 가족들이 오
간다. 중국인 또는 한국인 관광객으로 보이는 이들도 많다.

　미술관의 넓은 전시실에 들어서니 목판화 특유의 칠흑 같은
화면들이 눈앞에 펼쳐졌다. 제1전시실에서는 내게 친숙한 케테
콜비츠의 〈카를 리프크네히트를 추도하며〉(그림 5)가 곧장 눈에
들어왔다. 약 100년 전, 제1차 세계대전 뒤 독일혁명이 한창일 때
제작된 것이다. 나는 10대 시절부터 책의 삽화 등으로 콜비츠와
친숙해졌다. 나뿐만 아니라 1950~60년대에 일본에서 젊은 시절

을 보낸 적지 않은 재일조선인과 일본인에게 그것은 결정적이라 할 수 있는 각인이었다. 그 뒤 일본에서는 두 차례에 걸쳐 '안보 투쟁'*의 열기가 찾아왔다가 사라졌다. 한편 1970년대의 한국은 유신 독재 체제의 암흑기에 들어서 있었다. 그리고 예컨대 1975년의 제2차 인혁당 사건 피고 8명의 사형 집행 등에 대한 보도를 접할 때마다 내 뇌리에 떠오른 것이 콜비츠의 작품이었다. 콜비츠에 의해 각인된 정경이 현실이 된 것이다.

제2전시실은 1930년대의 중국과 일본에 유럽의 목판화가 도입되고, 루쉰과 그를 도운 우치야마 서점內山書店 사람들 같은 진보적 일본인들의 크나큰 기여로 중국의 해방운동과 연계되면서 융성기를 맞이한 사실을 보여 주었다. 리화李樺(1907~94)의 〈포효하라! 중국이여〉(그림 9)는 여러 제국주의 세력의 침략과 군벌·봉건 세력의 압정에 온몸으로 저항하는 인민의 모습 그 자체이며, 그것은 한때 일본, 한국, 베트남, 인도네시아, 인도를 비롯한 여러 민족의 모습이기도 했다.

제3전시실은 1940~50년대의 일본, 제4전시실은 같은 시기의 인도 벵골 지방(〈토지를 탈환하라〉), 제5전시실은 1950~60년

*
미일 동맹 관계의 근간인 미일안전보장조약의 개정에 반대한 시민 투쟁. 제1회는 1960년 5~7월 정점에 달해, 시위대가 연일 국회를 에워싸고 노동조합도 항의 파업을 결행했으나 기시 노부스케 내각은 신조약 조인을 강행했다. 제2회는 1970년으로, 앞선 반대 투쟁의 재현을 우려한 사토 에이사쿠 내각이 조약 경개更改 없이 매년 1년간의 자동 연장으로 조약을 존속시켰기에 전국민적 저지 행동이 동력을 잃어 투쟁은 점차 축소되었다.

대의 인도네시아, 제6전시실은 같은 시기의 싱가포르, 제
7전시실은 1960~70년대 '베트남 전쟁의 시대', 제8전시실은
1970~80년대의 필리핀, 제9전시실은 1980~2000년대의 한국
민주화 운동, 마지막 제10전시실은 2000년대 이후의 인도네시
아와 말레이시아로 구성되어 있다. 모든 작품을 언급할 수는 없
기에 마지막 전시실의 인도네시아 작품 〈모든 채굴은 생활을 위
협한다〉를 소개하고자 한다. 작가명 타링 파디Taring Padi는 개
인의 이름이 아니라 1998년에 미술 학생운동 속에서 태어난 활
동 집단의 명칭이다. 그 엄청난 혼돈, 참으로 압도적인 밀도라
니! 더구나 일본의 미술 전문가 도쿠나가 리사德永理彩에 따르
면, 그들의 집단 예술은 특정 당파나 이데올로기와는 무관하게
'다양성', '관용', '반부패', '노동자 권리' 등을 주제로 하여 현장
에서 창출된 것이라고 한다.

　　100년 전의 독일에 원류를 둔 목판화 운동의 수맥이 어떤 때
는 거센 물줄기가 되고 또 어떤 때는 땅에 스며들기도 하면서 끊
어지지 않고 아시아 각지의 민중운동 현장에 전파된 사실이 일
목요연하다. 중국, 일본, 한국에 대해서는 불충분하나마 어느 정
도 예비지식이 있었지만(따라서 이 글에서는 적게 언급했지만),
여타 지역에 대해서는 처음 알게 된 것이 많았다. 그럼에도 나는
그 모든 작품에서 어쩔 수 없는 그리움과 같은 감정을 느꼈다.
다가와의 탄광 유적에서 지하 수백 미터 갱도를 더듬다가 반세
기도 더 된 시간을 넘어 이곳으로 빠져나온 듯한 환상에 잠겼다.

내 상상 속에서 그 갱도는 이곳으로부터 현해탄 밑을 지나 한반
도에 도달하고, 다시 중국으로, 동남아시아로, 인도로 뻗어 나간
다. 그리하여 팔레스타인의 가자지구까지. 자본가와 권력자는
밝은 지상과 공중을 제멋대로 오가지만, 땀과 탄가루로 얼룩진
자들은 이 지하 갱도를 왕래하며 '어이, 살아 있나?' '여기야. 살
아 있어!' 하며 서로 소리쳐 부르는 것이다.

　미즈사와 쓰토무水澤勉의 지적대로 "1999년 개관 이래, 관련
작품이나 자료를 체계적으로 수집하고 조사해 온 후쿠오카 아시
아미술관의 연구 활동 축적이 없었다면 본 전시회는 실현될 수 없
었다."(전시 도록 참조) 미술관 운영부장 구로다 라이지黑田雷兒
의 에세이 「아시아의 목판화 운동―민중적 미디어를 통한 근대
화의 계보」는 이 분야에서는 드문, 반드시 읽어야 할 역작이다.
구로다는 아시아 근대미술사를 볼 때, 서양에서 기원해 일본을
거친 기존의 '수직적 강하'가 아니라 아시아 내부의 '수평적 교류'
에 주목해야 한다고 말한다. 그리고 아시아 미술의 '근대화'를 '주
체화'의 과정으로서 목판화의 관점에서 파악할 것을 주창한다.

　구로다가 말하는 목판화 운동이란 "미술가가 자신의 작품
을 '전시회' 이외의 수단으로 광범위한 관중에게 보여 주는, 제
작과 보급이 일체화된 미술가의 자발적·자립적 행동"을 의미한
다. "목판화에서는 손가락이나 팔의 힘으로 단단한 물질을 깎고,
그 판을 먹으로 찍어 내면 힘의 흔적이 어둠 속에서 빛으로 나타
난다. 이른바 '고뇌를 통한 환희'를 가져오는 목판화의 특성이

125

아마추어를 포함한 창작자–주체의 물질, 사회 상황, 나아가 권력에 대한 저항을 통해 온갖 억압과 질곡으로부터의 해방을 추구하는 정치·사회 투쟁으로 연결된 것이 아닐까."

구로다의 이런 서술은 일본 미술계의 주류에서 동떨어진 이 전시의 콘셉트와 마찬가지로 반시대적인 것으로 보일지도 모르겠다. 해방운동의 열기가 사라진 지 이미 오래인 일본에서는 특히 그럴 것이다. 하지만 이 전시는 땅속은 지금도 지열로 충만하다는 것, 그것이 어느 때고 생각지도 못한 장소에서 치솟아 오르리라는 것을 우리에게 가르쳐준다. 이 전시를 보는 것은 많은 이들이 이미 소멸했다고 여기는 '무언가'가 어둠 깊숙이 저쪽에서 '아직 살아 있어!' 하고 외치는 소리를 듣는 것과 같은 경험이다.

전시장을 나설 때 40세 안팎으로 보이는 10여 명의 한국인 여성 일행이 즐거운 듯 기념사진을 찍는 광경과 마주쳤다. 과거 자국에서 펼쳐진 민중미술 운동의 대표작들을 그들은 어떻게 봤을지 궁금했다. 또 그 이상으로 필리핀, 인도네시아 민중운동의 도상圖像들을 어떻게 봤을지도 알고 싶었다. 그들의 귀에는 '아직 살아 있어!' 하는 목소리가 들렸을까. 다가가서 말 걸어 보고 싶었으나 그들의 환한 웃음소리에 기가 눌려 실행에 옮기지는 못했다. 밖으로 나오니 주변은 완전히 밤의 장막에 덮여 있었고 여전히 차가운 비가 내리고 있었다.

+

본문에 언급된 타링 파디의 〈모든 채굴은 생활을 위협한다〉는 후쿠오카아시아미술관 홈페이지에서 볼 수 있다. (https://faam.city.fukuoka.lg.jp/collections/2674/)

포스트콜로니얼의
표상

2015년 9월 10일

———————

　　지난 8월 14일, 일본의 아베 신조 총리가 이른바 '전후 70년 담화'를 발표했다. 이 담화에 대한 내 인상을 한마디로 이야기하면 '식민 지배 인식의 부인', '역사수정주의'라는 것이다.

　　담화의 서두에, 서양에 의한 식민 지배의 파도가 아시아에 밀려왔으나 "러일전쟁은 식민 지배 아래 있던 아시아, 아프리카의 사람들에게 용기를 주었다."라는 대목이 나온다. 새삼 지적할 필요도 없지만 러일전쟁은 중국 둥베이 지방(만주)을 비롯한 동아시아의 패권을 다툰 제국주의 전쟁이었다. 그 때문에 한반도는 일본에 군사점령을 당했고, 대한제국은 '보호국'이 되어 의병을 비롯한 민중의 저항은 무참하게 탄압당했다. 그것은 나중에 '병합'(식민 지배)으로 이어지게 된다. 아베 담화는 이런 역사적 사실에 대한 공공연한 부인에서 시작하는 것이다.

　　이어서 "전 세계가 휘말린 제1차 세계대전을 거쳐 민족자결의 움직임이 퍼지면서 이전까지의 식민지화에 제동이 걸리게 됐다."라고 아베 담화는 말한다. 주어가 없는 이 문장을 통해 당시 일본이 어떤 입장을 취했는지를 은폐하는 것이다. 일본은 대전 중에 중국에 대해 '21개조 요구'를 들이대 전쟁 뒤 옛 독일령이었던 중국의 산둥반도와 남태평양을 빼앗았다. 일본은 '민족자결' 편에 서 있었던 것이 아니라 그것을 탄압하는 쪽에 가담했다. 그것은 3·1독립운동에 대한 일본의 대응만 봐도 명백하다. 일본에 아시아 민족들과 함께 손을 잡고 서양 열강에 저항함으로써 '그릇된' 길에서 벗어나야 한다고 촉구했던 3·1독립선언의 정신을 짓밟은 게 바로 일본이었다. 여기서 더 자세한 이야기는 하지 않겠으나, 이토록 명백한 거짓말을 태연자약하게 늘어놓은 것이 아베 담화였다.

그 이상으로 (새삼 놀랄 것도 없지만) 인상 깊었던 것은, 이 담화의 이런 근본적인 문제점을 지적하는 목소리가 일본 사회에서 언론이나 지식계까지 포함해 너무나 미약했다는 점이다. 어느 신문 조사에 따르면, 아베 총리 지지율이 이 담화 뒤에 5퍼센트가량 올라간 모양이다. 역사수정주의는 아베를 비롯한 일부 우파 인사만의 것이 아니다. 그 저변은 넓고 일본 국민 다수의 의식 속에 깊이 뿌리를 박고 있다. 사람들의 마음속 깊은 곳에 도사리고 있는 이 '계속되는 식민주의'를 어떻게 도려낼 수 있을까? 이것은 우리에게 던져진 심각한 물음이다.

올해 3월의 어느 날, 나는 영국 런던의 스튜디오로 아티스트

잉카 쇼니바레Yinka Shonibare(1962~)를 만나러 갔다. 휠체어를 타고 나타난 그는 1시간 반 정도 이어진 대화에서 명석한 언어로 곧잘 이야기하고 농담도 하며 잘 웃었다.

"아프리카가 세계의 미술 담론에 모습을 나타내기 시작한 건 1980년대부터입니다. 당시 많은 아티스트가 종래의 서구적 규범에 도전했습니다. 미술사상 최초로 '아티스트는 희지(white) 않다'고 표명한 것이죠. 그것이 내 출발점이었고, 그로부터 큰 영향을 받았습니다."

잉카 쇼니바레는 나이지리아인 부모 밑에서 1962년 런던에서 태어났다.

"내가 미술대학에 다닐 무렵 (…) 교수가 내게 '왜 아프리카에 관한 작업을 하지 않지? 아프리카 정통 미술 말일세.'라고 말했습니다. 그게 무슨 뜻인지 나는 잘 알지 못했습니다. 나는 서구 근대의 가치관 속에서 길러지고 성장했기에 '아프리카 정통 미술'이 무엇을 가리키는지 알 수 없었던 것이죠. 그래서 나는 런던의 어느 시장에서 아프리카 천을 취급하는 가게를 찾았습니다. 그랬더니 내가 아프리카산이라고 생각했던 직물은 사실 인도네시아, 네덜란드, 영국 제품이라는 걸 알게 되었습니다. 말하자면 아프리카의 아이덴티티가 식민주의와 얽혀 있다는 사실을 깨닫게 된 겁니다."

다채로운 색깔의 '아프리카적'인 천을 사용하는 쇼니바레의 작업은 이렇게 시작됐다. 우리가 흔히 '아프리카적'이라 생각하

는 무늬의 천은 인도네시아에서 기원한 납염(밀랍 염색) 기술이
식민지 종주국 네덜란드에 의해 유럽으로 전해진 후, 영국 맨체
스터에서 디자인되고 대량으로 생산되어 아프리카로 수출된 것
이다. 그 원재료인 면綿은 영국 식민지인 인도나 동아프리카산
이다. 즉 우리가 '아프리카적'이라 믿어 의심치 않는 천의 색채
와 무늬는 사실 근대의 식민 지배 과정에서 종주국이 식민지에
강요함으로써 생겨났다.

쇼니바레는 교수가 요구하는 '아프리카적'인 작품을 내놓지
않았으며, 그렇다고 '아프리카적'인 것을 거부하고 '영국적'인
것에 동화되지도 않았다. '아프리카적'이란 무엇인가 하는, 아이
덴티티 자체에 대한 물음을 작품화한 셈이다. 바꿔 말하면 이는
'영국적'이란 무엇인가 하는 물음이기도 하다.

2002년의 《도쿠멘타 11》전에서 나는 쇼니바레의 아프리
카 천 작업을 대표하는 〈정사와 성교Gallantry and Criminal
Conversation〉를 보았다. 빅토리아 시대의 그랜드 투어(단체 여
행)가 이 작품의 모티프다. 작품에 등장하는 남녀가 입은 의상의
디자인은 전형적인 빅토리아 시대 스타일이지만, 옷감은 무늬가
화려한 아프리카 천이다. 빅토리아 시대의 영제국이 세계 제패
를 부르짖으며 아프리카를 식민지화해 막대한 부를 쌓은 것, 그
리고 그 부를 토대로 영국 상류층 사이에 그랜드 투어가 보급된
것은 역사적 사실이다. 쇼니바레는 그것을 그만의 우아한 방식
으로 알아차리게 한다.

1998년 10월, 쇼니바레의 작품 〈빅토리아 댄디의 일기Diary of a Victorian Dandy〉 연작이 런던 지하철역 약 100곳에 전시됐다. 빅토리아 양식 저택의 서재에는 전형적인 19세기풍의 높다란 책장과 중후한 참나무 책상, 인도제 카펫 등이 보인다. 중앙에는 한 무리의 백인 남성에 둘러싸여 손에 책을 들고 있는 젊은 아프리카인 '댄디(멋쟁이)'가 있다. 문 주위에는 하녀들이 수선을 피우며 그 멋쟁이를 넋을 잃고 바라보고 있다.

이 작품이 묘사하는 것은 '있을 수 없었던 세계'다. 19세기 영국에서 아프리카인 남성이 댄디라는 사회적으로 우월한 지위를 차지한다는 건 거의 있을 수 없는 일이었다. 지하철역에서 매일 이 표상을 마주했던 주류 영국인의 반응은 어떠했을까? 어떤 이는 불쾌하게 여기고 또 어떤 이는 공감했겠지만, 좋든 싫든 자국이 자행한 식민 지배의 사실, 그 상흔, 건드리고 싶지 않은 죄책감은 떠올릴 수밖에 없었을 것이다. 설령 심기가 불편할지라도 마음속 깊이 헤치고 들어가 탈식민지화를 추진하기 위해서는 이런 물음이 필요하다.

제2차 세계대전에서 패배한 파시즘 국가 중 전쟁 전과 같은 군주의 가계를 줄곧 받들어 모시고, 같은 국가와 국기를 계속 사용하는 나라는 일본뿐이다. 영국과 같은 전승국조차 (적어도 표면상으로는) 선생이 끝난 뒤로 옛 자국 식민지 민족들과의 '다문화 공생'을 표방해 왔다. 그렇기에 쇼니바레와 같은 아티스트가 활동할 공간이 생겼다. 이를 생각하면, 일본은 매우 특수한 나라

131

라고 하지 않을 수 없다. 20세기 전반까지 인류 사회가 막대한 희생을 대가로 손에 넣은 평화, 인권, 평등, 반차별 등의 지적·사상적 성취에 완고하게 등을 돌리고 국민 다수도 그 편협한 자기애自己愛에 안주하고 있는 것이다.

잉카 쇼니바레의 작품은 일본에서 어떻게 받아들여질까? 기껏해야 '포스트콜로니얼(식민지 이후) 아트'의 대표적인 작품으로서 지적으로 소비될 뿐, 그것을 자국의 입장에 옮겨 놓고 성찰하는 이는 얼마 안 될 게 분명하다. 지금《잉카 쇼니바레 MBE: 찬란한 정원으로》전이 대구시립미술관에서 열리고 있다. 한국의 관객은 그의 작품에 어떤 반응을 보일까?

+

잉카 쇼니바레에 관한 좀 더 본격적인 논의는 『나의 영국 인문 기행』, 반비, 2019, 179~211쪽과 「제국과 놀다/제국을 놀리다 — 잉카 쇼니바레 MBE와의 대담」, 『잉카 쇼니바레 MBE: 찬란한 정원으로』, 대구미술관, 2015 참조.

니키가 쏜 총탄은
아직도 날고 있다

2015년 11월 5일

　　나는 올해부터 근무처인 대학에서 '예술
학'이라는 강의도 맡고 있다. 말하자면 나는 '인권'과 '예술' 두
분야를 가르치는 별쫑난 대학교수인 셈이다. 그런데 나 자신은
이 두 분야가 서로 깊이 연관되어 있다고 보기에 위화감은 없다.
한마디로 말해 '인권'과 '예술' 모두 '인간'의 일이기 때문이다.

　　나치 독일이나 일본 제국(일제)의 예를 들 것까지도 없이,
국가권력은 (그리고 가부장제나 상업주의 권력 역시) 사람들의
감성 밑바닥까지 침투해 통제하려고 하는 법이다. 바로 그 때문
에 개개인의 존엄과 권리를 지키기 위해서는 감성의 차원에서
권력으로부터 독립할 필요가 있다.

　　그런 까닭에 나는 학생들을 만날 때 그들의 감성을 해방하
고 자발성을 발양시키려 신경을 쓴다. 이는 '인권'에 대해서도
마찬가지다. 아무리 교의나 지식으로 '인권'을 가르치려 해도 학
생들 개개인이 자발적으로 타자나 약자에 대한 상상력과 공감을

발휘하지 않는 한 의미가 없기 때문이다.

'예술학' 강의에서 나는 처음에는 아무런 설명도 하지 않고 예술 작품을 보여준 뒤 뭐든 좋으니 느낀 바를 글로 적어 보라고 이야기한다. 이 "뭐든 좋으니"가 학생들에게는 어려운 모양이다. 그들은 당혹스러워하면서 "이 작품의 작가는 누구인가요?"라거나 "어느 시대 작품인가요?"라는 등의 질문을 한다. "그런 건 신경 쓰지 않아도 좋아요. 작품을 잘 살펴본 뒤 의문이든 반감이든 괜찮으니까, 자기 마음속에 일어나는 걸 써 보세요."라고 나는 대답한다. 그러면 학생들은 더욱 곤혹스러워한다. 하다못해 작가명이나 작품명만 알아도 스마트폰으로 검색이라도 해 볼 수 있을 텐데…….

학생들은 매사 교수(어른)의 안색을 살피면서 허가나 지시를 받으려고 한다. 그것은 그들의 책임이라기보다 그런 식으로 그들의 감성을 가둬 버린 어른들의 책임이다. 적어도 내 강의에서만은 자유롭게 느끼고 발언해 주기를 바란다.

예컨대 고흐가 말년에 그린 밀밭 그림을 보여 주고, 그게 무엇인지 물어보면 학생들은 "밀밭입니다."라고 대답한다. "맞아요. 하지만 그걸 물은 게 아니에요. 이 그림 자체와 대화하고 느낀 바를 말로 표현해 주세요."라고 대꾸하면 학생들은 입을 다물어 버린다. 꽤 참을성 있게 기다린 뒤, 이 그림은 고흐가 자살하기 직전에 그린 것으로, 동생 테오에게 보낸 편지에 따르면 "더 없는 슬픔"이 표현되어 있다고 설명해 준다. 그러면 마침내 (조금씩이긴 하지만) 학생들은 작품과 마음으로 대화하기 시작한다. 순서가 그 반대여서는 안 된다.

그런데 얼마 전 강의 뒤 한 여학생이 다가와 "선생님, 저 다녀왔습니다."라고 말했다. 지금 도쿄 롯폰기六本木의 국립신미술관에서 《니키 드 생팔》전이 열리고 있다. 나는 강의 중에 "가능하면 가 보도록" 학생들에게 권했다. 학생들이 자발적으로 미술전시회에 가는 경우는 유감스럽게도 매우 드물다. 무엇보다 미술관은 그들에게 딱딱하고 문턱이 높다. 작품을 어떻게 봐야 좋을지 모른다. 게다가 그들에겐 입장료가 비싸다(영국은 원칙적으로 무료다). 그리고 그들은 바쁘다.

그런데 이 학생은 제 발로 니키전을 보고 왔다고 한다. 평소 말수가 적은 학생으로, 나와 허물없이 말을 주고받는 사이도 아니다. "어땠어요?"라고 물어보니 "정말 좋았어요……."라는 대답. "어떻게 좋았는지, 다음 수업 때 발표해 보세요."라고 하자, 긴장한 표정으로 "해 보겠습니다."라고 대답했다.

니키 드 생팔Niki de Saint Phalle은 1930년 프랑스에서 태어난 여성 아티스트다. 2002년 미국 캘리포니아주에서 72세로 삶을 마감했다. 내가 니키의 작품을 처음 실물로 접한 것은 1983년의 첫 유럽행에서였다. 파리 퐁피두 센터 인근의 스트라빈스키 광장에 설치된 니키와 그 파트너 장 팅겔리Jean Tinguely의 공동작품 〈스트라빈스키 분수〉를 봤다. 그다음으로 본 것은 1986년 일본 오쓰大津시 세이부 백화점에서 열린 개인전에서였다. 그 뒤 완전히 니키에 빠져들어 바젤의 팅겔리미술관에도 가 봤다. 나도 니키 덕에 눈을 뜨게 된 사람 중 하나라고 할 수 있다.

니키가 세계 미술계의 주목을 받은 것은 1960년대 초의 '사격 회화'를 통해서였다. 물감을 담은 자루나 병을 그림 표면에 붙이고 석고를 발라 굳힌 다음 조금 떨어진 곳에 서서 소총으로 그걸 쏘는 것이다. 니키의 총탄은 누구의 무엇을 겨냥한 것일까. "아빠, 모든 남자, 땅딸한 남자, 껑충한 남자, 거구인 남자, 비만한 남자, 남자, 내 남자 형제, 사회, 교회, 수녀원, 학교, 내 가족, 내 엄마, 모든 남자, 아빠, 나 자신, 남자." "난 나 자신을, 정의롭지 못한 사회를 쏘았다. 나 자신의 폭력을, 그리고 시대의 폭력을 쏘았다."

니키는 부유한 상류층 자녀였는데, 그 자신의 이야기로는 11세 때 아버지에게 성적 학대를 당했다. 결혼하고 아이를 낳았으나 이혼한 뒤 예술가가 됐다. 『라이프』나 『보그』의 표지를 장식한 인기 모델이었지만 그 직업도 버렸다. 한 인터뷰에서 그는 "나는 예술계의 테러리스트가 됐다."라고 말했다. 여성이 기성 권위에 맞서는 것은 말 그대로 소총의 방아쇠를 당기는 것만큼의 용기가 필요한 시대였다.

그다음 주에 그 여학생은 학생들 앞에서 당차게 발표를 진행했다. 착실하게 조사해서 준비해 온 것도 좋았지만, 니키의 예술을 이야기하면서 예전 같으면 학우들에게도 이야기할 수 없었을 자신의 고립감이나 심적 고통에 대해서도 용기를 내어 이야기한 게 더 좋았다. 그는 '사격 회화'에 완전히 매료당했다고 했다. "제 안에 맺혀 있던 응어리가 총탄에 맞은 듯했습니다. 저 역시 느낀 대로 이야기해도 된다고 격려해 주는 느낌이 들었습니다……." 니키의 예술이 학생의 마음을 열어 용기를 발휘하게 해준 것이다.

니키는 그 후 '사격 회화'에서 퉁퉁한 형태와 극채색을 특징으로 하는 〈나나Nana〉 연작으로 옮겨 간다. 그것은 임신한 친구의 모습에서 영감을 얻은 것으로, 남성 중심주의가 이상화한 여성상 따위와는 다른 생생하고 개방적인 역동성으로 가득하다. 흡사 석기시대의 비너스상 같다.

니키는 팅겔리와 함께 1966년 스톡홀름근대미술관에서 〈혼Hon〉이라는 작품을 제작해 전시했다. 그것은 길이 28미터, 너비 6미터나 되는 거대한 '나나'다. 관람객은 미술관 입구에서 다리를 벌린 채 그들을 맞이하는 이 여성상의 성기 안으로 들어가 몸속을 관람한다. 독일 하노버의 시립 공원에는 커다란 나나상이 세워져 있는데, 이를 두고 시민 사이에 찬반양론이 벌어졌다고 한다. 어느 다큐멘터리 영화에는 그곳의 노부인이 이 상을 가리키면서 "만일 총통이 건재했더라면……"이라고 몹시 불쾌한 듯 투덜거리는 장면이 나온다. 히틀러라면 그걸 허용하지 않았을 것이라는 이야기다. 니키의 예술이 지닌 가치를 역설적으로 대변하는 장면이다.

니키는 1984년 이탈리아 토스카나 지방에 부지를 얻어 '타

로 정원'을 조성하기 시작했다. 타로 카드에서 구상을 얻은 〈정
의〉, 〈악마〉 등의 대형 조형물이 배치된 널따란 정원이다. 니키
는 남성 원리가 전쟁과 환경 파괴의 원흉이라는 사상을 실천하
면서 여성 원리와 '마술성'의 가치를 강조했다. 타로 정원에는
거대한 손 모양 조형물이 있다. 그 손은 그곳으로부터 20킬로미
터쯤 떨어진 원자력발전소 쪽을 향하고 있는데, 이는 "원전이여,
멈추어라."라며 염력을 쓰는 것이다. 1986년 체르노빌 원전 사고
뒤 이탈리아에서는 격렬한 논란 끝에 원전 가동을 중단했다. 그
것은 타로 정원의 손이 발휘한 힘 덕분이었다고 니키는 말했다.

　일본은 후쿠시마 원전 사고로부터 불과 4년째인 올해, 많은
반대의 목소리를 묵살하고 가고시마현 원전을 재가동했고, 나머
지 원전들도 잇따라 재가동할 움직임을 보이고 있다.

　니키가 '사격 회화'로 자신의 이름을 알린 때로부터 이미 반
세기가 지났으나 그의 작품은 아직 낡지 않았다. 이는 여성 등
소수자에 대한 억압이 (겉으로는 어찌 됐든) 근본적으로 개선
되지 못했다는 사실을 드러내는 증거이기도 하다. 어쨌거나 일
본은 국회의원의 여성 비율(8.1퍼센트)이 세계 129위인 나라다
(16.3퍼센트인 한국도 87위로 낮다. 국제의회연맹 조사, 2014년
11월 현재). 남성 원리가 의기양양하게 지배하는 사회에서 니키
는 결코 낡을 수 없는 것이다.

계몽의 프로젝트는
진행 중

─윌리엄 켄트리지의 작품 세계

2015년 12월 31일

이 원고를 쓰고 있는 지금, 2015년이 지나가고 있다. 가는 해의 뒷모습은 예년보다 더 암울해 보인다. 2015년은 일본 정부가 헌법 해석을 자의적으로 변경해 전쟁 참가로 가는 길을 억지로 열어젖힌 해이기도 하다.

11월 13일 파리에서 '동시다발 테러'가 일어났다. 130명의 시민이 죽고 약 300명이 다쳤다고 한다. 내게도 친숙한 저 도시에서 갑작스럽게 목숨을 빼앗긴 사람들을 생각하면 차마 할 말이 없다. 파리 사건에 비해 그다지 주목받지는 못했으나, 10월 28일에는 튀르키예 앙카라에서 폭탄 테러로 108명이 숨졌다. 또 11월 12일에는 레바논 베이루트에서 테러가 발생해 40명이 사망했다. 황폐해진 시리아 땅에서는 연일 사람들 머리 위로 폭탄이 비오듯 쏟아지고 있다. 시리아, 이라크, 아프가니스탄, 팔레스타인 등 세계 곳곳에서 아무렇지도 않게 죽임을 당하는 사람들. 파리의 희생자들을 애도함과 동시에 그 모습이 잘 보이지 않고, 그 목소리조차 제대로 전달되지 않는 이 무수한 사람들의 죽음을 나는 마음 깊이 애도한다.

2001년 남아프리카공화국 더반에서 유엔 주최로 열린 '인종주의, 인종차별, 배외주의 및 그와 관련된 불관용에 반대하는 국제회의'는 여러 서양 국가가 자행해 온 노예무역, 노예제도, 식민 지배에 '인도에 반하는 죄'라는 개념을 적용할 가능성을 처음 공개적으로 논의한 자리였다. 아파르트헤이트 체제로부터의 해방을 쟁취한 남아공에서 이 회의가 열린 사실 자체는 인류가 인종차별과 식민주의를 넘어 앞으로 나아갈 수 있다는 희망을 안겨 준 상징적인 사건이었다. 하지만 회의는 '법적 책임'을 부정하는 여러 선진국의 완강한 저항에 맞닥뜨려 난항을 겪었고, 미국과 이스라엘 대표가 퇴장해 버려 소기의 성과를 거두지 못하고 끝났다. 이 회의로부터 사흘 뒤 저 '9·11'이 일어났다. "그것은 마치 더반 회의를 보고 식민 지배의 책임·보상 문제를 평화적 대화를 통해 해결해 나갈 가능성에 대해 절망한 자들이 여러 서양 국가에 보인 응답과도 같은 사건이었다."(「화해라는 이름의 폭력」, 졸저 『언어의 감옥에서』)

더반 회의와 '9·11'로부터 약 15년의 세월이 흘렀다. 세계는 미국·영국이 주도한 '이라크 전쟁'을 시작으로 '테러와의 전쟁' 시대에 돌입했지만, 출구는 여전히 보이지 않는다. 그 출구에 다가가기 위해서는 누군가를 악마화해서 무제한의 대항 폭력을 휘두를 것이 아니라, 항상 사태의 근원으로 돌아가서 사고하는 태도를 견지해야 한다. 일찍이 에드워드 사이드가 '9·11' 직후 국민 대다수가 '테러와의 전쟁'으로 치닫는 미국에서 고립을 두려워하지 않고 계속 호소했던 것처럼 나도 호소하고 싶다.

그러나 놀랍게도 이런 사고를 이해하지 못하고, 나 같은 사람에게까지 "테러를 긍정적으로 파악하고 있다."라며 엉뚱한 비난을 공공연하게 던지는 인물이 존재한다. 어째서 앞에서 말한 서술을 그런 식으로 읽을 수 있을까? 그 정도로 독해력이 떨어지는 걸까? 그렇지 않으면 악의를 바탕으로 한 중상일까? 어느 쪽이든 이런 사람들은 그 주관적 의도와는 별개로 결국 조지 부시가 말한 '테러와의 전쟁'이라는 탁류에 합세해 세계를 한층 절망적인 폭력의 순환으로 몰아넣는 역할을 하게 될 것이다.

"사태의 근원으로 돌아가서 사고"하려 할 때 빼놓을 수 없는 키워드가 '식민 지배'다. 세계는 아직도 서양과 일본의 '식민 지배'로 인한 '어두운 유산'으로 고통받고 있다. 이 문제를 깊이 생각하게(느끼게) 하고, 그 극복의 방향을 찾기 위해 반드시 보아야 할 전시회가 지금 국립현대미술관 서울관에서 열리고 있다(《윌리엄 켄트리지: 주변적 고찰》).

나는 2000년 《광주 비엔날레》에서 처음 윌리엄 켄트리지 William Kentridge(1955~)의 작품을 만났다. 그의 작품은 얼핏 보아도 다른 작가들의 것과는 인상이 달랐다. 모노크롬 드로잉 영상이 한 프레임씩 부자연스럽게 진행된다. 기묘할 정도로 향

수 어린 세계. 게다가 가슴을 죄는 애수를 머금고 있다. 그 이래
로 나는 일본과 유럽 각지에서 종종 그의 작품과 만났다.

윌리엄 켄트리지는 1955년 남아프리카공화국에서 태어났
다. '백인'이다. '켄트리지'라는 성은 유대교 종교 지도자였던 그
의 증조부가 1908년에 리투아니아에서 이민 갈 때 원래 성인 칸
트로비치Kantorowicz를 고친 데서 유래한다. 여기에는 19세기
말부터 20세기 초에 걸친 시기, 독일과 러시아 사이에 끼여 북으
로는 발트 3국, 남으로는 우크라이나에 이르는 지역에서 살아간
유대인들의 편력이 짙게 투영되어 있다. 최근 한 역사가가 '블러
드랜드'(유혈 지대)라 이름 지은 이 지역은 두 차례의 세계대전
에서 전쟁터가 됐고, 나치즘과 스탈린주의의 협공을 받아 20세
기 중반까지 민간인만 약 1400만 명이 살해된 곳으로 알려져 있
다(티머시 스나이더, 『피에 젖은 땅』 참조).

현재 남아공에는 10만여 명의 유대인이 살고 있다고 한다.
그 대다수는 19세기 말부터 1930년까지 리투아니아에서 이민해
온 유대인의 자손이다. 그들은 금과 다이아몬드 채굴의 선구자
였다. 1930년에는 이민자의 입국을 제한하는 법률이 시행되어
아프리카너(네덜란드계 백인) 과격파 사이에서 반유대주의가
급속하게 퍼졌다. 홀로코스트와 스탈린주의의 위협을 피해 유럽
내륙에서 아프리카 대륙 남단까지 흘러온 그들은 그곳에서 한때
나마 안전과 (운 좋은 경우) 경제적 성공을 손에 넣었다. 그러나
그 땅은 동시에 나치식 인종주의가 국가정책으로 시행되는 곳,

나치가 패배한 뒤에도 나치가 꿈꾼 디스토피아가 남아 있는 지구상의 대표적 장소였다. 백인으로서의 유대인은 흑인 선주민에 대해서는 지배층이었지만, 백인들 사이에서는 반유대주의적 편견의 표적이기도 했다.

켄트리지 일가는 아파르트헤이트 체제에 맞서 싸운 진보파였던 듯하다. 그의 할아버지는 노동당 변호사, 국회의원이었다. 할머니는 남아공 최초의 여성 법정 변호사였다. 마찬가지로 변호사였던 아버지는 아파르트헤이트 시대 후기에 샤프빌 학살 사건*과 스티브 비코Stephen Bantu Biko†의 죽음에 관한 조사, 그리고 넬슨 만델라 재판 등 주요 조사와 재판에서 중요한 역할을 했다.

켄트리지의 〈망명 중인 펠릭스Felix in Exile〉는 특히 애절한 인상을 남기는 작품이다. 이 작품에는 관능적이면서도 위엄을 갖춘 아프리카인 여성 '난디Nandi'가 등장한다. 망명지의 고독한 방에서 펠릭스는 고향 생각에 잠긴다. 거울을 보자 자신이 아닌 난디의 모습이 비치며 그를 바라본다. 뒤편에 비치는 고향 풍경은 황량하고 주검들이 흩어져 있다. 고향에서 자행되는 폭력을 펠릭스는 망명지의 작은 방에서 거울 너머로나 바라볼 뿐이다. 이윽고 어딘가에서 날아온 총탄을 맞고 난디가 쓰러진다.

*
1960년 요하네스버그 교외의 샤프빌에서 열린 통행제한법 반대 시위에서 백인 경찰대가 군중을 향해 발포해 다수의 사망자를 낸 사건.

†
1946~77. 아파르트헤이트 저항 운동의 대표적 활동가.

슬픔의 푸른 물이 넘실대며 풍경을 채우고, 펠릭스는 물속에 가만히 서 있다. 난디는 '고향', '아프리카', '여성'의 은유. 휘몰아치는 폭력 속에서 위엄을 잃지 않고 서 있는 여신이다. 펠릭스는 이 여신에게 다가가고 싶은 마음이 간절하다. 그러나 그는 망명자 신세이며 작은 방에 고립되어 거울 너머로 여신이 쓰러지는 것을 보고 있을 수밖에 없다.(아파르트헤이트 시대의 남아공에는 1949년부터 서로 다른 '인종' 간의 결혼을 금지하는 혼합결혼금지법이, 1950년부터는 백인과 비백인의 연애를 금지하는 부도덕성법이 있었다.)

2005년 가을, 나는 베를린에서 켄트리지의 중요한 작품 〈블랙박스Black Box/Chambre Noire〉를 봤다. 작고 소박한 목조 무대 위로 그림자극 인형을 움직이거나 영상을 투사하는 작품이다. 중앙으로 거대한 코뿔소가 백인 탐험가의 라이플총에 맞아 쓰러지는 모습을 담은 옛 기록영화의 한 장면이 되풀이해서 비친다. 식민주의의 알레고리다. 이 '블랙박스'에 숨겨져 있는 기억은 1904년 독일에 의한 남서아프리카(지금의 나미비아) 헤레로족 대학살이다.

이 작품은 모차르트의 오페라 〈마술피리〉의 무대미술 작업에서 출발했다. 〈마술피리〉가 계몽주의의 유토피아적 시기를 시사한다면, 〈블랙박스〉는 그 종말을 나타내고 있다. 계몽주의의 원래 뜻은 '빛을 비추다'이다. 후진적인 어둠의 세계에 사는 자들에게 지식과 이성의 빛을 비춘다는 것이다. 그러나 그 빛과 어둠을 둘러싼 플라톤적 사상 자체에 식민주의를 정당화하는 양의성ambivalence과 폭력성이 내포되어 있는 게 아닐까. 그것이 켄트리지의 물음이다.

아프리카 식민자의 자손인 켄트리지의 작품이 서양에서 높이 평가받고 있는 데 대해 그것이 일부 유럽인의 심리적 '알리바이' 구실을 하는 것이 아니냐는 지적이 있다. 이 의문에는 켄트리지 자신의 다음과 같은 말이 답이 될 것이다. "백인의 죄책감이여, 돌아오라. 백인의 죄책감은 많은 비난을 받고 있다. 하지만 그 가장 뚜렷한 특징은 이젠 그마저 좀처럼 볼 수가 없다는 것이다. 그것은 아주 가끔 한 방울씩 복용하는 작은 병에 든 약이고, 효력은 그다지 오래가지 않는다."

소설가 프랑수아 모리아크François Mauriac가 아우슈비츠 생존자 엘리 비젤Elie Wiesel의 소설 『밤』에 부친 서문에 다음과 같은 구절이 있다. 그는 나치에 점령된 프랑스에서 어느 날 동쪽으로 이송되어 가는 아이들의 모습을 봤다. "서양인이 18세기에 꾼 꿈, 1789년[프랑스 혁명]에 이르러 그 서광을 봤다고 생각한 꿈, 그리고 1914년 8월 2일[제1차 세계대전]까지는 지식의 진보나 과학상의 여러 발견을 통해 강화되어 온 꿈, 내게 그 꿈은 어린아이들로 비집을 틈이 없는 저 화차를 보았을 때 완전히 사라졌다."

우리는 이렇듯 계몽주의의 꿈이 사라지고 100년이 지난 시대를 살고 있다.

이번에 한국에서 켄트리지의 대규모 개인전이 열린 것은 획기적인 일이다. 남서아프리카에서 헤레로족 학살이 자행됐을 때 이 땅에서는 항일 의병 토벌이라 일컬어지는 학살이 자행되었다. 그 과정을 거쳐 이 땅은 식민지화되어 일본에 병합되었다. 병합 기간 중 이 땅의 사람들은 참혹한 식민 지배와 민족 차별을 당했다. 이 땅은 지금도 분단되어 있으며, 사람들은 불안과 우울에서 해방되지 못하고 있다. 이곳은 그런 장소다.

12월 1일 전시 개막식 행사에서 약 250명의 비교적 젊은 청중을 앞에 두고 나는 켄트리지와 공개 대담을 했다. "계몽의 프로젝트는 좌절했다고 생각합니까?"라고 묻자, 그는 곧바로 "그렇게 생각하지 않는다."라며 분명히 말했다. "자유, 인권, 평등, 민주주의, 이런 계몽의 프로젝트는 미완이며 여전히 진행 중이다."라고. 그에게도 아파르트헤이트 체제가 타도된 순간은 "축제와 같았다." 뒤돌아보면 우리 민족에게도 '축제'와 같은 순간은 있었다. 식민 지배로부터 해방된 순간, 군사정권이 타도된 민주화 실현의 순간……. 새해 첫날을 맞아 나는 이런 순간의 환희와 그 순간을 위해 희생된 수많은 사람을 다시금 기억하고자 한다.

'9·11' 이후 에드워드 사이드는 "중요한 목표"를 잃어서는 안 된다고 말했다(『문화와 저항』). "중요한 목표"란 "자유와 해방과 계몽을 요구하는 모든 민족이 모이는 승리의 회합"이다. 눈 앞의 어둠은 짙지만, 식민 지배를 경험한 우리 민족 역시 "승리의 회합"에 참가한다는 꿈을 잃어서는 안 된다.

+
윌리엄 켄트리지에 관한 좀 더 본격적인 논의는 「'우리 시대'의 우수를 응시하다」, 『해찰: 언저리의 미학 — 윌리엄 켄트리지: 주변적 고찰』, 수류산방.중심, 2016 참조.

종말은
이렇게 올 것이다

2019년 8월 22일

지난 8월 3일《아이치 트리엔날레 2019》
국제 예술제의 일환인 기획전《표현의 부자유전, 그 이후》를 중
지한다고, 이 전시의 실행위원장인 아이치현 오무라 히데아키
지사가 갑작스럽게 발표했다. 이 기획전에 반대하는 세력이 "테
러 예고와 협박 전화 등"을 했고, 전시 작품을 "'철거하지 않으
면 휘발유를 들고 찾아가겠다.'라는 팩스도 보냈다."라고 한다.
이 전시회는 위안부를 표현한 소녀상이나 쇼와 천황의 초상이
불타는 장면을 담은 영상 작품 등 지금까지 일본 각지의 미술관
에서 철거되거나 작품 해설을 바꿔 쓰도록 강요당한 20여 점을
'표현의 자유'를 생각하는 계기로 삼고 싶다는 (주최 측의) 취지
에서 이뤄졌다. 그것이 고작 개막 사흘 만에 협박으로 중지당한
것이다.

가와무라 다카시 나고야 시장은 이 기획전이 "일본 국민의
마음을 짓밟은 행위"라고 거칠게 비난했다. 실행위원장 오무라

지사는 가와무라 시장의 발언이 헌법으로 금지된 '검열'에 해당하는 게 아니냐는 의문을 표시하며 반발했다. 지사의 발언은 물론 지극히 타당하지만, 그렇다면 책임이 있는 지사 스스로 그것이 헌법 위반인 줄 알면서도 협박에 굴복했다고 고백한 셈이다. 협박한 자는 물론이고 오무라 지사나 전시 작품을 지켜야 할 입장인 예술 감독도 그 책임을 면할 수 없을 것이다. 이 예술제에 출품한 작가들은 이번 조치에 "강력하게 반대하고 항의"한다는 공동성명을 발표했다(8월 10일 현재 87명이 동참).

이런 상궤를 벗어난 상황을 나고야 시장이나 오사카 부지사 같은 정치인이 부채질한다. 정부의 스가 요시히데 관방장관은 "사실관계를 확인해 꼼꼼히 조사"하겠다며 문화청의 보조금 교부 중지 의사를 넌지시 내비쳤다.

지금 내 뇌리에 비치고 있는 것은 '종말'의 광경이다. 예술제에 대해 무뢰배(깡패)들이 범죄와 다르지 않은 협박을 가한다. 그것도 최근 일어난 애니메이션 제작사 방화·살인 사건을 기회 삼아 협박한다는 가장 비열한 수법으로 말이다. 한두 사람의 행위가 아니다. 지난 15일까지 아이치현 당국에 걸려 온 '항의' 전화, 팩스, 메일은 약 5,700건에 달한다고 한다. 협박 세력은 비열한 수법이 효과적이라는 것, 그리고 권력자들이 그들의 행위를 환영한다는 것을 재차 확인했다.

'종말은 이렇게 찾아오는 것이다.' 예술 행위는 그것을 알리는 경종이다. 예술에 대한 권력의 간섭은 인간의 감성 자체에 대한 간섭이다. '예술과 관련된 것이니까', '예술은 일상생활에 직결되지 않는 일종의 사치니까' 하는 심리로 시민이 이 경종을 경시하기라도 하면 그것은 곧바로 감성 자체에 대한 통제로 이어진다. 무엇이 '미'이고 무엇이 '추'인가 하는 기준까지 권력이 휘어잡게 된다. 그런 광경을 우리는 일찍이 일본에서, 독일에서, 세계 곳곳에서 거듭 목격하지 않았던가.

'걸림돌Stolperstein'이라는 예술 형식을 많은 사람이 알고 있을 것이다. 독일 쾰른에 사는 조각가 군터 뎀니히Gunter Demnig가 1993년에 시작한 예술 프로젝트다. 네모진 보도 포장석들 가운데 하나가 금속으로 되어 있고, 거기에 과거 그곳에서 강제 이송된 유대계 시민 개개인의 이름, 이송 날짜, 이송지, 그리고 확인되는 경우 사망한 해도 새겨져 있다. '걸림돌'이라는 이름대로 무심코 걷다가 어느 순간 발이, 혹은 마음이 걸려 나치즘의 역사를 상기하게 된다. 그러도록 만들어진 예술 작품이다. 독일 국내의 주요 도시는 물론이고 빈이나 잘츠부르크 등 과거 나치가 지배하고 유대인이 희생된 도시들에서 거리를 주의 깊게 걷다 보면 누구나 발견할 수 있다.

피해자의 눈으로 본다면 도저히 충분하다고 할 수 없겠지만, 그럼에도 이는 독일 시민들이 자발적으로 진지하게 과거와 대면하는 자세를 보여준다. 제2차 세계대전에서 패전한 뒤 독일인들이 유럽 한가운데서, 예전의 피해 민족들에 에워싸여 살아가기 위해 발휘한 지혜의 하나로 볼 수도 있을 것이다. 일본 역

시 아시아에서 평화롭게 살아가고자 한다면 이런 지혜를 발휘해
야 하지 않을까.

　만약 일본인 작가가 자국의 침략 책임과 마주하는 작품을
자발적으로 만들고, 그것이 별다른 방해 없이 일본 각지에 설치
될 수 있는 상황이라면 사태는 지금과는 달랐을 것이다. 강제징
용 문제도 마찬가지다. 그것은 일본 국민 다수에게도 바람직한
상황이 아닌가. 일본은 위와 같은 충분히 택할 수 있을 법한 길
과는 정반대되는 길로 나아가고 있다. 일본 국민 다수는 이성적
판단이나 자주적 결정을 하지 못하며, 적극적으로든 무관심 때
문이든 지배층을 따라 다음 '종말'을 향해 걸어가고 있다.

　예술 이야기를 또 하나 해 보자. 과테말라에 다니엘 에르난
데스-살라사르Daniel Hernández-Salazar(1956~)라는 사진작
가가 있다. 과테말라 내전(1960~96) 말기부터 이른바 '비밀 묘
지'(내전 중 게릴라 소탕 작전의 민간인 희생자가 암매장된 장소)
의 발굴 조사에 종종 동행해 유골·유품에 대한 기록 촬영을 한
인물이다. 그의 작품 가운데 양어깨에 흰 날개를 단 '천사'가 '여
기에 있어' 하고 소리치는 듯한 모습을 담은 것이 있다(〈모두가
알 수 있도록Para que todos lo sepan〉). 자세히 들여다보면 날개는
발굴된 희생자(다수는 선주민)의 견갑골이다. 다니엘과 그의 동
료들은 군사정권의 탄압을 피해 이 작품을 과테말라 각지에 잽
싸게 붙이고, 북미에서는 미군 기지나 유럽인의 선주민 정복 기
념비에 붙이는 퍼포먼스도 벌였다.

2004년에는 도쿄에서 그 작품의 전시회가 열려 나도 작가와 함께 좌담을 가졌다. 그때 청중 속의 일본인 아티스트가 한 발언을 잊을 수 없다. 그는 거리에 작품을 전시하는 다니엘이 부럽다고 말했다. 일본에서는 공공장소에 작품을 전시하려면 온갖 번잡스러운 허가를 받아야 하기 때문이라는 것이다. 다니엘은 입을 다물고 있었지만 나는 그럴 수 없었다. 이런 작품을 전시하기까지 작가가 얼마만큼의 위험을 무릅쓰고, 또 노력을 기울여야 했는지 상상해 보라고, 또 바로 그런 예술이기에 비밀리에 매장된 주검을 발굴하고 군사정권이 은폐하려는 진실을 폭로할 수 있는 것이라고 말했다.

《아이치 트리엔날레》 사건은 내게 그 일을 떠올리게 했다. 예술가는 허가가 있든 없든 진실을 발굴하고 이야기하기 위한 한 걸음을 내디뎌야 한다. 그러지 않으면 '종말'의 도래를 막을 수 없다.

+

다니엘 에르난데스-살라사르에 관한 좀 더 자세한 소개는 「학살과 예술」, 『고뇌의 원근법』, 돌베개, 2009 참조.

예술의
힘

2022년 12월 1일

　　불타오르는 듯한 단풍의 계절이 왔다가
순식간에 지나가 버린 느낌이다. 며칠 전 일 때문에 오사카에 머
물던 차에 오카야마岡山까지 가서 구라시키倉敷시의 오하라大原
미술관을 찾았다. 오사카에서 신칸센으로 한 시간 남짓 걸리는
비교적 가까운 거리다. 코로나 사태는 아직 진정되지 않았으나
사람은 꽤 많았다. 연일 쾌청한 가을 날씨가 이어지고 있었는데,
그날만은 차가운 비가 내렸다. '미관지구'로서 역사적 건축물
이나 거리가 그대로 보존되어 있는 구라시키의 옛 시가지가 비
에 젖어 있는 풍정도 그것대로 나쁘지 않았다. 오하라미술관은
1930년에 개관한 일본 최초의 서양미술 전문 사립 미술관이다.
내가 이 미술관을 처음으로 찾은 것은 중학교 수학여행 때였다.
이후 약 60년 동안 몇 번이나 이 미술관을 찾았을까.
　　그 뒤로 나는 인생을 살면서 뭔가 벽에 부딪히거나, 나아갈
길을 모르겠거나, 삶에 지칠 때면 습관처럼 세계 각지의 미술관

으로 발길을 옮겼다. 이번에도 마찬가지다. 그 습관이 시작된 것은 그때, 즉 60여 년 전 이곳에서 루오, 수틴Chaïm Soutine, 모딜리아니, 세간티니Giovanni Segantini, 엘 그레코El Greco 등의 회화와 가진 강렬한 첫 만남 때문이다. 이번에도 그리운 옛 동무의 모습을 확인하듯 그 작품들과 재회했다. 새삼 인상 깊었던 작품은 루오의 〈피에로Clown〉(1925~29)다. 루오는 볼 때마다 새로운 발견과 감동을 안겨 준다. 이 옆얼굴을 내보이는 피에로의 사악함을 품은 눈길. 인간성의 어두운 면을 응시하는 루오다운 작품이다. 그 깊은 슬픔…….

페스트와 함께였던 서양 르네상스 시대와 마찬가지로, 동아시아의 20세기는 죽음의 짙은 그림자로 뒤덮인 시대다. 죽음의 그림자 속에서 르네상스 시대는 유례없는 예술적 유산을 남겼다. 우리 시대는 어떨까? 파괴 뒤에 공허한 잔해만 남지는 않을까?

돌아가는 길의 기차 안에서 평소에는 보지 않던 객차 내 비치용 잡지 『웨지Wedge』(2022년 12월 호)를 무심코 펼치니 관심이 가는 기사가 눈에 띄었다(「이제는 '서방의 무기 공장', 한국 방위산업이 호조를 띠는 이유」). 이 기사에 따르면, 올해 9월 서울에서 '대한민국 방위산업전'이 열려, 한국 국내와 세계 각지에서 모여든 관계자들의 열기로 뜨거웠다고 한다. 올해 7월 러시아의 위협에 직면한 폴란드가 미국·유럽·일본의 최신예 전차에 필적하는 성능을 갖춘 'K2 전차' 980대, 세계적 수준의 'K9 자주포'

648문 등 총 25조 원어치의 무기 구매를 발표한 것이 '성황'의 요인이다. 한국은 이미 2014년 러시아의 크림반도 병합 이후 북유럽 국가 및 발트 3국과 잇따라 무기 수출 계약을 맺었다. 기사는 "각국에서 수주가 잇따르는 한국 방위산업은 사실상 서방 자유주의 국가 그룹의 '무기 공장'이 되고 있다."라며 "주변국에 뒤처진 우리 나라[일본]"의 방위산업 진흥을 호소했다. 기사를 읽고 나자, 이 분야에 내가 너무 무관심했다는 사실을 뼈저리게 느꼈다.

내가 젊었을 때는 '죽음의 상인'이란 말이 아직 살아 있었고, 전쟁으로 폭리를 취하는 것은 가장 업신여겨야 할 행위로 여겨졌다. 적어도 나는 그런 감각을 소중히 여기며 자랐다. 그런데 어느새 한국이 '죽음의 상인'이 되어 버렸다. 아무도 그것을 부끄러워하거나 비판하지 않는 것인가? 한편 우크라이나 전쟁으로 무기 부족에 빠져 있는 러시아에 '북'(조선민주주의인민공화국)이 무기를 제공할 것이라는(이미 하고 있다는[?]) 보도도 있다. 식민 지배를 받고 분단된 민족이 이제는 현재 진행 중인 세계 규모의 분단과 전쟁에 각각 '무기 제공자'로서 관여하고 있다. 나중에는 '병력 제공자'가 될지도 모른다. 이 얼마나 치욕스러운 일인가?

가을비를 맞는 듯한 우울한 생각으로 신문을 펼치니 중국의 미술가 아이웨이웨이艾未未(1957~)에 관한 기사가 실려 있었다(「박해받은 아버지와 나, 중국을 그리다」, 『아사히신문』 2022년

11월 22일). 그의 자전적 저서『천년의 환희와 비애』의 일본어판 간행을 앞두고 인터뷰한 내용이었다.

그에 관해서는 전에도 몇 번 쓴 적이 있다. 그중 하나는 그가 감독한 장편 다큐멘터리 〈유랑하는 사람들Human Flow〉(2017)에 대한 감상이다. 세계 23개국 40곳의 난민 캠프를 돌며 제작한 거대한 투시도 같은 작품이다. 작중에 등장하는 그 자신은 고대 중국의 신선 같기도 하고 시골 농부 같기도 하다.

그는 뛰어난 현대미술가·건축가인 동시에 반골 기질의 사회운동가이기도 하다. 지금까지 몇 번이고 정부의 삼엄한 감시를 받고 연금당했다. 현재는 중국 국내에 머물 수 없어 독일 등지에 거점을 두고 있다. 나는 2017년《요코하마 트리엔날레》에서 그의 설치 작품을 봤다. 주 전시장 벽면 전체를 뒤덮은 무수히 많은 오렌지색의 기묘한 물체가 때마침 불어온 태풍의 비바람에 심하게 나부꼈다. 그 물체는 사실 난민들이 바다를 건널 때 (건너다 실패할 때) 타던 고무보트였다. 벌써 5년 전 일이다. 그 동안 세계는 더 나빠졌으나 아이웨이웨이는 건재했다. 기사 끝부분에 다음과 같은 그의 말이 소개되어 있었다. "예술가는 전쟁을 막을 수 없었고 지금도 막을 수 없다. 앞으로도 그럴 것이다. 그런 의미에서는 무력하지만, 감정에 호소하는 잘못된 사고를 하는 국가에 대해 다른 사고방식이 있다는 것, 각자의 인생은 아름답고 의미 있는 것이라는 메시지를 보낼 수 있다."

정말 그렇다. 우리는 얼마나 무력한가. 전쟁을 막을 지혜도 힘도 없다. 하지만 그와 동시에 농부가 가뭄으로 황폐해진 밭을 우직하게 갈 듯, 이 절망적인 세계에는 늘 양심과 인간성을 일깨우는 사람들이 계속 존재해 왔다는 것도 떠올리게 된다. 그것이 '예술의 힘'이 아닐까. 아이웨이웨이의 작품은 우리가 살아가는 이 시대 뒤에도 미미하게나마 남아 있을 '20세기 르네상스'의 유산일지도 모른다.

숲은
되살아날 것이다

2016년 7월 7일

얼마 전 간다神田의 이와나미 홀에서 에르만노 올미Ermanno Olmi(1931~2018) 감독의 영화 〈숲은 되살아날 것이다Torneranno i prati〉(2014)를 봤다. 제1차 세계대전 발발 100주년을 맞아 감독이 자신의 아버지가 이야기해 준 전쟁 체험을 영상화한 작품이다.

올미 감독의 작품이라면 벌써 40년도 더 전에 〈나막신 나무〉(1978)를 본 적이 있다. 19세기 말 북이탈리아 베르가모Bergamo의 농촌을 무대로, 수확의 3분의 2를 지주에게 바쳐야 하는 가혹한 착취 아래 살아가는 농민들의 생활을 그린 것이다. 어느 날 마을에서 멀리 떨어진 학교에 다니는 소년의 나막신이 망가진다. 튼튼한 새 신을 사 줄 여유가 없는 아버지는 냇가에 무성한 포플러나무를 베어 새 나막신을 만들어 주려 한다. 그러나 그 나무도 지주의 소유물이었다. 아버지는 지주에게 야단맞고, 일가는 마을에서 쫓겨나 어스레한 새벽에 정처 없이 떠난다.

이것은 내 한두 세대 위 선조의 경험이기도 하다. 나는 충청
남도의 시골길을 떠올렸다. 이상화(1901~43)가 "빼앗긴 들에도
봄은 오는가"라고 읊었던 1920년대, 신작로 공사에 동원된 내 외
할아버지는 곡괭이를 처가 마당에 던져 놓고, 배를 곯는 가족을
먹여 살리기 위해 홀로 일본에 건너갔다. 포플러와 코스모스가
곱게 물들인 그 가난하고 아름다운 조부의 고향을 나는 1960년
대에 두 번 찾아가 봤으나, 1970년대 군사정권 시절에 두 형이
투옥된 뒤에는 가 보지 못했다.

비토리오 데 시카Vittorio De Sica(1901~74) 감독의 명작 〈자
전거 도둑〉(1948)을 굳이 이야기하지 않더라도, 가난한 서민 생
활의 애수를 묘사한 작품으로 이탈리아 네오리얼리즘 영화를
능가하는 것은 없다. 〈나막신 나무〉 역시 그 정통적 흐름을 이어
받은 작품이다. 다만 그 영상미는 브뤼헐의 작품을 연상케 할 만
큼 회화적이어서, 내게 서양미술에 대한 동경을 불러일으키기
도 했다.

〈숲은 되살아날 것이다〉는 올미 감독 아버지의 체험담을 바
탕으로 한다. "이 영화에서 이야기되는 것은 전부 실제로 일어난
일이다."

1917년 겨울, 이탈리아 알프스의 아시아고Asiago 고원. 얼어
붙은 설원, 까맣게 솟아오른 봉우리들을 달이 비추고 있다. 얼마
나 장엄하고 아름다운 풍경인가. 눈에 파묻힌 참호에서 이탈리
아군 병사들이 노래하는 나폴리 민요가 나지막이 흐른다. 보이

지 않는 오스트리아군 참호에서도 "좋구먼. 좀 더 불러줘."라고 조르는 목소리가 들려온다.

양군 병사들은 굶주림과 추위로 피폐해진 상태. 그러나 이탈리아군 사령부로부터 적이 통신을 감청하고 있으니 새 통신선을 부설하라는 터무니없는 명령이 하달된다. 성공할 가망이 없는 자살행위지만, 명령을 거스를 수는 없어 결국 병사 하나가 포복으로 설원을 나아간다. 그러나 얼마 가지 않아 땅 하는 건조한 총성이 울려 퍼지고 병사는 더는 움직이지 못한다. 진땀 나는 긴장의 순간이 이어지지만, 이윽고 평온이 깨지며 오스트리아군의 격렬한 포격이 시작된다. 참호는 파괴되어 무너져 내린다.

지휘관인 대위는 상부의 조처에 반발해 계급장을 반납하고, 전쟁 경험이 전혀 없는 젊은 중위가 어쩔 수 없이 후임자가 된다. 이 중위가 올미 감독의 아버지다. 중위는 어머니에게 편지를 쓴다. "사랑하는 어머니, 가장 힘든 일은 사람을 용서하는 것입니다만, 사람이 사람을 용서하지 않는다면 인간이란 도대체 무엇일까요."

감독은 인터뷰에서 다음과 같이 말했다. "내 아버지는 19세에 지원병이 되었다. 영웅주의의 열기가 젊은이들의 마음과 영혼에 불을 붙였다. 아버지는 육군 보병과의 습격대에 들어가기로 했다. 아버지는 많은 목숨을 죽음으로 몰고 간 카르소 Carso(슬로베니아와 이탈리아의 국경 지역)와 피아베Piave강(이탈리아 북부를 지나 아드리아해로 흘러드는 강) 전투의 한복판에

있었다. 그 체험은 아버지의 젊은 시절과 그 뒤의 인생에 큰 상
흔을 남겼다. 아버지는 어린 나와 형에게 전쟁의 고뇌에 대해 곧
잘 이야기했다. 죽음이 기다리고 있음을 인지하며 참호에서 돌
격 명령을 기다릴 때의 공포에 대해. 그리고 전쟁이 얼마나 사람
을 미치게 만드는지 가르쳐 주려 했다."

이 영화를 보고 있자니 예전에 찾아갔던 북프랑스의 제1차
세계대전 유적지를 떠올리지 않을 수 없었다. 2003년 여름, 20세
기 독일의 화가 오토 딕스Otto Dix(1891~1969)를 주제로 한 다큐
멘터리에 출연하기 위해 나는 NHK 촬영팀과 함께 그곳을 찾아
갔다. 무더위가 기승을 부리는 가운데 주변 풍경이 모두 뿌옇게
보였다.

벨기에 남부에서 북프랑스에 이르는 지역 일대에는 서부
전선 격전의 상흔이 남아 있다. 보몽아멜 뉴펀들랜드 기념 공원
Beaumont-Hamel Newfoundland Memorial은 캐나다군 전몰자 추
도 시설이다. 그곳에 전쟁 때의 참호가 가장 잘 보존되어 있다.
후려갈기는 듯한 태양에 그을리면서 나는 굽어진 참호를 몇 번
이나 왔다 갔다 했다. 머리 위에는 무수히 많은 흰나비가 어지러
이 날고 있었다. 그때 내 머릿속에 떠오른 것은 고교 시절에 본
루이스 마일스톤Lewis Milestone 감독의 영화 〈서부전선 이상 없
다〉(1930)의 마지막 장면이다. 참호 속에 웅크린 채 적군과 대치
하던 병사가 문득 나비를 발견한다. 흰나비는 팔랑팔랑 날아 병
사의 시선 앞에 머문다. 병사는 나비에게 손을 뻗친다. 10센티미

터, 5센티미터⋯⋯. 그때 둔탁한 총성이 울리고 머리를 관통당한 병사의 팔이 힘없이 대지 위로 늘어진다. "서부전선 이상 없다. 보고 사항 없음"이라는 텔롭*이 오버랩되어 흐른다.

에리히 마리아 레마르크Erich Maria Remarque(1898~1970)의 원작 소설에 참호전의 리얼리티가 전해지는 묘사가 나온다. "전선에 나와 있는 동안에도 비는 계속 내렸다. 몸이 마를 새가 없었다. (⋯) 지면은 젖어 있어, 마치 똑똑 방울져 떨어지는 기름 덩어리 같았다. 누런 물웅덩이에는 나선형의 붉은 피가 웃고 있고, 죽은 자와 부상자, 살아남은 자들은 차례차례 그 속으로 잠겨 들었다. (⋯) 우리 손은 지면이고, 우리 몸은 진흙이며, 우리 눈은 고인 빗물이다. 우리는 살았는가, 죽었는가. 내가 생각해도 모르겠다."

전쟁 발발 당시 23세였던 딕스 역시 동시대 청년들과 애국주의의 열기를 공유하고 있었다. 자원입대한 딕스는 야전포병, 기관총 사수로서 서부전선에 투입되어 제1차 세계대전의 거의 전 기간에 걸쳐 치열한 최전선을 경험했다. "이, 쥐, 철조망, 벼룩, 수류탄, 폭탄, 구멍, 시체, 피, 포화, 술, 고양이, 독가스, 대포, 배설물, 포탄, 박격포, 사격, 검, 이것이 전쟁! 모두 악마의 소행!" 딕스의 전장 일기에 적힌 글이다. 전쟁 후 그는 나치의 압박에 굴하지 않고 자신의 경험을 토대로 반전적 주제의 작품을 그

---

*

영상 속에 삽입되는 글자나 그림.

려 나갔다. 화가 딕스는 서부전선 참호전의 경험에서 태어났다
(졸저 『고뇌의 원근법』 참조).

딕스의 동판화 〈전쟁〉 연작은 1924년에 간행됐다. 그해는 '반
전의 해'라고도 불리는데, 제1차 세계대전이 끝난 지 고작 6년, 사
람들은 전쟁의 기억을 빨리도 과거로 흘려보내고 다음 전쟁을
향해 가파른 언덕을 굴러가기 시작했다.

올미 감독의 영화 끝부분에서 설원에 높다랗게 선 나무가 포
화 속에 불탄다. 나무는 숯이 되고, 무참한 파괴의 상흔이 펼쳐진
다. 엔딩으로 양치기의 말이 흐른다. "언젠가 이 땅에 숲이 되살
아나고, 여기서 벌어진 일은 믿어지지 않게[잊히게] 되리니."

영화관을 나서니 초여름 햇빛이 넘실대는 간다의 거리를 남
녀노소가 분주하게 오가고 있었다. 곧 치러질 참의원 선거도 개
헌을 획책하는 집권 여당에 유리한 상황이라고 한다. 결국 일본
국민은 헌법 9조(전쟁 포기 조항)를 스스로 내버리는 것일까.

숲은 되살아날 것이다……. 이것은 재생의 희망을 이야기
하는 말일까? 불탄 자리에 잡초의 신록이 싹을 틔우듯 인간들은
계속 나고 자란다. 비참한 일은 잊히고 참화는 거듭된다. 시간의
흐름은 망각의 편이다. 시간의 여신과 전쟁의 신은 사이가 좋다.
레마르크, 딕스, 올미…… 예술가들은 이 무자비한 적과 승산이
희박한 싸움을 이어 가고 있다.

악몽의 시대에
본 영화 한 편

2017년 4월 20일

————————

지난해 말께부터 어깨와 팔이 아프기 시작해 올해 2, 3월에는 메일 답장도 쓸 수 없을 정도였다. 노화에 따른 신경통 같은데, 나는 이 증상을 '트럼프 증후군'이라 부르고 있다.

지난번 칼럼(「악몽의 시대」)에서 나는 트럼프 대통령 탄생과 '악몽의 시대'의 개막에 관해 이야기했다. 사태는 시시각각 심각해지고 있다. 지난 4월 6일 미군은 돌연 시리아를 공습했다. 트럼프는 시리아 정부군의 화학무기에 희생된 "예쁜 아기"의 영상을 보고 마음이 동했다고 한다. 그러나 시리아 정부는 화학무기의 보유도 사용도 부정하면서 중립적인 기관의 공정한 검증을 요구하고 있다. 어떠한 확증도, 국제기관에 의한 사전 합의도 없이 공격이 강행됐다. 트럼프는 미국을 방문한 중국 시진핑 주석과의 만찬 자리에서 디저트로 "근사한 초콜릿케이크"를 먹기 직전에 공격 명령을 내렸다고 한다. 미군의 공격으로 많은 희생자

163

가 나왔을진대 적어도 일본에서는 관련 사항이 거의 보도되지 않는다.

"예쁜 아기"의 모습에 마음이 움직였을 정도로 인도적인 그가 어째서 난민의 입국은 계속 거부할까. 저조한 지지율을 회복시키기 위해 '미국에 손해가 되는 일은 하지 않는다'는 종래의 주장과도 모순되는 즉흥적인 도박 행위에 나섰다는 견해가 있는데, 아니나 다를까 미국 국내에서 그의 지지율은 올라갔다. 미국은 그 뒤 아프가니스탄에서 '핵무기 다음가는 파괴 무기'라고 하는 공중폭발대형폭탄(MOAB)을 사용했다. 이것은 북한에 대한 위협 행위로 받아들여지고 있다. 항공모함이 한반도 근해를 향하고, 일본과 괌의 미군 기지는 임전 태세에 돌입했다. 북한은 필요하다면 "초강경 수단"으로 대응할 것이라고 언명했다. 일본 아베 총리는 누구보다도 솔선해서 트럼프 대통령의 그런 '결의'를 지지한다고 밝혔다. 자신의 아내도 얽혀 있는 비리 사건으로 궁지에 몰리면서 아베 총리의 지지율은 최근 하락하기 시작했다. 이런 상황을 강경하게 돌파할 좋은 기회로 보아 전쟁 분위기를 부추기고 있는 것이리라.

'악몽의 시대'의 특징은 이성이 기능하지 않고 대화가 이뤄지지 않는다는 데 있다. 합리적으로 생각하면, 혹은 과거의 경험칙에 따르면 일어날 수 없을 것이라 여겨지는 일이 일어난다는 것이다. 최악의 시나리오는 말할 나위 없이 한반도에서 본격적인 전쟁 상태가 발발하는 것이다. '그렇게 되진 않을 것'이라는 낙관에는 확실한 근거가 없다. 다행히 거기까지 가진 않더라도 군사적 긴장 상태가 계속되는 것은 평화와 민주주의의 기운을 크게 해친다. 한국에서는 대통령 선거를 앞두고, 대통령 파면까지 일궈낸 성과가 무산되어 버릴 우려가 크다. 일본에서는 배외주의가 한층 고조되고 전체주의가 급속히 강화될 것이다. 그리고 그 과정에서 반대파와 소수자가 터무니없는 희생을 강요당할 것이다.

햐쿠타 나오키百田尙樹라는 작가가 있다. 아베 총리와 개인적으로 가까워서 그의 주선으로 2013년부터 한동안 NHK 운영위원으로 있었다. 이 작가가 최근 자신의 트위터에서 이렇게 공언했다. "만일 북한의 미사일 때문에 내 가족이 죽고 내가 살아남는다면, 나는 테러 조직을 만들어 일본 국내의 적을 해치우겠다." 이에 대해 많은 찬사가 뒤따르는 모양이다. 일본 국민은 1923년 간토 대지진 당시의 학살 사건으로부터 아무것도 배우지 못했고, 나치의 홀로코스트, 캄보디아나 르완다의 대학살 사건으로부터도 무엇 하나 배우지 못했다. 그런 사회에서 살아갈 수밖에 없는 소수자는 지금 어떤 심정일까. 이런 트윗을 게시하는 '작가'나 거기에 좋다고 찬사를 보내는 사람들이 어디까지 본심인지, 혹은 그저 장난으로 그러는 것인지 알 수가 없다. 다만 확실히 이야기할 수 있는 것은, 그것이 분명 소수자의 정신을 좀먹고 또 그 생명을 위협한다는 사실이다.

이런 악몽의 시대에 어떤 영화를 봐야 할까. 얼마 전 도심으로 외출해 켄 로치 감독의 최근작 〈나, 다니엘 블레이크〉를 봤다. 지난해 제69회 칸 국제영화제에서 황금종려상을 받은 영화다. 평일 오후였으나 영화관은 만석이었다. 나중에야 알았는데, 이런 종류의 영화로서는 꽤 히트한 모양이다.

영국 북동부 뉴캐슬에 사는 59세의 목수 다니엘 블레이크는 누구보다도 사랑하던 아내를 잃고 홀로 살고 있다. 심장병이 있는 그는 의사의 권고에 따라 일을 그만뒀는데, 자신에게 필요한 공적 지원을 받으려 해도 복잡한 제도의 벽에 부딪혀 좀처럼 뜻대로 되지 않는다. 다니엘은 장애 급여 심사 건으로 복지 사무소에 불려 나간다. 취업할 만한 건강 상태가 아니라는 의사의 진단이 있었지만, 사무소 담당자는 지침대로 무의미한 질문을 되풀이한 끝에 취업 가능 판정을 내린다. 고용 센터에 가니 직원은 관료적이고 모욕적인 태도로 일관한다. 게다가 실업 급여 신청 절차는 난관투성이다. 시스템이 완전히 디지털화되어 있어 컴퓨터와 무관한 삶을 살아온 다니엘로서는 감당 불능이다. 고생 끝에 긴 신청서를 작성하지만 '에러' 표시와 함께 신청 작업은 헛수고가 된다. 담당자에게 전화로 문의하려 해도 하염없이 대기해야 한다. 이미 '고령자'로 분류된 나는 이 장면에 크게 공감했다. 나라면 화가 나 관두라 하고 전화를 끊어버리겠지만, 생계가 걸려 있는 다니엘로서는 그럴 수도 없다. 스마트폰 없이는 살아남을 수 없는 사회가 되고 말았다. IT산업 경영자들이 세계 억만장자 명단에 이름을 올리고 있지만, IT산업은 관공서와 공범이

되어 약자를 착취한다.

어느 날 다니엘은 고용 센터에서 한 여성이 냉대당하는 모습을 본다. 그녀는 면담에 약간 늦었다는 이유로 가혹한 조처를 당해 최저생계비조차 받을 수 없다. 케이티라는 이 여성은 두 아이를 떠안은 싱글맘이다. 다니엘은 차마 두고 볼 수 없어 도움의 손을 내밀고, 이후 케이티와 교류를 나누며 가난 속에서도 서로 도우며 살아가려 한다.

영화를 보면서 나는 적어도 세 번 울고 말았다. 한 번은 아이들 먹을거리를 얻기 위해 푸드뱅크(음식을 무료로 배급하는 복지 단체)를 찾아간 케이티가 너무나 굶주린 나머지 그 자리에서 통조림을 열어 내용물을 제 입에 집어넣는 장면. 케이티는 자신의 순간적 행동에 심히 수치스러워하지만, 다니엘은 "부끄러워할 거 없어. 괜찮아질 거야."라며 위로한다. 감독 인터뷰에 따르면 이 장면의 촬영 전에 출연자들에게는 상세한 대본이 제공되지 않았으며, 케이티 역의 배우만 흐름을 알고 있었던 모양이다. 여타 출연자는 예기치 못한 전개에 허를 찔려 당황하면서 현장에서의 판단으로 있는 힘껏 연기하게 된다. 켄 로치 감독이 종종 사용하는 방법이다.

두 번째는 다니엘이 죽은 아내에 대한 추억을 이야기하는 장면. 세 번째는 생활에 쪼들린 케이티가 결국 몸을 파는 장면. 케이티가 있는 성매매 업소를 찾아낸 다니엘은 "이런 일까지 할 필요는 없잖아."라며 눈물을 흘린다. 그런 다니엘이 억울하게 삶을 마감하는 최후의 장면에서 나는 울기보다는 오히려 그가 마침내 삶의 무거운 짐을 벗은 데에 안도감마저 느꼈다.

영화가 끝나자 '요람에서 무덤까지'라는 말이 뇌리에 떠올랐다. 내가 소학교(초등학교)에 다니던 시절, 영국의 복지 행정이 얼마나 충실한지를 표현하는 말이자 지향해야 할 이상적인 사회를 나타내는 표어로서 사회 과목 수업에서 배운 말이다. 켄 로치 감독은 좋아하는 영화로 비토리오 데 시카 감독의 〈자전거 도둑〉을 든다. 제2차 세계대전 직후의 황폐와 빈곤 속에서 유일한 생활 수단인 자전거를 도둑맞은 불운한 아버지와 아들 이야기로, 내게도 잊을 수 없는 명작이다. 그 시절로부터 반세기 이상이 지난 지금도 세계는 조금도 나아지지 않았다.

2013년 4월, 마거릿 대처 총리가 세상을 떠났을 때 켄 로치는 신문에 '조사'를 기고했다(『가디언』 2013년 4월 8일). "마거릿 대처는 현대의 가장 심각한 분열과 파괴를 부른 총리였습니다. (…) 오늘날 우리가 놓여 있는 비참한 상태는 그가 시작한 정책의 결과입니다. (…) 그가 만델라를 테러리스트라 부르고, 학대자이자 살인자인 피노체트Augusto Pinochet(1915~2006)를 다과회에 초대한 사실을 상기해 보십시오. 우리는 그에게 어떻게 조의를 표해야 할까요? 그의 장례를 민영화합시다. 경쟁입찰에 부쳐서 가장 싼 값을 적어 낸 업자에게 낙찰하는 겁니다. 그도 분명 그걸 바랐겠지요."

『뉴스위크』는 「켄 로치가 그린 영국의 냉혹한 현실」이라는 제목의 기사로 이 영화를 소개했다(일본어판 2017년 3월 21일).
그 맺음말은 이렇게 되어 있다. "미국 관객은 [영국은] 다니엘의
의료비를 국가가 부담해 주니 [미국보다는] 상황이 낫다고 생각
할 것이다." 그 미국의 대통령이 대부호 트럼프이고, 누구보다
충실한 트럼프 추종자가 아베 신조다.

일관되게 서민의 입장에서 정의를 추구해 온 켄 로치 감독
이 80세가 된 지금도 이런 영화를 만들어야 한다는 건 하나의 비
극이다. 그러나 동시에 그가 이 영화에서 보여 준 서민들의 선함
에 대한 신뢰와 불굴의 투지는 후대에 주는 복음이다.

네루다는
죽지 않는다

2018년 2월 1일

이번에는 파블로 네루다Pablo Neruda (1904~73)에 관해 써 볼 작정인데, 아무래도 그 전에 짧게나마 언급해 뒤야 할 게 있다. 지난해인 2017년 12월 16일 '위안부' 제도의 피해자 송신도 씨가 세상을 떠났다. 1922년 충남 논산 태생. 향년 95세였다.

16세 때부터 7년간 중국 대륙의 일본군 위안소를 전전하며 '성노예' 생활을 강요받았다. 해방 후 일본군 병사와 함께 일본으로 귀환했으나 곧장 버림받고, 갖가지 차별을 받으며 고난의 삶을 살았다. 1993년에 일본 거주 피해자로서는 유일하게 일본 정부를 상대로 사죄와 보상을 요구하는 소송을 제기하고 생존자 증인으로 싸워 왔으나 2003년 일본 최고재판소에서 패소가 확정됐다.

나는 「어머니를 모욕하지 말라!」*라는 글에서 송 씨에 관해 이야기한 바 있다. 이 글에서 나는 "[전 '위안부'들은] 돈 욕심에 소란을 피우는 것이라 매도하는 자가 있고, 많은 이들이 그런 야비한 매도에 고개를 끄덕인다. 이건 도대체 어떻게 된 세상인가."라고 썼다. 20년 뒤인 오늘 그 매도는 일본에서 점점 더 야비해지고 있다. 2015년 말 박근혜 정권과 아베 정권 사이에서 억지스러운 '불가역적 해결'이 합의되어, 지금 한국에서 나타나는 '재고'나 '추가 조치'의 움직임에 대해 일본 정부는 '1밀리'도 양보하지 않는다고 큰소리치고 있다. 개탄스러운 것은 다수 일본 국민도 이런 정부의 자세를 환영한다는 점이다. 이런 살벌한 분위기 속에서 송 씨는 세상을 떠났다. 명복을 빈다는 따위의 이야기를 할 기분이 내게는 도무지 들지 않는다. 그저 내 무력함을 사죄드리며, 야비한 세력에 맞서 끝까지 저항하겠다는 결의를 다지는 수밖에 없다. 이 '세력'에는 거짓 '화해'를 이야기하고 '12·28 한일 합의'를 기정사실화하려는 사람들도 포함된다.

송신도 씨에 관해서는 곧 다시 자세히 이야기할 기회를 만들기로 하고, 여기서는 네루다 이야기를 하고자 한다.

지난해 말부터 올해 초에 걸쳐 여느 때보다 많은 영화를 봤다. 〈르 코르뷔지에와 아일린The Price of Desire〉(2015), 〈장고 인 멜로디Django〉(2017), 〈파이널 포트레이트Final Portrait〉(2017),

*
고모리 요이치·다카하시 데쓰야 편, 『내셔널 히스토리를 넘어서』, 삼인, 2000.

〈파리 오페라L'Opera〉(2017), 〈네루다Neruda〉(2016) 등이다. 하나같이 나로서는 이야기할 것이 많은 작품이었다. 그러나 여기서는 〈네루다〉 한 편으로 좁혀, 생각한 바를 이야기하고자 한다.

파블로 네루다에 대해 자세히 설명할 필요가 있을까? 우리 세대에게 그는 두말할 필요 없는 유명인이지만 젊은 세대에게는 그렇지 않다. 더구나 그가 활약한 시대의 한국은 군사정권 시기였으므로 (이건 내 추측이지만) '빨갱이' 시인 네루다에 대해 알고 있는 사람은 그다지 많지 않을 것이다. 혹은 단지 '빨갱이'로만 알려져 있을지도 모르겠다.

네루다는 칠레의 시인이자 외교관이었다. 1904년에 태어나 1973년 군부 쿠데타 와중에 산티아고에서 사망했다.

네루다는 외교관으로 부임한 스페인에서 프랑코Francisco Franco(1892~1975)파 파시스트의 쿠데타와 내전을 직접 목격했다. 1945년 칠레 상원의원에 당선됨과 동시에 입당한 공산당이 1948년 비합법화되었기 때문에 아르헨티나로, 그리고 다시 파리로 국외 망명을 할 수밖에 없었다. 영화는 이 시기의 도망자 네루다와 그를 집요하게 추적하는 경찰관 펠루쇼노에게 초점을 맞춘다. 칠레 변방의 한적한 마을과 눈 덮인 안데스산맥의 영상 묘사가 대단히 아름답다.

칠레의 진보 세력은 1960년대 말 친미·반공의 과두 지배 체제를 타도하기 위해 '인민 연합' 전략을 천명했으며, 공산당은 대통령 예비 후보로 네루다를 지명했다. 그러나 네루다는 사회당 후보 살바도르 아옌데Salvador Allende(1908~73)를 단일 후보로 내세우기 위해 사퇴했다. 1970년 선거에서 아옌데가 당선되어 인민 연합 정권이 탄생했다. 네루다는 아옌데 정권의 주프랑스 대사로 임명됐고, 재임 중이던 1971년에는 노벨 문학상을 받았다. 아옌데 정권의 목표는 복수정당제를 유지하면서 구리 광산 등 기간산업의 국유화와 철저한 농지개혁 추진으로 사회주의화를 달성하는 것이었으며, 이는 '사회주의로 가는 칠레의 길'이라 일컬어졌다. 이 '길'은 당시 세계에서 많은 사람이 공감하고 지지한 아름다운 꿈이었다.

그러나 미국의 압력 아래에서 우파의 정권 전복 공작이 격화되고, 1973년 9월에는 피노체트 장군이 이끄는 군부의 쿠데타가 일어났다. 대통령 관저에서 끝까지 저항한 아옌데는 전사했다. '좌익 사냥'의 폭풍 속에 축구 경기장이 임시 정치범 수용소가 되고, 수많은 시민이 연행되어 고문을 당했다. 수만 명이 칠레 바깥으로 망명했다.

쿠데타 직후, 네루다는 피노체트에 대한 저항운동을 이끌기 위해 멕시코 망명을 준비하고 있었으나 자택에서 군인들에게 연행된 뒤 지병인 전립선암이 악화되어 사망한 것으로 알려져 왔다. 그런데 2011년 그의 운전기사와 개인 비서로 일했던 인물이 네루다가 숨지기 전 흉부에 수상한 주사를 맞았다고 주장해 독살 의혹이 불거졌고, 2016년 4월에는 네루다의 유해를 무덤에서 파내 독살 여부를 조사하기에 이르렀다. 그 결과 독살이라 단정할 만한 근거는 찾지 못했으나 여전히 의혹은 남아 있는 상태다.

하지만 네루다의 매력은 그 '정치적 올바름'에만 있는 게 아니다. 이 영화는 그것을 잘 전해 준다.

> 풍만한 여인이여 살[肉]의 사과여 달의 불이여
> 짙은 해초 내음이여 빛에 단련된 진흙이여
> 어떤 어스름한 빛이 그 원주円柱 사이로 열리는가
> 어떤 고대의 밤이 남자의 오감을 홀리는가
> ─「풍만한 여인이여」(『100편의 사랑 소네트』)에서

얼마나 거리낌 없고 관능적인 노래인가. 이는 지금도 뭇사람의 마음을 사로잡고 있다. 군부 쿠데타 후 멕시코로 망명한 칠레의 영화감독 미겔 리틴Miguel Littin은 1985년 계엄하의 칠레에 잠입해 네루다가 오랫동안 산 이슬라네그라Isla Negra의 집터를 찾았다. 그곳에서 리틴이 마주한 것은 시인이 사망하고 방치된 집에 새로운 세대가 끊임없이 찾아오는 광경이었다. 그곳을 찾은 젊은 연인들은 집 울타리에 낙서를 남기고 간다. 그중 하나는 말한다. "사랑은 결코 죽지 않는다. 장군이여, 아옌데와 네루다는 살아 있다. 1분의 어둠이 우리를 눈멀게 할 수는 없다."(〈계엄하의 칠레 잠입기Acta General de Chile〉, 1986)

이 말이 과장이 아니라는 것을 〈네루다〉는 보여 준다. 네루다의 시가 칠레 민중에게 끼치는 영향력, 시의 위대한 힘을.

이 영화의 뛰어난 발상은, 네루다를 추적하는 경관의 말 속에 네루다의 시가 풍부하게 인용되고, 그것을 통해 경관 자신의 복잡한 내면이 묘사되어, 결국 그가 자신의 표적인 시인에게 매료되어 간다는 묘사에서 찾을 수 있다.

이 영화에 그려진 네루다는 도덕적으로 모범적인 인물이 아니며 영웅도 아니다. 그렇기는커녕 변덕쟁이에다 제멋대로 구는 향락주의자다. 하지만 정의를 향한 사랑, 민중에 대한 공감, 그리고 무엇보다도 권력을 두려워하지 않는 기지와 유머는 보는 이들에게 상쾌한 인상을 준다. 네루다의 두 번째 아내 델리아의 매력도 아르헨티나의 배우 메르세데스 모란Mercedes Moran의 연기로 유감없이 표현되어 있다. 델리아 덕에 네루다는 로르카Federico Garcia Lorca(1898~1936)를 알게 되고 피카소Pablo Picasso(1881~1973)와 친교를 맺었다. 여기에는 대서양을 사이에 두고 아메리카 대륙과 유럽을 오가던 진보적 인물들의 풍요롭고 광범위한 문화권이 시사되어 있다.

또 한 가지 감탄한 것은 이 영화의 감독 파블로 라라인Pablo Larraín이 1976년 칠레 산티아고에서 태어났다는 점이다. 쿠데타 3년 뒤다. 앞에서 이야기한 리틴 감독이 망명 세대라면 라라인은 쿠데타 이후 세대다. 그런 새로운 세대가 신선하고 자유로운 감각을 마음껏 구사하는 한편으로 역사를 굳건하게 계승하고 있는 것이다. 마치 장난기 많은 시인이 저세상에서 살아 돌아와 '꼴좋다. 나는 살아 있다고!' 하며 파시스트들을 향해 혀를 내밀고 있는 것 같다.

칠레에서 이런 격렬한 투쟁과 비극이 진행되던 시기에 지구 반대편의 한국에서도 유사한 현실이 진행되고 있었다. 박정희 정권이 1972년 10월 비상계엄을 선포하고 '유신 체제'를 확립한 것이다. 나도 1980년대 중반 한국 정치범의 석방을 호소하기 위해 찾아간 캐나다의 지방 도시에서 칠레 망명자 가족이라는 소녀를 만난 적이 있다. 당시는 쿠데타로부터 10년 이상이 흐른 뒤로, 여전히 피노체트 정권이 버티고 있어 망명자들은 귀국할 수 없는 상황이었다. 나와 소녀는 말이 통하지 않아 이야기다운 이야기도 나눌 수 없었으나 금세 서로의 처지와 심정을 이해했다. 그토록 멀리 떨어져 있지만, 칠레의 역사는 우리 것이기도 하다. 네루다라는 존재는 우리 것이기도 하다.

긴 행렬

— 독립운동 100주년에 본 영화 두 편

2019년 2월 28일

아, 가도다, 가도다, 쫓겨 가도다
잊음 속에 있는 간도와 요동벌로
주린 목숨 움켜쥐고, 쫓겨 가도다
진흙을 밥으로, 해채를 마셔도
마구나 가졌드면, 단잠은 얽맬 것을
사람을 만든 검아, 하루 일쩍
차라리 주린 목숨, 뺏어 가거라!
—이상화,「가장 비통한 기욕祈慾」(1925)에서

스크린 가득 펼쳐지는 푸르른 대해大海. 하늘 높이 바닷새
한 마리. 자연의 광대함과 아름다움을 구가하는 듯하다. 그 해면
에 하나의 점 같은 배가 떠 있다. 카메라가 다가가니 구명조끼를
입은 사람들로 빽빽하다. 지중해를 건너려는 난민들을 가득 실
은 배다. 메마른 사막. 줄곧 차가운 비가 퍼붓는 변경의 철도역.

군사용 철조망으로 무자비하게 나뉜 경계. 찬비에 젖은 채 멍하니 선 사람들. 주린 배로 추위에 떨며 피로와 수면 부족에 시달리고 있다. 실로 "진흙을 밥으로, 해채[시궁창에 고인 물]를 마"시는 사람들의 행렬이다.

영화를 보는 내내 이상화의 시구가 뇌리에 떠올랐다. 1920년대 한반도에서 만주로 흘러든 숱한 난민, 2017년 중동에서 유럽으로 향한 숱한 난민. 두 행렬은 100년의 시차를 두고 한줄기로 이어져 있다. 긴 행렬은 전 세계에 걸쳐 있으며, 언제 끊일지도 알 수 없다. 아아, "사람을 만든 검[神]아 (…) 차라리 주린 목숨, 뺏어 가거라!"

그 영화는 아이웨이웨이 감독의 장편 다큐멘터리 〈유랑하는 사람들〉이다. 아프가니스탄, 방글라데시, 가자지구에서 여러 유럽 국가, 튀르키예, 미국 – 멕시코 국경 지대에 이르기까지 세계 23개국 40곳의 난민 캠프를 돌며 제작되었다. '난민 문제'의 최전선을 한눈에 볼 수 있는 거대한 투시도. 그 영상은 아름답고 처절하다. 화면에는 때때로 감독 자신이 효과적으로 모습을 드러낸다. 예컨대 난민 캠프의 이발소에 가서 머리를 깎는 모습. 미국 – 멕시코 국경 지대에서 오토바이를 탄 국경순찰대원에게 느긋한 말투로 말을 거는 모습. 고대 중국의 신선 같기도 하고, 시골 농부 같기도 하다. 그 모습이 이 영화의 주제가 가진 장대한 서사시적 척도를 실감하게 한다.

중국의 아티스트 아이웨이웨이는 2008년 베이징 올림픽

주 경기장(별칭은 '냐오차오鳥巢'[새 둥지])의 설계에 참여해 세계에 이름을 알렸다. 동시에 그는 인권 운동에도 분투하는 반골 기질의 사회운동가다. 그 때문에 2011년에 베이징의 자택에 연금되었으나 그 이듬해에 다큐멘터리 영화 〈아이웨이웨이—난 멈추지 않는다Ai Weiwei: Never Sorry〉(앨리슨 클레이먼Alison Klayman 감독)에서 엄중한 감시 속에서도 자신의 신념을 관철하는 모습을 전 세계에 보여 주었다.

아이웨이웨이는 그 뒤 베를린으로 거점을 옮겨 '난민'을 정면으로 다룬 작품에 도전하고 있다. 나는 2017년《요코하마 트리엔날레》에서 주 전시장 요코하마미술관의 벽면 전체에 무수히 나붙은 오렌지색 물체들이 때마침 불어온 태풍의 비바람에 격렬히 나부끼는 것을 봤다. 아이웨이웨이의 설치미술 작품으로, 난민들이 바다를 건널 때(혹은 건너는 데 실패할 때) 탄 실제 고무보트를 사용한 것이었다.

"만일 예술가들이 사회의 양심을 배반한다면, 인간의 근본 원칙을 배반한다면, 도대체 예술은 어디에 설 수 있다는 말인가?"(2011년 한스 울리히 오브리스트Hans Ulrich Obrist와의 대담)

"사회의 양심"이나 "인간의 근본 원칙"과 같은 생각은 지금 우리 사회에서는 경멸당하거나 적어도 의심의 눈초리를 받고 있지 않는가. 이런 소박하다고도 할 수 있는 인도주의를 이토록 확신을 지닌 채 힘차고 설득력 있게 이야기하는 존재는 달리 찾을 수 없다. '인도주의'라는 이름의 방파제는 지금 세상 곳곳에서 무너지기 시작했다. 차라리 인간에게 절망해 버리고 싶기도 하다. 하지만 농민이 수백 년간 메마른 밭을 일궈 왔듯이, 인류에게 양심이나 인간성을 일깨우는 사람들은 늘 존재해 왔다. 이 또한 아이웨이웨이를 통해 깨닫게 된다.

최근 본 또 한 편의 영화에 관해 이야기하고자 한다. 크리스티안 페촐트Christian Petzold(1960~) 감독의 〈트랜짓Transit〉이다. 원작은 아나 제거스Anna Seghers(1900~83)의 소설. 이 작가의 이름을 꽤 오랜만에 들었다. 그의 작품이 지금 다시 읽히고 영화화까지 되었다는 사실은 흥미롭다. 역시 시대가 그것을 요구한 것이리라. 그리고 독일에는 그 요구에 응답할 영화 제작자가 있었다.

1920년대부터 작가로 활동한 제거스는 1928년 독일 공산당에 입당했다. 1933년 나치가 정권을 잡은 뒤 체포되었으나, 결혼하여 헝가리 국적을 취득한 덕에 석방되어 프랑스로 망명했다. 1940년에는 나치의 세력이 프랑스에까지 미치자 다음 망명지를 찾아 마르세유로 향했으며, 1941년 멕시코로 망명했다. 이 소설은 작가가 자신의 목숨을 건 체험을 바탕으로 마르세유에서 쓴 것이다.

'트랜짓'이란 통과 비자를 가리킨다. 당시 마르세유에는 전쟁과 나치의 박해를 피해 다른 나라로 건너가려는 사람들이 밀려들고 있었다. 그들은 통과 비자를 비롯한 각종 증명서 취득을 위한 번잡한 절차와 냉혹한 관료주의에 농락당하며 고통을 겪었다. 그런 혼란 속에서 만난 남녀의 애절한 로맨스가 그려진다. 서스펜스 작품이기도 하므로 줄거리는 이쯤 써 두겠다. 다만, 고향을 떠나야만 했던 이들의 극심한 불안을 이토록 깊이 포착해 낸 작품은 흔치 않다.

이 영화의 뛰어난 착상은 70년도 더 지난 시절의 역사를 그리면서 마르세유의 시가지나 그곳을 오가는 차량, 항구를 떠나는 배 등은 전부 현재의 것을 등장시킨다는 점이다. 난민들이 몸을 의탁해 생활하는 저소득자용 주택은 현재의 것이며, 거기에 사는 사람들은 중동계, 아프리카계이다. 일제 단속을 펴는 경찰의 차량이나 제복도 현재의 것이다. 일반적으로 많은 관객은 영화에서 본 것이 아무리 비참한 사건이라 해도 그것을 과거의 일로 이해해 받아들임으로써 일말의 안심을 구하려 한다. 하지만 이 영화는 그것을 허용하지 않는다. 1940년대 유럽 난민들의 운명은 지금 난민들의 운명이다. 이 영화는 과거를 묘사하면서 현재를 묻는 것이다.

3·1독립선언 100주년이다. 이상화는 1900년, 즉 20세기가 시작된 해에 태어났다(제거스와 동갑이다). 그의 나이 10세 때 일본에 의한 '병합'이 강행되었으며, 19세 때 3·1독립운동이 일어났다. 그는 동지들과 함께 궐기를 모의했으나 사전에 발각되어 실패했다. 1923년에 도쿄로 건너갔으나 그해 9월 간토 대지진에 맞닥뜨렸다. 많은 동포가 학살당한 현장을 경험했고, 그 자신도 자경단에 붙잡혀 목숨을 잃을 뻔했다. 첫머리에 든 시는

1920년대에 일제의 농촌 수탈의 결과로 유민流民이 되어 고향을 버리고 북쪽으로 떠난 사람들의 모습을 노래한 것이다. 그들이 중국 조선족의 한 원류다. 같은 시기에 남쪽으로 흘러들어 바다를 건넌 사람들이 재일조선인의 원류다. 내 할아버지도 그중 한 사람이었다. 1920년대의 조선인 농민과 21세기의 난민은 이어져 있다. 이상화와 아이웨이웨이는 이어져 있다.

'3·1독립선언 기초자'의 한 사람인 한용운(1879~1944)은 "'민적民籍 없는 자는 인권이 없다. 인권이 없는 너에게 무슨 정조貞操냐.' 하고 능욕하려는 장군이 있었습니다."라고 노래했다 (「당신을 보았습니다」, 『님의 침묵』 초판, 1926).

'민적'은 일제가 통감부 시대에 조선 민족에게 강요한 제도다. 그것에 저항한 사람들에게는 '인권'이 없었다. 현재도 난민이나 이민은 각종 증명서를 소지할 의무가 있어, 번잡한 절차와 굴욕을 강요받는다. 증명서가 없는 자(프랑스어로 '상 파피에 sans-papiers', 즉 '종이가 없는 자')에게는 "인권이 없는" 것이다. 한용운의 시구는 오늘날까지 이어지는 난민들의 고통을 예견했다. 참으로 천재적인 통찰! 한용운과 제거스는 이어져 있다. 시인들에게 그런 통찰을 요구하는 상황은 지금도 여전하다. 아니더욱 정치精緻하고 가혹하게 이어지고 있다.

한용운은 8·15해방을 보지 못하고 죽었다. "제비 떼 까맣게 날아오길 기다리나니"라고 노래했던 이육사는 중국 대륙에서 항일 독립운동에 종사하다가 일본 영사관 경찰에 붙잡혀 베이징에서 옥사했다. "죽는 날까지 하늘을 우러러 한 점 부끄럼이 없기를"이라고 노래한 윤동주는 일본 도시샤대학에 유학하던 중 '독립 기도企圖' 혐의로 검거되어 해방을 반년 앞두고 후쿠오카 형무소에서 옥사했다. 이 시인들은 그나마 시를 통해 가까스로 우리에게 메시지를 남겼으나, 다른 많은 이들은 말 한마디 남기지 못한 채 무참하게 목숨을 앗겼다.

3·1독립운동으로부터 100년—나는 이른 봄 도쿄에서 두 편의 영화를 보고 생각한다. 아, 참으로 긴 난민들의 행렬. 참으로 많은 눈물과 피. 그 엄청난 희생에도 불구하고 아직도 전 세계에서 고통이 계속되고 있다. 일본에서는 역사수정주의자가 권력을 쥐고 있고, 다수 국민 사이에 식민주의의 심성이 오히려 증식하고 있다. 싸움은 끝나지 않는다.

끝나지 않는
전쟁

—인천 디아스포라영화제에서

2023년 5월 25일

      기분 좋은 맑은 하늘이 펼쳐진 오후, 인천항이 잘 내려다보이는 호텔의 환한 방에서 이 글을 쓴다. 지금 제11회 디아스포라영화제가 열리고 있는데, 매년 이 계절에는 인천을 찾아 며칠 머무는 것이 상례가 됐다. 올해는 건강상의 문제로 일본을 떠나기 직전까지 많이 망설였으나, 영화제에서 보고 싶었던 사람들을 다시 만나 원기를 좀 회복했다. 이 또한 영화라는 집단 예술 행위의 효능이라 할 수 있을지도 모르겠다.

    '디아스포라'에 특화된 영화제인 만큼 사회적 논의의 주제가 될 만한 비근하고도 어려운 주제를 다룬 작품이 많았다. 감독을 비롯한 제작자들도 대체로 무명이라고 할 수 있는 젊은 사람들이다. 놀랄 일은 아닐지 모르겠으나, 그런 영화제임에도 일반 시민 관객이 많이 참가하며, 그 수도 매년 늘고 있다. 내게는 이것이 하나의 기적처럼 생각된다. 모든 것이 금전과 효율로 환산

되고 평가되는 시대에 디아스포라라는 '주변화'된 존재, 말하자
면 '돈 안 되는 존재'를 다루는 영화제가 살아남아 있다는 것이
기적이라고 할 만큼 귀중하다는 생각이다.

이 영화제에서는 평소 별로 상영될 기회가 없었던 '작은 작
품', '무명의 작품'도 일반 시민과 만나 성숙한 비평의 대상이 된
다. 더욱이 대학 축제를 꾸려 나가듯 활달하게 활동하는 젊은 운
영진의 모습은 눈부실 정도다. 근래의 일본에서는 보기 어려운
풍경이다. 많은 문화적 기획에 행정이 과잉 개입하는 바람에 젊
은이들이 어느새인가 위축되어 자기검열적 자세에 익숙해졌기
때문이다. 거창하게 들릴지도 모르겠으나, 매년 5월 인천을 찾
으면 그곳에 살아남은 '유토피아'의 단편과 재회하는 느낌이다.
전쟁이 계속되고 있는 이 시대, 남북 분단의 전선前線이자 중국,
러시아, 일본에 에워싸인 조그만 틈새 같은 작은 공간에, 바로
그 때문에 더욱 소중한 '유토피아'가 남아 있다. 어떻게 해서든
이 '유토피아'가 오래도록 살아남게 하고 싶다고 진심으로 생각
한다.

올해 영화제에서 나는 이탈리아 영화 〈해바라기〉를 추천하
고, 상영에 이어 「끝나지 않는 전쟁」이라는 제목으로 강연했다.
1970년 개봉한 〈해바라기〉는 소피아 로렌Sophia Loren, 마르첼
로 마스트로이안니Marcello Mastroianni, 류드밀라 사벨리예바
Lyudmila Savelyeva 등이 출연한 영화다. 가벼운 플레이보이 역이
잘 어울리는 마스트로이안니가 비극에 휘말리는 병사 역을, 당시

185

세계적인 인기 배우였던 소피아 로렌이 그 연인 역을 맡고, 소련 영화 〈전쟁과 평화〉(1966~67)에서 관객을 매료시킨 소련의 대표적 여성 배우 사벨리예바가 우크라이나의 소박한 농부農婦를 연기한 것으로도 주목을 모았다. 영화가 기획·제작된 1960년대 말은 동서 대립이 격심했던 시대였기에 서방측 촬영 팀이 소련에서 촬영을 진행하는 데에는 많은 어려움이 따랐다. 스토리는 전형적인 멜로드라마지만, 거기에는 동서 '해빙'과 세계 평화에 대한 절실한 바람이 담겨 있다. 이 영화는 제2차 세계대전이 끝난 지 70여 년, 개봉한 지 반세기가 지나 우크라이나에서 전쟁이 이어지고 있는 오늘날 다시 주목받고 있다. 이는 전쟁이 끝나지 않았다는 것, 비극이 계속되고 있다는 것을 가르쳐 준다.

감독은 네오리얼리즘의 거장 비토리오 데 시카다. 일본에서 자란 내 또래에게는 너무나 유명한 작품이어서 영화제에 추천하기가 망설여지기도 했으나, 한편으로는 이 영화에 등장하는 우크라이나에서 전쟁이 계속되고 있다는 것, 우크라이나의 과거·현재의 전쟁은 연속되어 있다는 것, 또 우크라이나는 만주나 한반도에 비유할 수 있는 장소로, 그곳의 전쟁은 우리에게도 결코 남의 일이 아니라는 것 등을 생각해 보기 위해 구태여 추천했다.

추천하고 알게 된 것인데, 이 영화는 내가 생각했던 것만큼 한국 사람들에게 알려져 있지는 않았다. 거기에는 여러 이유가 있겠으나, 이 영화가 1970년, 즉 냉전이 한창이던 박정희 군사정권 시절에 만들어져 개봉이 일본에서보다 상당히 뒤늦었다는 사정도 있을 것이다. 이 영화는 스탈린 사후 소련 '해빙'의 시대에 서방 영화로서는 처음으로 소련 국내에서 촬영되었다. 영상 속 아마도 키이우(키예프)인 듯한 도시와 그 거리를 오가는 소련 주민들의 모습이 당시의 분위기를 잘 전하고 있다. 영화는 전쟁에 운명을 농락당해 헤어진 부부의 비극을 그린다. 부부는 숱한 어려움을 겪다가 마침내 재회하지만 이미 너무 긴 세월이 흘러 원래대로 되돌아가지 못한 채 헤어진다. 이런 비극은 이탈리아 만이 아니라 한반도를 비롯한 모든 장소에서 벌어졌고, 그 상처는 지금도 욱신거리고 있다. 무엇보다 데 시카 감독다운 것은 동시대의 할리우드 영화와는 달리 안이한 해피엔드로 끝나지 않는 점이다. 참으로 애절하고 여운 깊다.

〈해바라기〉에 이어 나는 아우슈비츠 생존자 프리모 레비의 동명 원작을 영화화한 〈휴전La tregua〉에 관해 이야기했다. 가까스로 아우슈비츠에서 해방된 레비가 8개월에 걸친 고난 끝에 고향 이탈리아 토리노의 생가로 귀환하는 이야기를 담은 이 영화 또한 해피엔드로 끝나지 않는다. 집에 돌아온 뒤에도 "공포로 가득한 꿈"에 줄곧 시달리는 것이다. "나는 가족이나 친구와 함께 식탁에 앉아 있거나, 일터에 있거나, 푸른 들판에 가 있다. (…) 그럼에도 나는 마음속 깊이 어렴풋한 불안을 느낀다. 닥쳐오는 위협을 뚜렷이 감지한다. (…) 나는 다시 라거[수용소] 안에 있고, 라거 바깥의 그 무엇도 진실이 아니다. 그것은 (…) 짧은 휴가, 착각, 꿈일 뿐이다." 그 꿈은 아우슈비츠 수용소에서 매일 아침 기상을 알리며 들려오던 "브스타바치wstawać"(폴란드어로 '기상')라는 호령 소리에 깼다.

이 서사시는 우리가 '종전'이나 '평화'라 부르는 것은 잠깐의 '휴전'에 지나지 않는다는 쓰라린 진실을 이야기한다. 우리는 지금 "브스타바치"라는 호령에 떨며 끝나지 않는 전쟁의 시대를 살아가고 있다. 한국전쟁은 지금도 '휴전 중'이다. 레비는 그 뒤 40여 년을 '평화를 위한 증언자'로 살았으나 1987년 자택에서 자살했다.

올해 영화제에서 인상 깊었던 영화를 한 편 소개하겠다. 〈미얀마 다이어리Myanmar Diaries〉다. '미얀마 영화 집단The Myanmar Film Collective'이라는 익명의 영화인 그룹이 만든, 미얀마 민주화 투쟁의 현주소를 전하는 작품이다. 군부의 무자비한 폭력에 짓눌린 사람들의 참을 수 없는 분노와 슬픔을 잘 전하고 있다. 이것은 한국의 어제 모습이며, 자칫하면 다시 찾아올 내일의 모습이기도 하다. "브스타바치"가 또다시 울려 퍼지려하고 있다. 상영 뒤 좌담 행사를 위해 단상에 오른 이 영화 관계자들은 지난날 한국 민주화 투쟁의 눈물 어린 나날을, 그리고 그 눈부신 광휘를 떠올리게 했다. 젊은 세대 관객은 어떻게 봤을까. 전쟁은 언제까지고 끝나지 않고 민중의 고통에도 끝이 없다. 따라서 투쟁에도 끝이 없다는 사실을 나는 다시금 통감했다.

'국어 내셔널리즘'을
극복하라

2007년 8월 31일

올해 여름도 잘츠부르크 음악제에 와 있다. 8월 19일에 밤늦게 도착해 네 번의 오페라 공연, 네 번의 오케스트라 연주회, 그리고 한 번의 실내악 연주회를 감상할 예정이다.

그저께는 베를리오즈Hector Berlioz(1803~69)가 작곡한 오페라 〈벤베누토 첼리니Benvenuto Cellini〉를 봤다. 1838년의 파리 초연이 처참한 실패로 끝난 뒤로 지금까지 별로 상연 기회를 얻지 못한 작품이다. 줄거리는 단순한 편으로, 16세기에 살았던 이탈리아 조각가 첼리니를 주인공 삼은, 사랑도 있고 살인 사건도 있는 떠들썩한 활극인데, 이게 재미있었다. 이 오페라에서는 교훈이나 설교의 냄새를 거의 맡을 수 없다. 좋든 싫든 철저하게 세속적이다. 과연 프랑스 혁명을 거쳐 정교분리를 실현한 나라의 오페라답다. 그런 부분이 재미있는 것이다. 도무지 선한 사람이라고는 할 수 없는 주인공을 매력적인 존재로 묘사하는 것은

인간성의 복잡함에 대한 깊은 이해와 그 이해를 작품으로 엮어
내는 예술적 모험 정신이 없으면 불가능한 일이다.

가수들은 그다지 유명하지 않아, 특히 여주인공 역을 연기한
라트비아 출신의 소프라노 마이야 코발렙스카Maija Kovalevska
는 아직 신인이라 해도 좋을 정도로 젊었지만, 소리도 연기도 뛰
어났다. 한국 출신의 테너 박승근도 중요한 조연 가운데 하나를
훌륭하게 해냈다. 대단한 축제 분위기의 대규모 연출도 충분히
즐길 수 있었다. 하지만 최대 공로자는 지휘자 발레리 게르기예
프Valery Gergiev다. 경탄할 만한 통솔력이다.

지난밤에는 모차르트의 〈피가로의 결혼〉을 대니얼 하딩
Daniel Harding의 지휘로 감상했다. 오늘 밤에는 베버Carl Maria
von Weber(1786~1826)의 〈마탄의 사수〉를 보러 간다.

〈마탄의 사수〉는 1821년 베를린에서 초연됐다. 이 오페라는
베를리오즈와는 매우 대조적이다. 프랑스 혁명 뒤인 19세기 초
의 유럽은 나폴레옹전쟁의 파도에 휩쓸려 전통적 질서가 밑바탕
부터 흔들렸다. 혁명을 거쳐 강대한 중앙집권 국가가 된 프랑스
와 구태의연한 영방국가의 집합체였던 독일 사이에는 확연한 힘
의 격차가 있었으며, 전쟁의 결과 독일을 명목상 통괄해 온 신성
로마제국은 소멸했다. 독일 각 지역이 나폴레옹군의 지배 아래
들어갔고, 왕정 타도와 자유주의 개혁을 바라는 기운이 고조되
는 한편으로 점령국 프랑스와 구별되는 '독일인'으로서의 아이
덴티티를 찾으려는 정신 운동도 거세게 일어났다. 그 대표적인

것이 철학자 피히테Johann Gottlieb Fichte(1762~1814)의 『독일 국민에게 고함』(1808)이라는 연설이다.

이런 변화는 음악의 세계에도 파급될 수밖에 없었다. 오페라는 곧 이탈리아어 작품이며, 독일어 작품은 오페라가 아닌 '징슈필singspiel'(가극)이라고 여겨지던 시대에 베버의 〈마탄의 사수〉는 등장했다. 이 작품에서는 가수의 아리아보다도 오케스트라와 합창이 중시되며, 사용 언어는 노래하는 듯한 이탈리아어도, 섬세한 프랑스어도 아닌, 자음이 많고 악센트가 분명한 독일어다.

종종 '가장 독일적'이라는 평을 받는 이 오페라의 무대는 17세기 초 보헤미아(당시는 독일의 한 지방)의 어두운 숲이다. 숲에서 살고, 숲을 사랑하며, 숲을 두려워하는 '독일인'에 의한, '독일인'을 위한 오페라라고 할 수 있다. 아니 정확하게 말하자면 나폴레옹전쟁을 겪으며 대항적인 근대인 아이덴티티가 형성됨으로써 그런 '독일인'相像이 만들어진 것이다. 100년 뒤 나치가 베버와 바그너의 음악을 추어올리고 이를 국민 동원에 활용한 역사도 잊어서는 안 된다.

피히테는 '독일인' 아이덴티티의 근거를 '독일어'에서 찾았다. 그에 따르면 독일어를 말하고, 독일어로 생각하는 사람이 '독일인'이다. 여기서 근대 '국어 내셔널리즘'의 원형을 찾을 수 있다. 그런가 하면 프랑스는 혁명 뒤 일찌감치 철저한 국어교육을 실시했으며, 정통적인 프랑스어를 말하는 사람이야말로 진정한 프랑스인이라는 국어 내셔널리즘을 다른 어느 곳보다 강력하게 실천했다.

잘츠부르크 체류를 마친 뒤 나는 노르웨이로 가서 오슬로대학에서 강연할 예정이다. 제목은 「모어母語와 모국어母國語의 상극」으로, 그 결론 부분은 다음과 같다.

"현재 전 세계에 이산해 있는 약 600만 명의 코리안 디아스포라는 모어와 모국어의 상극으로 고통받고 있다. 한편 한국에는 이주 노동자 등 많은 정주 외국인이 살고 있다. 국제결혼으로 한국에 살게 된 외국인 여성도 늘고 있다. 이런 추세는 누구도 막을 수 없다. 지금 외국에서 건너와 한국에서 살고 있는 사람들에게 재일조선인이 겪은 것과 같은 고통을 주어서는 안 된다. 그들의 모어와 문화를 대등한 것으로 존중해야 한다. 그런 사회를 구체적으로 상상해 보면, 그것은 한국어는 물론이고 일본어, 중국어, 러시아어, 영어 그리고 언젠가는 베트남어도 공용어로 인정받아 통용되는 사회다. 그런 열린 사회에서 각각의 구성원을 이어 주는 것은 식민 지배를 받은 역사의 기억과 그 역사를 피해자로서는 물론이요 가해자로서도 되풀이해서는 안 된다는 모럴이다. 이 유토피아의 실현을 가로막는 것은, 한국의 경우에는 우선 국민 다수의 무의식에 뿌리내린 국어 내셔널리즘이라 할 수 있다. 분단을 극복한 한반도라는 장소를 중심으로 쌓아 올린 새로운 다언어·다문화 공동체. 이런 유토피아상조차 상상할 수 없다면 식민 지배에서 대체 어떤 보람을 찾을 수 있단 말인가?"

여기서 내가 말한 과제는 피히테나 베버의 시대 이래 인류가 고뇌를 거듭하면서도 끝내 해답을 찾지 못한 과제다. 그런 만큼 어떻게든 그에 회답하려는 시도는 높은 보편성을 갖는다. 근대 국민국가를 넘어 '유럽 시민'이라는 아이덴티티를 강조하는 오늘날의 유럽에서 베버는 어떻게 해석되고 수용될까. 스릴 만점의 흥미 속에 오늘 밤 오페라를 즐기려 한다.

여름의 끝자락에 드리운
몰락의 그림자

2008년 8월 29일

나는 지금 잘츠부르크 체류의 마지막 하루를 맞고 있다. 잘츠부르크 음악제에 다니기 시작한 지 9년째다. 우리 부부의 숙박지는 여름휴가 동안 일반인에게 싼값에 개방되는 대학 기숙사다. 이곳에 머무는 사람들은 숙박비와 식비 등은 가능한 한 절약해 조금이라도 더 많은 연주회에 가고자 하는 진정한 음악 애호가들이다. 9년이나 다녔더니 자연히 안면을 익힌 사람들이 생겼다. 그중 한 사람은 좀 완고한 인상의 프랑스인 노부인인데, 올해는 어찌 된 일인지 보이지 않는다. 아내가 걱정스러운 마음에 직원에게 물어보니 그 부인은 건강이 나빠져 주립 병원에 긴급 입원을 했다고 한다. 다행히 위독한 상태는 벗어나 조만간 프랑스로 돌아갈 것이라는 이야기였다. 수십 년간 매년 여름이면 이곳을 다녀간 그 부인은 내년에도 이곳에 올 수 있을까?

숙소는 다르지만 매년 연주회에서 마주치는 모자도 있다.

194

어머니는 작은 몸집에 나이는 70대 중반 정도일까. 다리가 아픈 듯 비척비척하는 걸음걸이다. 장애가 있는 아들은 마흔이 넘어 보이는데 행동은 열두세 살 아이 같다. 그 또한 걷기가 쉽지 않으나 뒤따라오는 어머니를 염려하며 짐을 도맡아 들고 연주회장으로 간다. 그 모습은 농사일을 물려받은 농가의 자식을 연상시킨다. 연주회장에 도착한 소박한 차림새의 모자는 화려하게 치장한 부르주아들 사이에서 조금도 위축되지 않고 조용히 음악을 즐긴 뒤 다시 서로 도와 가며 숙소로 돌아간다. 말소리로 미루어 모자는 아무래도 이탈리아인 같은데, 어떤 가정적 배경이 있는 걸까? 아버지는 없는 걸까? 어떻게 음악제에 오게 되었을까? 이 두 사람에게 음악은 어떤 의미일까? '음악은 우리를 위로하고 치유해 준다'는 것은 지나치게 통속적이고 천박한 대답일 것이다. 왜냐하면 이곳에서 공연되는 음악은 하나같이 짙은 죽음의 그림자에 덮여 있기 때문이다. 유럽의 뛰어난 예술은 반드시 그렇다고 해도 좋을 정도로 우리를 '죽음'의 상념으로 이끈다. '죽음'을 응시하지 않고는 인간이란 존재를 깊이 통찰할 수 없기 때문이다. 그런 음악을 이들 모자는 어떻게 들을까? 정말이지 궁금하다. 그리고 해가 갈수록 눈에 띄게 늙어 가는 모습이 마음에 걸린다. 두 사람은 내년에도 이곳에 올 수 있을까?

이번 음악제에서는 헝가리 출신의 작곡가 버르토크 벨러 Bartók Béla(1881~1945)의 음악이 집중적으로 무대에 올랐다. 우리는 클리블랜드 교향악단의 연주로 그의 〈피아노협주곡 제3번〉

(우치다 미쓰코內田光子 피아노)을 들었고, 오페라 〈푸른 수염 공작의 성〉을 봤다. 이 오페라가 좋았다. 압도적인 인상이었다.

〈푸른 수염 공작의 성〉은 몹시 암울한 남녀의 사랑 이야기다. 유럽의 옛이야기가 그 밑바탕에 깔려 있다.

푸른 수염 공작이 유디트라는 여성과 함께 자신의 성에 도착한다. 그곳은 음습하다. 유디트는 닫혀 있는 일곱 개의 문을 발견한다. 첫째 방의 문을 여니 그곳은 고문실이다. 유디트는 벽에서 핏자국을 발견한다. 둘째 방의 문을 여니 그곳은 무기고다. 모든 무기에 피가 묻어 있다. 유디트는 "당신을 사랑하니까"라며 열쇠를 더 달라고 요구한다. 셋째 방은 보물 창고. 그러나 보물에도 핏자국이 남아 있다. 넷째 문 안쪽은 비밀의 정원. 흰 장미에는 핏자국이 있고 땅에도 피가 스며 있다. 다섯째 문을 여니 푸른 수염 공작의 광대한 영지가 눈앞에 펼쳐진다. 그런데 구름이 붉은 피의 그림자를 드리운다. 유디트는 나머지 문을 열게 해 달라고 푸른 수염 공작을 조른다. 여섯째 문을 여니 눈물의 호수. 푸른 수염 공작은 마지막 문만은 절대 열면 안 된다고 말하지만, 유디트는 남은 하나도 열어 달라고 채근한다. 일곱째 문을 열자 푸른 수염 공작의 세 아내가 나타난다. 그들은 각각 '새벽', '한낮', '저녁'을 지배하고 있다. 푸른 수염 공작은 유디트에게 "넷째 아내는 한밤중에 만났소."라며 '밤'을 준다. 유디트는 넷째 아내로서 일곱째 문 뒤로 사라진다. 푸른 수염 공작은 "이로써 밤만이 영원히 이어질 것이다……."라며 어둠 속으로 사라진다.

이것이 대강의 줄거리다. 그러나 이번 연출에서 푸른 수염 공작은 전장에서 몸을 다친 늙은 군인, 유디트는 공작이 탄 휠체어를 미는 젊은 간호사로 설정됐다. 푸른 수염 공작은 부와 권력을 쥔 지배자지만, 늙고 다친 그는 유디트에게 행동을 지배당한다. 그는 "사랑해 줘요. 아무것도 묻지 말아요."라고 간절히 바라지만 유디트는 듣지 않았고 마침내 마지막 비밀의 문까지 열고 만다. 이것은 모든 남자의 인생에 꼭 들어맞는 탁월한 은유다. 이삼십 대 젊은이들은 모르겠지만, 쉰을 넘기면 누구나 그런 생각을 하기 마련이다.

〈푸른 수염 공작의 성〉은 버르토크가 1911년 서른 살 때 지은 단 하나뿐인 오페라다. 음악이 헝가리어의 어조와 떼어 놓기 어렵게 얽혀 있어 다른 언어로는 상연되기 어렵고, 따라서 좀처럼 볼 기회도 없는 작품이다. 이번에는 헝가리 작곡가 외트뵈시 페테르Eötvös Péter의 지휘로 훌륭하게 상연될 수 있었다.

제2차 세계대전이 발발하자 59세의 버르토크는 나치 독일의 대두를 혐오한 나머지 조국을 떠나 미국으로 망명했다. 망명지의 버르토크는 경제적 궁핍과 건강 악화로 고생을 겪다가 전쟁이 끝난 직후인 1945년 9월 26일 뉴욕에서 백혈병으로 세상을 떠났다. 30세의 젊은 나이에 '늙음'과 '몰락'의 진실을 응시하는 명작을 작곡한 천재는 64세로 객사했다. 〈피아노협주곡 제3번〉은 그가 아내에게 남긴 유작이다.

오늘 잘츠부르크는 화창하게 개어, 여름의 빛을 받은 나뭇

잎이 반짝이고 있다. 하지만 그 빛은 이미 어딘지 모르게 여름의 끝을 예고한다. 그것을 바라보며 나는 올해도 같은 생각을 한다. 내년에도 이곳에 올 수 있을까?

피서지에서의
일

       덥다. 작년 원자력발전소 사고 이후 절
전을 위해 에어컨 사용도 자제하고 있는데, 그 노력을 비웃기라
도 하듯 더위가 이어지고 있다. 예년이라면 잘츠부르크 음악제
에 가 있었을 것이다. 그러나 작년까지 12년간 연속해서 갔더니
조금 피곤해져서 올해는 쉬기로 했다. 그래도 이럴 줄 알았으면
이번에도 갈 걸 그랬다는 후회가 마음을 스친다.

    더위를 견디다 못해 나와 F(나의 배우자)는 서늘한 신슈(나
가노현)로 도망갔다. 우리는 고원의 삼림 속에 작은 집을 갖고
있다. 푹푹 찌는 찜통 같은 도쿄와는 달리 사방에서 부는 바람이
시원하고 아침저녁으로는 추울 정도다. 다양한 야생화가 바람에
흔들리고, 새들이 시끄럽게 지저귄다. 그야말로 흠잡을 데 없는
사치스러운 환경이다. 다만 F에게는 한 가지 불만이 있었다. 음
악이다. 잘츠부르크에서는 매일 밤 최상급 연주회에 갔다. 이곳
의 새소리가 아무리 귀엽다 한들 빈 필하모닉을 대신할 수는 없
다. 과연 올여름을 연주회 없이 지낼 수 있을 것인가……

그러나 이곳에 와 보니 여기저기서 소규모 리사이틀이나 실내악 등 다양한 연주회가 열리고 있었다. 이곳은 오자와 세이지小澤征爾가 총감독을 맡고 있는 사이토 기념 페스티벌이 매년 열리는 마쓰모토松本시와 가깝고, 원래 클래식 음악 활동이 왕성한 지역이다. 여름 동안 피서를 위해 머무는 음악가들이 많다는 것도 그 이유 중 하나일 것이다.

우리가 사는 숲 한 모퉁이에 '와타나베 아케오渡邊曉雄 메모리얼 홀'이 있다. 와타나베는 1919년 도쿄에서 일본인 목사 아버지와 핀란드인 성악가 어머니 사이에서 태어났다. 지휘자로서 일본 필하모닉 창설에 기여했으며, 많은 후진을 양성하고 1990년에 세상을 떠났다. 홀이라고는 하나 작은 산장 같은 건물이다. 주변에는 승마장, 블루베리 농원, 기분 좋은 산책로 등이 산재해 있다. 이곳에서 열리는 실내악 연주회에 가 보았다. 연주자들은 프로와 아마추어가 뒤섞여, 휴가를 겸해서 연주를 즐기는 분위기다. 서른 명쯤 되는 청중도 근처 별장에 머무는 사람들이다. 연주 수준은 빈 필하모닉과 비교할 것은 아니지만, 상상했던 것보다 높았다.

또 다른 날에는 자동차로 30분 정도 걸리는 시민 회관에서 열리는 연주회에 갔다. 독주자는 NHK 교향악단의 클라리넷 수석 마쓰모토 겐지松本健司. 곡목은 모차르트의 〈클라리넷 협주곡 A장조〉였다. 연주는 훌륭했다. 나는 모차르트라면 모든 곡을 좋아하는데, 특히 이 만년의 명곡에서 느낄 수 있는 밝게 승화된 비애의 감각을 잊을 수 없다.

2010년 12월의 그믐날, 나와 F는 오스트리아 빈 교외에 있는 모차르트의 묘지를 방문했는데, 그때 이 곡이 하늘 저 멀리 어딘가에서 희미하게 들려오는 듯한 느낌을 받았다. 한여름 일본에서 이 곡을 들으며, 하얗게 꽁꽁 얼어붙은 한겨울의 빈을 떠올렸다. 일부러 잘츠부르크까지 가지 않아도 이런 뜻밖의 행운을 만날 수 있지 않은가. 나는 그렇게 생각했는데 F가 어떻게 생각했는지는 모르겠다.

쇼무라 기요시莊村淸志의 기타 리사이틀에도 갔다. 산속 어느 기업의 연수원이 연주회장이었다. 인근 별장에서 100명 남짓한 청중이 모였다. 넓은 창문 밖으로는 소나무 숲이 펼쳐지고, 더 멀리로는 2,000미터가 넘는 봉우리들이 보인다. 쇼무라 기요시는 예전에 NHK 교육 방송의 〈기타 교실〉이라는 프로그램에 강사로 나와 일약 전국적인 인기를 얻었다. 나는 악기는 다루지 못하지만, 그 프로그램만큼은 열심히 보았던 기억이 있다. 프로그램 중간에 그가 연주하는 소품은 전부 매력적이었다. 벌써 30년 전의 일이다.

박수를 받으며 등장한 쇼무라는 올곧은 자세에 씩씩하고 시원시원했다. "멋지다⋯⋯." F가 빠져든 듯한 목소리로 말했다. 그러나 내가 멋지다고 생각한 것은 그가 첫 음을 퉁긴 순간이었다. 곡목은 17세기 이탈리아 작곡가 프레스코발디Girolamo Frescoboldi의 〈아리아와 변주〉. 쳄발로를 위한 원곡을 기타용으로 편곡한 것이다. 쇼무라의 연주에는 조금의 느슨함도 없었다. 연주가 시작된 순간, 산속의 작은 연주회장은 페라라나 베네치아의 오래된 성당, 혹은 팔라초(궁전)로 변했다. 행복한 순간이다. 계속해서 쇼무라는 퍼셀Henry Purcell, 알베니스Isaac Albéniz, 타레가Francisco Tárrega 등의 곡을 연주했다. 창밖에서는 산새들이 지저귀는 소리가 스며든다. "기타 소리를 연인의 노랫소리로 착각한 거 아니에요?"라고 F가 투덜댔다.

중간 휴식 시간 후, 후반부 연주곡목은 일본 가곡이나 영화음악 등 대중적인 것이었다. 청중은 즐기는데 나는 조금 유감스러웠다. 피서지의 가벼운 소규모 연주회라도 명확한 콘셉트로, 예를 들면 프레스코발디 같은 바로크 음악을 주제로 했다면 더 깊은 감명을 줄 수 있었을 것이다.

연주가 끝나고 조금 떨어진 장소에 있는 이탈리아 레스토랑에 쇼무라 씨와 함께하는 식사 자리가 마련되었다. 나는 처음에는 꽁무니를 뺐지만, 좋은 연주의 여운이 남았기에 참석하기로 마음먹었다. 손님들은 정년퇴직했을 법한 백발의 남성들과 그 부인들. 이렇게 말하는 나도 분명 이 사람들과 같은 세대다. 음식도 와인도 맛있었다. 손님들이 기분 좋게 취했을 즈음, 쇼무라 씨가 소품 두 곡을 연주해 주었다. 끝으로 참가자 전원이 〈고향〉이라는 노래를 함께 불렀다. 성악가인 데다 안 그래도 목소리가 큰 F도 맘먹고 노래를 불렀다. "토끼를 쫓던 저 산, 물고기 잡던 저 강……." 중·노년의 대합창이 해가 진 어두운 숲에 울려 퍼졌다.

이럴 때 나는 '고향? 나에게 고향은?' 하는 쓸데없는 생각에 빠진다. 그리고 향수를 공유하는 그 자리의 공기에 훼방을 놓고 싶은 고약한 마음이 슬그머니 인다. 만일 합창이 끝난 후, 이 사람들 앞에서 노래할 기회가 생긴다면 이 노래를 부르리라 생각했다. 바로 내 학생 시절에 유행한 구슬픈 엔카演歌(한국의 트로트) 〈너는 마음의 아내이니까〉다. '도쿄 로만티카東京ロマンチカ'라는 그룹의 히트곡으로, 리더 쓰루오카 마사요시鶴岡雅義의 흐느끼는 듯한 기타 연주가 특히 인상적이다. '쇼무라 기요시 씨의 반주로 이 노래를 부르겠습니다!'라고 외치면 일동은 얼마나 놀랄까…….

그 기회는 오지 않은 채 식사 자리는 막을 내렸고, 나와 F는 택시를 타고 집으로 돌아왔다. 택시 뒷자리에서 나는 미처 못 부른 노래를 흥얼거렸다. "사랑하면서도 운명에 지고 말아 헤어졌지만, 마음은 하나……." 평상시에는 엔카에 눈길도 주지 않는 F가 의외로 같이 부르기 시작했다. 정말 즐거웠나 보다. 운전수가 이상한 듯이 쳐다보는 것에도 개의치 않고, 우리는 목청껏 불렀다. "나의 새끼손가락을 입에 물고 눈물 글썽이던 너. 아아, 지금도 사랑한다. 너는 내 마음의 아내니까……."

택시가 정차했을 때, 문득 조용해진 F가 나를 향해 말했다. "마음의 아내? 누구예요?" 정말이지 음악은 무섭다. (형진의 옮김)

아직은 잊어도
좋을 때가 아니다
— 윤이상 탄생 100주년

2017년 12월 14일

올해는 작곡가 윤이상(1917~95)의 탄생 100주년이다. 독일에서는 지난 9월에 기념 콘서트와 심포지엄이 열렸다. 한국에서는 어땠을지, 마음에 걸린다. 일본에서는 11월 18일 조키 세이지長木誠司 도쿄대학 교수의 주관으로 기념 심포지엄이 열려 나도 초청 연사로 참가했다. 심포지엄에서는 긴 시간에 걸쳐 진지한 연구 발표와 토론이 진행되었으며, 젊은 연주자들이 실내악 네 곡을 연주하는 등 의미 있는 내용이었다. 그러나 안 그래도 적은 청중 가운데 재일 동포 참가자가 (적어도 내 눈에는) 보이지 않은 것은 유감이었다. 이래도 되는가 하는 통분痛憤마저 끓어올랐다.

윤이상이 태어난 것은 1917년. 1995년 객지 베를린에서 세상을 떠나기까지 78년의 생애 가운데 앞의 3분의 1은 식민지 시대, 나머지 3분의 2는 '분단 시대'였다. 윤이상은 사회생활과 예술

양면에서 근원적으로 '분단'을 거부하는 삶의 자세를 견지했다. 그것은 그의 예술의 본질이었다. '분단 시대'는 아직 끝나지 않았다. 끝나기는커녕 일촉즉발의 제2차 한국(조선)전쟁의 위기마저 닥쳐오고 있다. 아직은 윤이상을 잊어도 좋을 때가 아니다.

1951년생인 나는 일본에서 접한 동베를린 사건*의 보도를 통해 윤이상이라는 존재를 알게 되었다. 그때 나는 아직 고등학생으로, 사건 보도는 머나먼 일처럼 막연하게 들렸을 뿐이었다. 그러나 그 3~4년 뒤 한국에 모국 유학 중이던 내 두 형이 '학원 침투 간첩단' 혐의로 체포되어, 윤이상의 운명은 돌연 내게 현실감을 띠게 됐다. 그리고 1981년 5월 13일, 도쿄에서 『상처 입은 용』 (윤이상과 루이제 린저Luise Rinser의 대담집)의 일본어판 출판기념회가 열렸다. 광주 5·18로부터 1년이 지난 그때 내 형들은 여전히 감옥에 있었다. 실로 암흑시대였다. 그런 나를 동정했는지, 사회당 도이 다카코土井たか子 위원장의 비서 고토 마사코五島昌子 씨가 나를 그 자리에 불러 주었다. 고토 씨는 일본의 한국 민주화 연대 운동에서 중요한 역할을 한 분으로, 내 형들의 구명 운동에도 큰 공헌을 했다. 나는 그때 처음으로 가까이서 윤이상 선

---

*

1967년 7월 중앙정보부가 발표한 대규모 공안 사건. 중앙정보부는 동베를린을 거점으로 한 '북괴 대남 적화 공작단 사건'에 대한 수사 결과를 발표, 대한민국에서 독일과 프랑스로 건너간 194명의 유학생·교민 등이 동베를린의 북한 대사관과 평양을 드나들며 간첩 교육을 받고 대남 적화 활동을 펼쳤다고 주장했다. 윤이상은 징역 10년을 선고받았으나, 서독 정부 등의 항의로 복역 2년 만에 석방되었다. 2024년 7월 대법원 결정에 따라 윤이상에 대한 재심이 확정되었다.

생의 얼굴을 뵈었으나 긴장한 탓에 아무 말도 하지 못했다.

그렇게 만난 『상처 입은 용』은 내 인생에 결정적으로 중요한 책이 됐다. 그로부터 40년 가까운 세월이 지난 지금도 그 생각은 조금도 변하지 않았다. 이 책은 선생의 모친께서 윤 선생을 뱄을 때 꾼 태몽 이야기로 시작한다. 용이 지리산 상공을 날아가는 꿈. 하지만 그 용은 상처를 입어, 하늘 높이 날아오르려 해도 그럴 수 없었다. 아아, 얼마나 웅혼하고 신화적인 이미지인가. 게다가 그 용이 상처를 입었다는 것은 얼마나 예언적인가. 그 이미지는 선생이 동베를린 사건으로 투옥되었다가 석방된 지 10년 가까이 지나 〈첼로 협주곡〉(1975/76)으로 열매를 맺었다.

"종결부의 그 옥타브 도약을 떠올려 보세요. 그 도약은 자유, 순수, 절대를 향한 희구와 바람을 의미합니다. 오케스트라에서는 오보에가 G샤프 음에서 A 음까지 글리산도(활주음)로 올라가고, 이 A 음을 트럼펫이 끌어당깁니다. 첼로는 거기까지 도달하려 하지만 잘 안 됩니다. 첼로는 글리산도로 G샤프 음에서 4분의 1음만큼 높은 곳까지 올라가지만, 그 이상 올라가지는 못합니다."

어느 예술가가 "꿈이 현실을 모방하는 것이 아니라 현실이 꿈을 모방하는 것이다."라고 말했다는데, 실로 윤이상의 생애는 이 꿈처럼 절대적인 해방의 환희에 겨우 4분의 1음을 남기고 도달하지 못하는 경험의 연속이었다. 또 그것은 그 개인적 좌절의 역사라기보다 우리 민족의 경험을 상징한다. 그뿐만이 아니다.

그 4분의 1음이라는 미세한 공극空隙이 만들어 내는 음의 울림이 비할 데 없는 '아름다움'(美)을 낳는 것이다. 놀라운 일이 아닌가.

1983년 늦가을, 나는 처음으로 서베를린의 선생 댁을 방문했다. 부인 이수자 씨는 광주 항쟁 때를 돌이키며 "선생이 텔레비전 보도를 보고 얼마나 눈물을 흘리셨던지"라고 말했다. "울면서 작곡하셨어요."라고도 덧붙였다.

1984년 일본 군마현에서 열린 구사쓰草津 국제음악아카데미의 초대 작곡가는 윤이상이었다. 8월 24일에는 '윤이상의 저녁' 콘서트가 열려 나도 교토에서 달려갔다. 일본에서 윤이상의 작품을 묶어 들려주는 콘서트가 열린 것은 그때가 처음이었다. 그날 연주된 다섯 곡 중 첫 곡은 플루트, 오보에, 바이올린, 첼로를 위한 〈영상〉(1968)으로, 북한을 방문했을 때 본 고구려 고분벽화에서 영감을 얻은 작품이다. 고분벽화를 보기 위해 위험을 무릅쓰고 북에 갔다 왔다는 선생의 설명을 제대로 이해할 사람은 많지 않을 것이다. 그렇기에 꼭 이 음악을 들어 보시기 바란다. 운 좋으면 옛 왕묘 안에 들어가 있는 듯한 신비로운 감각에 사로잡힐 것이다. 선생에게 이 작품을 작곡하는 일은 그 어떤 것과도 바꿀 수 없는 가치가 있었다.

그날의 마지막 곡은 "울면서 작곡하"였다는, 소프라노와 실내악을 위한 〈밤이여 나뉘어라〉(1980)였다. 넬리 작스Nelly Sachs(1891~1970)의 시를 사용한 작품이다. 작스는 나치의 박해를 피해 스웨덴으로 망명한 유대계 여성 시인으로, 피해망상과 정신착란으로 고생하다 고독하게 세상을 떠났다. 시의 마지막 구절은 다음과 같다.

밤이여 나뉘어라
네 빛나는 두 날개는 경악으로 떨고 있다
내가 가서
피에 젖은 저녁을
되찾아 주마

이 구절이 소프라노의 대단히 높은 소리로 비명처럼, 또 속삭임이나 탄식처럼 울려 퍼지면서 허공 속으로 빨려 든다. 참으로 비통하고도 아름다운 소리. 그 심상은 잔인하고 냉혹한 정치권력에 의해 박해받고 살육당한 사람들의 그것으로, 아마도 선생 자신의 심상과 아플 만큼 공명했을 것이다. 나 역시 마음이 크게 동요되었다.

콘서트가 끝나고 나는 호텔 방으로 윤 선생 부부를 찾아갔다. 윤이상이라는 예술가는 동양과 서양, 전통과 근대, 정치와 예술이라는 가치의 대립과 상극의 한복판에 있으면서, 동양적 전통에 자신을 가두지도, 서양적 근대로 비약하지도 않았으며, 정치인가 예술인가 양자택일하지 않고 양자가 상극하는 고뇌 속에서 새로운 보편적 가치를 창조하려 했다. 그런 예술가의 이야기를 직접 듣고 싶다는 일념이었다.

선생은 무척이나 지친 모습으로, 말수도 적었다. "지금 교향곡을 쓰고 있네. 이미 머릿속에는 몇 곡의 교향곡이 들어 있지만, 심장이 좋지 않아서 얼마나 시간이 남이 있을지 모르겠네." 라고 말씀하셨다. 나는 선생의 귀중한 시간을 빼앗았다는 죄송스러운 생각이 들어 일찌감치 자리에서 물러났다.

그로부터 몇 주가 지나 『아사히 저널』(1984년 9월 21일 호)이라는 잡지에 선생의 인터뷰 기사가 실렸다. 거기에는 음악 이야기뿐 아니라 상당한 지면을 할애해 내 형들을 비롯해 국가보안법으로 구속된 모든 정치범의 석방을 요구하는 이야기도 담겨 있었다. 해방 직후 '보도연맹'에 의해 무참하게 짓밟힌 희생자들에 대한 언급도 있었다. 그리고 모든 정치범의 석방이 실현될 때까지 한국 정부가 요청하는 귀국은 거부하겠다고 밝혔다. 나는 다시금 크게 감동했다. 선생이 내 형들을 비롯한 정치범들에게 마음을 썼다는 데 대해서만이 아니다. 그 인터뷰는 몹시도 지친 몸으로, 제한된 시간의 1분 1초까지 작곡을 위해 쓰고 싶다는 심경일 때 이루어진 것이다. 게다가 한국 정부의 비위를 거슬러 귀향의 꿈이 더욱 멀어질지도 모를 상황이었다. 그럼에도 선생은 한국 사회(그리고 인류 사회)의 개선이라는 목적에 자신이 할 수 있는(자신만이 할 수 있는) 최대의 노력을 기울인 것이다.

뮌헨 올림픽의 문화 행사로 위촉받은 오페라 〈심청〉(1971/72)이 성공한 뒤 한국 정부는 선생을 초청했다. 그것은 동베를린 사건 이후 첫 귀향과 명예 회복의 기회였다. 하지만 바로 그때,

1973년 8월 '김대중 납치 사건'이 일어나 선생은 귀국을 단념했다. 1988년 노태우 정권이 들어섰을 때 선생은 휴전선에서 남북 공동 음악제를 열자고 제안했다. 이런 전례 없는 제안은 '분단을 넘어선 존재'인 선생이기에 가능했다. 그러나 음악제는 한국 정부의 반대로 결국 무산되고 말았다.

김영삼 문민정부 탄생을 전후해 한국 내에서 오래 계속되어 온 윤이상 음악을 금기시하는 풍조가 완화되면서 1994년 9월 '윤이상 음악제' 기획이 추진됐다. 그러나 선생은 한국 정부가 반국가단체로 규정한 '범민련'의 해외본부장이라는 지위에 있었기에 귀국은 정치적 의미를 띨 수밖에 없었다. "과거의 행동에 반성할 만한 점도 있다." "앞으로 북과는 일절 관계를 끊겠다."라는 뜻을 표명하라는 한국 정부의 요구를 거부하고 선생은 또다시 귀국을 단념했다. 그 뒤 선생은 미국에서 남북의 음악가를 모아 음악제를 여는 계획을 추진했으나 북측 음악가의 참가가 취소되어 실현되지 못했다.

윤 선생의 마지막 작품은 교향시 〈불길에 휩싸인 천사들〉 (1994)이다. 노태우 정권의 부정과 탄압에 항의해 잇따라 분신자살한 젊은이들을 추념하는 음악이다. 1995년 12월 20일, 선생의 유해는 베를린의 묘지에 안장됐다. 해방을 갈망했으나 차마 거기에 도달하지 못한 상처 입은 용의 생애였다고 할 수 있으리라.

선생의 후두부에는 (머리카락에 덮여 보이지 않지만) 큰 거미나 게가 달라붙어 있는 듯한 흉터가 있었다. 1967년 7월 동베

릴린 사건으로 구속됐을 때 옥중에서 자살을 기도하면서 고문실
에 있던 무거운 금속제 재떨이로 제 머리를 내려친 상흔이다. 고
문실에서의 굴욕, 고통, 절망이 얼마나 혹독했겠는가.

이 위대한 예술가는 자민족의 국가권력에 의해 말살될 수
도 있었다. 그런 생각에 새삼 섬뜩해졌다. 만약 그렇게 되었다
면 그의 작품은 대부분 세상에 나오지 못한 채 말살되었을 것이
다. 하지만 선생은 그 심연에서 생환했을 뿐 아니라 참으로 놀랍
게도 더욱 거대한 존재로 되살아났다. 지금 한국에서 그의 탄생
100주년이 어떻게 이야기되고 있는지 나는 잘 모르지만, 적어도
이런 경위를 깊은 아픔과 부끄러움과 함께 기억하지 않으면 안
될 것이다.

최근 알게 된 바로는, 박근혜 정권 시절의 이른바 '블랙리스
트'에 '윤이상평화재단'도 올라 있었다고 한다. 이를 등재한 자
들은 윤이상의 음악을 한 번이라도 진지하게 들어 본 적이 있을
까? 도대체 어느 세월에 이런 수치스러운 어리석음에서 벗어날
수 있을까.

+
윤이상에 관한 좀 더 구체적인 논의는 『나의 서양음악 순례』, 창비, 2011, 158~197쪽 참조.

'후쿠시마 이후'를 살다

후쿠시마에 갈 때마다
기묘한 감각에 사로잡힌다.
'현실만이 지니는 비현실감'
이라고나 해야 할까.

기묘한 평온,
공황의 다른 모습

2011년 3월 20일

어제는 맑게 갠 좋은 날씨였다. 나는 F와 함께 도쿄 시내에 가 보기로 했다. 내가 사는 K시에서 도쿄 도심까지 가는 데 전철로 한 시간쯤 걸린다. 집에서 K시의 역까지는 걸어서 15분 정도 거리다. 바람은 차가웠으나 어느 사이엔가 매화가 피고 벚꽃 봉오리가 부풀어 봄이 왔음을 알리고 있었다. 서로 몸을 기대듯이 하고 산책하는 고령의 부부가 스쳐 지나간다. 길옆 풀밭에서 유치원 아이들이 동그랗게 무리 지어 제비꽃과 튤립을 심고 있다. 선생님의 구호에 따라 손을 잡고 마음껏 소리치며 동요를 부른다. 언제나 변함없는 평화로운 풍경이다. 하지만 나는 이 풍경이 내일, 아니 바로 다음 순간 아비규환의 아수라장으로 바뀌지 않을지 내심 긴장하고 있다.

전철은 의외로 비어 있었다. 조명이 꺼진 역은 어둑했다. 행인도 부쩍 줄었다. 모두 말이 없었다.

나는 한국 대사관에 볼일이 있었다. F가 동행할 필요는 없었지만 이런 때는 가능한 한 떨어지지 않는 게 좋다고 생각했다. 급한 용건은 아니었으나 나온 김에 도쿄 시내와 대사관의 모습을 봐 둬야겠다는 생각도 있었다. 대사관에 들어가 보니 그리 넓지 않은 대기실이 사람들로 꽉 차 있었다. 대부분 임시 여권을 발급받으러 온 사람들인 듯했다.

일본에서 태어난 재일조선인(한국 국적인 경우)이나 일본인과 결혼한 한국인의 자녀들은 한국 여권을 갖고 있지 않은 경우가 많다. 내 앞에 줄을 선 한국인 여성은 고등학생 정도로 보이는 아들의 여권을 신청했다. 그 앞의 남성은 일본인인 듯했는데, 한국인 아내와의 사이에 난 아이의 여권을 신청할 모양이었다. 한국어를 못해 힘든 모양이었다. 휴대전화로 아내에게 "출생신고는 언제 했지? 사람들이 많이 기다리고 있어서 아직 멀었어."라고 이야기하는 소리가 귀에 들어온다. 모두가 "될 수 있으면 빨리 받을 수 있는 걸로" 임시 여권을 신청했다. 한시라도 빨리 일본을 떠나려는 것이다. 한국인들은 굼뜬 편이다. 독일이나 프랑스는 이미 자국민에게 이동을 권고했다. 내 지인들만 봐도 이미 몇 명이 황급히 일본을 떠났다.

오랜만에 도쿄 시내에 나온 터라 외식이라도 할까 했으나, 언제 전철 운행이 멈추고 교통대란이 일어날지 모른다는 생각에 귀가를 서둘렀다. 도중에 우리는 대형 가전제품 매장에 들렀다. 혹시 배터리를 살 수 있을까 해서였다. 역시 배터리는 다 팔리고 없었으나 그 대신 프로판가스 곤로와 가스통을 샀다. 뜻밖의 행운이었다. 이제는 정전이 길어져도 물을 끓이거나 밥을 할 수 있게 됐다. 가전 매장에서 집으로 가는 지역 일대는 정전 중이어서 짐을 들고 한 시간 정도를 걸었다. 이미 도쿄의 슈퍼에서는 배터리뿐 아니라 생수, 쌀, 빵, 라면 등이 모습을 감췄다. 주유소에는 급유 순서를 기다리는 자동차 행렬이 길게 늘어서 있었다. 사람들의 표정과 말투는 기묘할 정도로 평온하지만, 이 정도면 이미 의심할 여지 없는 공황 상태다.

폭발을 거듭하며 통제 불능 상태에 빠진 원자력발전소에 경찰과 소방차가 물을 끼얹고 있다. 정부와 전문가들은 "어떻게든 냉각시키지 않으면 큰일 난다."라고 떠들어 대지만, 그 "큰일"이 무엇인지 자세히 설명해 주지는 않는다. 자신들도 잘 모르거나, 겁에 질려 말이 안 나오기 때문일 것이다.

"이것은 천재가 아닌 인재"라며 간 나오토 정권의 무능을 비판하는 목소리가 계속 들려올 지경이 되었다. 나도 그렇게 생각하지만, 자민당 정권이라면 좀 더 잘했을 것이라고는 생각하지 않는다. 특히 원전 사고는 자민당 장기 집권 시절의 쌓이고 쌓인 병폐가 마침내 최악의 형태로 분출한 것이기 때문이다. 어느 쪽이 되었건 일본 정치에 큰 기대를 품고 있지는 않다. 기대가 너무 크면 그 틈을 노리고 파시즘이 대두할지도 모른다. 그럴 가능성이 작지 않다고 나는 생각한다.

최종적인 사망자 수는 수만 명에 이르지 않을까. 전쟁을 예외로 하면 일본 사회가 일찍이 경험한 적 없는 대량 사망이 진행되고 있다. 구원의 손길은 피해지에 가닿지 못하고 텔레비전은 도호쿠 지방 이재민들의 말 없는 모습을 공허하게 비출 뿐이다.

다른 한편에서는 원전이 언제 파국을 맞아도 이상하지 않은 줄타기가 이어지고 있다. 일본 정부와 도쿄전력이 원전 피해를 지나치게 소극적으로 발표한다는 의혹이 날로 짙어지고 있다. 잠잠하던 언론까지 정부와 도쿄전력에 대해 비판의 강도를 높이고 있다. 원전으로부터 반경 100킬로미터 안에 있는 센다이仙台시에서 지진 피해를 당한, 내가 아는 젊은 벗은 '안전'을 강조하는 정부와 도쿄전력의 발표를 믿고 아이를 위험에 노출시킬 수는 없다는 결심으로 이미 사흘 전에 야마가타현을 거쳐 간사이 지방으로 탈출했다. 그는 센다이에 남은 사람들, 특히 자녀가 있는 가족들을 피난시키기 위해 동분서주하고 있다.

외국의 내 지인들은 구체적인 논평이나 수치를 대면서 한시라도 빨리, 가능한 한 서쪽으로 피신하라는 충고를 메일로 보내오고 있다. 광주의 S 교수는 살 집을 마련해 둘 테니 서둘러 한국으로 건너오라며 친절한 연락까지 해 왔다. 그러나 나와 F는 의논 끝에 이곳을 떠나지 않기로 결정했다. 물론 앞날을 낙관하기 때문은 아니다. 나만 도망가는 게 미안하다거나 곤란에 처한 사람들을 위해 일하고 싶다는 생각을 갖고 있어서도 아니다. 지금 내 기분을 정확하게 표현하기는 어렵다. 다만 나치가 대두한 뒤 홀로코스트의 위기가 임박한 것을 피부로 느끼면서도 망명하지 않았던(또는 망명할 수 없었던) 유대인들을 거듭 떠올리고 있다.

집에 돌아와 창밖을 보니 전기가 끊어진 거리는 어둡게 가라앉았고, 그 상공에 검붉은 노을이 하늘을 가로지르고 있다. 그걸 보고 "예쁘기도 해라."라고 F가 말했다. 나는 오히려 불길한 색이라고 생각했다. 잠시 망설이다 그 생각을 말했더니 "불길한 건 예뻐요."라고 F는 답했다.

후쿠시마의
'필리핀 신부들'

2011년 11월 18일

숨을 삼킨다는 게 이런 걸까. 국도에서 샛길로 빠져 가파른 비탈길을 올라가자 돌연 눈앞에 작은 분지가 펼쳐졌다. 주위를 에워싼 산들은 화사한 단풍으로 물들어 있었다. 어젯밤부터 내린 비는 그쳤으나 하늘에는 구름이 겹겹이 흘러가고 있었다. 낮은 쪽 구름은 엷은 먹빛, 높은 쪽 구름은 솔로 싹 쓸어 낸 듯 희다. 강풍에 날려 가던 구름의 갈라진 틈새로 화살 같은 햇빛이 대지에 내리꽂힌다. 바람이 나뭇가지를 요란하게 흔들자 붉고 노랗게 물든 잎이 어지럽게 춤춘다. 신화 세계의 광경이다.

양계장 같은 건물이 있었다. 닭장 안에는 분명 닭들이 있었다. 그런데 기묘하게도 잠잠하다. 닭도 울지 않는 걸까. 소형 자동차 한 대가 달려와 우리 옆을 스치듯 지나가더니 저 앞에 멈춰섰다. 운전하던 사람이 차에서 내려 지그시 이쪽을 바라보며 서 있다. 양계장 주인일까. 만약 그렇다면 다가가서 인사라도 하고 말을 걸어 봐야겠다고 생각했다. 그러나 그는 저만치 버티고 선 채 꼼짝하지 않았다.

우리는 차를 돌려 분지의 더 안쪽으로 들어갔다. 이윽고 목 장이 나타났다. 소 몇 마리가 풀을 뜯고 있었다. 우리는 차에서 내려 각자 카메라를 들고 사진을 찍기 시작했다. 찍으라고 하지 않아도 찍지 않고는 배길 수 없는 광경이었다. 잠시 뒤 농가에서 경차 한 대가 나오더니 우리 곁에 브레이크 소리를 내며 멈췄다. 차에서 내린 사람은 20대 후반 정도의 호리호리한 청년이었다. 목장을 물려받은 사람일까.

"당신들 누구십니까……."라고 그는 입을 열었다. 시비조는 아니었으나 꽤 가시 돋친 말투였다. "허락 없이 사진 찍지 말아 주세요. 사람이 살고 있는 곳입니다."

"아, 이거 실례했습니다."라고 나는 정중히 사과했다. "나는 도쿄의 대학에서 가르치는 사람입니다. 한국에서 온 손님들을 안내해 원전 사고 피해지를 조사하고 있습니다."

사실이 그랬다. 한홍구 교수를 비롯한 평화박물관 관계자들 이 후쿠시마 원전 사고 현장 주변을 답사해 보고 싶다기에 내가 안내자 역할을 맡은 것이다. 일본 쪽에서도 나와 친한 다큐멘터 리 작가와 편집자 등이 합류해 모두 17명이나 되는 일행이 소형 버스를 빌려 이동하던 중이었다. 11월 5일에는 고리야마郡山시의 조선학교와 다카타마高玉 금광, 그 이튿날은 방사능 오염으로 주 민 전체가 피난해 더는 사람이 살지 않는 이타테무라飯舘村, 그리고 미나미소마南相馬시와 쓰나미에 휩쓸린 가이바마萱浜 해안 등을 돌아보았다.

이날은 후쿠시마시 근교, 원전에서 북서쪽으로 50킬로미터 떨어진 다테伊達시의 료젠靈山산에 갔다. 료젠은 영혼이 사는 산 이라는 뜻이다. 산악 불교의 성지이자 단풍 관광의 명소이지만 인적은 드물었다.

"조사인지 뭔지는 모르겠습니다만", 목장 젊은이는 불신감 을 드러내며 말을 이었다. "여기 사는 사람은 견딜 수가 없어요. 계속 찾아와서는 찰칵찰칵 사진을 찍어 댈 뿐 우리에게 해 주는 것은 아무것도 없지 않습니까……."

"지당하신 말씀입니다. 죄송합니다. 바로 물러가겠습니다."

나는 다시 정중하게 머리를 숙였다. 청년이 짜증을 낸 것도 무리는 아니다. 사고 후 7개월이 지났는데도 책임자는 사죄하지 않았으며, 보상도 구체화된 것이 없다. 게다가 도시에서 온 사람 들은 사태 초기의 심각성을 망각하기 시작했고, 정부와 재계는 원전을 재가동하는 방향으로 움직이고 있다.

6월에는 이 지역에 살던 한 낙농업자가 자살했다. 원전 사고 탓에 매일 생산하던 우유를 출하할 수 없게 되어, 우유를 짜서 그냥 버리는 나날이 한 달간 이어졌다. 빚을 내 지은 새 퇴비 창 고 벽에 분필로 "원전만 없었더라면"이라 써 놓고는 목을 맸다. 빚과 필리핀인 아내, 아이 둘을 남겨 두고.

이 지역은 일본 패전 뒤 군에서 제대한 농가의 차남과 삼남,

그리고 만주에서 돌아온 사람들이 개간한 개척지다. 전쟁 전 일본은 장자 상속제였기에 논밭은 모두 장남이 물려받고 차남과 삼남에게는 아무것도 주어지지 않았다. 가난한 그들은 군인이 되었으며, 국가에서 밥을 먹여 주는 것만으로도 감사해했다. 그리고 만주에 가면 자기 땅을 가질 수 있다는 정부의 선전에 혹해 만몽(만주·몽골)개척단에 지원했다. 그런 사람들이 일본에 의한 아시아 침략의 첨병이 되었다. 돌아온 그들은 개척지에서 낙농업에 뛰어들었고 생활은 나아졌다.

하지만 그것도 1970년대를 정점으로 내리막길에 접어들어, 한때는 115가구가 낙농업에 종사했던 이곳의 현재 주민은 75가구로 줄었으며, 낙농가는 자살한 남자의 가정을 포함해 겨우 6가구뿐이다. 이제 척박해진 이 지역을 떠받치는 것은 인근 아시아인들이다. 계육 가공 공장에는 20명의 젊은 중국인 여성이 일하고 있다. 결혼 이민도 늘었다. 농어업은 고된 노동이다. "일본인 신부는 오지 않는다."라고 한다. 현재 후쿠시마 전체에서 2,000명 이상의 필리핀인이 일본인 남성의 배우자로 살아가고 있다. 그들도 분명 원전 사고의 피해자지만 실제로는 잊힌 존재다.

자살한 낙농업자의 아내와 아이들은 이제 어떻게 살아가야 할까. 태어난 고향과는 전혀 딴판인 이 척박한 풍토 속에서 앞으로도 계속 살아갈 수 있을까? 나는 낙농업자가 목숨을 끊은 곳을 찾아가 남은 식구들 소식을 물어보고 싶었지만, 기회를 얻지 못한 채 떠날 수밖에 없었다.

료젠산을 떠날 때 하늘은 맑게 갰다. 장엄한 신화적 풍경 속에 사람들의 나날은 고뇌로 가득 차 있었다. 농가 마당에는 가지가 휠 정도로 달린 감들이 늦가을 햇빛을 받아 조용히 빛나고 있었다. 수확해 봤자 방사능 오염 때문에 상품으로 내다 팔 수 없어 그대로 버려둔 것이다.

동심원의
패러독스

2012년 3월 8일

3월 11일이 돌아온다. 동일본대지진과 후쿠시마 원전 사고가 일어난 지 1년이 지났다. 지난해 6월과 11월, 두 번에 걸쳐 후쿠시마 원전 사고 피해 지역을 돌아봤다. 11월에는 후쿠시마 방문 뒤 교토의 리쓰메이칸대학 국제평화박물관에서 「단절의 증언자 프리모 레비」라는 주제로 강연을 했다. 강연 전에 잠깐 시간이 있어 전시물을 봤는데, 거기서 한 편의 시와 조우했다. 어딘가 높은 곳에서 죽은 이의 목소리가 내려온 듯했다. 후쿠시마에서 보고 들은 것들이 새롭게 되살아나 내 가슴을 아프게 찔렀다. 「폼페이의 소녀」라는 제목의 이 시는 프리모 레비가 폼페이를 방문했을 때 고대의 화산 분화로 희생된 소녀의 화석화된 시신을 보고 쓴 것이다.

레비는 "뒤틀린 석고상"이 된 고대 폼페이 소녀의 모습에서 그녀의 "먼 자매"를 떠올린다.

네덜란드의 소녀다, 벽 속에 갇혀 있었지만
그럼에도 내일 없는 청춘을 써서 남겼다.
그녀의 말 없는 재는 바람에 흩어지고
그 짧은 목숨은 구깃구깃한 노트에 갇혀 있다.

물론 안네 프랑크Anne Frank(1929~45) 이야기다. 그런데
레비의 연상은 여기에서 멈추지 않는다.

히로시마 여학생에게는 아무것도 없다
천 개의 태양 빛으로 벽에 그을린 그림자
공포의 제단에 바쳐진 희생자.

그리고 마지막 네 행에서 레비는 이렇게 말한다.

지상의 유력자들이여, 새로운 독毒의 주인들이여
모든 것을 파괴하는 번갯불의 은밀하고 사악한
관리인들이여
하늘에서 내려온 재앙만으로도 이미 차고 넘치니
손가락으로 누르기 전에 멈춰 서서 생각하라

이것은 후쿠시마를 노래한 시가 아닐까? 프리모 레비는 이
미 25년도 더 전에 세상을 떠났지만, 나는 그렇게 생각할 수밖에

없었다. 레비의 상상력은 그 자신이 죽은 지 한참 뒤에 일어날 후쿠시마 사고에까지 미치는 것이다. 시간과 공간을 넘어 고대 화산 분화의 희생자, 홀로코스트의 희생자, 원폭 피해자를 아우르고 핵의 위협에까지 미치는 상상력. 얼마나 애처로운 상상력인가.

프리모 레비는 유대계 이탈리아인이며, 나치 강제수용소의 생존자다. 수용소 체험을 기록한 그의 책은 "이것이 인간인가."라고 묻는다. 해방으로부터 40여 년이 지난 1987년, 그는 토리노의 자택 계단에서 몸을 던져 자살했다. 그는 아우슈비츠에서 실제로 벌어진 만행에 대한 증언자였던 것만은 아니다. 그 증언이 얼마나 어려운 일인지, 타자의 고난에 대한 상상력을 불러일으키는 것이 얼마나 어려운지에 대한, 말하자면 '증언의 불가능성'에 대한 증언자이기도 했다. 하지만 우리 중 다수는 증인을 존중하지 않고 증언에 관심을 기울이지도 않는다.

후쿠시마에 갈 때마다 기묘한 감각에 사로잡힌다. '현실만이 지니는 비현실감'이라고나 해야 할까. 이미 결정적으로 손상했고 지금도 계속 위협에 노출된 환경. 그 속에서도 사람들은 얼핏 보면 아무 일도 없었던 것처럼 살고 있다. 현실 그 자체를 바라보고 있는데도 그것이 매우 비현실적으로 생각된다는 것인데, 그것이 바로 방사능 재난의 특질이 아닐까. 요컨대 방사능 재난은 우리의 감각이나 상상력의 원근법에 도전한다.

나는 '동심원의 패러독스'라는 것을 떠올렸다. 텔레비전이

나 신문에는 후쿠시마 제1원전을 중심으로 반경 20, 30, 100킬로
미터의 동심원들이 곧잘 등장한다. 예컨대 센다이는 약 100킬로
미터, 도쿄는 약 200킬로미터 떨어져 있으며, 그 거리에 따라 위
험도가 높기도, 낮기도 하다는 이야기다. 도쿄에 사는 나의 상상
력은 피해지 주민들이 경험하는 불안에 닿지 못한다. 오사카나
규슈 사람들의 상상력은 훨씬 더 닿기 어렵다. 한국이라면 더더
욱 그럴 것이다. 즉 방사선량뿐 아니라 상상력 역시 동심원적으
로 멀어진다는 역설이 나타나는 것이다. 동심원 중심에 가까운
사람들은 공포와 불안에 대한 실감이 그만큼 강하다. 그렇기에
"편리한 진실"(프리모 레비)을 찾아내서 거기에 매달리는 심리
가 작동한다.

　재난의 중심에서 멀리 떨어져 있는 사람들이 중심을 향한
상상력을 발휘하지 못하고, 중심 가까이에 있는 사람들이 현실
에서 눈을 돌리면 사태의 본질을 냉철하게 인식해 재발을 방지
하는 일은 불가능하다. 지금 진행되고 있는 것이 바로 그런 사태
이다. 우리는 이 '동심원의 패러독스'를 의식해서 중심과 먼 사
람들일수록 중심을 향한 상상력을 갈고닦고, 중심에 가까운 사
람들일수록 엄혹한 현실을 더욱 직시하는 용기를 가져야 한다.
대단히 어려운 일이지만 눈앞에서 벌어지는 사태가 우리에게 그
것을 요구하고 있다. 상상력이 시험받는 것이다.

　지금까지 말한 동심원의 패러독스는 공간적인 거리를 척도
로 한 이야기인데, 여기에 시간적인 척도가 추가된다. 재난이 일

어난 지 겨우 1년. 그럼에도 많은 사람이 이미 사태의 심각성을 망각하고 있다. 그러나 핀란드에 건설된 핵폐기물 처리장이 10만 년이라는 시간을 상정하고 있듯이 방사능 재앙은 몇 세대에 걸쳐 위험한 영향을 끼친다.

공간과 시간을 넘어선 상상력. 먼 과거와 미래의 사람들에 대한 공감력이 요구되는 것이다. 일본에서도 한국에서도 "지상의 유력자들", "새로운 독의 주인들", "모든 것을 파괴하는 번갯불의 은밀하고 사악한 관리인들"에 맞서 싸워야 한다. 나는 3월 23일 한국에서 열리는 '2012 합천 비핵평화대회'에 참가해 이야기할 예정이다.

합천 보고

2012월 4월 5일

　　3월 19일부터 일주일간 한국을 다녀왔다. 도착 다음 날인 20일에는 최근 출간된 『디아스포라의 눈』의 출판기념회를 겸해 서울 정동 프란치스코교육회관에서 한홍구 교수와 합동 강연회를 열었다. 이날의 주제는 '후쿠시마'였고 많은 사람이 모였다. 강연 뒤 질의응답을 통해 나는 한국 내의 탈핵운동이 직면한 어려움을 엿볼 수 있었다. 원자력발전 문제가 발전소가 있는 특정 지역의 문제처럼 이야기되는 한편으로 수도권 시민 대다수는 그것을 자신의 절실한 문제로 느끼지 못한다는 것이었다. 멀리 떨어져 있는(그렇다고 생각하는) 장소에 사는 사람들이 어떻게 사건 현장에 대한 상상력을 발휘할 수 있을 것인가. 이것은 바로 내가 지난번 글에서 언급한 '동심원의 패러독스'를 어떻게 극복할 것이냐 하는 어려운 과제이기도 하다.

　　22일 다카하시 데쓰야高橋哲哉 도쿄대 교수와 내 동료인 하야오 다카노리早尾貴紀 교수가 서울에 도착했다. 이튿날부터 합천에서 열리는 '비핵평화대회'에 다카하시 교수는 발제자로, 하

230

야오 교수는 증언자 대회의 사회자로 참가했다.

그날 나는 사진가 정주하 씨의 작품전《빼앗긴 들에도 봄은 오는가》가 열리는 평화박물관에서 '작가와의 대화' 시간을 가졌다. 좌석이 모자랄 정도로 많이 와 준 청중에게 감사드린다.

23일 아침 우리 일행은 KTX를 타고 대구로 가서 마중 나온 젊은 철학도 권영민 씨, 한남대 형진의 교수와 함께 봄비가 내리는 합천으로 향했다. 다카하시 교수는 숨 돌릴 틈도 없이 발제를 진행했고, 나는 뒤이어 〈마음의 시대—후쿠시마를 걸으며〉의 일부를 상영한 뒤 좌담회를 진행했다.

합천은 언뜻 보기에 논산이나 화성 등 나도 알고 있는 한국의 여타 지방 도시와 큰 차이가 없었다. 그런데 발언 첫머리에서 "저는 일본에서 태어난 재일조선인 2세입니다. 합천에는 처음 왔습니다. 언젠가 찾아가 봐야겠다고 생각하고는 있었지만, 너무 늦었습니다……."라고 이야기를 시작해 놓고는 그만 말문이 막혀 버렸다.

원폭 피해자와 그 2, 3세가 많이 사는 곳, '한국의 히로시마',[*] 그런 정도의 지식은 갖고 있어서 대학 강의 시간에 종종 언급했는데, 이 나이가 되도록 가 보지 못했다. 그 미안한 마음이

---

[*]
1945년 8월 히로시마·나가사키 원자폭탄 투하로 사망하거나 피폭된 수만 명의 조선인 중에는 합천 출신이 많다. 분지라는 지리적 특성을 가진 농업 지역 합천은 주민 다수가 거듭되는 수해와 지주의 횡포, 전염병 등으로 인해 군수공업이 집중된 히로시마로 이주했으며, 이것이 연쇄 이민을 불러왔기 때문이다.

북받쳐 오른 것이다. 내 발언에 앞서 피폭자 2세 한정순 씨의 일상을 담은 다큐멘터리가 상영되었다. 장애인 아들을 둔 한 씨는 자신의 고통에 모자라 가정생활마저 불우한데, 여성이자 피폭자 2세로서 겪는 사회적 편견까지 감내해야 한다. 그는 어눌한 경상도 사투리로 '커밍아웃'의 경험을 이야기했다. 유머 있고 진정성 넘치는 말투였다. 그 영상을 본 것도 내 감정을 증폭시켰을 것이다.

24일 오후에는 증언자 대회가 열렸다. 하야오 교수가 진행을 맡았는데, 그 자신도 후쿠시마 원전 사고의 피해자이자 '원전 사고 난민'이다. 동일본대지진 때 센다이에 살고 있었으나 방사능의 위험을 피해 아이를 데리고 피난해, 지난 1년간 일본 각지를 떠돌며 피난민 지원 활동에 헌신해 왔다. 히로시마·나가사키 원폭 피해자 외에 태평양 비키니섬* 출신자, 체르노빌과 후쿠시마의 피폭 피해자들도 증인으로 참석했다. 각자에게 주어진 시간은 짧았으나 증언은 하나같이 인상 깊었다.

비키니섬 출신의 조니 존슨Johnny Johnson 씨는 1946년 미국의 수폭 실험에 따른 강제 이주 조치로 고향을 떠나 1968년이 되어서야 겨우 귀환 허가를 받았지만, 방사능 오염이 여전히 심한 탓에 1978년에 다시 다른 곳으로 이주해야 했던 경험을 이야

*
1946~58년 미국이 원자폭탄 실험장으로 지정해 사용하던 서태평양의 환초. 이곳에서의 실험으로 인근 주민, 일본 어선 선원 등이 피폭되었다.

기했다. 그리고 미국 정부에 보상과 해결책을 줄곧 요구했으나 지금까지 무엇 하나 실현된 것이 없는 현실을 하소연했다. 66년 동안이나 '신이 내린 낙원'인 고향에서 추방당한 상태인 자신들을 그는 "모세와 함께 사막을 떠돈 이스라엘 백성"에 비유했다.

조니 존슨 씨를 합천에 안내한 인권 운동가 로널드 후지요시Ronald Fujiyoshi 씨는 나와 전부터 알던 사이다. 이번 대회 덕에 20년 만에 재회할 수 있었다. 그는 70대 중반의 나이임에도 여전히 젊고 정력적이었다. 그는 일본계 미국인 3세로, 1960년대부터 동아시아 각지에서 선교와 인권 운동에 헌신해 왔다. 일본에서는 15년간 오사카의 작은 샌들 공장에서 일하며 재일조선인의 인권을 위해 싸워 왔다. 1980년대 중반, 일본 정부가 외국인등록증 지문 날인 강제하는 데 저항하는 운동이 일본에서 퍼져 나갈 때 그는 앞장서서 지문 날인을 거부하고 법정에서 일본 정부의 반인권적 정책을 날카롭게 비판했다. 내 형들의 구명 운동에도 적극적으로 참여했다. 1990년에는 서울에 가서 강남성모병원에 입원 중이던 내 형 서승을 면회한 적도 있다. 타고난 골수 인권 운동가다. 그런 그가 태평양 핵실험 피해자들을 위해 싸워 온 사실을 나는 합천에 가서야 알게 됐다.

후쿠시마에서 온 무토 루이코武藤類子 씨는 후쿠시마 원전 사고의 공포와 불안을 담담하게 이야기하며 일본 정부와 도쿄전력의 무책임함을 고발했다. 그의 이야기 중 특히 감명 깊었던 것은 그가 자신의 피해만이 아니라 자신의 조국이 타자에게 가한

가해의 책임까지 분명하게 언급하며 일본 국민의 한 사람으로서 사죄의 뜻을 표명한 점이다. 언제나 그렇듯 피해를 당한 사람들, 고통받고 있는 미약한 존재가 타자와의 진정한 연대를 추구하는 지혜와 용기를 보여 준다. 타자를 해친 자들, 무거운 책임을 져야 할 자들은 고개를 돌리거나 제 잘못을 인정하지 않는 오만한 태도로 일관한다.

합천 대회를 마치고 서울에 돌아가니 거리는 비상경계 상태였다. 거리에서 지하철역까지 곳곳에 경찰 부대가 깔려 있었다. '핵안보정상회의' 때문이었다.

'핵안보정상회의'는 핵에 더해 부와 권력까지 쥔 자들이 앞으로도 핵을 '안전'하게 독점하기 위한 모임이다. 그에 비해 합천은 핵 따위는 갖지 않은 미약한 사람들, 소수자들의 모임이었다. 어느 쪽에 '희망'이 있는지는 명백하지 않은가. 이 글이 신문에 실릴 즈음이면 한국은 총선 직전일 것이다. 탈핵이라는 화두가 중요한 쟁점으로 떠오르고 한국 국민이 현명한 판단을 내릴 수 있기를 기원한다.

'기억의 싸움'은
계속된다

2008년 11월 21일

지난밤 학교 일을 마치고 도쿄에서 열린 시상식에 갔다. 내가 다니는 대학에서 도쿄 도심까지는 1시간쯤 걸린다. 요즘 내내 바빠 피곤한 상태인 나는 시내에서 열리는 행사에는 거의 참석하지 않지만, 지난밤만큼은 이야기가 달랐다. 제8회 '이시바시 단잔石橋湛山 기념 와세다 저널리즘 대상 시상식'. 이것이 지난밤 행사의 이름이다.

이시바시 단잔은 전후 한때, 아주 단기간이었지만 자민당 총재와 총리를 지낸 정치인이다. 전쟁 중에는 가공무역 입국론을 부르짖으며 만주의 포기를 주장하는 등 군부의 독주를 비판한 리버럴파 언론인으로 알려져 있었다. 전후 정계에 들어간 뒤로는 중화인민공화국이나 소련과의 국교 회복을 주장한 비둘기파이기도 했다. 그의 출신 학교인 와세다대학이 그의 이름을 붙인 상을 제정한 것은 8년 전의 일이다. 주최 측은 이 상의 목적이 막다른 길에 다다른 지금의 '언론 체제'에서 진정한 저널리즘이 지닌 비판적 정신 활동을 구해 내는 것이라고 밝혔다.

이번 대상은 세 작품에 돌아갔다. 공공 봉사 부문은 『아사히신문』 연재 기사 「신문과 전쟁」, 풀뿌리 민주주의 부문은 미나미니혼南日本 방송이 제작한 인구 300명의 작은 마을을 10년에 걸쳐 취재한 르포 프로그램, 그리고 문화 공헌 부문은 NHK가 제작한 다큐멘터리 〈기억의 유산—아우슈비츠, 히로시마에서 온 메시지〉가 각각 수상했다. 나는 마지막 작품의 추천자로서 시상식에 초청받았다.

시상식에서는 대상 수상자가 각기 간단한 인사말을 했다. 『아사히신문』의 「신문과 전쟁」은 전전戰前·전중戰中의 아사히신문사가 얼마나 적극적으로 전쟁 협력자가 되어 갔는지를 현역 기자들 스스로 검증한 기획이다. 수상자는 인사말에서 "너무 뒤늦게 이 기획에 도전했다. 기록은 사라지고 있고, 증언자들은 하나둘씩 세상을 떠나고 있다. 이번이 어렵게나마 도전해 볼 수 있는 마지막 기회였다."라고 했다. 또 이런 이야기도 했다. "전쟁 전의 『아사히신문』은 경성 지국을 설치하고 한반도에 20명의 기자를 상주시켰다. 그러나 조사해 보고 깜짝 놀랐는데, 아사히신문사 내에 당시 기록은 거의 남아 있지 않았다. 경성 지국의 사진조차 없었다." 식민 지배의 역사를 은폐하고 자기중심적 이야기로 시종해 온 전후 일본의 국민적 심성은 이런 언론의 체질과 깊숙이 얽혀 있을 것이다.

한편, 문화 공헌 부문 수상자로 단상에 오른 NHK 가마쿠라

히데아鎌倉英也 감독은 군은 표정을 한 채 입을 열자마자 이렇게 말했다. "요즘 NHK는 점점 전체주의적 체질을 강화해 가고 있습니다." 그의 말에 따르면 이번 기획은 상부에 의해 몇 번이나 기각당했고, 납득이 가지 않는 수정을 요구받았다. 공공방송이자 조직 저널리즘인 NHK 프로그램은 "좌우, 상하 어느 쪽으로도 기울지 않는 중립성"을 지켜야 한다는 게 상부의 논법이었다. 그러나 그런 논법은 제작자의 '작가성'을 부정하고 저널리즘 본연의 비판 정신을 박탈하는 것 외에 아무것도 아니다. 그래서 가마쿠라 감독은 어떻게 해서든 이 기획을 세상에 내보내기 위해 〈탐험 로망 세계유산〉이라는 프로그램을 이용하기로 작정했다. 이 프로그램은 본래 세계 곳곳의 세계유산을 소개하는 것으로, 무거운 메시지를 전면에 내세우지 않는다. 오히려 가벼운 문화 프로그램이라 할 수 있다. 하지만 가마쿠라 감독은 아우슈비츠와 히로시마는 '물질'로서의 유산이라기보다는 인류의 '부정적 기억'으로서의 유산이라 주장해 이 프로그램을 따내는 데 성공했다고 한다.

이 작품에는 아우슈비츠 수용소에서 탈출한 수인을 숨겨 준 한 폴란드인 시민과 한국 합천에 사는 피폭 여성의 인터뷰가 나온다. 과거 정치 폭력의 기억이 '지금' 어떻게 되살려지고 있는지를 깊숙이 들여다보는 내용이다. 거기에는 특히 히로시마를 '일본 국민'의 자기중심적인 피해체험담으로 만들려는 힘에 맞서 조선인 피폭자의 경험을 진지하게 응시함으로써 히로시마를 인류 보편의 경험으로 확장해 나가려는 지향성이 있다. 항상 가마쿠라와 명콤비를 이뤄 온 카메라맨 나카노 히데요中野英世의 영상도 훌륭했다. 그중에서도 세계유산인 원폭 돔을 빨간 석양 속에서 찍은 숏은 작품의 메시지를 예리하게 표현한 것이라 할 수 있다.

나는 한국 체류 중 한국 사람들이 의외일 정도로 히로시마·나가사키에 무관심하다는 사실을 알고는 유감스럽게 생각했다. 그곳에서 수만 명의 조선인도 희생당했다는 사실, 그 희생자들이 오랜 세월 일본과 한국 두 나라 정부로부터 무시당해 왔다는 사실을 잊어서는 안 될 것이다. 히로시마를 일본 국민의 자기중심적 서사로 끝나게 해서는 안 된다. 이 때문에라도 이 작품을 한국 사람들이 많이 봐 주면 좋겠다.

올해 3월 29일에 이 작품이 방영된 뒤로 NHK에는 큰 반향이 밀려왔다. 한편에서는 "세계유산 프로그램이 아니다." "어째서 한국인 피폭자만 다뤘나." "반일적인 프로다." 등등의 비판적인 의견이 있었고, 다른 한편에서는 "아이들이나 젊은 세대에게 꼭 보여 주고 싶다." "일부 압력에 굴하지 않고 계속 이런 프로그램을 방영해 주기 바란다."라는 의견도 있어 평가는 완전히 나뉘었다고 한다. 가마쿠라 감독은 거대한 조직 저널리즘 내부에서 최대한 지혜를 짜내 싸움을 이어 왔다. 그 결과 시청자들 사이에 대립된 입장이 나타나 거기서도 기억의 싸움이 벌어지게 되었다.

이런 이야기를 들었을 때 나는 "이것은 기억의 싸움이다. 이 싸움에 나도 합세하지 않으면 안 된다."라고 생각했다. 그것이 내가 이 작품을 수상 후보작으로 추천한 가장 큰 동기다. 이 싸움은 1990년대 이후 세계 곳곳에서 벌어지고 있다. 정치 폭력의 기억을 은폐하거나 왜곡하려는 자들과 잊히고 무시당해 온 피해자 간의 싸움이다. 한국의 과거사 청산도 크게 보면 이런 전 세계적인 '기억의 싸움'의 일부다.

이상화의 '빼앗긴 들'과
후쿠시마

2012년 2월 9일

사진가 정주하 씨에게서 연락이 와 신주쿠에서 함께 저녁 식사를 했다. 그는 후쿠시마 지역을 돌아다니며 촬영을 한 뒤 도쿄에 왔다. 다음 날 서울로 간단다.

"이 시계, 아직 움직여요. 전지가 남아 있는 건지, 아니면 누군가가 태엽을 감아 놓은 건지……." 그러면서 그는 사진 한 장을 보여 주었다. 후쿠시마현 미나미소마시의 노인 요양 시설 벽에 걸린 시계가 찍혀 있었다. 벽에는 바닥에서 1.5미터쯤 위로 선이 그어져 있고 선 아래는 검게 변색되어 있다. 지진해일이 덮친 흔적이다.

나는 동일본대지진과 후쿠시마 제1원자력발전소 사고 3개월 뒤인 지난해 6월 처음으로 그곳을 찾았다. 그 장면은 NHK의 〈마음의 시대—후쿠시마를 걸으며〉라는 프로그램으로 방영됐다. 사고 발생 뒤 10개월, 내가 처음 방문한 뒤 7개월. 많은 목숨을 빼앗긴 그곳은 그때의 폐허 그대로였고 벽의 시계는 변함없이 시간을 재고 있었다.

지난해 9월 한홍구 교수로부터 후쿠시마 원전 사고 피해지를 답사하고 싶으니 도와 달라는 요청이 왔고, 동행하고 싶다던 정주하 씨를 소개받았다. 지난해 11월, 나는 그들 일행을 안내하며 다시 현지를 걸었다. 처음 찾아갔던 6월은 신록이 싱그러운 초여름이었고, 두 번째인 11월은 단풍이 한창이었다. 도호쿠 지방의 자연은 고혹적일 정도로 풍윤했다. 정주하 씨는 다시 한겨울의 도호쿠 지방을 찍고자 이번에도 그곳에 간 것이다. 그가 찍은 작품은 3월 서울 평화박물관에 전시되고 사진집으로도 간행될 예정이다.

이 사진전의 주제를 무엇으로 할까. 9월에 만났을 때 한홍구 교수는 아이디어를 하나 제시했다. 이상화 시인의 시 「빼앗긴 들에도 봄은 오는가」였다. 원전 사고 자체의 현장 사진보다는 오히려 그 주변 지역의 자연을 촬영하자는 것이다. 나는 그의 의도를 제대로 이해했다고 생각한다. 나 역시 센세이셔널한 일과적一過的 현장 사진보다는 사고의 의미에 대한 깊은 성찰을 낳는 작품이 좋다고 생각했다. 그런데 한편으로 나는 의문도 느꼈다.

이상화는 저항 시인이다. 1922년 일본에 간 그는 이듬해 9월 간토대지진 때 자행된 조선인 학살을 목격하고 귀국했다. 이것이 그를 저항시로 강하게 끌어당겼으리라는 이야기도 있다. 「빼앗긴 들에도 봄은 오는가」는 1926년 작이다. 당시 조선에서는 일제의 '산미증식계획'에 따른 수탈로 많은 농민이 뿌리 뽑힌 채

유랑자가 됐다. 내 할아버지가 일본에 건너간 것은 1928년이다. 나는 그 3세대 후 사람으로서 일본에서 태어났다. 많은 재일조선인이 그렇게 해서 일본에 살게 됐다. 이상화의 시는 식민 지배를 받던 조선인의 마음을 노래한 명시이자 바로 재일조선인의 마음을 노래한 시다.

일찍이 조선인의 땅을 빼앗은 것은 일본 제국주의였다. 그것과 지금 자국 정부와 기업에 땅을 빼앗긴 후쿠시마를 같은 차원에서 이야기해도 괜찮을까? 식민 지배와 원전 재난을 동일 평면상에 놓음으로써 그렇지 않아도 식민 지배 책임에 대한 자각이 없는 일본 국민에게 잘못된 인식을 심어 주는 건 아닐까?

나는 이런 의문을 품고 다시 한번 시를 읽어 보았다.

"지금은 남의 땅—빼앗긴 들에도 봄은 오는가?"라는 첫 행. 그 뒤에 이어지는 것은 봄기운 완연한 전원을 자연의 아름다움에 취한 듯 거니는 시인의 심상 풍경이다. 마지막 행은 이렇게 맺는다. "그러나 지금은—들을 빼앗겨 봄조차 빼앗기겠네."

첫 행과 마지막 행 사이의 내용은 한 편의 잘 쓴 전원시일 뿐이다. 바로 그래서 땅을 빼앗기고 뿌리까지 뽑힌 사람들의 상실감, 허무감, 비애, 분노를 더욱 절실하고 깊게 느낄 수 있다.

이 시로 후쿠시마를 표상하는 것은 어떤 의미가 있을까? 나는 거기에 적극적인 의미가 있다고 생각하게 됐다. "봄은 오는가?"라는 물음은 '봄은 반드시 온다'는 근거 없는 미래지향적 표어가 아니다. 계절로서의 봄이 돌아와 꽃이 피더라도 뭔가 결정적으로 손상당했다는 것, "봄조차 빼앗기겠네"라는 것이 이 시의 요점이다.

일본 정부와 도쿄전력의 설명조차 원자로 폐기까지 40년이라는 세월이 걸린다고 한다. 그때까지 방사능은 계속 확산될 것이다. 한편, 오염 제거는 기술적으로 곤란하고 막대한 비용이 든다. 차라리 오염된 땅을 포기하고 이주를 추진해야 한다는 전문가의 지적도 있다. 방사능은 눈에 보이지 않고 냄새도 없다. 하지만 그것은 미래의 몇 세대에 걸쳐 건강과 생활에 결정적인 손상을 입힐 것이다. 건강 피해를 확인할 수 있으려면 지금부터 몇 년이나 더 지나야 한다. 그것이 원전 사고 피해의 본질이다. 그렇다면 '병탄'당한 지 100년이 더 지난 현재도 식민 지배로 인한 손상이 조선 민족 전체의 생활에 결정적인 영향을 끼치고 있는 사실과 공통점이 있다고 할 수 있다.

후쿠시마와 이상화의 시를 관련짓는 것은 조선 사람들이 후쿠시마의 고뇌에 대한 상상력을 발동하는 데 도움이 된다. 그리고 그것이 일본 국민이 조선 사람들에게 준 식민 지배의 상처가 얼마나 깊고, 또 그 책임이 얼마나 무거운지 상상력을 발동할 기회를 제공한다면 이상화의 시를 콘셉트로 삼는 건 문제가 없다. 일본 정부는 지금 산업계의 뜻을 수용해 원전 재가동의 기회를 엿보고 있다. 원자력 마피아의 반격은 이제부터 본격화할 것이다. 일본 국민은 지금 땅을 빼앗고 봄조차 빼앗으려는 자국 권력과 싸워야 할 때를 맞이하고 있다. 이상화의 시가 그들에게 그러한 자각을 촉발한다면 거기서 일본 국민과 조선 사람의 연대에 새로운 국면이 전개될지도 모른다. 이것이 지금의 내 생각이다. 의논하지는 않았지만, 한홍구 교수도 찬성하지 않을까.

+

사진전 《빼앗긴 들에도 봄은 오는가》에 관한 좀 더 자세한 논의는 「정주하의 사진집 『빼앗긴 들에도 봄은 오는가』에 부쳐」, 『빼앗긴 들에도 봄은 오는가』, 눈빛, 2012와 『다시, 후쿠시마를 마주한다는 것』, 반비, 2016 참조.

들을 빼앗긴
자들의 연대

2012년 7월 30일

후쿠시마 원전 사고를 주제로 한 정주하의 사진전과 사진집 제목을 이상화의 시에서 따온 '빼앗긴 들에도 봄은 오는가'로 정했다는 이야기는 전에 했다. 나는 그때 "식민 지배를 받던 조선인의 마음을 노래한 명시이자 바로 재일조선인의 마음을 노래한" 이상화의 시로 후쿠시마를 표상하는 것이 옳은지 물었다.

이 문제를 생각하면 아직도 내 마음은 편치 않다. 과연 이 사진집이 던진 질문을, 식민 지배 사실 자체를 인정하려 하지 않는 일본인들이 진지하게 받아들일까? 인터넷상에서는 후쿠시마에 관한 내 저술에 대해 "원전 사고까지도 식민 지배 및 차별과 결부시켜 반일을 선동하는 것을 보니 역시 조선인은 피해 의식에 절어 있다."라는 판에 박은 중상도 떠도는 모양이다. 그래서 나는 주로 미술이나 영상 제작 관련 일을 하는 스무 명 정도의 지인에게 이 사진집을 보내 봤다. 오늘은 그렇게 해서 받아 본 반응들 가운데 하나를 요약해 소개하고자 한다.

"정주하 사진집을 보내 주셔서 감사합니다. 후쿠시마를 취재한 사진집은 많이 나와 있습니다. 하지만 일본이나 서양의 언론과 사진가들이 다룬 사례는 피해 사실 자체나 스리마일섬 또는 체르노빌에 한정되어 있습니다. 후쿠시마의 비극이 식민 지배와 연결되어 있다는 상상력은 서양인이나 일본인에게서는 거의 찾아볼 수 없습니다.

어떤 의미에서 이 사진집은 후쿠시마를 표현한 것이 아니라, 식민지 시절 조선인들이 얼마나 큰 고통을 받았나 하는 것을 후쿠시마를 소재로 해서 표현한 사진집이라고 할 수 있습니다. 조선인들에게는 원전 피해보다 조국이 짓밟힌 게 훨씬 더 큰 일이라는 점도 뼈저리게 느낄 수 있었습니다. 일본 국민은 이것을 줄곧 망각해 왔습니다. 아니 잊은 척해 왔다고 하는 게 옳겠지요.

많은 일본인, 그리고 서양인들도 후쿠시마 사고가 일어나자 탈원전으로 문제를 해결할 수 있다고 생각하고 있습니다. 그러나 문제는 거기에 있지 않고 '들을 빼앗긴' 사실에 있다는 것을 지적하는 목소리는 거의 없습니다. 후쿠시마의 비극은 원전 때문이 아니라 들을 빼앗겨 일어난 비극이라고 봐야 하며, 바로 그 지점에서 보편화가 이뤄져야 합니다. 들을 빼앗김으로써 후쿠시마 사람들은 조금이나마 조선인들과 같은 체험을 공유하는 사람들이라는 지위를 허락받았습니다.

그러나 들을 빼앗기지 않은 후쿠시마 이외의 일본인들은 그것을 결코 허락받지 못했습니다. 모든 일본인이 한국인들로부터 그런 지위를 허락받으려면 일본이 더 커다란 비극을 겪어야 할지도 모르겠습니다. 일본인들은 더욱 이를 명심해야 합니다. 탈원전 운동을 하는 것만으로 문제는 해결되지 않습니다. '들을 빼앗겨 봄이 오지 않는' 사람들이 없도록 운동은 계속되어야 합니다. 예전에 '들을 빼앗은' 일본인들에게는 특별히 큰 책임이 있습니다. 그래야 정말로 두 번 다시 되풀이하지 않겠다는 이야기가 되지 않겠습니까. 사진집을 본 뒤 나는 '들을 빼앗은' 일본인의 자손으로서, 책임을 다해야 할 개인으로서, 무엇을 할 수 있을지 필사적으로 생각하지 않을 수 없었습니다."

이 메일을 보낸 사람(N 씨라고 해 두겠다)은 오랫동안 NHK의 미술 프로그램 프로듀서로 일한 분이다. 그가 재직 중인 동안에는 그다지 깊은 이야기를 나눌 기회가 없었다. 그저 한때 루오나 고흐에 대한 애착을 공유한 적이 있는 정도다. 따라서 그가 이런 뜨거운 반응을 보인 것은 나로서는 의외였다. 일본 사회에 '숨은 N 씨'들이 더 있을까? 그리하여 내게 다시 흐뭇한 놀라움을 안겨 줄 수 있을까?

나는 지난번 글(「이상화의 '빼앗긴 들'과 후쿠시마」)에서 "일본 국민은 지금 땅을 빼앗고 봄조차 빼앗으려는 자국 권력과 싸워야 할 때를 맞이하고 있다. 이상화의 시가 그들에게 그러한 자각을 촉발한다면 거기서 일본 국민과 조선 사람의 연대에 새로운 국면이 전개될지도 모른다."라고 썼다. 이를 위해 한국 사람들이 맡고 있는 역할은 무겁다. 연말 대선에서는 반드시 탈원전 공약을 내거는 후보를 당선시켜야 한다. 그것이 N 씨 같은 사람과 연대하기 위한 구체적인 과제다.

자기
주변

2012년 6월 27일

            얼마 전 일본 젊은이들의 70퍼센트가 현재 스스로 행복하다고 느낀다는 조사 결과가 보도됐다. 그래서 강의 중에 바로 학생들에게 물어봤다. "지금 자신이 행복하다고 생각하는 사람 손 들어 보세요."

    몇 명이 손을 들었다. 70퍼센트까지는 아니었으나 그래도 내 예상보다는 많았다.

    "왜? 어째서 그렇게 생각하나요?" 한 학생이 "내 주변이 평화로우니까……."라고 대답했다.

    "주변이라니?" "가족이나 친구들……."

    "흠, 그렇지만……." 나는 될 수 있는 한 냉정한 어투로 말을 걸었다. "지금 후쿠시마에서는 방사능 때문에 수만 명이 집을 잃고, 고향을 떠나 방황하고 있어요. 자신이나 가족에게 언제 피폭 증세가 나타날지 몰라 불안에 떨고 있고요. 이건 당신의 '주변'이 아닌가요?"

학생은 곤혹스러운 표정으로 고개를 끄덕였다. 나는 이야기를 계속했다.

"방사능 피해는 도쿄 주민들과는 무관한 것일까요? 도쿄 역시 식품·물·공기 오염이라는 형태로 틀림없이 영향을 받게 될 겁니다. 여러분은 자신과는 무관한 후쿠시마라는 한 지역이 오염된 걸로 생각하고 있는 듯합니다만, 세계적 관점에서 보면 일본 전체가 오염됐습니다. 그 피해는 앞으로도 여러분의 일생보다 더 긴 시간에 걸쳐 지속될 겁니다. 그럼에도 일본 정부는 안전성도 확인되지 않은 오이大飯 원전 재가동을 강행했어요. 그런 곳에서, 그런 시간을 여러분은 살아가고 있는 겁니다. 그래도 행복하다고 할 수 있을까요?"

"최근 보도를 보면 젊은이들의 '취직 활동 자살'이 늘고 있다고 합니다. 조금이라도 안정된 직장에 취직하려고 몇십 번이나 면접을 보지만 결국 아무 데도 취직할 수 없어 비관한 나머지 자살하는 겁니다. 이것은 '주변'이 아니라 바로 여러분들의 일이 아닌가요?"

"정부는 '세금과 사회보장의 동시 개혁'을 부르짖지만 실제로는 사회보장 개혁을 포기하고 부유층에 대한 과세 강화도 내팽개친 채 소비세 증세만 강행하려 합니다. 여러분의 생활은 점점 어려워지겠지요. 그래도 여러분은 행복한가요? 나는 지금까지 여러분 중 다수가 '일본에 태어나 행복하다.'라고 말하는 것을 들었습니다. 여러분은 '일본은 풍요롭고 안전하며, 일본인들

은 행복하다.'라는 상투적인 이야기를 어릴 때부터 주입받아 그
것을 자기 머리로 생각하고 검증해 보지도 않은 채 되뇌고만 있
는 건 아닌가요? 이미 안전도 풍요도 밑바닥부터 흔들리고 있어
요. 자기 '주변'만 보면서 애써 불안을 외면하고 있는 건 아닌가
요? 하지만 여러분의 '주변'에까지 위기가 닥쳤을 때는 이미 너
무 늦어 손을 쓸 수 없게 될 겁니다……."

몇 명이나 내 이야기에 공감했을지, 그들의 표정만 보고는
판단할 수 없었다.

후쿠시마시에 사는 고노 야스오河野保雄라는 지인으로부
터 내 글을 읽은 감상을 담은 편지를 받았다. "가해자는 피해자
의 처지나 기분을 이해할 수 없습니다. 이는 이번 방사능 사태
뿐 아니라 교통사고 가해자와 피해자, 부유한 자와 가난한 자 등
의 관계에서도 그렇습니다. 예전 식민 지배 피해자의 고뇌 등을
이해하라고 해 봤자 무리라고 생각합니다. 힘 있는 자, 가해자는
언제나 그럴듯한 이유를 대면서 자기 입장을 옹호합니다. (…)
1960년대를 경계로 문학, 회화, 음악 등이 점차 빈약해지고 있다
는 느낌이 듭니다. 그래서 내 회화 컬렉션도 1960년대까지의 작
품이 대종을 이루고 있습니다. 가해자와 피해자의 입장은 서로
상상력을 통해 해결해 갈 수밖에 없습니다. 그렇게 하지 않으면
언제나 피해자가 고뇌를 떠안는 것으로 귀착되고 맙니다."

후쿠시마시에서 나고 자란 고노 씨는 저명한 미술 수집가
로, 고향의 예술가를 지원해 왔다. 고령에 건강도 좋지 않다. 최

근 귀중한 소장품 대부분을 현립 미술관에 기증했다. 그 고향이
방사능으로 결정적인 피해를 입었다. 그는 "예술의 빛을 통해 인
간성도 회복할 수 있습니다."라는 말로 편지를 끝맺었다. 나는
그런 그의 마음을 학생들에게 전하고 싶었다. 피해자도 가해자
도 되지 않도록. 하지만 '자기 주변'이라는 작은 세계에 틀어박
혀 있는(또는 갇혀 있는) 그들의 표정은 모호해서 종잡을 수가
없었다.

동아시아
위기의 시대

2012년 12월 24일

이 글을 쓰는 16일 오늘은 암흑의 날이다. 텔레비전은 오후 8시부터 총선 개표 속보를 전하고 있다. 민주당 정권은 소비세 증세라는 부정적 유산만 남긴 채 참패했다. 처참한 자멸이라고밖에 할 수 없다. 2011년 3월 11일 동일본대지진과 후쿠시마 원전 사고 직후 나는 민주당 정권이 속속들이 무능을 드러내고, 사회 혼란에 편승한 우파가 대두하면서 파시즘의 위기가 닥쳐오고 있다고 거듭 이야기했다. 그 예감이 착착 현실화하고 있다. 지금 내 기분을 솔직히 이야기하자면, 역시 인간은 이토록 어리석은 것인가, 이렇게까지 배울 줄 모르는 존재인가 하는 암담한 심정이다.

반년쯤 전에 나는 어느 잡지와 인터뷰를 했다. 특집 주제는 '이후의 사상'이었다. '후쿠시마 이후, 3·11 이후라는 문제'에 초점을 맞춰 검토해 보자는 것이었다. 요청에 응한 나는 그 인터뷰에 「'이후'에 나타나는 '이전'─후쿠시마와 동아시아」라는 제목을 붙였다. 아래에 그 일부를 요약해 소개한다.

"지금 벌어지고 있는 일은 새로운 페이지를 넘겼다기보다는 넘길 수 없는 페이지가 또다시 펼쳐진 것이라고 해야 한다. 이후에 해야 할 일을 하지 못한 일본의 근대가 다시 한번 머리를 쳐들고 눈앞을 가로막아 선 것이다. 원전은 모습을 바꾼 핵무기라고들 한다. 최근 1년 사이 그것이 단순한 비유가 아님이 명백해졌다. 안전성이 전혀 확인되지 않았고 비용이 적지도 않은데 이를 계속 추진하려는 욕망은 도대체 어디서 비롯되는가. 그것은 이시하라 신타로나 자민당의 이시바 시게루 등이 솔직히 이야기한 대로 원전이 잠재적인 군사력이기 때문일 것이다. 사용후핵연료는 단순한 산업폐기물이 아닌 무기의 원료이기 때문에 포기할 수 없는 것이다. (⋯) 거기서 발생하는 의문은, 전후 일본의 '평화주의'는 진짜였던가, 그 '평화주의'와 전전戰前 사이에 있는 것은 단절인가 연속인가 하는 문제다. 군사력으로서의 핵을 유지하려는 욕망 때문에 원전이 필요한 것이라면 이는 잠재적인 전쟁이라고 해야 한다.

왜 '동아시아'인가. 일본, 한반도, 중국으로 이루어진 좁은 지역은 세계적으로 몇 손가락 안에 꼽히는 원전 밀집 지역이다. 만일 이 지역 어딘가에서 다시 후쿠시마와 같은 사태가 일어난다면 피해는 전 지역에 미칠 것이다. 그러나 지금의 담론들은 국가의 논리를 당연시하고 '일본의 복구와 부흥'을 이야기하는 틀에서 조금도 벗어나지 못하고 있다. '동아시아'는 어디를 가리키는가. 사람들은 동아시아를 단지 지리적 개념으로, 혹은 한자나 유교 등 문화적 동질성으로 이야기한다. 하지만 이는 본질을 완전히 벗어난 것이다. '동아시아'란 근대에 일본이 침략한 지역이다. 일본이 '동아시아'의 일원이 되려면 가해의 역사를 청산하고 주변 민족과 화해해야 한다.

대지진과 원전 사고를 '국난'이라 일컬으며 전쟁에 비유하는 자들이 있다. 이는 위험하다고 생각하지만, 이와 정반대되는 방향에서 나 역시 작금의 사태를 통해 전쟁을 연상하고 있다. 현재 상황이 잠재적 전쟁인 이상 탈원전 운동은 반전·평화운동으로서 추진되어야 한다. 원전에 반대하는 일본인들이 중국이나 남북한에 대한 일본의 국가주의를 비판할 수 있을 것인지는 응용문제처럼 보일지 모르겠으나 동아시아 차원에서 생각하면 답은 명확하다. 일본의 국가주의를 부추기면서 동아시아의 탈원전을 실현할 수는 없다. 탈원전 지향과 국가주의는 결코 공존할 수 없는 것이다."

나는 여기서 어떤 특별한 이야기도 하지 않았다. 오히려 너무나 상식적이어서 따분할 지경이다. 하지만 현실에서 일본 국민은 반대 방향을 선택했다. 그 결과로 자민당에는 다행스럽게도 극우파 정권이 탄생하게 됐다. 앞으로 민주당의 해체가 급속히 진행되고 그들 중 우파는 자민당에 흡수될 것이다. 리버럴 세력의 결집은 쉬이 실현될 수 없을 것이다. 내년 여름 참의원 선거 결과에 따라서는 자민당과 일본유신회가 연립하는 거대 극우

여당이 탄생할 가능성도 있다. 극우화하는 일본은 주변 동아시아 국가들의 대항국가주의를 불러일으켜 역내 위기가 고조될 것이다. 한국은 위기가 고조되는 동아시아의 중심에 놓여 있다. 한국의 평화는 한 나라의 차원에 한정되지 않는, 지역 전체의 평화를 어렵사리 지켜 내는 요새다. 여러분의 각성과 건투를 진심으로 기대한다.

까마귀

2016년 9월 1일

　　지난 8월 6일, 일본 나가노현 마쓰모토 시의 진구지神宮寺라는 절에 갔다. 이 절에서 사진가 정주하 씨의 작품전《빼앗긴 들에도 봄은 오는가》가 열리고 있는데, 이날 나와 다카하시 데쓰야 교수의 좌담 행사가 있었기 때문이다.

　　이날은 히로시마에 원폭이 투하된 지 71년이 되는 날이어서 진구지에서는 예년처럼 '원폭 위령제'가 열렸다. 넓은 본당에 마루키 이리·도시 부부의 〈까마귀〉(〈원폭도〉 연작 제14부[그림 10])와 〈오키나와전투도〉가 전시되어 있었다. 주지 다카하시 다쿠시高橋卓志 스님은 설법에서 피해만이 아니라 가해의 기억도 이야기하는 것, 또 이를 계속 간직해 나가는 것이 중요하다고 말했다. 청중은 〈원폭도〉와 후쿠시마 원전 사고의 교훈이 무엇인지 묻는 정주하 씨의 사진 작품을 같은 장소에서 동시에 보는 귀중한 경험을 했다.

　　〈까마귀〉에는 다음과 같은 '설명문'이 붙어 있다.

"원폭이 떨어진 뒤 맨 나중까지 주검이 남아 있었던 건
조선인이라고 한다.
일본인은 많이 살아남았으나 조선인은 조금밖에 살아남지
못했다.
어떻게 해 볼 수도 없었다.
까마귀는 하늘에서 날아왔다. 엄청나게 왔다.
조선인들 주검 머리의 눈알은 까마귀가 와서 파먹었다고
한다.
까마귀가 눈알을 파먹었다고 한다."(이시무레
미치코石牟禮道子 씨의 글[「국화와 나가사키」]에서)
주검마저 차별받은 한국·조선인. 주검마저 차별한 일본인.
함께 원폭에 희생된 아시아인.
아름다운 저고리, 치마가. 조선, 고향의 하늘로 날아간다.
〈까마귀〉완성, 삼가 이것을 바칩니다. 합장.

마루키 이리는 일본화가, 그의 아내 도시는 서양화가다. 히
로시마는 이리의 고향이다. 1945년 8월 6일, 히로시마에 원자폭
탄이 투하됐다. 당시 도쿄에 살고 있던 이리는 원폭 투하 사흘
뒤 히로시마에 갔고, 도시도 일주일 뒤 합류해 함께 구호 활동을
했다. 그로부터 5년 뒤인 1950년 〈원폭도〉연작 제1부 〈유령〉이
발표됐다. 그 뒤 〈원폭도〉연작은 1982년까지 32년간 계속 그려
져 15부작이 됐다. 1972년 작 〈까마귀〉는 그 제14부다.

반핵·평화운동과의 연대 속에 〈원폭도〉는 1953년부터 10년 간 중국, 유럽, 소련 등지에서 순회 전시를 가졌다. 그러나 그사이 세계 정세의 변화에 따라 일본과 소련의 두 공산당이 대립하고, 중국과 소련도 대립 국면에 접어들어 반핵·평화운동은 큰 혼란에 휩싸이게 된다. 일본의 운동도 분열되어, 전후 이른 시기부터 공산당원이었던 마루키 부부도 당에서 제명당했다.

1965년부터 베트남전쟁이 본격화하는 가운데 〈원폭도〉는 1970년부터 미국 각지에서 순회 전시를 가졌다. 이 순회 전시에서 마루키 부부는 "예컨대 중국인 화가가 〈난징 대학살〉이라는 그림을 그려 일본에 가져온다면 당신은 어떻게 할 것인가?"라는 질문을 받는 등 각지에서 관람객들의 혹독한 반응을 마주했다. 타자의 시선 앞에 놓였던 이 경험은 마루키 부부에게 미일 관계뿐 아니라 일본과 아시아 여러 민족의 관계를 보는 복안複眼적 전쟁 인식을 가져다주어, 20세기 역사 속에서 '원폭'을 새롭게 파악하는 계기를 마련했다.(고자와 세쓰코小澤節子,「〈원폭도〉에 묘사된 '기억', 이야기된 '회화'」)

이 경험을 바탕으로 마루키 부부는 제13부 〈미군 포로의 죽음〉과 제14부 〈까마귀〉를 그렸다. 일본의 반핵·평화운동 단체 '원수폭금지일본국민회의'가 처음으로 조선인 피폭자 문제를 일본의 전쟁 책임과 관련지어 의제로 삼고, '피해자 운동'에서 '다시 가해자가 되지 않는 운동'으로의 전환을 선언한 것도 1972년의 일이다. 마루키 부부의 공동 제작은 그 뒤 난징, 아우슈비츠,

미나마타, 오키나와 등의 제재로 이어졌다.

작품 제작에 즈음하여 도시는 까마귀를 관찰하고는 다음과 같은 말을 남겼다. "어딘지 애티가 있는 새입니다. 애티 나는 까마귀가 떼를 지어 시체를 파먹지요. 그게 한층 더 무섭고 섬뜩하지 않은가요." 이 말을 고자와 세쓰코는 "[마루키 부부가 까마귀의 모습에서] 마음 깊숙이 차별과 억압을 떠안은 서민의 모습을, 그리고 그 일원인 자신들의 모습을 본 것이 아닐까."라고 풀어 읽는다.

후쿠시마 원전 사고 직후, 나는 이것이 일본이 다시 파시즘으로 치닫는 전기가 되리라 전망했다. 공교롭게도 아베 신조 총리가 "일본을 되찾자."라는 슬로건으로 선거에서 승리해 정권에 복귀했고, 일본의 파시즘화라는 위기는 최근 수년 사이에 뚜렷이 표면화되었다. 얼마 전 일본에서는 집단적자위권 용인을 위해 헌법 해석을 변경하는 법제가 강행 통과되어 전후 정치의 대전환이 이루어졌다. 일본의 이른바 '평화헌법'은 전부터 이미 진정한 평화헌법이 아니었다. 그것은 미국의 핵우산을 제공받으면서 자위대라는 이름의 세계 유수의 군사력을 갖추고, 메이지 시대 초기에 식민지화된 오키나와에 미군 기지 부담의 대부분을 떠넘긴 결과 성립된 허구의 '평화헌법'이다. 한편으로 일본의 '평화헌법'은 일본인 스스로 쟁취했다기보다는 중국, 조선, 아시아 여러 민족의 완강한 저항과 막대한 희생 덕에 거두어들일 수 있었던 과실이기도 하다. 군사력 보유와 교전권을 금지하는 '평

화헌법'은 일본 국민의 독점물이 아니라 아시아 피해자들의 것
이기도 하다. 피해자의 동의 없이 해석 변경이나 개정을 해서는
안 되는 것이다.

1945년의 패전과 2011년의 '후쿠시마'는 기본적으로 연속되
어 있다. 양자의 알기 쉬운 공통점은 타자에 대한 사죄가 없다는
것이다. 일본은 패전 당시 전쟁 피해자들에게 사죄하는 마음가짐
으로 새롭게 출발해야 했으나 그렇게 하지 않았다. '후쿠시마'도
마찬가지다. 원자력발전소가 국책에 의해, 그리고 이익만을 좇는
도쿄전력 같은 대기업과 원전 마피아에 의해 추진되어 온 결과
지구 환경과 미래 세대에까지 회복할 수 없을 정도의 피해를 주
었지만, 이에 대해 사죄한다는 발상은 조금도 찾아볼 수 없다.

일본의 위정자는 "유일한 전쟁 피폭국으로서"라는 판에 박
은 말을 되풀이한다. 국민 다수도 같은 말을 외친다. 그것만으로
자신들은 평화의 편에 서 있다고 믿는다. 하지만 그와 동시에 그
들은 일본이 미국의 핵우산 아래에 있는 것을 지지한다. 경우에
따라 타자의 머리 위로 핵무기를 퍼부어 히로시마·나가사키 이
상의 참화를 초래하는 것도 용인한다. 오바마 미국 대통령이 핵
무기 선제 불사용 선언을 검토하고 있다는 소식에 일본 정부는
그에 반대하는 의사를 표시한 것으로 전해졌다. 유엔 핵군축개
방형실무그룹은 8월 19일 핵무기 금지 조약 체결을 위한 교섭을
2017년 유엔 총회에서 개시하도록 권고하는 보고서를 찬성 다수
로 채택했다. 그러나 '유일한 피폭국'을 자임하는 일본은 기권했

다(참고로 한국은 반대했다).

지난 7월 31일에 실시된 도쿄 도지사 선거에서는 핵무장론자로 알려진 전 방위대신 고이케 유리코가 당선됐다. 이 지사 선거에서는 "조선인을 내쫓아라."라고 공공연히 헤이트스피치를 내뱉는 인종차별주의자가 입후보해 11만 표 넘게 득표했다. 11만이라는 숫자는 도쿄도 거주 재일조선인 인구(한국 국적 포함)보다 많다. 재일조선인 대다수는 전후에야 일본에 온 불법 체류자라는 것이 저들이 좋아하는 허위 주장이다. 마루키 부부가 〈까마귀〉에 그린 조선인 피폭자들도 불법 체류자였다고 할 셈인가?

마루키 부부가 사재를 들여 세운 미술관 마당에는 '통한의 비'가 서 있다. 1923년 간토 대지진 뒤에 약 6,000명의 조선인이 일본의 일반 민중과 군경의 손에 학살당했다. 마루키미술관이 있는 지역에서도 학살이 있었다. 그것을 절대 잊지 않겠다는 뜻에서 지역 주민의 반발을 무릅쓰고 마루키 부부는 이 비를 세웠다. 일본 국민 중에 마루키 부부와 같은 사람들이 있다는 사실을 나는 잊고 싶지 않다. 매해 여름 〈원폭도〉를 전시해 온 다카하시 주지 스님 같은 사람이나 그 설법에 진지하게 귀 기울이는 시민들이 있다는 것도 알고 있다. 하지만 유감스럽게도 그 수는 해마다 줄고 있다. 71년 전 전쟁의 기억이 희미해지고 있을 뿐 아니라 바로 엊그제라 할 만큼 가까운 과거인 후쿠시마 원전 사고에 대해서조차 죄 많은 망각의 기색이 짙다. "시간의 경과는 언제나 가해자 편입니다." 나는 '원폭 위령제' 당일의 좌담 행사에서 그렇게 말했다.

"권력에 대한 싸움은 망각에 대한 기억의 싸움"(밀란 쿤데라)이라고 한다면 사람들은 (적어도 일본 사회에서는) 이 싸움에 언제나 패배해 왔다고 할 수밖에 없다. 망각까지 갈 것도 없이, 기억의 기초가 되는 언어와 그 개념 자체가 안쪽에서부터 썩듯이 무너지고 있다. '평화'라는 미명 아래 전쟁을 준비하고, '유일한 피폭국'으로서 선제 핵 공격을 지지하는 식이다. 평화를, 또는 인간을 지키라고 외치기 위해서는 우선 언어를 지키라고 호소하지 않으면 안 된다. 그것이 일본 사회의 현실이다. 한국은 어떠한가?

+

마루키 이리·도시와 〈원폭도〉 연작에 관한 좀 더 본격적인 논의는 「표상의 아포리아」, 『나의 일본미술 순례 2』, 연립서가, 2025 참조.

알렉시예비치와
'후쿠시마 이후'

2016년 12월 29일

이 글을 2016년 12월 11일에 쓴다. 올해도 며칠 남지 않았다.

엊그제 한국 국회에서 박근혜 대통령에 대한 탄핵소추안이 압도적 다수의 찬성으로 가결되었다. 최근 끈기 있게 이어지며 날로 기세를 더한 시민운동의 승리다. 물론 앞날을 낙관할 수는 없으나 한국 시민이 지닌 '저항'의 문화가 건실한 힘을 발휘한 데 대해 먼 도쿄에서나마, 아니 도쿄에 있기에 더더욱 진심으로 경의를 표한다.

그런 심정으로, 이번에는 벨라루스의 소설가 스베틀라나 알렉시예비치Svetlana Alexievich(1948~)를 소개해 보려 한다. 올해 노벨 문학상은 밥 딜런에게 돌아가 바로 오늘 스톡홀름에서 시상식이 열리는데, 지난해 수상자가 알렉시예비치다. 그가 도쿄외국어대학에서 명예박사 학위를 받게 되어 수여식 참석을 겸해 11월 중순에 일본을 찾았다. 그는 이번 기회에 스스로 희망하여 후쿠시마 원전 사고 피해지를 찾았으며, 그 모습을 NHK 텔레비전이 촬영했다. 나도 거기에 동행했다.

나는 예전에 그와 텔레비전 방송을 위해 대담을 한 적이 있다(〈파멸의 20세기〉, 2000년 9월 4~5일, NHK ETV2000). 체르노빌 원전 사고는 30년 전인 1986년 4월 26일에 일어났다. 후쿠시마는 2011년 3월 11일이다. 우리의 대담은 체르노빌 이후, 후쿠시마 이전이라는 시점에 이뤄졌다.

그의 대표작으로 『체르노빌의 목소리』가 있다. 원저의 전문은 러시아 월간지 『여러 민족의 우호』 1997년 1월 호에 발표됐다. 그가 이 책에 "미래의 이야기"라는 부제를 붙인 것은 시사적이다. 희망에 찬 '미래'가 아닌, 체르노빌 사고로 드러난 파국적인 양상이 전 인류의 미래를 뒤덮을 것이라는 예감이다.

이번에 나와 그는 함께 원전 사고 피해지를 걸었다. 나로서는 최근 5년 사이 세 번째 방문이었다. 처음으로 찾아간 곳은 고향을 잃은 노인들이 서로 의지하며 살아가는 다테시의 가설 주택. 그런데 행정 당국은 피해지로의 주민 귀환을 촉진하기 위해 가설 주택 폐쇄 등 지원 중단을 예고한 상태다. 돌아가 봤자 집도 논밭도 방사능에 오염되어 있다. 공동체가 무너졌으며 생활필수품을 구하기도 힘들다. 가족 내의 비교적 젊은 세대는 고향을 떠나 도시지역에서 생활하고 있다. 어린 자녀가 있는 세대는 장기적인 건강 피해가 예상되는 피해지에서의 생활을 포기하고 있다. 그런 마을에 고령자만 돌아가서 어떻게 살아가라는 것일까.

다음으로 찾아간 곳은 이타테무라. 오염 제거 작업의 결과, 방사성폐기물이 담긴 플레콘 백(폐기물을 담는 대형 포대)들이 오도 가도 못하고 방치된 채 200만 개 이상 쌓여 있었다. 최종 처분장은커녕 중간 보관소조차 찾지 못한 것이다. 오염 제거 작업은 마을의 주택 주변이나 평탄한 땅에 국한되어 광대한 산이나 숲은 손도 대지 못한 상태다. 빈집이 즐비한 마을은 멧돼지 등 야생동물 천하가 됐다. 하지만 멧돼지는 포획해 봤자 방사능 오염 때문에 식용으로 쓸 수 없다. 버섯이나 산나물도 마찬가지다. "그래도 이 정도면 괜찮다며 먹는 사람이 있습니다. 몰래 출하하는 자도 있지요. 체내 피폭이 걱정입니다."라고 지역에서 낙농업에 종사하는 H 씨가 설명해 주었다. 그는 낙농을 단념해 축사를 허물었다. 4세대 8명이 살던 멋진 주택은 그대로 남아 있으나, 그곳에서 가족이 함께 살아가기는 이제 불가능하다.

소마시 후쿠료젠副靈山에도 가 봤다. 낙농업자가 자살한 마을이다. 대출을 받아 퇴비 창고를 지은 그는 필리핀인 아내와 함께 열심히 일해 빚을 갚고 아이를 키워 나갈 작정이었다. 하지만 방사능 오염 때문에 우유는 출하할 수 없게 됐고, 매일 소젖을 짜서는 그대로 버릴 수밖에 없었다. 물론 대출 상환 계획도 물거품이 됐다. 아내, 아이와 함께 잠시 피난 갔던 필리핀에서 홀로 집에 돌아온 그는 퇴비 창고 벽에 분필로 "원전만 없었더라면" 이라고 써 놓고 목을 맸다. 생명보험금으로 대출금을 갚아 달라고도 써 놓았다. 도쿄전력은 그의 아내가 손해배상 청구 소송을 제기하자 "사고와의 직접적 인과관계가 입증되지 않는다."라며 배상을 거부했다(나중에 화해 성립). 아내와 아이는 마을을 떠났고, 지금은 폐허가 된 퇴비 창고만이 남아 있다. 나와 알렉시예비치는 창고 안 낙농업자가 목을 맨 자리에 가 봤다. 해가 저물어 발밑에서 오슬오슬 한기가 올라왔다. 안내해 준 이웃집 노부인이 낙농업자의 자살 당일 모습을 이야기하다가 끝내 울음을 터뜨렸다.

후쿠료젠을 오간 길은 5년 전에 사진가 정주하 씨와 함께 다닌 길이다. 전에 본 기억이 있는 길옆 민가의 마당에 곱게 익은 감들이 주렁주렁 달려 있었다. 하지만 우리를 안내한 지역 사람은 5년 전과 마찬가지로 "저건 먹을 수 없어요."라고 경고했다. 알렉시예비치는 이번에 일본에서 일찍이 자신이 예견했던 '미래'를 본 것이다.

그는 예전에 홋카이도의 도마리泊 원전을 찾은 적이 있다. 그곳에서도, 그리고 프랑스, 미국, 스위스에서도 만나는 사람마다 그에게 체르노빌에 관해 묻고 동정을 표했으나, "우리가 사는 곳에서 그런 일이 일어날 염려는 없다."라고 입을 모았다고 한다. 체르노빌 이후, 후쿠시마 이전의 일이다. 지금은 '후쿠시마 이후'다. 인간은 과거에서 배우지 않는다. 그것이 동시 진행형으로 이토록 명백하게 드러난 적이 있었던가.

원전의 폐로 처리와 배상 등의 비용이 사고 뒤의 견적으로부터 수조 엔 단위로 늘어나고 있으며, 20조 엔을 웃돌 것이라는 추산까지 나오는 가운데 정부는 국민 부담을 늘리는 쪽으로 논의를 진행하고 있다. 세코 히로시게 경제산업대신은 12월 7일 다시금 '원전은 비용이 싸다'고 강조했다. "여러 비용을 전부 포함해도 발전 단위당 비용은 원전이 가장 싸다고 생각한다."라는 것이다. 세코 대신의 말은 허언이다. 그것은 리쓰메이칸대학의 오시마 겐이치大島堅一 교수 같은 식자들이 거듭 지적하는 바다. 백번 양보해서 이 논의가 아직 결론이 난 것은 아니라 하더라도, 일단 사고가 일어나면 긴 시간에 걸쳐 파괴적인 피해를 가져오는 원전에 이렇게까지 집착하는 이유는 무엇일까. 국가의 체면, 전력 회사 주주들의 이익 보호, 원전 직원·연구자·건설업자·지방 정치인 등 원전 마피아에 기생하는 사람들의 기득권 보호, 그리고 잠재적 핵무장 능력 유지 등을 떠올릴 수 있다.

　여행을 마치고 도쿄에 돌아온 알렉시예비치는 도쿄외국어대학 기념 강연에서 이렇게 말했다. "후쿠시마에는 내가 체르노빌에서 본 것들이 전부 다 있다." "국가는 자기 자신을 지키지 사람들을 지키지 않는다." 나아가 그는 이렇게 덧붙였다. "일본 사회에 '저항'이 없다는 데 놀랐다. 체르노빌 사고 때도 국가에 대한 저항이 거의 없었는데, 그것은 우리 나라(옛 소련)가 전체주의 국가였기 때문이라고 생각했다. 그렇다면 일본은 어떠한가?"

　최근 여론조사를 보면 일본에서 아베 내각의 지지율은 60퍼센트에 달한다. 이 정부를 지지하는 사람들은 공범자다. 나중에 가서 '속았다'거나 '몰랐다'며 둘러댈 작정인가? 저 침략 전쟁이 끝나고 그랬듯이.

일본의 상황이 이렇기에 내게는 한국 시민의 '저항'이 더더욱 귀중하게 여겨진다. 수많은 희생을 통해 획득한 이 문화를 앞으로도 절대 잃지 않기를 바란다.

알렉시예비치의 최근작 『붉은 인간의 최후』에 대해 이야기할 지면은 없지만, 이 작품을 읽고 나는 '끝없이 이어지는 고뇌의 수해樹海(숲의 바다)'를 떠올렸다. 러시아 근대문학에 등장하는, 구태여 불행이나 고뇌에 몸을 맡긴 채 살아가는 여성들을 연상시킨다. 이에 관해서는 조만간 자세히 이야기하고자 한다.

출구 없는 세계

— 냉소와 망각의 틈바귀에서

인간의 어리석음과
잔혹함의 역사는 도대체
언제부터 이어져 온 것일까.
언제 끝을 고할까. 애당초
그것이 '끝날' 수는 있을까.

'국민주의'에
간히지 않고
일본 바라보기

2011년 9월 23일

이번 칼럼부터 '일본통신'이라는 이름으로 연재하게 됐다. 이 연재명은 내가 제안한 것이다. 제안 이유는 크게 두 가지다. 우선 내가 지금까지 강조해 왔듯 '일본'이 앞으로 점점 더 중요한 문제로서 우리 앞에 나타날 것이라 보기 때문이다. "우리"는 '한국인'이라는 한정된 의미가 아니며, 동아시아를 비롯한 전 세계의 평화를 바라는 많은 사람을 말한다. 지난 약 10년 동안 이미 쇠퇴 경향을 보인 '일본'은 올해 3월 대지진과 원전 사고로 타격을 입었으며, 향후 서서히 몰락의 길을 걷게 될 것이다. 경제력 측면에서만이 아니다. 대지진에 대한 대응에서 결정적으로 드러났듯이 일본형 정치 시스템이 기능 부전에 빠지고, 계층 간 격차 확대와 사회보장제도 파탄 등의 문제에 대처하지 못해 사회적 혼란과 불안이 오래도록 이어질 것이다. 그 부정적 영향은 일본 국내에 거주하는 사람만이 아니라 필연적으로 주변 국가의 주민들에게도 미칠 것이다.

새로 취임한 노다 요시히코 총리는 'A급 전범'은 전쟁범죄인이 아니라고 공언하는 우파이며, 차세대 지도자의 유력 후보인 마에하라 세이지 민주당 정조회장은 헌법 9조 개정론자다. 여야를 불문하고 기성 정치계에 대한 실망감이 퍼져 나가면서 '강력한 지도자'를 바라는 대중의 기대감이 높아졌고, 이시하라 신타로 도쿄 도지사와 같은 골수 극우 정치인뿐 아니라 하시모토 도루 오사카 부지사처럼 시류에 편승한 우파 포퓰리스트가 인기를 끌고 있다. 이들은 하나같이 전후 일본에서 널리 공유된 평화주의·민주주의 이념이 현재의 혼란을 초래했다고 여기며, 그 이념을 부정함으로써 현재 상황을 타개하려는 경향을 키워 나가고 있다.

역사적으로 국내의 비판 세력이 아주 취약한 일본에서는 '일본은 외압에 의해서만 바뀔 수 있다'는 시니컬한 이야기가 정착되어 있을 만큼, 변혁을 요구하는 비판은 늘 '외부'에서 오는 것으로 여겨진다. 비판 세력 쪽도 많은 경우 '미국이, 중국이, 또는 국제사회가 요구하므로'라는 식의 '외압'에 편승하는 레토릭에 의존해 왔다. 예컨대 학교에서의 국기·국가 강요에 반대하는 세력조차 '학교에는 재일 한국·조선인 학생도 있으니까'라는 식의 이야기를 아무런 의심도 없이 되풀이해 왔다.

그렇다면, 재일조선인이 없으면 문제없는 것일까? 천황제를 찬미하는 '기미가요', 근대 일본의 대외 침략의 깃발이었던

'히노마루'를 일본 국민 스스로는 어떻게 생각하고 있는가? 이런 몰주체적인 레토릭을 나는 "남의 샅바로 씨름을 한다."*라는 일본 특유의 표현으로 평한 적이 있다. 일본 국민에게 널리 퍼져 있는 그런 심리 구조를 바꾸지 않는 한, 오늘날처럼 출구가 보이지 않는 위기적 상황에서는 '내부'의 결속과 '외부'에 대항하는 실력(군사력) 강화라는 위험한 주장이 대중의 지지를 받게 된다. 포퓰리스트는 대중의 지지를 틀어쥐고, 그것을 한층 확대하기 위해 주장을 더욱 단순화·극단화해 나간다.

나는 12~13년 전 국기·국가법이 제정됐을 때 저항의 기미조차 보이지 않아 "일본의 전후 민주주의는 안락사할 것"이라고 말한 적이 있다. 지금은 유감스럽게도 그 나쁜 예감이 착착 실현되었음을 실감할 뿐 아니라 일본 홀로 "안락사"하기만 한다면 오히려 다행이라고 생각하기에 이르렀다. 역사의 교훈은 그 위험성을 예고한다.

'일본통신'이라는 이름을 제안한 또 하나의 이유는 지식인층을 포함한 한국 국내 사람들의 일본 이해에 대해 내가 가지고 있는 의문, 좀 더 명확히 말해 우려에 있다. 일본과 한국이 지리적으로 가깝고 역사적으로도 서로 밀접하게 얽혀 있는 데다 유학생 등 인적 교류가 이토록 활발한데도 한국인들 다수는 일본

*
人の褌で相撲を取る. 남의 것을 이용하여 고생이나 노력 없이 자신의 이익을 꾀하는 것을 일컫는 말.

을 제대로 이해하고 있지 못한 듯하다. '일본인은 악랄한 우익
뿐이라고 생각했는데, 직접 만나 보니 예의 바르고 친절해 일본
을 좋아하게 됐다'는 식의 반응이 전형적으로 보여주듯, 한국에
서 교육이나 언론을 통해 익힌 일본 이해는 너무나 일면적이어
서 그 일면적인 선입관이 무너지면 쉽사리 일본 긍정론에 빠지
고 만다. 그것은 '한국인은 무례하고 난폭하다고 생각했는데, 직
접 만나 보니 그렇지 않았다'는 일본인들 다수의 반응과 닮은꼴
이다.

    어느 민족국가든 개인 차원에서는 좋은 사람도 있고 그렇
지 않은 사람도 있다. 특정 민족 전체를 좋은 사람 또는 나쁜 사
람으로 생각하는 것이야말로 위험하다. 3월의 지진 직후 일본에
서 일어난 '일본은 강한 나라', '힘내라 일본' 따위의 캠페인이나
거기에 호응해 한국에서 고조된 지극히 정서적인 일본 동정론도
마찬가지로 단순한 발상의 산물이다. 그런 단순한 유형화의 밑
바탕을 이루는 것이 어떤 사회에 속한 사람들을 '국민'이라는 지
표로 일괄하고, 자기 자신도 거기에 포함시켜 유형화함으로써
안심을 얻으려 하는 '국민주의' 심성이다. 이 심성은 '국민' 내부
의 차이나 대립을 은폐하고, 동시에 내부의 타자를 항상 외부화
해 배제하려는 기능을 지닌다.

    국민주의에 뿌리박은 단순한 일본 이해는 일본의 중간파나
리버럴파가 지닌 한계나 문제점에 대해서는 둔감한데, 그것이야
말로 위험하다. 한국 사람들이 일본을 올바로 아는 것은 '한국'

이라는 국가를 위해서가 아니라 동아시아에 사는 우리 모두의 평화를 위해 필요한 일이다.

이제부터 내가 써 나갈 '일본통신'은 타자를 위협하며 몰락해 가는 일본 사회에 사는 한 '내부의 타자'가 쓰는 보고서가 될 것이다. 일본에 사는 개인이 일상생활에서 느끼는 갖가지 문제를 구체적 에피소드와 함께 전할 요량이다.

'한국'을 배우는
일본의 젊은이들

2011년 10월 21일

하시모토(가명)는 격투기 선수다. 단정한 용모에 언제나 눈을 가늘게 하고 생글생글 웃지만, 가슴과 팔 근육은 박력이 있다. 8월에는 태국 방콕에 다녀왔다. 무아이타이(태국식 복싱) 도장에 등록해 말도 통하지 않는 외국에서 무예 수련을 받았다. 치안이 좋지 않은 교외의 허름한 여관에 홀로 머물며 매일 열심히 수련했다. 8승 2패의 전적을 자랑하는 그지만 자그마한 체구의 50대 아저씨와 스파링을 하고는 본고장의 깊이를 절감했다고 한다. 심하게 얻어맞았느냐고 물었더니 그렇지는 않고 아무리 펀치와 킥을 날려 봤자 도무지 맞힐 수 없었단다. 스파링 뒤에는 체육관 사람들 모두와 술 한 동이를 나눠 마시며 친해진 모양이다. 조만간 태국에 가 머물고 싶은데, 그때는 무아이타이만이 아니라 태국의 빈곤 문제 등 사회 사정에 관해서도 공부해 보겠다는 생각이다.

그런 하시모토가 지금 관심을 가지고 알아보고 있는 건 광

주 5·18이다. 그는 내가 근무하는 대학의 1학년 학생이다. 지난 9월 초순에는 내가 인솔한 학생 6명과 함께 한국에 연수 여행을 다녀왔다. 그때 찾은 광주에서 도청 앞 광장, 상무대 기념관, 국립묘지 등을 돌아보고 뭔가를 느낀 모양이다. 프로 격투기 선수가 되겠다는 꿈은 그대로 소중히 간직하고 있지만 유학은 태국이 아닌 한국에서 할까, 지금 고민 중이다.

연수 여행에 함께한 미무라는 한국 민중미술에 매력을 느낀 모양이다. 늠름한 농민 부자父子를 그린 오윤의 판화가 마음에 들었던지 "멋지네."라고 한마디 했는데 어디가 어떻게 좋다는 것인지는 아직 제대로 풀어내지 못한다.

점잖은 성격의 나이토는 한국이어서가 아니라 첫 외국 여행이어서 처음부터 꽤 긴장했다. 하지만 철도 마니아인 그는 도착 직후 김포공항에서 홍대 앞까지 타고 간 새 공항철도에 큰 흥미를 보이면서 한국 체류 나흘째의 자유 시간에는 혼자 복원된 옛 서울역 건물에 가서 많은 사진을 찍어 왔다. 체류 마지막 날은 신촌역에서 도라산까지 전철로 가 볼 계획이었는데, 그날은 월요일이어서 임진각까지밖에 갈 수 없었던 게 조금 유감스러웠던 듯하다.

활달한 미야타는 자유 시간에 치마저고리를 입고 기념사진을 찍는 가게를 찾아가, 또 다른 학생 노무라와 함께 환히 웃고 있는 사진을 찍어 왔다. 가지고 간 용돈이 부족해 치마저고리는 입어만 보고 사지는 못한 모양이다.

장차 의류 관련 일을 하고 싶다는 이토는 젊은이들의 패션에 흥미가 있어 동대문시장을 다녀왔다. 숙소로 돌아온 그의 이야기를 들어 보니, 가게 아주머니의 기에 눌려 그다지 마음에 들지도 않는 티셔츠를 산 모양이다. 그것도 2만 원이나 했다니 그의 주머니 사정으로는 비싼 쇼핑을 한 꼴이 되고 말았다.

이토는 여행길에 나서기 전부터 수요집회에 꼭 가 보겠다고 거듭 이야기했다. 일본을 원망하고 있을 일본군 위안부 할머니들이 동일본대지진 뒤 일본의 피난민에게 동정을 표한 사실을 인터넷에서 접하고 궁금함을 느꼈기 때문이다. "나쁜 건 국가다. 사람이 아니다. 일본의 젊은이들이 가엾다."라고 한 어느 할머니의 이야기가 감명 깊었던 모양이다.

그는 바라던 대로 다른 학생들과 함께 서울의 일본 대사관 앞 수요집회에 다녀왔다. 그날 오후에는 숙명여대 학생들과의 교류회가 있었다. 이토는 "오늘 수요집회에 다녀왔습니다. 할머니가 따뜻했습니다."라고 말했다. 그 자리에 있던 숙명여대 학생 몇 명에게 물어보니 수요집회나 '나눔의 집'에 가 봤다는 사람은 한 명도 없었다. 우리는 그 며칠 뒤 나눔의 집을 찾아가기로 한 터라 함께 가자고 권유했다.

나눔의 집을 방문하는 날, 숙명여대 학생 몇 명이 우리 숙소에 찾아와 동행했다. 한 학생은 "일본 학생들이 가는데 우리가 무관심한 건 부끄러운 일"이라고 말했다. 오가는 버스 안에서 학생들은 재잘재잘 이야기를 주고받았는데, 역시 일본 학생들은 한국 학생들에 비해 자기표현이 쉽지 않은 듯 자기소개도 금방 끝냈고, 노래를 청하며 마이크가 넘어와도 머뭇거리며 수줍어할 뿐이었다.

노무라는 나눔의 집에 전시되어 있던 강덕경 할머니의 〈책임자를 처벌하라〉라는 그림에서 강한 인상을 받은 모양이다. 나무에 묶인 천황처럼 보이는 남자를 할머니가 권총으로 처형하는 장면을 그린 것이다. "이런 그림을 일본에서는 볼 수 없으니……"라고 할 뿐 자신이 받은 인상을 제대로 설명하지 못한 노무라는 "놀라워……"라는 말만 덧붙이고는 입을 닫았다. 그러나 반감이나 혐오감을 품은 것은 아니었다. 충격적인 경험을 소화하는 데는 시간이 걸릴 것이다.

우리가 묵었던 이화여대 앞 게스트하우스에서는 한 일본인 대학생이 아르바이트를 하고 있었다. 명랑하고 좋은 느낌을 주는 청년이었는데, 한국어도 중국어도 능숙했다. 대학 선생 특유의 버릇이 발동해 "취직은 어떻게?"라고 물었더니 의외의 대답이 돌아왔다. 자위대에 들어가고 싶다는 것이었다. 요즘 같은 취직난 시대에 자위대는 안정된 직장이며, 그곳에서 보람 있는 일을 할 수 있단다. "그래도 역시 군대니까 무슨 일이 벌어지면 상대를 죽여야만 하겠지요. 중국이나 한국과 무슨 일이 벌어지면 어쩌죠?"라고 하자 그는 "그렇습니다. 그렇게 되면 난처하겠지요."라고 답하더니 "자위대란 데는 의외로 우익적인 사람들이 많아요."라고 덧붙였다. "그런 줄도 몰랐나?"라고 말하고 싶었으나 꾹 참고 "아시아인들을 직접 알고 있는 자네와 같은 사람이 자위대에 들어가는 건 평화를 위해서는 나쁘지 않을지도 모르겠군. 자네는 고립되고 힘들겠지만……"이라 말하자 그는 방싯 웃어 보였다.

사라져 가는
식민 지배의 산증인들

2011년 12월 16일

'중학생의 질문 상자'라는 시리즈의 한 권으로 『재일조선인은 어떤 사람?』*이라는 입문 서적을 썼다. 이제 곧 교정을 완료해 내년 초에 출판된다. 일본의 중학생을 대상으로 일본에서 출판되는 것이지만 한국 청소년들도 읽어 주면 좋겠다.

책을 쓰면서 새삼 깨달은 게 있다. 그것은 2010년 통계를 기준으로 '특별영주자' 수가 마침내 40만 명 이하로 줄었다는 사실이다. 2006년부터 5년간 4만 명 남짓 감소한 셈이다. '특별영주자'란 '1945년 9월 2일 이전부터 일본 국적으로서 일본(내지)에 거주하던 옛 식민지 출신자와 그 자손'에게 주어지는 체류 자격이다. 바꿔 말하면 식민 지배의 산증인이다. 그들이 급속히 줄고 있는 것이다.

*
한국어판: 『역사의 증인, 재일조선인』, 반비, 2012.

그 원인은 세대교체에 따른 자연 감소, 그리고 귀화를 통한 일본 국적 취득자의 급증일 것으로 추측된다. 물론 국적 선택의 자유는 누구에게나 보장되어야 하지만, 그것이 정말 '자유로운 선택'의 결과일까. 일본 국적으로 귀화하지 않으면 살아가기 힘든 현실이 언제까지고 이어질 것 같은 상황 속에서 어쩔 수 없이 하는 귀화라면 그것은 도저히 '자유로운 선택'이라고는 할 수 없다.

이정자 씨는 1947년 미에현 우에노上野시에서 태어난 일본 전통 정형시 와카和歌(또는 단가)의 작가(歌人)다. 나는 우리 재일조선인 2세의 심정이 매우 간명하게 표현된 그의 단가에 공감하는 일이 많다.

울면서 글 모르는 어머니를 원망했네 어린 시절 참관일에 나는

학부모들이 교실을 찾는 참관일에 글자를 읽지 못하는 어머니를 부끄럽게 생각했다. 그것을 어른이 된 뒤 뼈에 사무치도록 후회하는 노래다. 내게도 같은 경험이 있다.

반도 저 멀리서 건너온 이의 숨결이라 여겼네 아버지 등을 만질 때마다

아버지 등을 만질 때마다 멀리 한반도에서 건너온 사람들의 숨결을 느낀다는 이야기다. 이 씨의 아버지는 1929년에 일본으로 가 '함바'(작업 현장의 노동자 숙소)를 전전하면서 이윽고 임금 인상 투쟁에 가담해 연설까지 하는 사람이 됐다고 한다.

> "일본 남자와의 사랑 따위 생각하지도 마" 아버지 손에 몇
> 번이나 맞았네 언니와 나는

다른 사람들처럼 이 씨도 사춘기가 되자 이성에게 연정을 품었다. 그가 자란 곳은 재일조선인이 별로 살지 않는 소도시였기에 주변에 남성은 일본인밖에 없었다. 고교 시절에는 야구부의 에이스가 연애편지를 보내왔고, 집까지 바래다주기도 했으나 아버지는 언제나 "일본 남자는 죽어도 안 돼."라고만 했다.

"아버지가 안 된다고 한 사랑을 한 것은 막 스무 살이 되던 해의 가을. 그 사람에겐 처음부터 한국인이라고 밝혔다. 괜찮아, 이해해 줄지도 몰라. 그렇지만 2년 뒤 그는 약혼했다. 그 뒤로 몇 번인가 사랑을 떠나보냈다. 그리고 나도 결혼했다. 아버지가 단번에 정한 일이지만 일본인들에게 둘러싸여 살아가는 환경에서는 그럴 수밖에 없었다. (…) 나는 24년 만에 이 결혼에 마침표를 찍었다. 슬프지 않았고 눈물도 없었다."(「이해해 주길 바라」)

일본 남자들은 막상 결혼 이야기가 나오면 뒷걸음치며 떠나갔다. 그들 모두 이 씨가 재일조선인이라는 사실과 맞대면할 용

기가 없었던 것이다.

> 일본 남자는 모두 비겁자에 겁쟁이라는 걸 일본 남자만
> 사랑하다 나는 알았네

이정자 씨는 1984년 이후 총 일곱 권의 단가집을 냈다. 나는 그것들을 같은 세대 재일조선인 여성에게서 힘들었던 인생 이야기를 듣듯이 숨죽이며 읽어 왔다. 그리고 2010년 출간된 단가집 『사과, 린고林檎 그리고』(가게쇼보, 2010)의 후기를 읽고 이 씨의 아들이 37세의 젊은 나이에 세상을 떠났다는 사실을 알게 되었다. 몸부림치듯 살아온 고독한 여성이 만년에 접어들어 삶의 보람이라고도 할 수 있는 아들까지 잃어버린 것이다.

> 열여섯 살 아이 아직 세상 모르는 아이 무슨 의미 있을까
> 손가락의 그 지문

16세가 된 아들이 외국인 등록 때문에 지문을 채취당했을 때의 노래다. "지문 날인을 위해 관청까지 따라간 날이다. 당시 전국에 물결친 지문 날인 거부 운동에 동조해 나도 내 나름대로 날인을 거부했다. 저도 거부하겠다는 아이. 고등학생이 그런 위험한 짓을 해서는 안 된다며 미래가 있으니 날인하라 했다. 엎드려 말없이 왼손 검지를 내민 옆얼굴, 잊을 수 없다."

회한과 비애가 끝없이 이어진다. 식민 지배, 민족 차별, 여성 차별의 비애.

귀를 적시는 말이 있네 귀에 반짝이는 눈물이 있네 살아 있는 한

이정자 씨 아들의 죽음은 '특별영주자' 수에서 '–1'로 반영 됐을 뿐이다. 식민 지배의 산증인들이 이렇게 통계 수치로 환원 되며 한 사람 한 사람의 인생을 채운 슬픔과 분노도 지워져 간 다. 식민 지배도 차별도 없던 일처럼 되고 마는 걸까?

+

이정자에 관한 좀 더 상세한 소개는 『역사의 증인, 재일조선인』, 반비, 2012, 176~181쪽 참조.

제주도
─ 상상의 공동체

2012년 9월 19일

제주도에 다녀왔다. 나와 철학자 다카하시 데쓰야 교수, 역사학자 한홍구 교수 세 사람은 지난해 11월의 후쿠시마를 시작으로 지난 3월에는 합천과 서울, 5월에는 도쿄에서 잇따라 만남과 대화를 거듭해 왔다. 이 연속 대화는 곧 한일 양국에서 출판될 예정이다.* 우리는 도착하자마자 강정으로 향했다. 현지 활동가의 안내를 받아 바다 쪽 부두에서 해군기지 건설 현장을 조망할 수 있었다. 태풍의 접근으로 거칠어진 하늘에는 검은 구름이 낮게 깔려 있었다. 해가 지기 시작하자 공사 현장을 휘황하게 밝히는 불빛이 구름에 불길한 그림자를 만들었다. 묵시록과 같은 광경이었다. 마을 이장의 이야기에 따르면 당국의 탄압으로 많은 사람이 구속되고 다쳤다고 한다. 그렇게 말하던 그의 얼굴은 햇볕에 그을려 다부져 보였지만, 긴 투쟁으로

*

한국어판: 『후쿠시마 이후의 삶』, 반비, 2013.

인한 피로가 스며 있었다.

10여 년 전 오키나와에서 알게 된 한 목사를 나는 떠올렸다. 그는 후텐마 기지 바로 옆에 살면서 말 그대로 자신의 인생을 걸고 기지 반대 투쟁을 이어 가고 있었다. 그의 두 손은 소나무 뿌리처럼 거칠었고 엄지손가락은 납작하게 우그러져 있었다. 일본에서 기독교 신자는 마이너리티이며, 일반적으로 목사의 수입으로는 생활이 어렵다. 그래서 그는 생계를 위해 아내와 함께 조그만 인쇄소를 운영했는데, 종이를 훑어 내고 접는 하루하루의 노동으로 손과 손가락이 변형된 것이다. 얼마 전 텔레비전 뉴스를 보다가 우연히 기지 반대 농성을 벌이고 있는 사람들 속에서 그의 모습을 발견했다. 지나간 10년의 세월만큼 늙었지만, 그는 여전히 싸움을 계속하고 있었다. 강정과 오키나와에서 만난 사람들, 국가 폭력의 최전선에서 저항하는 사람들 덕에 우리의 양심은 잠에 빠지는 것으로부터 간신히 구원받고 있다.

이튿날 우리는 김창후 제주4·3연구소 소장의 안내로 4·3평화공원을 찾았다. 인상적이었던 건 행방불명자 묘역이었다. 4·3사건 당시 적색분자 혐의로 구속되어 육지의 감옥으로 이송됐다가 한국전쟁이 발발하자 각지의 감옥에서 한꺼번에 학살당한 사람들의 무덤. 시신도 유품도 없이 오직 명부만이 남은 약 4,000명의 무덤이다.

도대체 뭐라고 해야 할까……. 제주 도민에게 가해진 정치 폭력의 무자비함과 조선 민족에게 강요된 분단의 운명을 이만큼

상징적으로 드러내는 기념물이 달리 있을까. 김창후 소장의 이
야기로는 어느 희생자 유족의 할머니가 모습을 감춰 가족이 걱
정하고 있었는데, 할머니는 몇 시간 후 택시로 집에 돌아와 이
묘역에서 남편의 묘비 앞에 앉아 망자와 대화를 나눴노라고 말
한 일이 있었던 모양이다.

우리가 찾아갔을 때도 몇몇 가족이 성묘하는 모습을 볼 수
있었다. 그중 한 사람에게 인사를 건네자, 부친의 성묘차 왔다고
답했다. 나는 한국전쟁이 한창이던 1951년 일본에서 태어났다.
내 또래인 그 남성은 그 무렵 '빨갱이'의 자식으로 이 암울한 섬
에 태어났다. 아버지 없는 가정에서 얼마나 고생하며 자랐을까.
소상한 이야기를 듣고 싶었으나 아쉽게도 그럴 수 없었다.

이번 제주도행은 바쁜 와중에도 우리 세 사람이 일정을 조
정해 3박 4일간 머물 작정이었다. 그런데 하필 태풍 산바를 만났
다. 비행기 결항으로 섬에 갇힐지도 모른다는 걱정에 우리는 일
정을 하루 앞당겨 서울로 돌아왔다. 조금이라도 일찍 출발하는
비행기를 타려고 공항에 달려갔더니 이미 기다리는 사람들로 북
적이고 있었다. '난민'이라는 말이 떠올랐으나 물론 4·3사건의
난민과 비교할 수는 없다. 군경의 초토화작전에 쫓기던 그들은
미군 함정에 엄중하게 포위된 섬에서 필사적 탈출을 감행했다.
많은 사람이 바다에 빠져 목숨을 잃었을 것이다. 가까스로 일본
에 표착한 사람들은 밀입국자로 검속되어 한국으로 강제송환되
었다. 당시 법적으로 일본 국적 보유자였던 조선인을 "외국인으

로 간주"해 검속할 수 있게 한 것은 쇼와 천황의 마지막 칙령인 외국인등록령이다. 그것은 1947년 5월 2일, 즉 4·3사건 발발 직후에 공포됐다. 일본은 4·3이라는 정치 폭력의 직접적인 가담자였던 것이다.

4·3평화공원의 행방불명자 묘역에는 유해가 없는 빈 무덤뿐이다. 하지만 그곳은 베네딕트 앤더슨이 '상상의 공동체'라고 지적한 "소름 끼치는 국민적 상상력"으로 가득하다. 이런 위령과 추도를 통해 국가는 사람들을 국민으로 통합하려 한다. 하지만 다카하시 교수가 중요한 지적을 했다. 일본의 야스쿠니 신사와 달리 이 자기분열적인 위령의 장소는 어쩌면 지금의 국가를 넘어서는 차후의 공동체, 바로 다음에 올 '상상의 공동체'를 향한 어렴풋한 희망을 시사하는 것인지도 모른다고.

국가에 회수되고 말 것인지, 국가를 넘어설 수 있을 것인지, 싸움은 계속된다.

DNA라고?

2012년 5월 30일

프랑스에서 정권 교체가 이뤄져 사회당 올랑드 정권이 탄생했다. 유럽 재정 위기라는 족쇄가 채워진 상태에서 극적인 변화를 기대하기는 어렵겠지만, 그래도 좀 밝은 뉴스가 아니겠는가. 올랑드 정권은 아프가니스탄에서의 조기 철군 의사를 밝히고, 여성 각료를 대거 등용하는 등 공약을 발 빠르게 실행에 옮기고 있다.

일본 민주당은 국민의 기대 속에 정권 교체를 실현했지만, 공약 가운데 무엇 하나 제대로 실현한 게 없고 오히려 공약에 반하는 증세에만 열중하고 있다. 프랑스에서마저 이런 일이 벌어진다면 전 세계에서 민주주의 체제에 대한 환멸이 가속화되면서 파시즘의 위기가 고조될 것이다. 올랑드 정권이 일본 민주당처럼 되지 않기를 간절히 바란다.

그런데 올랑드 정권은 디지털 경제 등을 관장하는 장관직에 플뢰르 펠르랭Fleur Pellerin이라는 여성을 기용했다. 보도에 따르면 그는 한국명이 김종숙이고, 1973년 서울에서 태어나 이듬해 프랑스에 입양됐다. 말하자면 입양아다. 국립행정학교 등에서 공부하고 감사원에서 일한 경력의 소유자라고 하니 우수한 인재일 것이다. 지난해 7월 노르웨이 총기 난사 사건을 예로 들 것도 없이, 유럽에서 이민 배척 등을 부르짖는 배외주의(불관용) 세력이 대두하는 상황에서 이런 인사는 바람직하다 하지 않을 수 없다. 물론 제대로 된 평가는 그의 정치적 입장이나 향후 실적을 보고 나서 해야 한다는 건 말할 필요도 없겠지만.

내 기분이 찜찜한 것은 이번 인사에 관한 한국 국내의 논평 때문이다. 『아사히신문』(5월 19일)에 따르면 『동아일보』는 "핏속에 한국인의 DNA가 흐를 그가 [한국과 프랑스] 두 나라의 가교 역할"을 해 주기 바란다는 기사를 실었다고 한다. 술집에서 거나하게 한잔한 아저씨들이 떠들어 댄 무책임한 이야기가 아니다. 한국을 대표한다는, 역사를 자랑하는 매체의 논평이다. 이런 기사를 세계의 상식 있는 사람들이 읽는다면 어떻게 생각할까? 읽은 내가 부끄러워졌다. 『동아일보』와는 아무 인연도 없는 내가 부끄러움을 느낀 것은 내 속에 흐르고 있는 "한국인의 DNA" 탓일까?

예전에 축구 선수 박지성에 관해 쓴 적이 있는데, 박지성은 그 부모의 자식이지 '한국인의 아들'은 아니다. 누군가 세계적으로 활약하거나 유명해진 인물이 나오기만 하면 '같은 피를 지니고 있다'며 불필요하게 유세를 떤다. 거꾸로 예컨대 미국 버지니아공대 총기 난사 사건처럼 누군가 불미스러운 일을 저지르면 비굴해 보일 정도로 다짜고짜 '같은 피'를 지닌 걸 부끄러워한다. 이런 유치하고 꼴불견인 언동은 이제 졸업해야 한다.

"한국인 DNA"라는 게 실제로 존재하는가? '한국인'이라는 말이 포괄하는 범위가 모호하지만, 가장 좁게 봐서 지금 한국에 거주하는 한국인으로 한정한다 해도 그 수천만 명이 '같은 DNA'를 지니고 있다는 게 말이 되는가?

"한국인 DNA"라는 말을 무의식적으로 입에 올리고도 부끄러워하지 않는 사상을 제일 환영할 사람이, 예전에는 히틀러였고 지금은 이시하라 신타로 도쿄 도지사다. '유대인은 머리가 좋고 과학에 강하다'는 사상은 '유대인은 열등 인종이므로 절멸시켜야 한다'는 사상과 표리일체다. 칭찬하든 폄훼하든 특정 국민이나 민족이 같은 피와 DNA를 지녔다는 사상 자체가 바로 전형적인 인종주의다. 따라서 펠르랭의 등용을 인종주의적인 관점에서 환영하는 사람들은 언제라도, 또는 그와 동시에 '한국인 DNA'를 지키자고 외치며 타자를 배격하는 차별주의자가 될 수 있다.

펠르랭이 정말 우수한 인재인지는 미지수지만, 우수하다 하더라도 "한국인의 DNA"와는 아무 관계가 없다. 그가 한국과 프랑스 "두 나라의 가교"가 될 수 있을지는 모르겠으나, 그리된다 해도 그것은 DNA가 아니라 그가 자란 문화적·정치적 조건 덕분이다.

나는 입양인을 여럿 알고 있다. 한 사람은 펠르랭과 같은 시기에 프랑스인 가정에 입양된 여성이다. 철학을 공부한 아주 뛰어난 여성이다. 그는 펠르랭 못지않은 능력을 지니고 있고, 지위 상승의 기회도 있었으나 굳이 이민자들이 많이 사는 파리 교외 빈곤 지역의 고등학교 교사가 됐다. 지위가 인간의 가치를 결정하는 것은 아니다.

또 한 사람은 미희-나탈리 르무안Mihee-Nathalie Lemoine (1968~)이라는 아티스트다. 부산에서 태어나자마자 버려져 고아원에 보내졌다가 벨기에인 가정에 입양된 미희는 모진 고생을 했다. 양부모는 백인 중산계급이 흔히 선호하는 동양 취미나 갖고 있을 뿐 조선 민족의 문화나 한국이라는 나라에 대해선 지식도 관심도 거의 없었다. '아시아인은 수학을 잘한다'는 편견 때문에 처음에는 일본인 양자를 희망했지만, 뜻대로 되지 않자 한국에서 미희를 입양했다. 그런데 미희의 실제 나이는 신고된(양부모가 알고 있던) 나이보다 세 살이나 어렸다. 그 때문에 미희는 학교 공부에 뒤처졌다. 기대가 무너진 양부모는 "아시아인인데 왜 못하느냐!"라고 질책했고 마침내는 "네가 살아 있는 게 누구 덕인데!"라며 폭언을 퍼부었다. 학교에서는 백인 아이들에게서 "원숭이, 원숭이"라 불리며 따돌림을 당했다.

그런 미희의 유일한 버팀목은 그림을 그리도록 권해 준 외할머니(양어머니의 모친)였다. 중학교를 마친 미희는 집을 나와 음식점에서 아르바이트하며 미술학교에 다녔다. 1988년 서울 올림픽을 계기로 친부모와 자신의 뿌리를 찾기 위해 한국에 갔다. 한국에서 10여 년 동안 '외국인'으로밖에 대접받을 수 없는 국제 입양인의 권리 획득을 위해 활동했으나 지친 나머지 몇 년 전 캐나다로 떠났다. 한국 정부와 많은 한국인은 힘없고 이름도 없는 입양인들을 단지 '외국인'으로만 대하면서, 펠르랭이 나타나자 재빨리 'DNA'를 들고나온 것이다.

미희는 자신과 같은 국제 입양인들이 "한국 경제성장의 산업폐기물"이며, 그 노란 얼굴은 "부모로부터 그리고 국가로부터 버림받은 자라는 것을 보여 주는 낙인"이라고 이야기한다. 펠르랭은 소수의 성공한 사람 중 한 명이다. 그 그늘에는 미희처럼 고뇌를 안고 살아가는 많은 입양인이 있다. 기뻐하고 있을 계제가 못 된다.

내 고향!

2012년 11월 26일

　　지난 11월 4일, 화창하게 갠 오후에 미희
와 나는 부산에 있는 고아원을 찾았다. 지역 사진가 이동근 씨가
우리를 그곳에 데려다주었다. 40여 년 전 미희는 이 고아원에 단
하룻밤 맡겨졌다가 다른 고아원으로 보내졌다.

　　미희와 나는 예전부터 아는 사이다. 그는 2004년 도쿄경제
대학에서 열린 〈디아스포라 아트의 현재〉라는 심포지엄에 초청
받은 적이 있다. 당시 그는 서울에서 예술 활동을 하는 한편으로
국제 입양인들의 친부모 찾기와 거주권 획득을 위해 동분서주하
고 있었다. 그 뒤 그는 한국 생활에 지쳤다며 13년간의 서울 생활
에 마침표를 찍고 캐나다 몬트리올로 떠났다.

　　그 뒤 우리는 6년 만에 부산에서 재회했다. 부산대 인문학연
구소가 주최한 심포지엄 〈경계에서 듣다―디아스포라의 언어와
문화〉에 발표자로 참가한 것이다. 이 행사에는 우리 외에도 중국
연변의 허련순, 미국의 김수키, 독일의 주재순, 일본의 최덕효
등 여러 코리안 디아스포라가 초청받았다.

심포지엄 주최자의 초청장을 받았을 때 미희는 베를린에 있었다. 6년간 살았던 몬트리올에서 체류 허가 연장을 거부당하고 퇴거 명령을 받았기 때문에 어쩔 수 없이 프랑스 파리의 친구 집에 잠시 몸을 의탁한 뒤 3개월간의 아티스트 인 레지던스*를 신청해 베를린에 머물고 있었던 것이다. 퇴거 명령의 사유는 분명하지 않지만, 보수당으로 정권이 교체된 이후로 캐나다에서도 이민 배척 경향이 강해져 아시아계인 데다 독신이고 동성애자이며 또 예술가인 자신이 누구보다도 표적이 되기 쉬웠을 것이라고 미희는 말했다.

부산대 심포지엄 참가 수락의 뜻을 알리는 회신에서 미희는 "부산은 내 고향입니다!Busan is my home town!"라고 썼다. 아, 이 무슨 말인가……. 한숨이 새어 나왔다.

미희는 부산에서 태어났다. 그렇기에 부산은 틀림없는 그의 '고향'이다. 하지만 그는 태어나자마자 누군가의 집 현관 앞에 버려졌다. 지나가던 경찰관이 그를 고아원에 맡겼고, 거기서 조미희라는 이름을 지어 주었다. 그래서 미희는 이 이름이 정말 싫었다. 그 고아원에서 국제 입양아로 벨기에에 보내졌고, 그곳에서 미희-나탈리 르무안이라는 이름으로 불렸다.

---

*
국제 교류나 문화 진흥 등을 목적으로 예술가에게 일정 기간 특정 장소에 머물며 창작 활동에 전념할 수 있는 환경을 제공하는 프로그램의 총칭. 지자체, 비영리단체, 미술관, 민간 기업 등이 운영 주체이다.

그러나 벨기에에서의 생활은 행복하지 않았다. 술꾼으로, 거의 언제나 부재 상태였던 양아버지는 짜증을 부리는 아내에게 "크리스마스 선물을 주듯" 차례차례 아이를 입양해 주었다. 양어머니는 걸핏하면 "네가 살아 있는 게 누구 덕인데!"라며 고함을 쳤다. 백인 일색의 학교에 다녔고, 다른 아이들로부터 "원숭이" 소리를 들으며 따돌림을 당했다. 13세(서류상으로는 16세) 때 집을 나온 미희는 아르바이트를 하며 미술학교에 다녔다. 노숙 경험도 있다. 1988년 서울 올림픽을 계기로 입양인 단체 활동가로서 서울에 파견됐으나 한국어가 서툴러 늘 '외국인' 취급을 받았다. 마침내 찾아낸 친어머니는 울기만 할 뿐 거의 입을 열지 않았다.

그는 엄마를 원망할 생각은 없다고 말했다. 다만 냉철하게, 자신에게는 가족도 집도 없다고 생각할 따름이라고 했다. 이렇듯 보통 사람들은 상상할 수도 없는 경험을 한 사람이 범죄나 어리석은 일에 빠지지 않고 어쩌면 이리도 차분할 수 있을까. 미희는 말하는 것이나 만드는 작품이나 아주 분석적이고 이지적이다. 나는 그저 탄복할 뿐이다.

고아원을 떠날 때 미희는 두 손으로 한 장의 종이쪽을 들고 문 앞에 섰다. 이동근 씨가 그 모습을 촬영했다. 그것은 미희의 퍼포먼스였다. 종이쪽에는 '6261'이라는 '입양 번호'가 적혀 있었다. 나는 곧바로 강제수용소의 수인 번호를 떠올렸다. 이탈리아 토리노에서 만난 아우슈비츠 생존자 줄리아나 테데스키

Giuliana Fiorentino Tedeschi는 왼팔에 문신으로 새겨진 자신의 수인 번호를 보여 주며 "왜 그런 데에 전화번호를 새겼느냐고 무심코 묻는 사람들이 있지만, 그래도 나는 이 번호를 평생 짊어진 채 증언을 계속하겠다."라고 말했다.

"우리 국제 입양인들은 한국 경제성장의 산업폐기물"이라고 미희는 말한다. 국제 입양인과 유대인은 "국가의 뜻에 따라 당사자의 의사에 반해 번호가 매겨지고(고유명을 빼앗기고), 대량으로 이송되었으며, 때로 학대받았다."라는 점에서 공통점이 있다고 했다. 미희도 '시대의 증언자'다. 그가 살며시 이야기한 '고향'이라는 말을 우리는 어떻게 받아들여야 할까?

+

미희-나탈리 르무안에 관한 본격적인 논의는 「이름이 많은 아이」, 『나의 조선미술 순례』, 반비, 2014 참조.

보고 싶지
않은 것

2013년 1월 16일

　　새해가 된 지 2주 남짓 지났다. 내 마음은 점점 우울 속으로 빠져들고 있다. 말할 나위 없이 지난해 말 일본과 한국의 선거 결과 때문이다. 일본의 새 정권은 올여름 참의원 선거를 의식해 일시적인 인기몰이 정책을 잇달아 내세우는 한편으로 외교, 안보, 교육 등의 분야에서 극단적인 우경화를 실행하기 시작했다. 극우 이데올로그들이 여봐란듯이 전성시대를 구가하고 있다. 60여 년을 살아온 나는 이 예상외의 장수 덕분에 보고 싶지 않은 꼴을 봐야 하는 처지가 됐다.

　　내 인생을 20년씩 세 시기로 나눠 보면, 앞의 20년은 일본 전후 민주주의의 융성기에 해당하며, 다음 20년은 대학 투쟁의 패배를 거친 탈정치의 시기, 뒤의 20년은 경제성장의 정체와 보수화의 시기라고 할 수 있다. 바라지는 않지만, 내가 만일 20년을 더 산다면 그것은 대반동의 시기가 될 것이다. 일본은 패전과 맞바꿔 얻은 민주주의와 평화주의라는 귀중한 재산을 이 반동기에 거의 잃어버리게 될 것이다. 과거에서 배우지 않고 또 타자를 해칠 것이다. 어떤 계기로 반동을 극복할 때가 온다고 해도 그때까지 막대한 희생과 시간을 대가로 치러야 할 것이다.

보고 싶지 않은 것을 보게 됐다고 했는데, 지난해 말의 한국 대선 전에 본 시인 김지하의 모습은 정말 보고 싶지 않은 것이었다. 1970년대의 험악하기 짝이 없던 유신 독재 시대에 일본에서 출판된 그의 시집(일본어판)이 내게 남아 있다. 당시 한국 국내에서는 금서였기 때문에 일본에서 먼저 출판된 것이다. 지금으로부터 약 40년, 나는 그것을 읽고 또 읽었다. 지위도 권력도 없는 젊은이, 재일조선인이라는 피차별 소수자, 정치범의 가족이었던 나는 진정 "타는 목마름으로" 그것을 읽었다. 거기서 절망 속에서도 고개를 쳐들고 싸우는 숭고한 조국 사람들의 목소리를 들었다. 팔레스타인에서, 남아프리카에서, 라틴아메리카에서, 아시아 여러 나라에서 뒷골목 젊은이들이 부러진 분필로 '민주주의여'라고 쓰는 모습을 떠올렸다. 나도 그런 사람들의 하나가 되기를 간절히 소망했다. 나는 거기서 절망의 극점으로서의 '희망'을 읽어 내려 한 것이다. 지금도 한국에서, 일본에서, 세계 각지에서 버림받고 상처 입은 사람들이 민주주의를 희구하고 있다.

지난해 말 '시인회의'라는 단체의 창립 50주년 대회에서 기념 강연을 해 달라는 부탁을 받았다. 나는 「시가 투영하는 동아시아 근현대사」라는 제목으로 이상화, 윤동주, 김지하, 박노해,

최영미, 정희성 등의 시를 소개했다. 나는 1990년대 말 도쿄에서 열린 기미가요·히노마루 법제화 반대 시민 집회에서 김지하의 「타는 목마름으로」를 소개한 적이 있다. 일본 사회가 현재에 이르는 우경화의 가파른 비탈 아래로 굴러떨어지기 시작한 무렵의 일이다. 우리 조선인들은 "타는 목마름으로" 민주주의를 갈망했다. 민주주의의 가치를 우리 재일조선인들에게 가르쳐 준 것은 일본의 전후 교육이었다. 그 민주주의는 한국에서는 막대한 희생을 통해 쟁취되었으나, 일본에서는 이렇다 할 저항도 없이 내버려질 상황에 직면했다. 민주주의가 안락사 직전에 놓인 것이다. 이것이 그때 내가 한 이야기의 취지였다.

그로부터 10여 년이 지난 지금 일본의 민주주의는 무자각 속에 단말마斷末魔의 위기를 맞았고, 한국은 일찍이 "타는 목마름으로" 노래했던 시인이 자신의 시를 배반하는 무참한 꼴을 드러내고 있다.

1970년대 당시, 그런 암흑 속에서도 인간은 이렇게 빛날 수 있다는 걸 느꼈다. 나뿐만이 아니다. 일본인을 포함한 세계 각지의 적지 않은 사람들이 그 감격을 공유하며 한국 민주화 투쟁을 성원했다. 지금 우리는 그토록 빛나던 시인이 이토록 범용하고 어리석어질 수 있다는 사실을 지켜볼 수밖에 없다. 이것이 오늘날의 암흑이다. 얼핏 보기에는 지난날과 같은 폭력적인 모습은 아니지만, 인간 정신에 대한 실망과 냉소가 만연해 있다. 우리는 앞으로 이 냉소의 어둠을 살아가지 않으면 안 된다.

이미 1990년대 초부터 나는 몇 번에 걸쳐 김지하를 비판한 적이 있다. 그는 왜 저 꼴이 되고 만 걸까? 한국의 지인들에게 물어보니, 그들은 쓴웃음을 지으며 '김지하'는 어느 개인의 이름이라기보다는 하나의 집합명사로, 암흑시대에 함께 싸운 사람들의 정서가 그의 시에 모여 결정체를 이루었기에 책임도 명예도 김지하 개인에게만 돌아갈 수는 없다고 답했다. 그럴지도 모르겠다. 어떤 시대정신을 투영한 시의 가치는 그것을 쓴 시인 개인의 존재를 넘어선다고 할 수 있을지도 모른다. 하지만 그렇다면 김지하 개인이 보여 준 천박성 역시 한 시대를 살아온 일군의 사람들 사이에서 공유되고 있는 것은 아닌가. 김지하라는 개인만이 기인이요 어리석은 자라면 문제는 간단하며, 이렇게 탄식할 필요도 없다. 일본에서도 한국에서도, 나는 보고 싶지 않은 것을 앞으로도 계속 볼 수밖에 없는 처지에 놓일 것이다. 그것을 통감하는 정초다.

레 미제라블

2013년 2월 18일

T는 내 강의를 듣는 여학생이다. 평소 그다지 적극적으로 발언하는 편은 아니다. 다른 많은 학생처럼 생활에 쫓겨 아르바이트하기에 바쁘다. 수입은 시급 800~900엔 정도일 것이다. 간만에 얼굴을 본 그에게 "요즘 어떻게 지내?"라고 말을 걸었더니 "영화를 두 번 봤습니다."라고 대답했다. "그래, 무슨 영화를?" "같은 영화를 두 번 봤습니다." "같은 영화를!" "두 번 모두 울었습니다." "무슨 영화인데?" "〈레 미제라블〉……." "어디가 그렇게 좋았나?" T는 그저 생글생글 웃기만 했다. 자신의 감정이나 생각을 말로 설명하는 데 서툰 것이다.

빅토르 위고의 『레 미제라블』이라면 어릴 적부터 익숙하다. 그런데 최근 영화화되어 히트한 사실을 나는 모르고 있었다. 그 영화의 어떤 점에 T와 같은 '현대 일본의 보통 여학생'을 끌어당기는 매력이 있는 걸까, 흥미를 느꼈다. 그래서 나도 어느 날 아내와 함께 영화관에 갔다.

어땠느냐고? 고백하건대, 나도 울고 말았다. 특히 바리케이드 전투 장면에서 혁명파 소년 가브로슈가 총탄에 맞아 쓰러지는 장면에서는 눈물이 멈추질 않아 아내가 눈치채지 못하게 하느라 혼났다. 한 가지 덧붙이자면, 가브로슈는 최근 낙서 사건으로 보도된 들라크루아의 명화에서 자유의 신과 함께 무리의 선두에 선 모습으로 묘사된 그 소년이다. 그 장면은 1832년 6월 봉기를 제재로 한 것이다. 프랑스혁명과 나폴레옹전쟁 뒤 반동기, 복고된 7월 왕정에 저항한 봉기의 한 장면이다.

T가 이 영화를 두 번이나 봤다니……. 일본이 젊은이들에게 살기 힘든 사회가 된 지 몇 해나 됐을까? 내가 아는 학생들 대다수는 저임금 아르바이트에 내몰려 있다. 졸업을 앞두고 취직이 결정됐다고 알려 오는 학생은 드물다. 격차 사회가 일상화됐다. 비정규직 비율은 35퍼센트를 넘었다. 게다가 지난해 말 탄생한 새 정권은 소비세를 늘리고 인플레 목표를 도입해 물가를 올리는 한편 사회보장비를 억제하겠다고 공언했다. 그러면서도 방위비(국방비)는 증액하겠단다.

지금 일본은 프랑스의 7월 왕정과도 닮은 복고와 반동의 시대다. 다른 점은, 프랑스에는 반항과 혁명이 있었으나 일본에는 없다는 점이다. T와 같은 젊은이들은 그런 사회에서 자랐고 그런 사회밖에 모른다. 그런 T가 이 영화를 보고 두 번이나 울었다니, 어디에 감격한 것일까? 이를 계기로 저 말 없는 T는 눈뜨게 될까. 애처롭기도 하고 흐뭇하기도 한 묘한 기분이었다.

얼마 후 H라는 학생에게 그 이야기를 해 봤다. H는 T보다 조금 연상의 남학생으로, 재일조선인이다. 내 이야기를 듣자마자 그는 말했다. "선생님, 그건 아니에요. 그 영화는 장 발장과 같은 '좋은 사람'이 되라는 메시지를 전할 뿐 세상을 바꾸라는 이야기는 전혀 하지 않습니다. 크게 히트한 건 관객에게 일시적인 카타르시스를 줬기 때문이죠."

으음, 그래. 나도 그렇게 생각한다. 초인처럼 완강하고 성인처럼 선량한 주인공의 활약과 가난한 매춘부의 유복자로, 빛나듯 사랑스러운 코제트의 행복한 연애 등 요컨대 전체적으로 '판타지' 같은 이야기다. 원작자인 위고 자신이 사회변혁보다는 종교적 자선에 대한 의식이 강한 투철한 애국주의자이자 공화주의자였다. 그리고 엥겔스는 이런 공상적 사회주의를 비판하며 『공상에서 과학으로』를 쓴 것이다. 나아가 영화에서 완전히 빠져 있는 사실이 있는데, 프랑스의 알제리 식민 지배는 그때 시작됐다. 자유주의 혁명과 식민주의는 그들에게 모순 없이 양립하는 것이었다. 근대의 양면성이자 기만성이다. 따라서 그래, H가 말한 그대로다.

그럼 나는 왜 울었던가? 나이가 들어 비판 정신이 약해지고 눈물샘이 통제되지 않아서일까. 그것도 부정할 수는 없다. 다만 일본의 젊은이들이 이를 계기로 각성하리라고 기대한다면 평소 비관주의자를 자임하는 나답지 않은 환상에 지나지 않을 것이다.

바리케이드 전투에서 패배한 젊은이들의 시신이 바닥에 줄

지어 놓인 장면이 있었다. 그것은 내게 광주 5·18을 연상시켰
다. 1830년대의 프랑스 7월 혁명(실제로는 그 훨씬 이전)에서
1980년의 한국으로. 전 세계에서 도대체 얼마나 많은 시신이 그
렇게 널브러져야 할까. 언제까지 계속될까. T도 H도 앞으로 그런
시대를 살아갈 수밖에 없다. 이런 생각 역시 나이에서 오는 감상
에 지나지 않을지도 모르겠지만.

이쿠미나

2016년 11월 3일

이번 칼럼에서는 책 한 권을 소개하고자 한다. 현대 일본의 소설가 헨미 요邊見庸(1944~)의 『1★9★3★7 이쿠미나』다. 이미 지난해에 초판을 읽었으나 조만간 간행될 문고판에 해설을 써 달라는 의뢰를 받았기에 다시 정독했다.

헨미 요는 한마디로 일본 사회의 이단아요 반항자다. 1944년 미야기현 이시노마키石巻시에서 태어난 그는 1970년 교도통신사에 들어가 베이징 특파원, 하노이 지국장 등을 역임했다. 1991년 『자동 기상起床 장치』로 아쿠타가와상을 받았다. 1994년에는 『먹는 인간』을 펴냈다. 그런 그가 1937년이라는 시점에 초점을 맞춰 역사적 시간을 오가면서 '일본과 일본인'을 철저히 해부한 것이 이 책이다. 그 해부의 메스는 고바야시 히데오小林秀雄, 가케하시 아키히데梯明秀, 마루야마 마사오丸山眞男, 오즈 야스지로小津安二郎 등 전후 일본을 대표하는 지식인에서부터 자신의 아버지, 그리고 자기 자신에 이르기까지 가차 없이 미친다.

나는 해방(일본의 패전) 6년 뒤인 1951년 일본 교토에서 태어나 이른바 '전후 민주주의 교육'을 받으며 자랐다. 일본에서 태어나 65년 넘게 살았지만, '일본과 일본인'을 모르고 있었다는 생각이 최근 몇 년 사이 강해졌다. 안보 법제 강행 통과, 오키나와 후텐마에서 헤노코로의 미군 기지 이전과 원전 재가동 강행 등 암담하기 이를 데 없는 사태가 이어진 작년(2015년)은 한일 양국 정부의 합작에 의한 '위안부 문제 최종 해결 합의'극劇을 끝으로 막을 내렸다. 물론 이것이 진정한 '최종 해결'이 될 리는 만무하다. '한恨'은 앞으로도 층층이 퇴적될 것이다. 우리가 일찍이 책에서 배운 '정치적 반동'은 과거에 배운 모습 그대로 눈앞에 나타났다. 반동에 대한 무대책과 무기력 또한 충실히 반복되고 있다. 반지성주의가 기세등등한 가운데, 내가 읽은 얼마 되지 않는 책 중 다른 사람에게 추천하고 싶은 한 권이 바로『1★9★3★7 이쿠미나』다.

　이 책에 다음과 같은 구절이 있다. "'이 놀랄 만한 사태'는 실은 어쩌다 보니 이렇게 된 것이 아니다. (…) 오늘 이렇게 되고만 것이 아니라 내가(우리가) 어쩌다가 오늘을 '만들었다'고 해야 하지 않을까."

　저자의 이런 물음에 대해, 거기에 필적할 만한 무게로 응답하는 목소리는 들려오지 않는 것일까. 그것이 끝내 들려오지 않는다면 일본 사회는 오늘날의 '반동'에 저항할 길 없이 또다시 파국으로 흘러갈 수밖에 없을 것이다. 그런데 이 책의 초판이 간행된 지 약 1년이 지나도록 나는 아직 그 '응답하는 목소리'를 들지 못했다.

1937년은 일본의 중국 침략 전쟁이 본격화된 해로, 일본 본토에서 사람들은 승리의 기분에 들떠 있었다. 그해 12월에는 '난징 대학살'이 자행됐다. 헨미 요는 이 '기억'이 집단 차원에서 소거되어 가는 일본의 위기적 상황에 과감한 저항을 시도한다. 그 중요한 실마리가 된 것은, 지금은 거의 잊혀 가고 있는 '전후문학'의 대표적 작가 홋타 요시에堀田善衞(1918~98)의 소설 『시간』과 다케다 다이준武田泰淳(1912~76)의 『네 엄마를!』이다. 1955년에 발표된 홋타의 작품은 주인공을 중국인 지식인으로 설정해, 말하자면 타자인 피해자 쪽의 시선으로 일본의 침략과 학살을 그렸다. 주인공이 본 "참담한 일"은 예컨대 다음과 같이 묘사되어 있다.

목 베기(斷首). 손 베기(斷手). 팔다리 베기(斷肢).
들개가 헐벗은 시체를 먹을 때는 반드시 고환을 먼저 먹고
그다음 복부로 간다. 인간 또한 헐벗은 시체를 쑤석거릴
때는 먼저 성기를, 이어서 배를 가른다.
개나 고양이는 먹은 뒤 가야 할 길을 알고 있다. 하지만
인간은 죽인 뒤 가야 할 길을 모른다. 만약 그런 게 있다면
다시 죽이는 길을 갈 뿐.

다케다의 작품은 홋타의 『시간』보다 1년 늦게 발표됐다. 중

국 전선의 일본군 병사들이 어느 중국인 모자를 사로잡고는 성
행위를 강요해 그것을 구경하며 조롱한 뒤 결국 두 사람을 불태
워 죽이는 이야기다. 다케다 자신의 전장 체험이 투영된 작품이
다. 헨미 요는 장교로서 중국 전선에 종군한 자신의 아버지도 이
런 행위에 가담한 게 아닌지 의심한다. 아니, 거의 확신한다.

> 이 사람은 무엇을 하고 왔는가. 무엇을 보고 왔는가. 결국
> 그것을 따져 묻지 않은 내게도, 불문에 부침으로써 상처
> 입지 않으려는 교활한 생각이 어딘가에 있었던 것이며, 끝내
> 이야기하지 않은 아버지와 끝내 직접 묻지 않은 나는 필시
> 같은 죄를 지은 것이다. 묻지 않기-말하지 않기. 많은 경우
> 거기서 전후 정신의 수상한 균형이 유지되고 있었다.

그렇다. "묻지 않기", "말하지 않기"에 의해 일본의 "전후 정
신의 수상한 균형"은 유지되어 왔다. 굳이 말하려는 자, 물으려
는 자는 무시되고 고립된다. 그것이 일본 사회를 성립시켜 왔다.
헨미 요는 아버지의 초상을 그림으로써 엷은 미소 뒤에 감춰진
전후 일본인의 민낯을 그려 냈다.

대학살의 여파가 이어지고, 피 냄새가 가시지 않는 가운데
홋타와 다케다의 문학이 열어젖히려 한 것은 타자의 눈으로 자
신을 응시해 자율적인 윤리적 갱생을 꾀하는 길이었다. 그 길을
걷고자 했던 사람들은 전후 한 시기에 소수이긴 하지만 분명히

존재했다. 지금은 잡초에 뒤덮여 지도에서도 사라지려 하는 그 길을 헨미 요라는 작가가 걸어가려 하고 있다.

> 언제였던가, 아직 어렸을 무렵 술에 취한 아버지가 갑자기 말한 것이 있다. 조용한 고백은 아니다. 참회도 아니다. 야만적인 노기를 띤, 감출 수 없는, 감출 기색도 없는 이야기다. 기억은 아직도 선연하다. "조센진(조선인)은 안 돼. 저놈들은 손으로 후려갈겨도 안 돼. 슬리퍼로 두들겨 패지 않으면 안 되는 거야……." 귀를 의심했다. 미친 것인가 하는 생각이 들었다.

'조선인'인 나는 평정한 마음으로 이런 이야기를 읽는 것이 불가능하다. 내가 두들겨 맞은 것도 아닌데 신경이 곤두선 듯한 통증과 혐오를 느낀다. 한국 국내의 여러분은 어떠한가? 직장 동료나 이웃 주민, 온화하고 이성적으로만 보이는 사람들의 마음속 깊이 이런 심리가 도사리고 있다가 갑자기 터져 나오지는 않을까 하는 예감에 나는 늘 경계하고 있다. 그것이 바로 식민 지배라는 것이며, '조선인'이라는 것이다. 여기서 '조선인'을 '흑인', '인디언' 또는 '여성' 등으로 바꿔 보면, 전 세계로 확산되어 여전히 극복되지 않은 식민주의의 심성이 잘 드러난다.

생각해 보면 헨미 요의 아버지가 소수의 예외였을 리는 없다. 그것은 일본인과 조선인 사이에 일상화되어 있던 행위였다.

일본은 '문명화'를 앞세워 조선을 '병합'한 뒤에도 비문명적인 형벌인 태형을 조선에 잔존시켰고, 그것을 조선인에게만 적용했다(김동인, 「태형」 참조). 매를 후려칠 때마다 격심한 통증과 굴욕감이 조선인의 신체에 말 그대로 때려 박혔다. 그와 동시에, 매를 후려치는 관헌이나 그것을 방관하던 일본인 식민자는 매를 후려칠 때마다 자신에게 노예 주인의 심성을 때려 박은 것이다.

"미친 것인가"라고 생각했다지만, 갑자기 미친 게 아니라 '류큐琉球 처분'*에서 시작해 청일·러일 전쟁을 거쳐 아시아태평양전쟁에 이르는 근대사의 시발점에서부터 이미 미쳐 있었다. 태형은 그 일례에 불과하다. 더구나 전후의 일본인에게는 그 역사를 뼈에 사무치게 성찰해 '제정신'으로 돌아올 기회가 있었음에도, 그들은 그 기회를 무시했다. 작금의 일본 사회는 점점 더 심하게 미쳐 가고 있다. 이미 '재특회'† 등 일본의 배외주의자들은 그것을 의식적으로 실천하고 있으며, 얼마 전 있었던 도쿄 도지사 선거에서는 11만 명이 넘는 일본 시민이 그들에게 투표했다. 그 사람들은 '슬리퍼'로 나와 내 동포들을 때리고 있는 것이다.

---

*
1872~79년, 류큐 왕국을 오키나와현으로 일본에 통합시키기 위해 메이지 정부가 행한 일련의 강제적 조치.

†
재일 조선인·한국인의 특권을 허용하지 않는 시민 모임. 일본 국내에 거주하는 재일 조선인·한국인이 특별영주 자격이나 각종 경제적 편의 등의 특권을 부당하게 누리고 있다고 하여, 그 철폐를 목표로 가두선전·시위 등의 활동을 전개하는 배외주의 조직.

그런 가운데 설령 단 한 사람일지라도 일본인 작가의 이런 작품을 접할 수 있었던 것은 요행이었다. 아직 '제정신'을 지키려는 사람이 가까스로나마 살아남아 있다는 증표이기 때문이다. 노예가 제 몸에 박힌 노예근성을 극복하기 어렵듯이, 노예주인은 고통스러운 자성의 과정을 거치지 않는 한, 주인의 심성을 버리기는 극히 어려울 것이다. 일본 사회에 그런 자성의 필요를 인식하고 노력을 아끼지 않는 사람들이 존재한다는 것을 나는 알고 있다. 그러나 그 수는 적고, 그 힘은 지극히 미미하다. 나는 이 짧은 글을 헨미 요라는 작가를 한국 사람들에게 알리고자 썼다. '일본과 일본인'이 얼마나 구제 불능인지 개탄하기 위해서가 아니다. 그의 작품에서 '희망'을 발견해 스스로를 위로하기 위해서도 아니다. 우리 조선인들이 자기 몸에 박힌 '노예근성'을 자각해, 그것을 극복하고 식민주의와 계속 싸워 나가기 위해서다.

+

『1★9★3★7 이쿠미나』에 관한 좀 더 구체적인 논의는 「일본인이 해부한 '닛뽄'의 민낯」, 『다시 일본을 생각한다』, 나무연필, 2017 참조.

온몸에 박힌 기억이
죽는 날까지
그를 고문하리라

— 장 아메리의 『죄와 속죄의 저편』

2012년 11월 30일

우리가 무엇을 알고 있다고 해서 과연 제대로 안다고 할 수 있을까?

이런 책을 쓸 수밖에 없었던 현실은 말할 필요도 없이 잔혹하고 비참하다. 하지만 그 '현실'이 여전한데도 이 책이 읽히지 않고 거의 관심을 끌지 못하는 건 더욱 비참하다. 그렇기에 이 책을 한국의 독자들이 읽어볼 수 있게 된 것은 기쁜 일이다.

『죄와 속죄의 저편』은 아우슈비츠 생존자의 증언을 담고 있다. 지은이의 본명은 한스 마이어Hans Mayer고, 장 아메리Jean Améry란 이름은 전쟁 뒤 사용하기 시작한 필명이다. 아메리는 1912년 오스트리아 빈에서 태어난 '유대인'이다. 그러나 유념해야 할 것은 우리가 쉽게 입에 올리는 이 '유대인'이 본디 무엇을 뜻하는가 하는 문제다. 동화同化 유대인으로 태어나 이미 유대교 전통과는 완전히 단절되어 있던 그는 나치의 폭력적 분류에 의해 유대인이 됐다.

"[유대인은] 생각지도 못한 근원적인 사건으로서 찾아온 '유대인 존재'를 신도, 역사도, 메시아적·민족적 기대도 없이 살아갈 수밖에 없다."

'유대인'이라는 존재가 먼저 있었던 게 아니라 반유대주의가 유대인을 만들어 냈다는 것이다. 책의 마지막 장 「유대인 되기의 강제성과 불가능성에 대해」는 이에 관한 고찰을 담고 있다. 지금도 일반 사람들 대다수가 지닌 유대인에 대한 고정관념을 깨기 위해서는 물론이고, '인종', '민족', '국민', '고향', '조국'이라는 통념의 '강제성과 불가능성'에 대한 깨달음을 얻기 위해서도 읽어 봐야 할 고찰이다.

지은이 아메리는 빈대학에서 문학과 철학 학위를 받은 일급 지식인으로, 1938년 나치 독일이 오스트리아를 병합하자 벨기에로 탈출했다. 1940년 독일군의 벨기에 점령 뒤 레지스탕스 활동에 참여했고 1943년 7월 게슈타포에 붙잡혔다. 1944년 1월에는 아우슈비츠로 이송되어 강제 노동을 했다. 아우슈비츠 수용소가 소련군에 의해 해방되기 직전, 후퇴하던 독일군이 강요한 '죽음의 행진'에 수인 대다수와 함께 끌려갔다. 부헨발트 수용소를 거쳐 1945년 4월 베르겐벨젠 수용소에서 연합군에 의해 마침내 해방됐다. 전쟁 중 벨기에에서 연행된 유대인 2만 5,000여 명 중 겨우 615명만이 살아남았다. 하지만 해방된 뒤 그는 알게 됐다.

"나로 하여금 2년간의 수용소 생활을 견디게 한 바로 그 사람의 죽음"을. "그 사람"은 나치 지배하의 오스트리아에서 함께 탈출한 아내였다.

아우슈비츠 생존자의 수기로서 널리 알려진 책으로는 빅토어 프랑클Viktor Frankl의 『죽음의 수용소에서』와 프리모 레비의 『이것이 인간인가』가 있다.

아메리, 프랑클, 레비 세 사람은 똑같이 강제수용소를 체험했지만, 문제의식 면에서는 큰 차이를 보인다. 프랑클은 '고통받는 것의 의미'를 생각하며, 아우슈비츠가 등장한 이유를 묻기보다는 주어진 극한상황이 인간 정신을 어떻게 고양시키는지를 중시한다. 한편 프리모 레비는 아우슈비츠란 무엇이며, 왜 등장했는가 하는 근원적 의문에 대한 답을 찾는다. 비유하자면 프랑클과 레비 사이에는 '임상적' 차원과 '병리학적' 차원의 차이가 있다고 할 수 있다.

아메리의 책은 이 둘과 크게 다르다. 아메리는 "지겨울 만큼 속속들이 알고 있는 것, 그럼에도 여전히 낯설게 남아 있는 것 속을 힘겹게 더듬어 나가"듯이 책을 썼다고 이야기한다(1966년 초판 서문). 그 특징은 희생자인 아메리 자신의 내면세계를 가혹하리만치 철저하게 파고들어 사색하는 점에 있다.

그에 따르면 아우슈비츠에서 '정신'은 무력했다. 그곳에서 "정신과 야만의 만남"이 "순수한 형태로" 나타난 결과 "정신은 우리를 저버렸다." "정신은 자기 자신을 포기하는 데에는 쓸모가 있었다."

저항운동을 하다 체포된 아메리는 벨기에 브렌동크 수용소에서 게슈타포의 잔혹한 고문을 받았다. 이 책의 '고문' 장은 그때의 체험을 반추한 것이다. "몇 개의 육중한 창살문을 지나면 끝에는 창 하나 없는 둥근 천장의 방이 있었다. 그곳에는 괴상하게 생긴 철제 도구들이 널려 있었다. 어떤 소리도 바깥으로 새어 나갈 수 없었다."

나는 10여 년 전 브렌동크를 찾아가 그 내부를 본 적이 있다. 고문실은 아메리가 묘사한 대로 암울 그 자체로서 그곳에 있었다. 하지만 그것을 눈으로 확인했다고 해서 내가 무엇을 알게 되었다고 할 수 있을까?

"최초의 일격과 함께 일단 세계에 대한 신뢰라 부를 수 있는 무언가를 잃게 된다."

아메리는 고문을 성폭행에 비유한다. "아무런 도움도 기대할 수 없는 경우, 타자에 의한 육체적 압도는 결국 완전한 실존적 절멸 행위가 된다." "고문당한 자는 두 번 다시 세상을 친숙하게 느낄 수 없다. 절멸의 굴욕은 사라지지 않는다. 부분적으로는 첫 일격에 의해, 전체적으로는 고문에 의해 무너진 세계에 대한 신뢰는 다시는 회복되지 않는다."

여기서 이야기하는 고문 희생자의 심리를 '안다'고 누가 말할 수 있을까?

고문 희생자가 아메리와 같은 고찰을 남기는 경우는 매우 드물다. 우선 당사자로서 기억하고 말함으로써 추체험하는 게 너무나 고통스럽기 때문일 것이다. 그리고 '성폭행'의 비유가 시사하듯, 폭력에 완전히 굴복한 체험은 사그라지기 어려운 굴욕감으로 반복되기 때문일 것이다. 그러나 아마도 가장 결정적인 것은, 설령 이야기해 봤자 일반인들은 알 수가 없으며 그들의 몰이해와 무관심과 맞닥뜨릴 때는 자신이 상처받을 수밖에 없다는 체념과 고립감일 것이다. 그런 의미에서 이는 '단절의 체험'이다. 아메리의 책을 관통하는 것은 이 절대적인 고독감이다. 따라서 그가 1978년 자살한 사실은 조금도 이상하지 않다(레비는 그 9년 뒤에 자살했다). 이런 세상에서 태연하게 살아갈 수 있는 쪽이 이상한 게 아닐까.

그러나 고문이 나치의 독점물은 아니다. 그것은 가까운 과거의 한국에서, 일본에서, 그리고 세계 곳곳에서 자행됐으며, 지금도 근절되지 않고 있다. 따라서 '안다'고 할 수는 없을지언정 우리는 아메리의 고찰을 거듭 곱씹어야만 한다. 우리가 무엇을 모르는지 알기 위해.

「사람은 얼마나 많은 고향을 필요로 하는가」와 「원한」 장을 언급할 지면은 없지만, 특히 후자는 '역사 문제'나 '식민 지배 책임'에 대해 깊이 생각하려 할 때 반드시 읽어야 할 고찰이라는 점만 지적해 둔다. 아메리는 결코 안이한 '용서'나 '치유'를 제시하지 않는다. 그런 만큼 이 책을 읽는 건 독자에게는 고통스러운 작업이다. 하지만 그것은 현대―아우슈비츠 이후의 시대―를 살아가는 우리가 '인간'이고자 할 때 피할 수 없는 고통이다. (이 서평은 『죄와 속죄의 저편』의 일본어판[호세이대학출판국, 1984]을 바탕으로 썼다.)

악몽의
시대

2017년 2월 23일

나는 지난해부터 몇 번인가 트럼프 대통령 탄생이라는 '악몽'의 예조豫兆에 대해 이야기한 바 있다. 그것이 지금은 '예조'가 아니라 현실이 되고 말았다. 평소 무슨 일이든 비관적으로 보는 경향이 강한 나지만, 지난해 11월의 미국 대통령 선거 개표 때까지 '설마, 아무리 그렇기로서니' 하는 생각을 완전히 버릴 수는 없었다. 인종차별주의자가 그 본성을 감추기는커녕 가장 천박한 어투로 노골적으로 그것을 드러내고 있었기 때문이다. 그런데 그것이 마이너스가 되기는커녕 오히려 플러스가 되어 지지를 결집시켰다. 설마설마했던 나는 내 '이성'과 '상식'에 배반당한 꼴이 됐다.

도널드 트럼프는 선거전 유세 중 장애로 인해 신체가 부자유한 저널리스트의 동작을 흉내 내며 비웃었다. 배우 메릴 스트립이 지난 1월 8일 열린 골든글로브상 시상식에서 이를 비판한 것은 정말 훌륭했다. 스트립은 말했다. "이러한 모욕하려는 본능

이 힘을 가진 누군가에 의해 공개 석상에서 드러나면, 그것은 모든 사람의 삶에 스며들게 됩니다. 왜냐하면 이는 다른 사람들도 같은 짓을 해도 좋다는 일종의 허가증을 내주는 것이기 때문입니다. 무례는 무례를 부르고 폭력은 폭력을 부릅니다."

이전의 내 상식으로는 장애인을 조롱한 일 하나만으로 트럼프가 사임하게 된다 해도 이상할 게 없다. 하지만 트럼프는 오히려 스트립을 "할리우드에서 가장 과대평가된 배우"라고 매도하고 "힐러리 클린턴의 하녀"라고 야유했다.

이런 사태를 바라보는 상당수의 일반인은 그저 재미있어하거나 오히려 트럼프 지지로 기운 듯하다. 일본의 '중립 시늉'을 하는 '지식인' 중에도 스트립과 같은 '엘리트'의 '지적'인 말투야말로 '대중'의 반발을 사는 법이라고 해설하며 득의만만해하는 자가 있다. 나는 이런 '해설'을 경멸한다.

상스럽고 비인간적인 말은 누구의 입에서 나온 것이든 단호히 거부되어야만 한다. '엘리트 대 대중'이라는 구도는 천박하고 악의적인 설정이다. 여기에는 '대중'은 지적이지 못하고 자신의 충동적인 욕망에만 충실하며, '엘리트'들의 '지적' 비판은 현실 정치 앞에서 무력하다는 (아마도 의도적인) 편견이 작용하고 있다. 이는 언제나 권력자에게 유리하다. 거기에 놀아나서는 안 된다.

여기서 '대중'이라 일컬어지는 것은 인종적·성적 차별 의식을 내면화한 백인층이다. '대중' 속에는 진보적인 백인층도 있으

며, 배척의 표적이 되어 있는 이민·난민·소수민족·여성·장애
인 등도 물론 있다.

실제로 이른바 '엘리트' 중에 타기해야 할 차별주의자나 파
시스트도 존재하듯이, 이른바 '대중' 속에는 '관용', '연대', '공
감' 같은 미덕을 자연스럽게 실천하는 많은 사람이 있다. 분단선
은 '엘리트'와 '대중' 사이에 있지 않다. 그것은 '관용'과 '불관용',
'평등'과 '차별', '정의'와 '불의' 사이에 있다.

지난해 5월 나는 「선한 미국」이라는 칼럼을 썼다.* 그때까
지만 해도 '예조'였던 '악몽'이 지금은 현실이 되어, 우리는 이제
긴 악몽의 시대를 살아가야 한다. 다만 '선한 미국'은 여전히 분
투 중이다. 미국 전역으로 확산된 트럼프에 대한 항의 운동, 비
판의 어조를 누그러뜨리지 않는 언론, '7개국(리비아, 소말리아,
수단, 시리아, 이라크, 이란, 예멘) 출신자 입국 금지' 행정명령에
대한 사법부의 정지명령 등이 그것이다.

'선한 미국'과 '악한 미국'의 투쟁에는 오랜 역사가 있고, 그
것은 앞으로도 이어질 것이다. 국적과 관계없이 우리가 어느 쪽
에 서야 할지는 자명할 것이다.

그러나 일본 국민은 어떤가? 이 칼럼을 쓰고 있는 오늘, 세
계 '주요국' 수뇌로서 가장 먼저 트럼프에게 달려간 일본 아베
총리는 친밀한 '개인적 관계'를 쌓기 위해서라며 트럼프와 골프

*
일러두기 참조.

를 즐겼다. 기자회견에서 트럼프 정권의 난민·이민 배척 정책에 대해 질문받은 아베는 "내정 문제"라며 답변을 피함으로써 트럼프 지지 자세를 드러냈다. 당연한 일일 것이다. 일본은 세계 주요국의 어느 나라보다도 난민·이민을 배척하는 나라이므로.

아베가 강조한 것은 오키나와를 희생시키면서 중국과 북한을 가상의 적으로 상정하는 미일 동맹의 강화다. 전 세계에서 배외주의가 대두하는 지금, 자진해서 그 최선봉에 선 것이다.

아베에 이어 이스라엘의 네타냐후 총리가 미국을 방문했다. 과거에는 독일·이탈리아·일본의 삼국동맹이 있었다. 지금은 미국·일본·이스라엘 삼국동맹의 시대인가. 팔레스타인 사람들의 고난은 점점 더 깊어질 것이다.

그런 가운데 '선한 미국'이 분투 중임을 상기시키는 소식이 전해졌다.

모마MOMA(뉴욕현대미술관)가 트럼프 대통령에 대한 항의의 뜻을 담아, 입국 금지 조치의 대상이 된 나라 예술가들의 작품을 전시한다고 한다. "환영과 자유라는 궁극의 가치가 이 미술관과 미국에 있어 불가결하다는 점을 분명히 하기 위해 전시했다."라고 해설문에 적혀 있다.

모마라 하면 피카소의 〈게르니카〉가 1939년부터 1981년까지 '망명'해 있던 곳으로 유명하다. 피카소는 프랑코파의 내전에 항의해, 1937년 파리 세계박람회의 스페인 공화국 정부관을 위해 이 대작을 제작했다. 내전은 결국 공화국 측의 패배로 끝났으며, 〈게르니카〉는 유럽 각국을 순회한 끝에 미국으로 건너가 모마에 전시됐다. "스페인의 투쟁은 민중과 자유에 대한 반동에 대적하는 싸움이다. 예술가로서의 내 일생은 이 반동과 예술의 죽음에 항거하는 끝없는 투쟁 외에 아무것도 아니다." 그렇게 선언한 피카소는 "스페인에 공화국이 돌아올 때까지" 이 작품의 스페인 반환을 거부했다.

프랑코군을 지원하는 나치 독일 공군이 바스크 지방의 작은 마을 게르니카에 무차별폭격을 가한 1937년, 아시아에서는 중일전쟁이 시작되어 난징 대학살이 자행됐다. 〈게르니카〉이후 80년, 인류는 제2차 세계대전, 홀로코스트, 그리고 수많은 전쟁을 경험했다. 〈게르니카〉는 교과서에도 실려 있으나 그것을 그린 피카소의 정신, 그 그림을 울면서 바라본 사람들의 심정에 공감하는 사람은 지금 얼마나 될까.

예술에 전쟁을 막는 힘이 있는지, 악한 권력을 무너뜨릴 힘이 있는지, 의문이다. 하지만 그것은 언제 어떤 악몽의 시대에도 관용과 연대, 그리고 공감을 추구하는 인간 정신이 살아 있다는 것을 가르쳐 준다.

트럼프와 그 지지자(예컨대 하시모토 도루 전 오사카 시장)라면 〈게르니카〉를 낙서라고 매도할 것이다. 예술 따위는 '엘리트'의 사치품이라고 큰소리칠 것이다. '대중'은 더 쉽게 와닿는 즐거움을 찾는다면서. 그런 생각이야말로 대중 멸시이며, 더없는 반지성이다. 그들의 언동을 보고 나는 원형경기장에 기독교도(당시의 피차별 마이너리티)들을 몰아넣어 맹수들의 먹이가 되게 해 놓고 로마 시민들의 볼거리로 제공한 고대 로마의 지배자들을 떠올렸다.

예술에는 해야 할 일이 남아 있다. 〈게르니카〉는 아직 잠들 수 없다.

올 데까지
왔다

2017년 6월 15일

　　시인 윤동주가 해방의 그날을 보지 못한 채 일본 후쿠오카형무소에서 옥사한 것은 72년 전의 일이다. 그의 목숨을 앗아간 것은 치안유지법이었다. 판결문에 따르면, 윤동주는 고종사촌 송몽규 등 조선인 학우들과 함께 "일본의 패전에 대한 헛된 꿈을 품고, 기회를 틈타 조선 독립의 야망을 실현해야 한다고 맹신"했다. 단 이 목적을 위한 구체적인 행동은 아무것도 한 게 없다. 마음속에 조선 독립의 꿈을 품고 그것을 친구들과 이야기한 것이 죄가 된 것이다. 사람의 행위가 아니라 그 속마음을 처벌했다는 데에 치안유지법의 무서운 본질이 있다.

　　'일본은 마침내 올 데까지 왔다.' 요즘 부쩍 그런 느낌이 든다.

　　특히 그렇게 느껴지는 최근의 사태는 6월 2일 일본의 법무대신이 국회 답변에서 지난날의 치안유지법은 "적법하게 제정"됐으며 따라서 "손해배상도 사죄도 실태 조사도 하지 않겠다."라고 망설임도 없이 답변한 일이다. 이 법은 "국체[천황제]를 변혁하거나 사유재산제도를 부인하는 것을 목적으로 하는 결사"
를 금지한 것으로, 일본 제국의 사상범·정치범 탄압의 주된 무
기였다. 저명한 소설가 고바야시 다키지小林多喜二나 철학자 미
키 기요시三木淸, 그리고 창가교육학회創價敎育學會(현재의 창가
학회)와 오모토교大本敎 등 종교 단체도 탄압을 받았으며, 고문
사·옥사 희생자도 많았다. 그 때문에 일본 군국주의의 상징이라
고도 할 만한 이 악법은 포츠담 선언 수락과 함께 점령군 총사령
부의 요구로 폐지되었으며(1945년 10월), 탄압에 맹위를 떨친 특
별고등경찰도 폐지됐다. 그 치안유지법이 '적법'한 것이었다고
법무대신이 국회에서 답변한 것이다.

　'일본은 마침내 올 데까지 왔다'고 느낀 것은, 치안유지법의
재현이라고 비판받는 '공모죄' 법안을 둘러싼 국회 질의 중에 위
와 같은 답변이 아무렇지도 않게 등장하고, 현재로서는 여론도
이에 대해 그다지 민감하게 반응하지 않기 때문이다. 얼마 전까
지의 정권이라면 설령 말뿐일지라도 '과거의 치안유지법은 도가
지나쳤으며, 지금의 일본 사회는 그때와는 다르다'는 식의 수사
로 비판을 면하려 했을 것이다. 그러나 지금은 그럴 필요조차 느
끼지 않는 듯, 실로 거리낌 없이 '속내'를 드러낸다.

　후쿠시마 원전 사고 이듬해인 2012년 12월, "전후 체제로부
터의 탈각", "일본을 되찾자."라는 구호를 내건 제2차 아베 정권
이 출범했다. 그 후 5년, 이 정권에 의한 일본의 극우화·전체주
의화는 그칠 줄을 모른다. 2013년에는 '특정비밀보호법', 2015년

에는 안보 법제를 강행 통과시켰고 지금은 통칭 '공모죄'가 국회 심의 최종 단계를 앞두고 있다. 다음은 헌법 개악이 기다리고 있 다. 도쿄 올림픽이 열리는 2020년까지는 개헌하겠다고 5월 3일 헌법 기념일에 아베 총리 스스로 공언했다. 한편에서는 아베 총 리와 그의 아내, 친구가 얽힌 거대 비리 사건의 의혹이 짙어지고 있다. 이 건을 둘러싼 야당과 여론의 압박을 피하려고 아베 정권 은 앞뒤 가리지 않고 은폐와 위압으로 일관하고 있다.

1925년에 공포된 치안유지법은 조선, 대만 등의 식민지에서 도 천황의 칙령으로 시행됐다. '조선 독립 기도'는 '국체 변혁'의 죄에 해당한다고 하여, 이 법은 일본인보다 조선인들에게 몇 배는 더 가혹하게 적용되었다. 일본 본토에서는 이 법에 따른 사형 판 결은 없었으나 조선에서는 1928년 '사이토 마코토 총독 저격 사 건'의 관련자 2명을 비롯해 1930년 '5·30 공산당 사건'의 22명, 1936년 '간도 공산당 사건'의 18명, 1937년 '혜산 사건'의 5명 등 에 대한 사형 판결이 잇따랐다(미즈노 나오키水野直樹,「일본의 조선 지배와 치안유지법」). 치안유지법은 조선 식민 지배를 위한 주요 폭력 장치였다. 그것이 '칙령'으로 조선에서도 시행된 이 상, 그 사실만으로도 천황제 및 천황 히로히토 개인은 조선 식민 지배의 책임을 면할 수 없으나 일본인들 다수에게 그런 자각은 없다.

오기노 후지오荻野富士夫의 연구(『특고경찰』)에 따르면 "[전 향 문제와 관련해 특고경찰이 취한 입장의] 대전제에는 사상범이라 하더라도 '일본인'이라면 '일본 정신'으로 되돌아갈 것이라는 기대가 있었다." 이런 이야기를 들은 나치당 고관 하인리히 힘러는 일본인은 폭력으로 강제하지 않아도 스스로 전향하는가 하고 "부러워했다." 이는 '야마토 민족'이 아닌 조선인이나 중국인은 애초에 '일본 정신'으로 돌아갈 것이라는 '기대'가 없기에 오로지 가혹한 폭력으로 제압하거나 제거할 수밖에 없었다는 것을 의미한다. 서양 제국주의의 침략 정당화 이데올로기인 '유럽적 보편주의'(월러스틴)를 모방한 일본의 제국주의자들은 거기에 '팔굉일우八紘一宇'*와 '대동아공영권'이라는 '일본적 보편주의'를 덧붙였다. 물론 이는 진정한 보편주의가 될 수 없다. 그러나 그들의 관점에서 보면 그것을 받아들이지 않는 조선인 등 아시아의 피침략 민족은 '일본 정신'의 숭고한 보편성을 이해하지 못하는 열등한 무리로, 오직 모멸적이고 폭력적으로 다뤄야 할 대상이었을 뿐이다.

나는 지난해 인천 디아스포라영화제에서 이준익 감독의 영화 〈동주〉를 봤는데, 특고경찰의 취조 장면에서 형사가 줄곧 조선 민족의 독립 지향은 '감상'에 불과하다고 거만하게 설교하는 장면이 위와 같은 상황을 꽤 사실적으로 포착했다고 생각했다. 다만 영화 후반에 등장하는, 일본인 여학생이 윤동주 시집의 영

---

*
전 세계를 한 지붕 아래 놓는다는 뜻. 태평양전쟁 중 일본의 대외 침략을 정당화하기 위해 사용된 표어다.

역판을 내려고 헌신적으로 노력한다는 가공의 설정에는 위화감
을 느꼈다. 윤동주는 당시 일본인들 사이에서 철저히 고립되어
있었을 것이며, 주변의 일본인 중 그의 마음을 이해하는 자는 거
의 없었을 것이라 생각하기 때문이다. 그렇기에 "창밖에 밤비가
속살거려/ 육첩방六疊房은 남의 나라"(「쉽게 씌어진 시」)라는 시
구가 더욱 가슴을 저미는 것이다. 후쿠오카형무소에서 옥사하기
직전에 질렀다는 마지막 외마디도, 그 의미를 알아들은 일본인
은 아무도 없었다.

　시인은 자신의 모어로 시를 쓰는 것조차 금지당했다. 증거
물로 압수된 미발표 원고는 영영 사라지고 말았다. 게다가 형사
로부터 폭행과 조롱을 당하고 억지 설교를 듣다가 이국의 감옥
에서 죽어야만 했다. 그 억울함과 슬픔, 분노는 지금도 많은 조
선 민족이 공유하는 바다. 그 감정들은 어째서 아직도 사라지지
않는가? 그것은 가해자들이 책임을 조금도 자각하지 못하고, 과
거를 반성하기는커녕 치안유지법이 적법하다고 아무렇지 않게
공언하기 때문이다. 치안유지법은 적법하며, 희생자에 대한 조
사나 사죄는 필요치 않다는 것은 패전과 포츠담 선언 수락이라
는 역사적 사실 자체에 대한 부인을 의미한다. 일본이 조선, 대
만 등의 식민지를 포기한 것은 포츠담 선언 수락에 의해서였다.
요컨대 그들은 식민 지배 책임도 인정하지 않는다고 선언하는
것이나 마찬가지다.

　일본군 위안부 제도의 진상 규명조차 불철저했던 우리는 치

안유지법 등에 의한 정치 탄압 문제에는 거의 손도 대지 못한 상태다. 해방 뒤 통일체로서의 조선 민족이 주체가 되어 철저한 진상 규명과 책임 추궁을 이어 나갔다면 이런 일은 벌어지지 않았을 것이다. 민족 분단이 일본의 극우파와 역사수정주의자를 돕는 꼴이 됐다. 통탄스러운 일이다. 이제부터라도 그 작업을 시작해야 하지 않겠는가.

상황이 이러한 가운데, 일본에서 배외주의의 창끝은 점점 '한국인', '조선인'을 향하고 있다. 언론 보도에 따르면 지난 5월 23일 나고야의 재일조선인계 신용조합에 한 남성이 난입해, 등유에 적신 천에 불을 붙이고는 등유가 든 기름통과 함께 카운터 안쪽으로 던진 사건이 있었다. 종업원이 불을 끈 덕에 다행히 인명 피해는 없었지만, 조금만 잘못되었어도 대참사로 번졌을 것이다. 경찰에 출두한 용의자(65세)는 "위안부 문제에 대해 전부터 한국에 대해 안 좋은 이미지를 갖고 있었다."라고 진술했다고 한다. 헤이트스피치 수준을 한참 벗어난 명백한 '테러' 사건이다. 더 이상의 확대를 막기 위해 일본 정부는 테러 행위를 엄중히 비난하고 재발 방지에 힘쓸 것을 선언해야 한다. 그러나 그런 행동은 보이지 않는다.

아베 총리가 총애하는 이나다 도모미 방위대신과 극우 배외주의 단체 '재특회'의 친밀한 관계가 지난 5월 30일 최고재판소에서 확인됐다. 양자의 관계를 보도한 주간지를 이나다 측이 명예훼손으로 고소했는데, 최종심에서 패소가 확정된 것이다. 미국으로 치면 국방부 장관과 백인우월주의 비밀단체 KKK의 친밀한 관계가 인정된 셈이다. 적어도 사임까지 갈 만한 스캔들이었으나 일본에서는 그다지 큰 문제가 되지 않고 있다. 재일조선인은 이런 사회에서 불안을 안고 살아가야 한다.

말할 나위도 없지만, 내가 이런 이야기를 하는 것은 조선 민족과 일본인을 대립시키고 이간질하기 위해서가 아니다. 과거 치안유지법에 피해를 당한 일본인과 그 관계자, 현재 공모죄 법안에 저항하고 있는 일본인들, 일본 제국의 부활에 반대하는 일본인들과 민주주의나 평화 같은 보편적 과제를 공유하고 연대하기 위해서이다. 동아시아에 과거의 악몽이 재현되지 않도록 하기 위해서이다.

기억의
학살자들

2017년 8월 10일

———

8월이 왔다. 8월은 전쟁의 기억이 되살아나는 달, 그리고 그 기억을 봉인·왜곡·소거·미화하려는 세력에 대한 항쟁의 달이다. 제2차 세계대전 이후 지금까지 지구상에는 크고 작은 전쟁이 끊일 새가 없었다. '망각에 대한 기억의 싸움'은 언제나 기억 쪽이 고전하는 가운데 계속되고 있다. 특히 일본에서 그 정도가 심하다.

지난 1년간 일본에서는 아베 신조 총리와 그 주변(아내와 동료들)에 의한 권력의 사물화私物化가 큰 문제가 되었다. 국회에 출석한 정치가나 관료들이 이구동성으로 되풀이한 대사는 "기억나지 않는다.", "기록은 폐기했다."였다. 불과 1년 전의 사건에 대해서도 기억이 없다고 태연하게 우기는 것이다. 이것이 집단적 건망증이라면 응급치료가 필요한 수준이며, 적어도 일국 정부의 중요한 직무를 담당할 수 있는 상태는 아니다. 틀림없이 이는 의도된 거짓말이고 '기억'과 '기록'에 대한 조직적인 폭력이다.

프랑스의 역사학자 피에르 비달-나케Pierre Vidal-Naquet (1930~2006)가 쓴 『기억의 암살자들』이라는 책이 있다. 제2차 세계대전 중 부모가 아우슈비츠로 이송된 경험을 가진 지은이는 고대 그리스사 전문가인데, 홀로코스트 부정론·역사수정주의 와 싸우며 이 저술을 남겼다. 또한 지은이는 알제리 전쟁에서는 알제리의 독립을 지지했으며, 프랑스군이 고문을 자행한 사실을 고발한 것으로도 알려져 있다. 이 책의 제목에 빗대자면, 일본에 서는 과거의 식민 지배·침략 전쟁의 '기억'이 계통적으로 압살 당해 왔으며, 지금은 현 정권을 둘러싼 부정부패의 '기억'이 살 해당하고 있다. 더구나 그것은 비밀리의 '암살'이라기보다 오히 려 대낮의 공공연한 '학살'이다.

'기억'을 살해하기 위해서는 기억의 전제가 되는 '언어'를 살 해하지 않으면 안 된다. '퇴각'을 '전진轉進'으로, '전멸'을 '옥쇄' 로, '패전'을 '종전'으로 바꿔 부르는 식의 '언어' 왜곡은 일본에 서는 일찍부터 일상화되어 있었다. 그러나 최근 몇 년 사이 그 왜곡의 양상은 질적인 변화를 보이는 듯하다. PKO(유엔평화유 지활동)법에 근거한 자위대 해외 파병의 기정사실화를 위해 현 지에서 '전투'가 벌어졌다는 현장 부대의 보고를 은폐하고,* 그 사실이 발각되자 '전투가 아닌 무력 충돌'이라고 우긴다. 이 보 고서의 은폐 공작에 관여한 혐의가 있는 (아베 총리의 총애를 받

---

*

일본의 법률은 조건부 수색·구조 활동을 제외한 전투 지역 내 자위대 활동을 금지하고 있다.

는) 방위대신은 자신은 모르는 일이라고 줄곧 잡아뗐으며, 그가 사임한 뒤 야당은 그를 국회에 불러 진상을 규명하자고 요구했으나 여당은 이를 거부하고 있다. 지지율이 내려가기 시작한 아베 총리는 입으로는 "하나하나 성심껏 설명"하겠다고 했으나 실상은 정반대다. 이 모든 사실이 보여주는 것은 '언어'에 대한, 따라서 '기록'이나 '기억', 나아가 '역사 인식'에 대한 극단적인 냉소주의다. 기록은 수정 또는 은폐할 수 있고, 기억은 왜곡 또는 소거할 수 있으며, 사람들은 결국 '망각'할 것이고, 그것이 권력에 유리할 것이라는 확신. 기억 살육자의 음습한 확신이다.

그들은 제2차 세계대전 패전 뒤부터 참으로 집요하게 이 기억 살육 프로젝트를 실행해 왔는데, 그것은 1990년대 이후, 즉 아시아 피해자들의 등장 이후 노골화했다. 이는 단지 일본 국가주의의 대두라기보다는 '언어'의 파괴(즉 말이 밑받침해 온 보편적인 이성이나 지성의 파괴)라는 의미에서 더욱 근본적인 위기라 할 만하다.

진실을 존중할 생각이 없는 상대와 진실을 토대로 하여 논의할 수 있을까. 거짓말을 늘어놓고도 부끄러워하지 않는 상대에게 '부끄러움을 알라'고 비판하는 것이 효과가 있을까. 논리적 정합성 따위는 가볍게 무시하는 상대에게 사리에 맞는 논의를 요구한들 의미가 있을까. 이런 상황에서는 누구도 상대의 말을 믿을 수 없으며, 사물을 판단하는 기준은 '자신의 욕망'밖에 없다고 해야 할 것이다. 설령 극우 배외주의자처럼 공격적인 자세까지 취하진 않더라도, 타자와의 대화 자체에 대해 처음부터 냉소적인 사람이 늘고 있다. 실로 '윤리적 참사'다. 오랫동안 이어진 이 '윤리적 참사'로 일본 사회가 입은 상처를 극복하려면 지금 바로 착수한다 해도 앞으로 몇 세대는 족히 걸릴 것이다. 그렇다고 해서 이대로 현재 상황을 방치한다면 일본은 가까운 장래에 (1930년대에 그랬듯) 국제사회에서 고립되고 다시 인류 평화의 파괴자 역할을 하게 될 것이다.

이런 시대에 내가 떠올리는 것은 전에도 칼럼에서 몇 번 언급한 가토 슈이치 선생이다. 그는 2008년에 89세를 일기로 세상을 떠났다. 지금 그가 살아 있었다면 일본과 세계의 상황을 어떻게 바라봤을까?

가토 슈이치는 일본 '전후 민주주의'의 사상과 정신을 가장 명료하게 체현한 지식인이었다. 침략 전쟁과 패전이라는 실패의 경험을 아프게 되새기면서 일본 사회의 앞날을 더 나은 것으로 만들어 가려는 정신, 그로써 '인간적'인 보편 가치를 사회 전체에서 실현해 가려는 이상주의. 그 사상과 정신은 패전 뒤의 일본에서, 요컨대 수백만 명의 자국민과 그보다 훨씬 더 많은 여러 피침략 민족의 피로 물든 땅에서 움튼 파릇파릇한 풀이었다. 하지만 '전후 민주주의'의 이상을 존중하는 사람들은 당시에도 일본에서는 소수파였고, 70여 년이 지난 지금은 거의 자취를 감춰 가고 있다고 생각된다.

'전후 민주주의'는 천황제를 온존시킨 것, 식민 지배에 대한 역사 인식을 결했던 것 등 많은 점에서 비판받을 만한 결함을 지녔으나, 비록 외양뿐일지라도 '인권', '민주주의', '평화' 같은 보편적 가치들을 전면에 내세우기도 했다. 우파·보수파의 저항은 있었지만, 그 외양에 실질을 부여해 위와 같은 결함을 극복해 가는 것이 전후 일본의 진보파에게 부과된 책무였다. 전후 한동안은 그런 개혁의 희망이 남아 있었다. 그러나 지금은 전후 민주주의가 내걸었던 보편적 가치들이 냉소의 대상이 되었으며, 이익과 힘만을 신봉하는 사회가 도래했다.

국가권력의 횡포 이상으로 개탄스러운 것은 반지성주의가 횡행하고 냉소와 무관심이 만연해 있는 지금 상황이다. 지식인들은 이 위기에 저항할 책무를 지고 있으나, 유감스럽게도 지식인 다수도 이 증상에 감염되어 자기 역할을 포기하거나 오히려 자진해서 반지성주의 쪽에 가담해 가짜 지식인으로 전락하고 있다.

가토 슈이치가 쓴 「언어와 탱크」라는 글이 있다. 1968년, 체코슬로바키아에서 '프라하의 봄'이라 불리는 '자유화' 운동이 일어나자 소련이 군사개입으로 진압한 사건이 있었다. 그는 이 사건을 지근거리에서 목격했다. "언어는 아무리 날카로워도, 또 아무리 많은 사람의 목소리가 되더라도 한 대의 탱크조차 파괴할 수 없다. 탱크는 모든 목소리를 침묵시킬 수 있고, 프라하 전체를 파괴할 수도 있다. 그러나 프라하 거리의 탱크라는 존재 자체를 스스로 정당화할 수는 없을 것이다. 자신을 정당화하기 위해서는 아무래도 언어가 필요하다. (…) 1968년 봄, 가랑비에 젖은 프라하의 거리에서 마주한 것은 압도적이고 무력한 탱크와 무력하지만 압도적인 언어였다."

그 시기(1960년대 후반) 한국에서는 미국의 요구에 따라 박정희 정권이 베트남에 파병하고, 이후의 유신 체제를 향해 독재를 강화하고 있었다(1969년 '3선 개헌'). 1979년 박정희 대통령이 측근의 손에 사살당했고, 프라하보다 10년 남짓 늦게 한국에도 '봄'이 찾아왔다. 그러나 '서울의 봄'은 1980년 광주 5·18 때 탄압당했다. '탱크'가 '언어'를 뭉개 버린 것이다.

한국에서는 그 뒤 '언어'가 '탱크'를 압도하는 순간이 거듭 찾아왔다. 그 최근의 것이 시민의 평화적 시위로 박근혜 대통령 탄핵을 쟁취한 투쟁이다. 한편, 일본에서는 '언어'가 자근자근 압살당해 공동화空洞化되고 말았다. '언어'에 대한 신뢰가 근본적으로 파괴되어 일본의 정치권력은 '탱크' 없이도 인민을 통치할 수 있다. 이에 저항하려는 사람들은 '언어'를 재건하는 일부터 시작해야 한다. 문필가, 저널리스트, 교원 등 언어에 종사하는 사람들의 책임이 무겁다.

분단되고
극우화된 세계

2017년 10월 11일

         이스라엘 신문 『하아레츠』의 기자 아미라 하스Amira Hass(1956~)가 일본을 찾았다. 그 자신은 유대계 이스라엘 국민이지만 오랜 기간 팔레스타인 쪽의 도시 라말라에 살면서 그곳 주민들의 일상에 입각해 이스라엘의 부당한 점령을 비판하는 논진을 펴 왔다. 대표적인 저서로 『가자에서 목마르다Drinking the Sea at Gaza』, 『라말라에서의 보고Reporting from Ramallah』가 있다. 이번에 일본을 찾은 그는 오키나와, 히로시마, 교토, 후쿠시마 등지를 돌아보고 도쿄대학 등에서 강연했다. 나와의 대담도 이루어져, NHK 텔레비전에서 방영될 예정이다. 여기서 그의 활동과 발언을 자세히 소개할 수는 없지만, 최근 그와 이야기하면서 내가 생각한 바를 적어 보려 한다.

    한마디로 말하자면 '분단의 고정화에 따라 극우화되는 세계'라는 것이 되겠다. 세계는 1990년대 이후 꾸준히 우경화됐는데, 지금은 더 나아가 극우화 단계에 들어섰다. 하스에 따르면,

1993년의 '오슬로 합의' 이후 이른바 '평화 프로세스'와 함께 이
스라엘의 부당한 점령이 오히려 확대되고 기정사실화되어 점령
지 주민은 일상적인 불공정에 시달리고 있다. 오슬로 합의에 조
인한 이스라엘의 라빈 총리는 종교 우파의 손에 암살당했다. 점
령지는 견고한 분리벽에 둘러싸여 주민의 왕래도 자유롭지 못하
다. 무엇보다 벽을 경계로 이스라엘 측과 팔레스타인 측의 분단
이 고정화되고, 상대편 이미지의 '악마화'가 진행됐다. 바로 그
때문에 유대계 이스라엘인인 하스는 벽 너머에 있는 점령지에
살면서 그곳 주민들과 어울리고, '벽' 너머의 현실과 그곳에 사
는 사람들의 진짜 모습을 계속 전하고 있다. 이런 '분단'은 세계
곳곳에서 심화되며 세계 평화를 위협하고 있다.

'분단'은 말할 필요도 없이 우리 조선 민족의 인간적 해방
을 가로막는 최대 요인이다. 해방 뒤에 우리는 한국전쟁까지 경
험했으나 전쟁 상태는 지금도 끝나지 않았다. 한국이 민주화된
1990년대 이후 남북 간에 대화와 교류 기운이 고조된 시기도 있
었지만, 지금은 남북 대립 상태가 최악의 위기에 직면해 있다.

미국에 탄생한 트럼프 정권은 멕시코와의 국경에 '벽'을 세
우자고 외치면서 이민 배척을 주장해 권력을 잡았다. 유럽에서
도 이민 배척의 움직임은 영국, 프랑스는 물론이고 독일도 흔들
어 놓고 있다. 타자에 대한 편견과 불관용의 벽은 전 세계에서
점점 높고 두꺼워지고 있다.

10월 10일 공시된 일본의 총선거는 일본 민주주의의 종언과

극우 정권의 탄생을 고하는 역사적 전환점이 될지도 모른다. 아베 신조 총리는 제 아내와 친구가 깊이 관여된 비리 사건으로 신뢰에 금이 가자 그 위기에서 벗어나기 위해 '국난'을 외치며 무모한 국회 해산으로 치고 나갔다. 하지만 이 기회를 틈타 대두한 것은 '희망의 당'이라는 이름의 극우 포퓰리즘 세력이며, 민진당이라는 종래의 '리버럴 정당'은 맥없이 자멸했다. 자민당과 희망의 당은 하나같이 국민의 배외주의적 심정을 더욱 부채질함으로써 지지를 얻으려 하고 있다. 또 그런 호소 방식을 지지하는 층은 일부 극우 세력뿐 아니라 일반 국민 중에도 다수 존재한다. 아베의 대항 세력인 것처럼 거론되는 희망의 당 대표 고이케 유리코 도쿄 도지사는 진작부터 핵무장론자이자 골수 배외주의자다. 그는 전임 마스조에 요이치 도지사가 약속한 도쿄한국학교 부지 제공을 철회했으며, 간토 대지진 때의 조선인 학살 사건에 대해 이전까지의 도쿄 도지사들은 형식적으로나마 위령제에 추도문을 보냈으나 그는 이번에 그것을 보내지 않았다. 선거 결과에 따라서는 희망의 당과 자민당의 극우 대연정 탄생까지 예상된다. '리버럴'로 불리는 세력이 일본에서 소멸하고 있다. 옛 민진당의 일부가 '입헌민주당'을 창당해 겨우 저항하고 있으나, 의석의 다수를 점할 만큼 약진할 것으로 보이지는 않는다.

나는 제1차 아베 정권 시절이던 2006년 『한겨레』에 기고한 칼럼에서 다음과 같이 썼다. "아베 정권의 탄생은 곧 동아시아에 강력한 극우 정권이 수립됐다는 걸 의미한다. 그것은 세계 평화 자체에 대한 중대한 위협이다."

그 예상이 적중한 것은 유쾌한 일은 아니다. 한 사회가 전체주의로 전락해 가는 현장을 매일 목격하고 있다는 생각이 든다. 일본은 왜 이럴까? 피침략 민족들은 물론이고 연합국 국민이나 자국민에게도 전례 없는 희생을 강요한 결과로 손에 넣은 '민주주의'의 제도와 이념은 결국 일본에 뿌리내리지 못한 것인가? 그렇다면 우리는 더욱 철저히, 더욱 깊숙이 '일본'을 알지 않으면 안 된다.

그런 가운데 때마침 『국체의 본의國體の本義』의 한국어판 (『국체의 본의를 읽다』, 어문학사, 2017)이 출판됐다. 『국체의 본의』는 제2차 세계대전 전에 일본 문부성이 발행한 '초국가주의' 문서다. 1935년 문부성 사상국의 주도에 따라 제국대학 교수 등 당대의 대표적 학자 14명으로 이루어진 편찬위원회가 조직되어 1937년에 발행됐다. '국체'는 한마디로 말해 '일본은 천황의 나라'라는 이데올로기다. 그 점을 분명히 하고 그에 투철한 국민정신을 창출하는 것이 이 책의 편찬 목적이었다.

『국체의 본의』 전문이 이번에 처음 한국에서 번역 출간된다는 사실을 알고 나는 어쩐지 허를 찔린 기분이었다. 그것은 우리 조선 민족 모두가 반드시 알아야만 할 문헌이기에 당연히 이미 번역됐을 것으로 생각했기 때문이다.

그 내용은 보편적 합리성이 아닌 '신들린' 비합리성으로 일관되어 있다. 다카하시 데쓰야 교수가 해설에서 지적했듯 "『국

체의 본의』가 국체를 정의하는 최종 근거는 신화"이며 "모든 것
은 신화에 대한 '신념' 위에 구축된 언설"이다. 조선 민족의 '단
군신화'처럼 세계의 대다수 민족에게는 창세신화, 건국신화가
있다. 그러나 근대 이후의 세계에서 그 신화들은 말 그대로 신화
로서 객관적으로 인식되는 것이 일반적이며, 그것이 그대로 국
가의 지도 이념이 되거나 나아가서는 타민족에게까지 강요되는
경우는 드물다. 예외를 찾자면 구약성서의 신화를 사실이라 강
변하며 팔레스타인 사람들을 압박하는 이스라엘이 그에 해당할
것이다.

『국체의 본의』에 따르면 "한국 병합" 등 주변 여러 민족에
대한 일본의 침략은 천황의 고마운 마음의 발로이며, 일본이라
는 나라의 "중대한 세계사적 사명"이다. 게다가 터무니없게도
조선 민족은 그것에 감사해하도록 요구받았다. 천황을 위해 기
꺼이 목숨을 바치도록 요구받았고, 그 요구를 충족시키지 못했
다고 여겨질 때는 '민도가 낮다'며 멸시당하거나 가차 없는 폭력
이 가해졌다.

'국체'는 한국 젊은 세대에게는 익숙하지 않은 말인데, 그 내
용을 알게 되면 눈을 돌리고 싶어질 것이다. 그럼에도 한국의 독
자들이 이 읽기 힘든 문헌을 읽어야 하는 이유가 있다. 첫째로,
그것이 실제로 있었던 것이기 때문이다. 그 이데올로기는 모든
조선 민족의 삶에 지우기 어려운 각인과 함께 유형무형의 왜곡
을 남겼다. 우리 자신의 정체를 알기 위해서는 그것을 깊이 알아

야만 한다. 둘째로, 그것이 아직 끝나지 않았기 때문이다. 일본
의 패전은 이런 이데올로기와 결별할 좋은 기회였으나 현실은
그렇게 되지 않았다. 천황제는 연합군 측의 점령 정책과도 맞물
려 온존됐다. 전쟁 책임의 추궁은 불철저한 상태로 끝났다. 전후
의 약 20년간은 일본 국내에서 이와 같은 국가주의 이데올로기
와 싸우는 사람들이 일정한 세력을 차지하고 있었으나 지금은
처참하게 쇠퇴했다.

일본 국민 다수는 과거의 국체 이데올로기를 청산하지 못하
고 오히려 그것을 재생산하면서, 자신들이 쌓은 보이지 않는 분
단의 벽 안에 틀어박혀 타자에 대한 멸시와 증오에 열중하고 있
다. 이런 비합리성이야말로 전쟁을 가능하게 하는 전제 조건이
다. 지금 우리가 『국체의 본의』를 읽고 국체 이데올로기를 근본
적으로 비판하는 것은 단지 조선 민족을 위해서가 아니라 일본
인을 포함한 전 인류의 평화를 위해서이기도 하다.

'민주주의'의 폐허

— 대량 소비의 말로

2017년 11월 2일

어두운 지하실에 들어가니 방 한가득 잡
동사니 폐기물이 쌓여 있고, 그 속에 절반쯤 파묻히다시피 한 커
다란 구형 물체가 있다. 자세히 보니 거대한 눈알이다. 눈동자에
비친 무언가가 꿈틀거리고 있다. 그것은 핵폭발 때 일어나는 여
러 가지 형태의 버섯구름이다. 어두운 통로를 더듬어 다음 방으
로 가니 폐허와 같은 곳에 수직으로, 수평으로, 또 비스듬히 LED
전등이 빨갛게 깜빡이고 있다. "나라의 교전권은" "이를 인정하
지 않는다." "육해공군 기타 전력은" "이를 보유하지 않는다." 파
편이 되어 깜빡이는 일본국 헌법 9조의 조문이다. 그곳은 요코
하마시 개항기념관의 지하. 나는《요코하마 트리엔날레》전시장
에 와 있다. 작가는 야나기 유키노리柳幸典다.

때마침 태풍이 불어닥쳐 아침부터 각 전시장을 돌아본 내
신발은 물에 젖었다. "이런 날씨라면 투표율도 안 오르겠지." 그
날은 10월 22일. '대의명분 없는 자기 편의적 해산'에 따른 중의

원 의원 선거 투표일이었다. 바로 그런 날 보기에 딱 어울리는 작품이었다고나 할까.

개표 결과는 알다시피 여당의 압승으로 끝났다. 아베 총리는 일찌감치 개헌(자위대의 존재 근거를 헌법에 명기)을 향한 움직임을 서두르겠다고 말했다. 야당은 분열의 결과로 패퇴했다. 급조된 입헌민주당이 가까스로 건투했으나 단독으로 개헌을 저지할 수 있는 의석수에는 턱없이 못 미쳤다. '희망의 당'이란 이름을 내건 우파 포퓰리스트 정당에 합류하는 길을 택한 민진당은 보기 좋게 자멸했다.

악천후로 인한 낮은 투표율과 소선거구제의 결함 등의 영향도 있지만, 요컨대 결과적으로 다수의 일본 국민이 그것을 선택한 것이다. '모리·가케 의혹'*이나 '아베노믹스 비판'에는 입을 다문 채 '북한의 위협'을 줄곧 외쳐 온 아베 정권의 전략이 주효했다. 그 결과 일본 정계에 '리버럴 세력'이 거의 존재하지 않는 상태가 됐다. 즉 '전체주의' 상태다. '리버럴파의 퇴락'이 마침내 이 지경에 이른 것이다.

일본 사회는 여기서 다시 일어나 민주주의를 재구축할 수 있을까? 그러지 못한다면 미래는 암담하다. 전쟁과 파시즘의 위기가 점점 다가오고 있다. 맨 먼저 희생당하는 건 재일조선인 등

---

*
학교법인 모리모토학원의 부지 취득 및 학교법인 가케학원 수의학부 신설에 아베 신조 총리가 관여했다는 의혹.

소수자('내부의 타자')다. 하지만 희생은 거기서 그치지 않을 것이다. 결국 '국민' 다수도 희생을 면하지 못할 것이다.

'재구축'이라는 말을 썼지만, 애초에 '민주주의'가 내실을 갖춘 형태로 일본에 존재했던 적이 있었는지 의심스럽다. 이렇게 이야기하면 '나는 민주주의자로서 민주주의의 가치들을 존중한다'고 주장하며 반발할 사람들이 있으리라는 건 나도 알고 있다. 하지만 그것은 '민주주의'의 소비자라는 의미에서가 아닌가. 결코 그 '생산자'(건설자)는 아니지 않은가. 패전 뒤 천황제 국가였던 일본에 전승국 측으로부터 '민주주의'가 공급됐다('강요됐다'). 그때 일본 국민은 '민주주의'의 소비자가 됐으나 생산자가 되는 데는 실패했다. 그 귀중한 '자원'을 마치 화석연료를 대량 소비하듯 자기중심적으로 소진해 버린 끝에 오늘의 참상이 있다.

향후 몇 년간 일본 정치는 '북한의 위협', '도쿄 올림픽', '천황의 양위' 같은 화제를 중심으로 움직여 나갈 것이다. 여당과 지배층은 이 '정치적 자원'들을 자신들의 권익 확장에 철저히 이용할 것이다. 이의를 제기하면 '비국민' 취급을 받아 '배제'당할 것이다. 필요할 경우 '공모죄' 등을 활용해 탄압도 하겠지만, 폭력적으로 배제하기 전에 국민 다수는 (리버럴파를 포함해) '자숙'하고 '미루어 헤아려' 자발적 예속을 점점 더 심화시켜 갈 것이다. 전체주의의 완성 형태로 가는 것이다.

지난해 지금의 천황이 양위를 희망한다고 밝힌 뒤 그 법적 근거와 절차에 대해 어느 정도 논의가 이뤄졌으나 거기에 천황제 폐지를 외치는 목소리는 거의 없었다. 오히려 지금 천황의 '국민에게 다가가는 인품'을 칭찬하고, 천황제 존속을 당연시하는 논의가 지배적이었다. 안보 법제 반대 등을 주장하던 리버럴파 논객 우치다 다쓰루까지도 자신은 입헌 민주주의와 천황제는 양립하지 않는다고 생각한 시기도 있었으나 지금은 "천황주의자로 바뀌었다."라고 선언했다(『아사히신문』 2017년 6월 20일). 국가에는 "정치 지도자 등의 세속적 중심"과는 별개로 "종교나 문화를 역사적으로 계승하는 초월적이고 영적인 '중심'"이 있는 게 좋으며, 그것이 바로 천황이라는 것이다.

이 논의에서 빠져 있는 게 적어도 두 가지 있다. 우선 과거의 천황제는 바로 천황을 "초월적이고 영적인 '중심'"으로 떠받들고 그것을 군부와 정계가 이용하는 결탁을 통해 성립되었다. 천황은 "신성불가침"이라는 메이지 헌법상의 규정에 따라 천황에게는 전쟁 책임을 물을 수 없다는 논리가 버젓이 통용됐다. 최고 책임자인 천황의 책임을 물을 수 없는 이상 그 명을 받은 자들의 책임도 추궁당하지 않는다. 위정자에게 이보다 더 편리한 장치가 어디 있겠는가.

그런 구조는 천황 이외의 인민이 '자발적 신민'이 될 때만 성립된다. 일본은 패전으로 이 제도에서 벗어났고, 일본인들은 신민에서 시민으로 스스로를 해방시킬 수 있었을 터였다. 그런데 지금 저명한 리버럴파 지식인이 자진해서 '신민'의 입장을 택하겠다는 것이다. 이는 프랑스혁명 이후 인류 사회가 쌓아 올린 인권, 평등, 자유, 민주 같은 보편적 가치에 대한 파괴 행위가 아닌가.

둘째로, 이 논의에는 천황제에 의해 희생을 강요당한 사람들, 특히 아시아 전쟁 피해자의 시점視點이 빠져 있다. 천황의 '초월적 영성'이라는 허구에 의해 침략과 지배가 수행됐으나, 천황이 전쟁 책임을 지는 일은 없었다. 분명한 것은 이 논자가 과거로부터 조금도 배우지 않았다는 사실이다.

"천황제는 왜 폐지되어야만 하는가. 이유는 간단하다. 천황제는 전쟁의 원인이었고, 폐지되지 않으면 또다시 전쟁의 원인이 될지도 모르기 때문이다. (…) 전 세계를 상대로 어리석은 침략 전쟁을 벌인 이상 일본은 세계에 대해 그 책임을 지지 않으면 안 된다. 천황제와 봉건주의가 일본을 호전적으로 만든 근본적 이유라면, 그 이유를 제거해 천황제를 폐지하고 봉건적 잔재를 씻어 내어 다시는 호전적이 될 수 없다는 것을 실제 행동으로써 세계에 보여 주지 않으면 안 된다."

일본 패전 직후인 1946년 3월 21일 도쿄대학『대학신문』에 게재된 「천황제를 논한다」라는 글의 일부다. 필자 '아라이 사쿠노스케荒井作之助'는 훗날의 평론가 가토 슈이치의 필명이다. 가토는 천황 개인과 천황제를 구별해 논의할 필요성을 강조하며 천황제라는 제도의 폐지를 주장했다. 전쟁이 끝나고 얼마 지나지 않은 시기에 일본 내부에서도 이런 정론이 싹트고 있었다. 그랬던 것이 지금은 거의 아무도 천황제 폐지를 입 밖에 내지 않는 사회가 되고 말았다.

가토 슈이치는 전후 일본을 대표하는 지식인의 한 사람이다. "대표하는"이라 한 것은 그가 '전후 민주주의'라는 한 시대의 사상과 정신을 가장 명료하게 체현한 지식인이었다는 의미에서다. 지금은 과거 '전후 민주주의'라는 한 시대가 있었다고 과거형으로 말할 수밖에 없다. 그렇다고 해서 이상주의의 희미한 빛마저 냉소하고 망각해도 괜찮을까.

일본 국민이 앞으로 타자를 또다시 해치지 않고 자신도 희생당하지 않는 길은 평화라는 목표를 공유해 여러 피해 민족과 연대하는 것 외에는 없다. 국가와 국가의 '화해'가 아니라 일본인과 피해 민족 간의 '연대'다. 이 연대를 가로막는 최대의 장벽이 일본의 역사수정주의이고 국가주의다.

21세기 동아시아에서
미켈란젤로를
생각한다

2018년 4월 5일

지난 3월 하순, 4박의 바쁜 일정으로 서
울을 찾았다. 이번 방문의 주된 목적은 최근 출간된 내 저서『나
의 이탈리아 인문 기행』의 출간 기념 북토크에 참석하는 것이었
다. 이 행사는 이탈리아문화원의 공동 주최로 3월 19일 열렸다.
모국이라고는 해도 일본에 직장과 거주지가 있는 나는 한국에
그다지 자주 오지는 못한다. 따라서 한국 사회나 사람들에 대한
내 인상은 불가피하게 단편적일 수밖에 없다. 그렇기는 하지만
그래도 한국 사람들의 표정이나 그들이 입에 올리는 말에서 '봄'
의 예감 같은 것을 느꼈고, 내 마음도 얼마간 누그러들었다.

꼭 계절로서의 봄만을 말하는 것이 아니다. 지난해 가을부
터 올해 초에 걸쳐 고조되던 군사적 긴장의 분위기가 평창 동계
올림픽을 거치면서 완화되는 쪽으로 방향을 튼 것이 큰 영향을
끼쳤다. 남북 정상회담, 북-미 정상회담의 개최가 빠른 속도로

결정됐고, 3월 26일에는 북한의 김정은 위원장이 전격적으로 베이징을 방문해 시진핑 주석과 정상회담을 했다. 불과 몇 주 전에는 예측할 수 없었던 빠른 움직임이다.

물론 그렇다고 해서 앞날을 낙관할 수는 없다. 특히 미국의 트럼프 정권은 강경 매파인 존 볼턴을 새 국가안보보좌관 자리에 앉혀 더욱 강경한 자세로 외교 협상에 나서려 하고 있다. 자칫하면 방아쇠를 당기는 형국이 될지도 모를, 살얼음판을 딛는 듯한 나날이 당분간 이어질 것이다. 문재인 정권의 쉽지 않은 조타수 역할도 계속될 것이다. 그렇지만 국민 다수가 잠시나마 엄혹했던 긴장 상태에서 놓여난 것은 다행이다. 이 평화 분위기를 꼭 소중히 유지해 나가기를 바란다.

최근 일본 NHK 텔레비전은 탤런트 구사나기 쓰요시草彅剛와 자사 해설 위원 야나기사와 히데오柳澤秀夫가 서울 용산 한구석의 아파트를 빌려 지내면서 이웃 주민과 교류하는 내용의 다큐멘터리를 방영했다. 일제강점기에 일본인들이 살았던 이 지역에는 한국전쟁 이후 실향민이 많이 살았고, 지금은 탈북자들도 살고 있다. 야나기사와는 고령의 주민과 막걸리를 나눠 마시다가 걸프 전쟁(1990~91)을 현지에서 취재한 기억을 떠올리고는 "전쟁만은 절대로 안 됩니다. 안 돼요."라며 눈물을 흘렸다. 지나치게 소박하다는 생각도 들었지만 정직한 모습이었다. 귀중한 소박함이었다. 매사에 의심이 깊은 나로서도 호감을 느낄 만한 장면이었다.

"전쟁만은 절대로 안 됩니다." 이 심정을 많은 사람이 굳게 간직하기를 바라지만, 현실은 어떨까. 전쟁을 겪지 않은 세대는 게임의 감각으로 방관하고 있지는 않을까. 게다가 눈앞의 이익 때문에 전쟁 위기를 부채질하는 정치권력을 추종하고 있지는 않을까. 그것은 상처 입고 쓰러진 타자에 대한 무관심일 뿐 아니라 곧 자신에게도 닥칠 위험에 대한 무관심, 즉 자기 자신에 대한 냉소주의다.

예멘에서는 '세계 최악'의 인도적 위기가 이어지고 있다. 약 800만 명이 기아 상태에 놓여 있다. 공습, 질병, 영양부족 등으로 어린이와 노인, 여성들이 계속 목숨을 잃는다. '살려 줘!' 하고 울부짖는 사람들이 바로 눈앞에 있는 것이다. 그것은 나와는 무관한 일일까?

시리아 내전이 발발한 지 7년이 지났으나 사태가 수습될 전망은 보이지 않는다. 그동안 수십만 명의 시민이 생활을 빼앗기고 목숨을 잃었다. 구테흐스 유엔 사무총장은 공습이 계속되는 다마스쿠스 근교 동東구타 지역의 모습을 "지상의 지옥"이라고 표현했다. 이것은 과장일까?

앞에서 이야기한 『나의 이탈리아 인문 기행』은 2014년부터 4년에 걸쳐 쓴 것이다. 그 4년간 세계는 더 나빠졌다. 한반도를 둘러싼 동아시아는 전쟁의 위기에 시달리고 있다. 지금, 지상에 지옥은 틀림없이 존재한다. 우리가 잠깐의 평화를 누리고 있는 이 동아시아라는 장소도 내일이면 지옥으로 변할지 모른다. 요즘 나는 다가오는 위기를 강하게 의식하며 무거운 마음으로 글을 써왔다.

지난 2000년, 졸저『시대의 증언자 쁘리모 레비를 찾아서』로 도쿄의 이탈리아문화회관이 주는 '마르코 폴로 상'을 받았다. 민족적 소수자요 파시즘 시대에는 차별과 박해의 대상이기도 했던 유대계의 지식인 프리모 레비가 전후 이탈리아에서 '문화적 영웅'으로 평가받은 것은 분명 이탈리아 사회의 자랑이라 해도 좋다. 그것은 또한 계몽주의 · 인문주의의 고향 이탈리아가 숱한 고난을 겪으면서도 그 좋은 전통을 지켜 왔다는 증거이기도 하다. 이건 내 추측이지만, 일본의 소수자인 내게 그런 상을 준 것은 소수자에 대한 격려와 연대, 보편적 이성에 대한 확고한 지지, 그리고 세계적으로 확산되는 불관용에 대한 저항이라는 의미를 담고 있을지도 모른다.

하지만 일본이나 미국은 물론이고 이탈리아 사회에서조차 지금 불관용의 분위기가 고조되고 있다. 3월의 총선거에서는 이민 배척을 내세운 극우 정당과 포퓰리즘 정당이 대거 득표해, 비리 등의 문제로 실각한 베를루스코니 전 총리의 정당도 복권을 이루었다. 인문주의는 그 고향인 이탈리아에서도 중대한 위기에 처해 있는 것이다.

이번 책은 30대의 젊은 날부터 이탈리아에 매료된 내가 60대 후반이 되어 다시 한번 이제까지 해 온 여행의 발자취를 더듬고, 앞서간 이들의 고뇌와 투쟁을 배우면서 이런저런 '인문학'적 성찰을 시도한 것이라 할 수 있다. 그 성찰에는 '절망적'이라고나 해야 할 이 세계에서 과연 인문학적 정신(휴머니즘)은 죽음을 맞았는가, 그것을 오늘날의 시대적 요청에 맞게 재건할 수 있는가, 정말 '인간'에게 절망할 수밖에 없는가 하는 진부하면서도 무거운 물음이 담겨 있다.

여행은 로마에서 시작해 페라라, 볼로냐, 토리노를 돌아보고 밀라노에서 끝났다. 로마에서는 미켈란젤로Michelangelo Buonarroti(1475~1564)의 〈피에타〉와 재회했고, 마지막 밀라노에서는 역시 미켈란젤로의 〈론다니니의 피에타〉를 다시 만났다. 피에타에서 시작해 피에타로 끝난 여행이었다고도 할 수 있다.

미켈란젤로라면 우리는 흔히 저 늠름하고 훤칠한 피렌체의 다비드상을 떠올리고는 그 이미지를 작자 자신에게 겹쳐 놓는다. 하지만 젊은 날의 미켈란젤로는 "스스로 오락을 금했고, 친구를 찾지 않았고, 젊은 여인에게 눈길도 주지 않았으며, 음울하고 과묵한 데다 걸핏하면 싸우려 들었다." 인간을 싫어하는, 배배 꼬인 성격이었다.

미켈란젤로의 생애 동안 피렌체의 정치체제는 격변을 거듭했고, 치열한 전란이 되풀이됐다. 미켈란젤로의 생애는 60여 년에 걸친 이탈리아 전쟁(1494~1559) 시기와 완전히 겹친다. 저 만능의 거인도 '인간적인 약함과 소심한 자기 보신'에서 자유롭지 못했다. 그에게 전란을 멈출 힘 같은 건 없었다. 그는 오로지 대리석 덩어리를 하나하나 깎아서 수수께끼 같은 미완의 피에타상을 남겼다.

〈론다니니의 피에타〉는 미켈란젤로 89년 생애의 마지막 그리고 미완의 작품이다. 바티칸의 피에타를 비롯한 많은 피에타상은 어머니 마리아가 죽은 아들 예수를 품에 안은 모습이지만, 이 작품에서는 어머니가 등 뒤에서 아들을 껴안고 서 있다. 무덤에서 주검을 끌어내는 모습처럼 보이기도 한다.

지금도 세계 각지에 존재하는 '지옥'에서 무수한 어머니들이 자식의 주검을 등 뒤에서 껴안고 서 있다. 인간은 예나 지금이나 이토록 우매하고 무력하다. 세상을 더 낫게 만드는 데 도움이 되지 않는다면 예술에 무슨 존재 가치가 있을까? 그러나 만약 예술마저 없었다면, 인간에게는 어떤 존재 가치가 있을까⋯⋯. 무력한 나는 그렇게 중얼거린다.

쓰라린 진실

— 영화 〈박열〉을 보고

2018년 5월 31일

5월 26일 한밤중에 이 글을 쓰고 있다. 원고 마감은 언제나 고통스럽지만 이번은 특히 더 그랬다. 5월 25일 자 『아사히신문』 1면 기사의 제목은 「북한, 핵실험장 폭파」, 「미국, 단계적 비핵화를 용인—트럼프, 북한에 양보」였다. 그러나 26일 자는 「북-미 정상회담 중지」로 바뀌었다. 놀라움이 가시지 않은 가운데, 25일 밤 인터넷 뉴스는 6월 12일에 미국이 북한과 회담할 수도 있다고 전했다. 오늘 뉴스는 판문점에서 이루어진 남북 정상의 두 번째 회담 소식을 전하고 있다.

날마다 급변한다. 아니, 시간마다라고 해야 할까. 세계의 언론은 물론이고 정치인, 외교 관계자, 학자들도 분명 혼란스러울 것이다. 한겨레신문사 여러분도 무척 바쁘겠다. 북-미 회담 실현을 위한 문재인 정권의 끈질긴 노력이 인상적이지만 앞날은 누구도 예측할 수 없다. 마치 롤러코스터 같다. 하지만 이건 유원지의 놀이기구가 아니다. 전쟁이냐 평화냐 하는 중대한 문제가 걸린 롤러코스터다. 이런 상황에서 무엇을 쓸 수 있겠는가. 오늘 쓴 것이 내일 뒤집힐지도 모르는데 말이다.

　나는 물론 이것이 어떻게든 항구적인 평화 구축으로 이어지기를 간절히 염원하는 사람의 하나다. 하지만 회의적인 생각이 드는 것도 사실이다. 미국 정권이 그런 근본적인 방침 전환을 쉽게 감행하리라고 쉬 믿기 어렵기 때문이다. 최근 팔레스타인에서 보인 미국과 이스라엘 정권의 무자비한 모습이 기억에 생생하다. 5월 14일, 이스라엘군은 이스라엘 주재 미국 대사관의 예루살렘 이전에 항의하는 시위대에 발포해 어린이를 포함한 팔레스타인인 50여 명이 사망했다. 이스라엘 건국이 강행된 것은 1948년의 일이다. 한반도에 두 개의 국가가 만들어진 것과 같은 시기다. 팔레스타인인들과 조선 민족은 그 뒤 70년간 부조리한 분단과 유혈을 경험해 왔다. 팔레스타인인들의 고난은 여전한데, 한반도에서만 그 상태가 느닷없이 종식된다는 것이 과연 가능할까?

　70여 년의 오랜 세월 동안 타국의 뜻에 농락당하며 이산의 고통을 경험해 온 조선 민족의 한 사람으로서 낙관적 예측에 대해서는 경계심이 앞선다. 남북을 불문하고 조선 민족 대다수가 이 평화의 예감을 얼마나 진심으로 기뻐하고 있는가. 그 절실한 기대가 또다시 짓밟힐 때의 실망은 또 얼마나 클까. 어쩔 수 없이 그런 생각으로 마음이 쏠린다.

　제6회 인천 디아스포라영화제 참석차 지난 5월 17일부터

22일까지 한국에 머물렀다. 21일 아침 항구에 정박 중인 대형 화물선에서 불이 났다. 선내는 13층 구조이며, 짐칸에 가득 실린 중고차가 불타고 있다고 했다. 육상, 해상에서 연신 물을 끼얹었으나 선내로 물이 들어가지 못해 좀체 진화될 기미 없이 검은 연기가 대단한 기세로 뿜어져 나왔다. 연기가 인천 시내에 널리 퍼져 시계는 흐리고 목과 눈이 따가웠다. 영화제 운영 위원은 마스크를 잔뜩 마련해 관객에게 배포했으나 결국 야외 행사는 중지할 수밖에 없었다. 그래도 오가는 사람들의 표정은 냉정하다고 할까, 오히려 무관심하기조차 했다. 그 광경이 마치 현재 한반도를 둘러싸고 진행 중인 사태의 은유처럼 여겨졌다. 한국을 떠나는 날도 배는 여전히 불타고 있었다.

디아스포라영화제에서 나는 두 차례 강연을 했다. 한 번은 노벨상 수상 작가 알렉시예비치와 2016년 11월 후쿠시마 원전 사고 피해지를 찾았을 때의 이야기를 했고, 또 한 번은 이준익 감독 작품 〈박열〉의 상영에 맞춰 「국가로부터의 독립을 투쟁한 두 명의 일본인 여성」이란 제목으로 강연했다.

강연에서 이야기한 "두 명의 일본인 여성" 중 한 사람인 가네코 후미코金子文子(1903~26)는 박열(1902~74)의 배우자이자 동지였다. 하지만 후미코는 결코 박열의 조역이나 추종자가 아니었다. 또 한 사람은 하세가와 데루長谷川テル(1912~47)다. 그는 에스페란티스트(에스페란토 사용자)이자 반전·평화 운동가로, 중일전쟁이 한창일 때 국민당 중앙선전부 소속으로 항일 방송에

종사했기에 일본 신문은 그를 '교성嬌聲 매국노'라 불렀다.

하세가와 데루의 에스페란토 이름은 '베르다 마요Verda Majo'(초록의 5월)다. 한때 충칭에서 엘핀Elpin(본명 안우생. 안중근의 조카)이라는 조선인 에스페란티스트와 함께 활동했다. 엘핀이 하세가와를 칭송하며 바친 시가 있다.

전쟁으로 미쳐 버린 이 동양에서

늑대와 뱀 앞의 어린 양처럼 평화로운 그대는

버둥대면서도 대담하게 모든 것을 꿰뚫어 보고 있다

(…)

아, 5월(마요)이여, 섬뜩한 잿빛의 태양 없는 들판 위에

추수를 위해 초록으로 훨훨 불타오르라

―「평화의 비둘기」에서

후미코와 데루, 이 두 사람은 끝까지 자신의 확고한 의지에 따라 국가에 대한 개인의 독립 투쟁을 벌였고, 식민 지배 민족의 일원이면서 피지배자와의 연대를 실천했다. 동아시아의 평화 구축은 전진할 것인가 후퇴할 것인가. 지금이야말로 이 두 선구자를 기억해야 할 때다. 하지만 한국에서는 그렇다 치고, 일본에서도 이 두 사람을 아는 사람은 많지 않다. 인터넷상에는 '조선인', '한국인'을 표적으로 한 헤이트스피치나 평화 구축의 노력에 대한 무책임하고 냉소적인 발언이 난무하고 있다.

〈박열〉은 잘 만든 영화라고 생각한다. 많은 사람이 봤으면 좋겠다. 다만 나로서는 유감스러운 점도 있었다. 이 영화는 박열의 열렬한 저항 정신을 잘 묘사했으나 '그 이후'를 어떻게 평가해야 할지를 둘러싸고 시사하는 바가 없었다. 일반적 대중 영화에서 그것을 묘사하기란 지극히 어렵다. 감독은 몹시 고민했으리라 생각한다.

가네코 후미코는 1926년 7월, 전향을 거부한 채 옥중에서 자살했다. 박열은 1926년 지바千葉형무소에 투옥됐으나 9년 뒤인 1935년에 전향해 "저 역시 천황 폐하의 적자로서 (…) 응분의 책무를 분담하는 영광을 부여받은 것을 생각하면 매우 기쁘다."(『동아일보』 1935년 8월 9일)라고 말했다. 1938년에는 현영섭의 내선일체론 『조선인이 나아가야 할 길』에 찬동하여 "신속히 내지(일본)인과 합체하여 새로운 민족을 형성하고 서둘러 내선 융화를 완성하여 한일 병합의 결실을 거둘 필요가 있다."라고 표명했으며, 일본 패전 뒤인 1945년 10월 27일 출소해서는 "전향이후 일본인으로 살기로 맹세한 이상 사회가 받아들여 주지 않더라도 나는 일본인으로 살고 싶다. (…) 이것은 폐하의 능위稜威에 따른 것"이라고 말했다.

1945년 10월 친일파를 배제한 형태로 재일본조선인연맹(조련)이 결성되었는데 박열은 이에 맞서 1946년 1월 결성된 신조선건설동맹(건동)의 위원장에 취임했다. 건동은 우익 진영의 결집을 꾀해 같은 해 10월 재일본조선거류민단(민단)을 결성했으며, 박열은 그 단장에 취임했다. 민단은 1948년 수립된 대한민국 정부의 공인을 받았다. 1949년 한국으로 돌아온 박열은 한국전쟁 중에 '월북'해 한때는 재북평화통일촉진협의회의 요직을 역임했고, 1974년 77세로 사망한 것으로 알려진다.(이상 야마다 쇼지,『가네코 후미코』참조)

눈을 돌리고 싶지만, 사실이다. 하지만 그 박열이 실은 유약했다든가 원칙이 없었다고 비난하는 것은 별로 의미가 없을 것이다. 오히려 박열조차 전향시켜 버린 '천황제'라는 바닥없는 늪과 같은 장치에 대해 우리는 냉철하게 인식하지 않으면 안 된다. 왜냐하면 그 '장치'는 여전히 살아서 기능하며 평화를 위협하고 있기 때문이다.

박열의 저항 정신을 단순화해서 영웅시할 것이 아니라 그것이 좌절을 강요당한 쓰라린 진실도 직시해야만 한다. 우리가 정말 고뇌하지 않으면 안 될 미해결의 난제가 여기에 있다.

추기

2018년 7월 19일

이 칼럼에 대해 지난 6월 1일 박열의사기념사업회에서『한겨레』담당 부서로 연락을 해 왔다는 이야기를 들었다. 그 요지는 내가 박열의 옥중 전향을 확정된 사실인 것처럼 썼지만, 이에 대해서는 지금도 다양한 논의가 진행되고 있으므로 단정해서는 안 된다는 것이었다. 이 지적에 대해 필자로서 간단하게 언급해 두고자 한다.

나는 글 속에 명기했듯이, 칼럼의 해당 부분을 신뢰할 만한 역사학자 야마다 쇼지 교수의 견해를 바탕으로 기술했다. 기념 사업회로부터 지적받기 전까지 근래의 논의에 대해서는 자세히 알지 못했기에 그 점에 관한 공부 부족을 인정하고 지적을 감사히 받아들인다. 다만, 논의는 아직 진행 중이고, 박열의 '전향'이 일제 당국에 의해 날조된 허위 정보라는 설도 논증이 충분하지는 않은 듯하다. 따라서 지금 단계에서는 야마다 교수 등에 의한 종래의 정설이 완전히 부정됐다고도 할 수 없다. 이런 점을 고려하면 지난 칼럼에서 박열의 전향이 "사실"이라고 쓴 부분은 "전향한 것으로 보도됐다."라고 쓰는 것이 더 정확했다고 생각한다. 향후 연구의 진전을 지켜보고자 한다.

단 내 의도는 "바닥없는 늪"과 같은 천황제의 기능에 주의를 환기하는 것, 그것이 지금도 살아 있다는 사실에 경종을 울리는 데 있었다. 1930년대 후반 이후에는, 지금이라면 '설마 이 사람이'라고 생각할 만한 사람들까지 전향을 표명하고 친일로 전락한 아픈 역사가 있다. 그런 현상이 왜 일어나는지를, 인간성의 심연까지 가닿는 시선으로 응시하며 고찰해야 한다. 설령 "쓰라린 진실"일지라도 그것을 직시해서 교훈으로 삼아야 한다는 것이 필자로서의 논지다. 거듭 말하지만, 영화〈박열〉은 잘 만든 작품이었으나 이 '전향' 문제에 대한 시사가 전혀 없었던 것은 유감이었다.

+

가네코 후미코와 하세가와 데루에 관한 좀 더 자세한 소개는 『사라지지 않는 사람들』, 돌베개, 2007, 182~195쪽 참조.

두 팔 벌려
맞이하라

2018년 9월 13일

일본에서 태어나 이 나이까지 주로 일본에서 살아왔기에, 부끄럽게도 나의 우리말 어휘 수는 빈약하다. 올여름 나는 '폭염'이라는 말을 새로 익혔다. 일본에서는 '고쿠쇼酷暑'(혹서, 가혹한 더위)라는 말이 일반적인데, 폭염 쪽이 좀 더 실제 느낌에 가깝다. 텔레비전 뉴스 등에서는 "목숨이 위험한 더위"라는 표현을 사용하며 온열 질환에 대한 주의를 촉구했다. 온열 질환 사망자도 속출해, 7월 18일부터 23일까지 불과 엿새 동안 94명이 사망했다는 보도도 있다. 지금은 8월 마지막 주이지만 더위는 여전하다. 사망자 수도 더 늘어날 것이다. 단기간에 100명 가까운 사람이 식중독이나 교통사고로 사망했다면 여론은 더 크게 문제시했을 것이다. 온열 질환에 대해서는 어째서 위기감이 낮은 걸까. 내 나름대로 생각해 보건대 희생자가 대개 저소득층 독거노인이기 때문은 아닐까. 요컨대 장년층이나 부유층에게 이 문제는 남의 일인 것이다.

지구 전체의 이상고온현상과 온열 질환 급증의 배경에 지구 환경 파괴와 온난화가 있다는 것은 쉽게 상상할 수 있다. 그렇다면 이것은 천재라기보다 대규모 인재다. 하지만 이런 인재는 인과관계를 논증하기가 쉽지 않고 또 피해가 나타나 문제가 표면화될 때까지 긴 시간이 걸린다. 그 때문에 눈앞의 이익에만 골몰할 뿐 내일에 대해서는 무책임한 정부나 기업은 종래의 정책이나 전략을 고치려 하지 않는다. 그러기는커녕 미국은 2017년 6월 모든 가입국이 지구온난화 문제에 함께 대처하기로 정한 파리협정에서 일방적으로 탈퇴했다. 시야가 협소한 이기주의(미국 제일주의)로 인해 전 세계의 안전이 위기에 처했다. 그 여파에 가장 취약한 것은 노인과 빈곤층 등 사회적 약자다. 이는 원자력발전소 사고와 같은 구조다. 다만 그 규모나 범위는 이쪽이 훨씬 크다.

이런 전 세계적 이상기후 속에서 수입과 주거가 없고, 국가나 공적 기관의 지원도 기대할 수 없는 사람들인 '난민'은 어떻게 살아갈까. 마음에 걸린다. 염천에 지친 나그네에게는 하다못해 그늘로 맞아들여 한 잔 가득 물이라도 대접하고 싶은 것이 인류의 기초라고 생각하고 싶지만, 현실은 어떨까.

밤바다에 새까맣게 떠 있는 섬. 그 섬 여기저기에서 불길이 솟았다. 불꽃이 해면에 반사되어 반짝반짝 빛나니 처절할 만큼 아름다웠다. 그것은 도민들이 사는 마을들을 불사르는 초토화작전의 화염이었다. 미군 함정들이 섬을 빙 둘러싸고 있었다.

화공火攻을 당한 도민들이 바다로 도망쳐 나가는 것을 막기 위해서다.

제법 지난 일이지만, 제주도 출신의 원로 소설가 현기영 (1941~) 선생이 일본에 와 강연했을 때 들은 이야기다. 묵시록적이라고 해야 할까. 자신이 외려 부끄러운 듯 더듬더듬 이야기하던 그 광경은 내 마음에 깊이 각인되어 있다.

1948년부터 1954년까지 이어진 제주 4·3사건 과정에서 도민 다섯 명에 한 명꼴인 6만 명이 학살당하고, 마을 70퍼센트가 불탔다고 한다. 제주도는 일본과 인연이 깊은 땅이다. 식민지 시절에는 오사카와 정기선으로 연결되어 일본에 돈벌이하러 간 사람이 많았고, 해방 뒤 제주도로 귀환한 사람도 많다. 해방 직후의 혼란 속에 지옥으로 변한 제주도에서 탈출한 사람들이 거친 바다를 건너 지리적으로 가깝고 친척이나 지인이 사는 일본으로 간 것은 자연스러운 일이었다. 그러나 미 군정과 이승만 정권 당국은 이들을 '빨갱이'(친북 적화 세력)라며 탄압했다. 미 군정과 일본 정부는 이 사람들을 일률적으로 '밀입국자'로 규정하고 입국을 막았다. 구속된 밀입국자는 이승만 정권하의 한국으로 강제송환됐는데, 그것은 그들에게 지옥으로의 송환이었고 죽음과도 같은 처사였다.

제주도에서는 4·3사건 직후 2만 명이 일본으로 탈출했다고 전해진다. 정확한 수를 파악할 수는 없지만 1946~49년에 일본에서 강제송환된 밀입국자는 5만 명에 가까웠는데, 미검거자를 그 3~4배로 계산하면 밀입국자 총수는 20만~25만 명 정도로 추산된다. 그대로 일본에 남아 살아간 사람도 많은데, 이들이 재일조선인 가운데 큰 비중을 차지한다.

제주도에서 온 것은 아니지만 내 작은아버지도 밀입국자였다. 식민지 시절에 일본에서 태어난 작은아버지는 해방 뒤 할아버지와 함께 귀국했으나, 한국전쟁의 전화戰禍로 고아나 다름없는 신세가 되어 아직 어린 소년의 몸으로 살기 위해 목숨 걸고 바다를 건너 형(내 아버지)이 사는 일본으로 밀항해 왔다. 일본에서는 신분을 감추고 가짜 일본 이름을 쓰며 살았다. 역시 일본에서 자란 이모부 한 사람도 해방 뒤 귀국했다가 한국전쟁의 전화를 피해 일본으로 밀항해 왔다. 그의 큰딸(내 사촌)은 부모와 떨어져 홀로 부산에서 컸다.

이런 이야기는 재일조선인들 사이에서 드물지 않다. 어느 집이든 가족사를 들춰 보면 반드시 그렇다 해도 좋을 만큼 이런 밀항자나 이산가족의 존재가 숨어 있다. '밀항자'를 다른 말로 하면 '난민'이다. 난민의 역사는 우리에게 남의 일이 아니다. 우리는 난민 가족인 것이다.

밤바다에 붉게 타오르며 떠 있던 섬 제주도. 지금 그곳에 지구 끝에서 난민들이 당도해 있다. '세계 최악의 인도적 위기'로 일컬어지는 내전이 이어지는 예멘에서 500명이 넘는 난민 신청자가 왔다. 일본 신문(『아사히신문』 8월 6일)이 전하는 바로는 제주 도민들 사이에 당혹감이 퍼졌으나 도움의 손길을 내미는 사람도 적지 않다고 한다. 저렴한 요금에 예멘 난민을 받아 준 호텔 경영자는 이렇게 말했다고 한다. "우리 부모 세대는 [4·3사건 당시] 일본에 건너가 목숨을 건졌다. 예멘 사람들도 나라를 떠나지 않을 수 없었다고 들었다. 내버려 둘 수 없었다."

이 호텔 경영자의 소박한 감정은 귀중한 것이고, 많은 조선 민족이 공유해야 하는 것이다. 하지만 여론조사 등을 보면 한국 사회 전체로서는 난민 수용에 대해 비교적 젊은 지식층 사이에 거부감이 강하다고 한다. 그것이 사실이라면 실망을 넘어 부끄러운 일이다.

트럼프 미국 대통령은 멕시코인은 모두 강간범이라고 외치며 국경을 따라 분단 장벽을 건설하자고 주장했고, 적지 않은 미국 국민이 이를 지지했다. 일본의 우익 세력은 기다렸다는 듯 "조선인과 중국인은 범죄자다."라는 혐오 선전을 내보내며 간토 대지진 당시의 조선인 학살 사건이라는 역사적 사실마저 부정하려 한다. 지금 한국 사람들이 이슬람교도는 강간범이라는 망언에 속아 그들을 내친다면, 미국 대통령이나 일본 우파를 비판할 윤리적 근거를 스스로 내던지는 꼴이 될 것이다. 그래도 괜찮은가.

난민은 국가의 보호 바깥으로 밀려난 사람들이다. 우리 조선 민족은 일찍이 나라를 잃고 식민지로 전락한 시절에 중국, 러시아, 아메리카 대륙, 그리고 일본으로 흘러들었다. 마침내 식민 지배에서 해방된 뒤에는 국토가 분단되어 남에서 북으로, 북

에서 남으로 떠돌았다. 그 고난의 역사에서 그래도 자랑할 수 있
는 게 있다면, 우리는 난민이 된 적은 있지만 타민족을 난민으로
만든 적은 없다는 사실이 아닌가. 예멘인, 시리아인, 팔레스타인
인, 멕시코인, 그 밖의 제3세계 사람들……. 그들의 경험은 우리
조선 민족의 그것과 공통된 것이다. 우리에게 최대의 자산은, 같
은 경험으로 고통받는 세계인들의 공감을 얻을 수 있는 윤리성
일 것이다.

UNHCR(유엔난민고등판무관실)의 2017년 연례 보고서에
따르면, 난민 인정 수가 가장 많았던 나라는 독일로, 그 수는
14만 7,671명, 인정률은 25.7퍼센트였다. 캐나다는 인정 수 1만
3,121명, 인정률은 가장 높은 59.7퍼센트였다. 이에 비해 한국은
인정 수 121명에 인정률 2.0퍼센트, 일본은 인정 수 20명에 인정
률 0.2퍼센트. 한일 두 나라는 세계 1, 2위로 난민에 대해 폐쇄적
인 나라다. 지금이야말로 한국은 이 부끄러운 상황을 벗어나 동
아시아에서 난민·이민에 대해서도 가장 열린, 가장 관대한 나라
를 지향해야 할 것이다.

과거 제주 도민을 태워 죽인 화염의 불빛은 이제 세계의 난
민에게 피난소의 존재를 알리는 횃불이 되어야 하지 않겠는가.
그 빛에 이끌리듯 이 나라에 당도한 사람들을 두 팔 벌려 맞이하
라. 그것은 자랑스럽고 기쁜 일이다.

'도서관적 시간'을
되찾자

2019년 5월 2일

       내가 일하는 대학의 도서관장에 취임한 지 1년이 지났다. 취임 시 총장으로부터 아주 간단한 지시가 있었다. "학생들이 좀 더 책을 읽게 해 주세요."

    나는 그것을 '도서관적 시간을 되찾자'라는 과제로 이해했다. '도서관적 시간'은 내가 만든 말로, 말하자면 '신자유주의적 시간'의 반대어다. 도서관은 지금 위기에 처해 있다. '도서관적 시간'을 '신자유주의적 시간'이 침식하고 있다. 이번에는 그 이야기를 할 작정인데, 그 전에 먼저 이야기해야 할 게 있다.

    지난 1일 일본에서는 기존 천황이 퇴위하고 새 천황이 즉위하는 행사가 열렸고 그와 함께 '연호'도 '헤이세이平成'에서 '레이와令和'로 바뀌었다. 지금 언론 보도를 보면, 일본 국민 다수가 이를 환영하면서 들뜬 분위기에 젖어 있다. 강제에 의해서가 아니라 자발적으로 '신민臣民'이 되는 것을 기뻐하는 듯 보인다.

    연호법이 제정된 것은 1979년이다. 일본의 패전으로부터 그

해까지 연호에는 법적 근거가 없었다. 일본 국민 중에도 연호(나아가서는 천황제)에 의문을 품거나 비판을 가하는 사람은 적었다. 40년이 지난 지금, 일본 사회는 패전에 따른 막대한 희생과 맞바꾸어 얻은 '민주화'의 기회를 끝내 스스로 포기한 것이다.

나는 일찍이 전후의 천황제를 가리켜 "전근대(프리모던)와 근대 이후(포스트모던)의 공범 관계"에 비유한 적이 있다. 그 알기 쉬운 예로 컴퓨터에 공문서나 은행거래 서류 등을 입력할 때 서기와 연호가 병존·혼재하기 때문에 몹시도 번잡스럽다는 점을 들었다. 이 번잡스러움에 맞닥뜨릴 때마다 천황제의 존재를 깨닫고, 부지불식간에 이 번잡스러움에 익숙해질 때 천황제를 자연현상인 양 내면화한다. 그런 효과를 의도하는 것이다.

천황제라는 전근대적 제도와 컴퓨터로 대표되는 포스트모던적 선진 기술이 서로 보완하는 형태로 유착되어 있다. 거기에 결락되어 있는 것은 '근대'다. 여기서 말하는 '근대'란 개인의 독립과 존엄, 법 앞의 평등, 기본적 인권, 사상 표현의 자유 등 프랑스 혁명을 거쳐 인류 역사가 조금씩 구현해 온 보편적 가치를 말한다. 천황제는 그 식민 지배 책임이나 전쟁 책임은 차치하고, 그것이 봉건적 신분제의 사상이라는 한 가지 사실만으로도 역사적 종언을 선고받아야 한다는 것은 명백하다. 그런데도 21세기의 세계에서, 그것도 '선진국'을 자임하는 나라에서 국민 다수가 스스로 시민으로서의 존엄을 포기하고 전근대적 제도의 존속을 바라고 있다.

몇몇 식자가 지적하듯이, 연호는 인민의 시간을 지배자(군주)의 잣대로 끊어 내는 것을 의미한다. 즉 인민의 시간 감각에 대한 지배다. 권력층에 이롭지 않은 일은 달력을 넘기듯 '과거의 것'으로 치부된다. 그럼에도 과거의 은폐나 망각에 저항하는 사람들은 '시대착오적'이라고 지탄받고 배제된다. '위안부 문제'나 '징용공 문제' 등 식민 지배 책임 문제는 여전히 해결되지 않았기에 조금도 과거의 것이 아니다. 그러나 이 문제들은 이미 일본에서는 '헤이세이' 이전 '쇼와' 시대의 일로서 사람들의 의식 속에서 '과거화'되었다. 이제 그것이 두 시대 전의 일로서 '과거화'되는 것이다. '그것은 이미 옛날 일이다. 물에 흘려보내자'라는, 강자와 가해자, 그리고 기득권자가 좋아하는 이야기가 되고 마는 것이다.

나는 재작년에 펴낸 책에서 다음과 같이 말했다. "앞으로 몇 년간 일본 정치는 '북한의 위협', '도쿄 올림픽', '천황의 양위' 같은 토픽을 중심으로 움직여 나갈 것이다. 여당과 지배층은 이 '정치적 자원'들을 자신들의 권익 확장에 철저히 이용할 것이다. (…) 국민 다수는 (리버럴파를 포함해) '자숙'하고 '미루어 헤아려' 자발적 예속을 점점 더 심화시켜 갈 것이다. 전체주의의 완성 형태로 가는 것이다."(『일본 리버럴파의 퇴락』 후기)

그 후 사태는 내가 예견한 대로 진행되어, 과거라면 총리가 사직하고도 남았을 몇몇 불상사에도 불구하고 아베 내각은 흔들림 없이 존속 중이다. 아베 총리의 두터운 신뢰를 받는 오른팔로, 근래의 강권적 정책을 추진해 온 스가 요시히데 관방장관은 새로운 연호의 발표자 역을 맡은 것만으로도 인기가 급상승해 '포스트(차기) 아베'의 유력 후보로 부상했다. 믿어지지 않을 정도의 경박함이다. 일본 국민의 시간은 앞으로도 '천황제적 시간' 감각에 뒤덮이는 것이다.

이제 도서관의 위기에 대해 말해 보자. 위기는 주로 두 방향에서 닥쳐오는 중이다. 하나는 사회 전체에 만연한 독서 문화의 쇠퇴다. 재작년의 문부과학성 조사에서는 (잡지를 제외하고) 1년간 전혀 책을 읽지 않은 사람의 비율이 50퍼센트에 이르렀다. 또하나는 '비용 대 효과', '성과주의' 같은 신자유주의적 발상이 문화와 교육의 영역까지 침식하고 있다는 것이다.

한국의 사정은 잘 모르겠으나 일본에서는 대학 도서관 예산이 늘 삭감 대상이며, 근래 많은 도서관이 '구조조정'이란 이름의 압력에 장기간 노출되어 왔다. 전임 사서 직원의 수가 줄고 외부 촉탁 비율이 해마다 증가하고 있다. 이런 경향의 배경에는 도서관의 존재 가치를 단기적인 '비용 대 효과'로 계산하려는 '신자유주의적' 발상이 있다. 이런 발상에 빠지면 도서관의 가치는 학생의 취직률이나 자격증 취득률이라는 알기 쉬운 수치로밖에 계산할 수 없다.

도서관의 사명은 보편적인 시야를 견지하여 인류의 지성에 봉사하는 데에 있다. 그 가치는 개인이나 기업, 정부의 수명을 아득히 뛰어넘는 척도로만 잴 수 있다. 예컨대 카를 마르크스는 영국 망명 중 약 30년간 영국도서관을 드나들며『자본』을 썼다. 이는 마르크스 개인의 업적임과 동시에 도서관 없이는 불가능했다는 의미에서 영국도서관의 업적이기도 하다. 그런 지적 영위의 가치는 단기적인 척도로는 잴 수 없다.

재작년 일본의 어느 지방대학 도서관에서 약 3만 8,000권의 장서가 폐기·소각되는 사건이 있었다. 그 사실이 보도되자 현대판 '분서焚書'냐 하는 비판이 고조되어 해당 대학 책임자가 해명, 사죄하는 사태로 이어졌다. 대학 측은 공간의 제약이 있어, 신중하게 가려낸 장서만을 처분했다고 해명했다. 지금 시점에서 생각하면 이를 곧바로 나치 등 정치권력의 '분서'와 엮어 비난하는 것은 조금 경솔한 처사라 할 수도 있을 것이다. 그러나 그렇게 정리해 버려도 될 일인가 하는 생각도 든다. 정치권력이 몽둥이를 휘두르며 위압하지 않더라도, 서서히 예산을 삭감하고 또 '비용 대 효과'를 집요하게 요구하면 '쓸모가 있는' 책만 소장하거나 장서를 소각하는 일도 쉽게 일어날 것이라 상상되기 때문이다. 현대판 '분서'는 폭력에 호소할 것도 없이 '신자유주의적'인 수법으로 동일한 효과를 얻을 수 있다. '도서관적 시간'을 침식하는 수법으로 말이다.

무릇 책을 읽는다는 것은 어떤 행위인가. 젊은 시절, 특별히 이렇다 할 목적도 없이 도서관에 드나들던 때의 엄숙한 기분을 지금도 종종 떠올린다. 바닥에서 천장까지 가득 들어찬 서적의 책등, 손에 든 책이 주는 묵직한 느낌, 종이와 잉크 냄새, 옛사람이나 외국 사람 등 몰랐던 저자의 경력에서 느끼는 경외심. 얼마나 많은 지적 노력이 거기에 담겨 있을까, 내가 모르는 어떤 심오한 세계가 거기에 펼쳐져 있을까. 하다못해 그 끝자락에라도 닿고 싶었던 겸허한 동경의 마음. 그 외경과 동경이 나라는 인간의 골격을 만들었다는 생각에는 변함이 없다.

간단히 답을 얻을 수 없는 깊은 물음(대체로 인간에 관한 물음은 모두 그러하다)에 침잠해 끝없는 문답에 몰두한다. 그 사고과정 자체가 풍요와 기쁨에 차 있다. 그것이 곧 '도서관적 시간'이다. 스마트폰의 검색 기능에 의존하면서 그런 사고 과정을 거치지 않은 채 주어지는 '해답'을 따르는 태도는 한 사람의 불행일 뿐 아니라 사회 전체의 평화에 대한 위협이기도 하다. 그것은 만사를 단순하게 유형화해 파악해서는 타자를 한데 묶어 차별하고 적대시하는 자세로 이어진다. 혐오범죄의 온상이며, 전쟁 배양기다. 지배자가 바라는 것이 그런 '신민'이다.

인간 이외의 존재가 책을 쓰고 읽을 수 있을까. 그것은 인간을 인간답게 하는 기쁨, 자유로운 인격으로 자신을 형성해 가는 기쁨이다. 그런 기쁨을 학생들에게 제공하려는 장소가 바로 도서관이다. 그러려면 자유롭고 관대한 '도서관적 시간'을 되찾지 않으면 안 된다. '신자유주의적 시간'과 '천황제적 시간'에 대항해서 인간의 시간을 되찾기 위해.

도서관에서 찾은
'선한 미국'

2019년 6월 27일

6월 초순의 어느 날, 도쿄 진보초에서 그 영화를 봤다. 진보초는 출판사와 서점이 모여 있는 오랜 역사를 지닌 거리다. 나는 젊었을 때 자주 이 거리의 이와나미쇼텐 본사를 찾았다. 당시 월간지 『세카이』의 편집장으로, 나중에는 이와나미쇼텐 사장에 취임한 야스에 료스케 씨는 한국 민주화 운동에 대한 이해가 깊었으며, 그 열렬한 연대자였다. 나는 30대의 젊은이였고, 형들은 한국에 투옥 중이었다. 그런 내게도 야스에 씨는 바쁜 시간을 할애해 정중하고 친절하게 대해 주었다. 야스에 씨는 단순한 출판인에 머물지 않고 일본 정부의 한반도 정책을 근본적으로 전환시키기 위한 실천적 제언과 행동을 평생 이어 갔으나 1998년 아깝게 세상을 떠났다. 그의 죽음은 전후 일본에 가까스로 존재했던 '선한 일본'이 끝난 순간으로 내게는 느껴졌다. 그 느낌은 20여 년이 지난 지금 더욱 강해지기만 한다.

내가 곧잘 진보초를 찾은 것은 야스에 씨와의 면담 등 여러

용건이 있기 때문이기도 했지만, 실은 그런 용건보다도 거리의 분위기가 좋았기 때문이다. 고서점 몇 군데를 돌아보며 고금의 명저가 책등을 보이고 늘어선 것을 바라보기만 해도 내 감성과 지성이 한순간에 넓어지는 기분이 들었다. 피곤해질 새면 어스름한 찻집 구석에 앉아 금방 산 책을 펼쳤다. 여름에는 '은방울꽃길すずらん通り' 초입에 있는 오랜 전통의 중국 음식점에서 명물 '중화 냉국수'를 먹는 것도 즐거움이었다. 진보초는 내게 지성에 대한 젊은 날의 겸허한 동경의 기분과 그때는 아직 살아 있던 '선한 일본'의 기억을 불러일으킨다.

프레더릭 와이즈먼Frederick Wiseman(1930~) 감독의 다큐멘터리 영화 〈뉴욕 라이브러리에서Ex Libris—The New York Public Library〉를 보고 진보초의 거리로 나왔을 때 그런 기억이 되살아났다. 하지만 그것은 '선한 미국'의 기억이다. '선한 미국'이란 내가 3년 전 도널드 트럼프의 공화당 대통령 후보 지명이 확실해졌을 때 칼럼에서 쓴 말이다. 나는 당시 체류 중이던 뉴욕에서 "악몽은 또 한 걸음 현실로 다가왔다."라고 썼다. 악몽의 한복판에서도 내가 알고 있는 '선한 미국'은 여전히 분투 중이라는 취지였다.

그로부터 3년 여가 지난 지금, 트럼프 정권이 보여 준 악몽은 일일이 헤아릴 수가 없다. 최근 미국이 이스라엘의 골란고원 점령을 추인하고, 이스라엘 네타냐후 총리가 이에 '감사'한다며 이 장소를 '트럼프 고원'이라 명명해 유대인 정착촌을 개설한다는 뉴스는 욕지기가 치밀어 오르기에 충분했다. 이 무슨 파렴치한 짓인가! 견디기 어려운 것은 그 반지성주의가 적잖이 지지받는 현실이다. 최근 보도에 따르면 공화당 지지층 사이에서 트럼프의 인기가 높아 대통령 재선도 유력하다고 한다.

이 영화는 올해 89세를 맞은 다큐멘터리 영화의 거장 프레더릭 와이즈먼의 마흔한 번째 작품이다. 나는 〈티티컷 풍자극〉(1967)을 비롯한 몇 작품을 봤을 뿐이다. 개인적으로 가장 좋게 생각하는 작품은 〈코메디 프랑세즈〉(1996)다. 프랑스의 유서 깊은 극단 '코메디 프랑세즈'의 무대 안팎을 유감없이 담아낸, 연극예술의 진정한 재미를 느끼게 해 준 명작이다. 이번 영화에서는 뉴욕공공도서관 본관을 포함해 전체 92곳의 도서관으로 이루어진 거대한 '지식의 전당'의 겉과 속을 실로 생생하게 보여 주었다.

감독은 말한다. "뉴욕공공도서관(NYPL)은 책을 찾거나 자료를 열람하러 가는 장소일 뿐 아니라 주민이나 시민을 위한 중요한 시설이기도 하다. 이민자가 많이 사는 가난한 지역에서는 특히 그렇다. (…) 이 도서관은 가장 민주적인 공공시설이다. 다양성, 기회균등, 교육 등 트럼프가 몹시도 싫어하는 모든 것의 상징이기도 하다. 이 영화를 촬영한 것은 2015년 가을부터로, 트럼프에 관해서는 전혀 염두에 둔 바 없었다. (…) 그렇지만 트럼프가 당선됨으로써 원래의 주제 선택과는 관계없이 정치적인 영화가 됐다."(감독 인터뷰, 공식 프로그램 자료)

자신의 의도와는 관계없이 정치적인 영화가 됐다는 것은 와이즈먼 감독의 지성이 그만큼 깊은 의미에서 '정치적'이기 때문일 것이다. 그 지성은 '트럼프적인 것'의 대극을 이룬다. 그렇기에 뉴욕공공도서관의 진정한 가치에 주목한 것이리라.

영화는 3시간 25분에 이르는 장편이지만 관객으로서는 조금도 지루할 구석이 없다. 사서나 이용자의 모습은 물론이고, 운영을 둘러싸고 솔직한 의논을 나누는 스태프 회의, 도서관에서 열리는 연주회나 무용 교실, 아동을 위한 낭독 교실이나 할렘지구 분관에서 진행된 지역 주민(대다수가 흑인 주민)과의 대화 등, 흘러가는 대로 보고만 있어도 양질의 지적 흥분을 가져온다. 내 인상에 특히 강하게 남은 장면 하나를 간단히 소개하고자 한다.

이 도서관에서는 책의 저자를 초청해 공개 석상에서 그들의 이야기를 듣는 행사가 열린다. 무척 자유롭고 개방적인 분위기다. 영화에서 소개된 강사진의 첫 주자는 기독교 원리주의를 신랄하게 비판하는 영국의 진화생물학자·동물행동학자 리처드 도킨스 박사다. 그 밖에 음악가 엘비스 코스텔로, 시인 유세프 코무냐카, '펑크 여왕'이란 별명을 지닌 가수 패티 스미스, 도예가 에드먼드 드 발 등이 등장한다. 마일스 호지스의 자작시 낭독도 매력이 넘쳤다. 얼마나 풍성한 출연진인가.

1975년생의 타네히시 코츠Ta-Nehisi Coates는 『세상과 나 사이』로 높은 평가를 받은 젊은 세대의 흑인 작가다. 나는 전부터 관심이 가던 이 작가의 얼굴, 목소리, 어투를 이 영화로 처음 접했다. 그는 더듬거리는 어투로 말했다. "우리 집에서 맬컴 엑스는 신이었죠. 이 책의 뿌리는 거기에 있습니다." 그의 아버지 폴은 1960~70년대에 걸쳐 활동한 흑인 해방 조직 블랙팬서(흑표당)의 당원이었다고 한다.

할렘지구에 있는 뉴욕공공도서관 부속 '흑인문화연구도서관'은 흑인 문화 연구의 중요한 거점이다. 관장은 창립 90주년 기념식 인사에서 "도서관은 민주주의의 기둥"이라는 노벨상 수상 작가 토니 모리슨의 말을 인용했다. 할렘지구의 분관에서 열린 지역 주민과의 대화에서는 교과서의 서술에 대한 비판이 제기됐다. 미국 남부로 연행당한 흑인 노예에 대해 "이주했다."라는 거짓된 이야기가 쓰여 있다는 지적이었다. 이는 일제강점기의 '징용공', '강제 연행', '위안부' 등에 대한 식민지 종주국 일본의 역사수정주의적 용어법과도 공통되며, 우리가 직면한 문제가 세계적인 보편성을 지녔다는 사실을 다시금 깨닫게 해 준다.

이런 '무거운 주제'를 다루면서도 영화는 시종 즐겁고, 보는 이에게 평소 느끼기 힘든 해방감을 안겨 준다. 그것은 트럼프적 자기중심주의, 차별주의, 배금주의 등과는 근본적으로 다른 세계관, 지성이 가져다주는 기쁨의 지평을 보여 주기 때문이다.

일본을 찾은 뉴욕공공도서관 섭외 담당자 캐리 웰치는 말한다. "지금 뉴욕에서 돈 한 푼 내지 않고도 안심하고 시간을 보낼 수 있는 장소는 도서관 정도밖에 없습니다. 그곳에 가면 컴퓨터도 자유롭게 쓸 수 있어요. 돈을 전혀 쓰지 않고도 안전하게 시간을 보낼 수 있습니다." 그는 인간이 각자 고립된 채 가만히 스마트폰 화면만 들여다보는 상황이기에 '물리적 장소'로서 도서관이 지닌 중요성은 더욱 커지고 있다고 덧붙였다.(공식 프로그램 자료)

지난 칼럼에서 나는 '신자유주의적 시간'과 대비되는 '도서관적 시간'이라는 이상을 이야기한 바 있다. 그것이 여기에 살아 있다. 이것이 곧 인간이 인간이기 위한 '도서관적 시간'이다. '선한 미국'의 명맥은 아직 끊어지지 않았다. '선한 일본'은 어떠한가. 이미 죽어 없어진 것인가?

태풍 19호

2019년 10월 24일

오랜만에 오랜 벗 D 씨로부터 전화가 걸려 왔다. "괜찮아? 도와주러 갈까?" 아무래도 태풍 19호(하기비스)로 인한 수해가 걱정되어 연락한 모양이다. 정말이지 그다운 친절한 제의였지만 당장은 필요가 없었기에 고맙다는 인사와 함께 사양했다.

나는 최근 몇 년을 나가노현의 한 지방에서 생활하고 있다. 숲속에 별장 겸 작업실이 있어 원고 쓰는 일은 주로 그곳에서 한다. 태풍 19호는 일본 전국에 맹위를 떨쳤는데, 나가노현에도 큰 피해를 안겼다. 내가 사는 중부지방에도 피해가 있었지만, 나가노현의 피해는 북부지방에 집중되었다. 신칸센 차량 기지가 수몰된 영상을 본 사람도 많을 것이다. D 씨도 그런 뉴스를 보고 염려해 준 것이다. 그로부터 한 주가 지났는데 복구는 요원하고 실종자 수색도 아직 끝나지 않았다.

D 씨는 도쿄에서 고깃집을 운영하는 재일 동포다. 지식욕이 왕성하고 정치에 관해서도 자신만의 확고한 의견을 갖고 있다.

젊은 시절에는 같은 재일 동포가 하는 작은 신문사에서 활자를 골라내는(이 표현이 요즘 사람들에게도 통할까?) 일을 했는데, 그것으로는 먹고살 수 없게 되어 고깃집을 연 것이다. 제주도 출신의 부인은 부지런한 사람으로 성격도 밝고 요리 솜씨는 일품이다. 반년쯤 전에 가게를 찾으니, 일손을 돕는 아들은 어느새 마흔 가까운 나이가 되어 있었고, 손자가 기운을 뽐내며 뛰어다녔다. 근면하고 정직한 서민이다.

태풍 19호는 일본에 접근하기 한참 전부터 매우 맹렬한 기세라고 해서 경계의 대상이었다. 한 달 전쯤 태풍 15호로 큰 피해가 났는데, 아직 그 피해 복구에도 나서지 못한 상태였다. 19호는 15호보다 훨씬 세력이 강해서 "관측 사상 최고의" 또는 "미증유의" 같은 표현이 난무했으며, "즉시 목숨을 지킬 행동에 나서십시오."라는 경고가 계속 흘러나왔다. 전체 피해 규모는 아직 밝혀지지 않았지만, 최신 정보로는 사망자 79명, 실종자 11명, 제방 붕괴는 71개 하천의 128곳에 달한다고 한다. 철도, 도로, 상하수도 등 기반 시설의 피해도 막대해 완전 복구에는 상당한 시간이 걸릴 것으로 전망된다.

나와 아내는 태풍이 덮친 밤을 나가노현 집에서 폭우에 가만히 귀 기울이며 불안 속에 보냈다. 실은 지난해에도 강한 태풍에 직격당한 이웃집의 커다란 나무가 우리 집으로 쓰러져 지붕이 부서지는 일이 있었다. 지금껏 그런 일을 경험한 것은 그때가 처음이다. 꽤 큰 비용이 들어간 지붕 수리가 끝난 지 아직 몇 개월밖에 지나지 않았다. 지난 15일에는 일 때문에 차를 몰고 도쿄로 향했다. 그런데 고속도로는 토사 붕괴로 통행이 차단되어 복구에 일주일 이상 걸린다고 했다. 혹시 몰라 알아보니 철도도 사정은 마찬가지였다. 하는 수 없이 고속도로로 갈 수 있는 데까지 간 뒤 일반국도로 갈 작정이었으나 일반국도 역시 여기저기 통행 불가여서 좁은 고갯길을 더듬어 갔다. 소요 시간은 여느 때의 곱절이었으나, 그렇게 해서라도 목적지에 닿을 수 있었던 것은 예상외의 행운이었다.

태풍이 잦은 일본에서 70년 가까이 살아온 나의 체감으로도 분명 최근 몇 년 사이 태풍이나 호우 피해가 늘었다. 그 큰 원인은 지구온난화, 특히 해수 온도 상승이라고 한다.

"당신들은 오직 돈 이야기, 그리고 경제성장이 언제까지고 계속될 것이라는 옛날이야기만 늘어놓고 있습니다. 부끄럽지도 않습니까!" 9월 23일 뉴욕에서 열린 '유엔 기후행동 정상회의'에서 스웨덴의 환경운동가 그레타 툰베리Greta Thunberg는 이렇게 말했다. 이 연설은 전 세계에 충격을 주어, 많은 사람(특히 청년층)이 이에 호응해 거리로 나와 호소했다. 하지만 러시아의 푸틴 대통령은 "현대 세계는 복잡하게 얽혀 있다는 것을 그레타에게 이야기해 주는 사람이 아무도 없다."라고 비판했다. 트럼프 미국 대통령도 트위터를 통해 "툰베리는 밝고 멋진 미래를 바라보는 정말 행복한 소녀 같다. 정말 기쁘다."라고 조롱했다.

석탄화력발전소를 증설하려는 일본에서는 이에 대해 전반

적으로 관심이 희박하고, 냉소적 반응도 눈에 띈다. "열여섯 살
짜리의 생각에 세계가 휘둘려서는 안 된다.", "세뇌당한 아이"라
는 식이다. 인터넷상에서는 이보다 더 심한 발언이 난무하고 있
다. "정신적으로 앓고 있다."라는 분별없는 비난도 있었는데, 정
말 "앓고 있는" 것은 누구인가? 부끄러운 줄 알아야 하는 것은
누구인가? 나는 부끄럽다. 지구환경 문제에 이렇다 할 기여도
할 수 없는 나, 그리고 이런 부끄러움을 모르는 어른들이 활보하
고 다니게 만든 무력한 나 자신이.

태풍 19호와 관련해 이야기해 두고 싶은 뉴스가 두 가지 있
다. 하나는 태풍이 한창 맹위를 떨치던 지난 12일, 도쿄도 다이
토구가 설치한 피난소로 대피하려던 노숙인 2명이 입소를 거부
당한 일이다. 피난소 입구에서 직원이 이름과 주소를 쓰라고 하
자 노숙인 남성은 사실대로 "주소가 없다."라고 답했다. 그러자
피난소의 이용 대상은 구의 주민이며, 거주지가 불명확한 경우
에는 이용할 수 없다며 거부당한 것이다. 이에 대해 나중에 시민
단체 등이 항의했으나, 일반 시민 사이에서는 "세금도 내지 않았
는데"라는 목소리도 나왔다. 어느 연예인은 텔레비전 프로그램
에서 "평소에는 지붕 없는 곳에 살았으면서 재난 시에만 지붕 밑
으로 가겠다는 건 불공평하다."라고 말했다. 여기에는 서민의 도
덕관을 '허울 좋은 말', '위선'이라며 조소하는 나쁜 풍조가 여실
히 드러나 있다. 성인군자가 아닌 이상 누구나 좁은 공간에 불결
한 행색의 낯선 이가 들어오면 내심 곤혹스러울 것이다. 그러나

그런 본심을 부끄러움도 모르고 대놓고 이야기하는 것, 그렇게 해서 방관자들로부터 갈채를 받고 흡족해하는 것은 전혀 별개다. 그 본심을 스스로 억누르고 약자를 맞아들여 물 한 잔, 컵라면 하나라도 나눌 수 있지 않을까. 그럴 수 없다면 적어도 그런 자신을 부끄러워할 수는 없는 것일까. 이처럼 인류의 기본이 무너져 버린 추한 사회를 보는 것은 정말이지 우울하다.

또 하나의 뉴스는 태풍 19호가 지나간 뒤인 14일 도쿄도 히노日野시의 다마강 고수부지에서 노숙인으로 보이는 남성의 시신이 발견됐는데, 그것이 이번 재해로 발생한 도쿄도 유일의 사망자로 보인다는 것이었다(18일 현재, 『마이니치신문』 10월 19일). 피해 통계에는 그저 '1'로만 기입될 이 사망자는 호우 때문에 탁류로 변한 강 한가운데의 모래톱에서 지붕도 우산도 없이 상반신을 발가벗은 모습으로 익사했다.

나는 이런 뉴스를 접할 때마다 생각한다. 그 피난소에서 이름과 주소를 쓰라고 요구받은 사람이 외국인이었다면 어땠을까? 일본인에게는 낯선 이름, 더듬거리는 일본어에, 주소도 불확실한 사람이었다면? 내 우울한 상상은 1923년 간토 대지진 때 자경단에게 붙잡혀 발음하기 어려운 '15엔 50전'을 말하도록 요구받고, 제대로 발음하지 못해 학살당한 조선인과 중국인에게 향한다.

기상 전문가들은 앞으로 이런 재해가 더욱 빈번해질 것이라고 예상한다. 내가 느끼는 위협은 자연재해에 대한 것만이 아니다. 야비하고 차별적인 인간들에 대한 것이기도 하다. 도쿄의 상업지역에서 수십 년간 부지런히 살아온 저 사람 좋은 D 씨 일가는 그런 상황이 닥치면 어떻게 될까? 이런 걱정은 기우라 여기고 싶지만, 유감스럽게도 그런 믿음이 생기지 않는다.

죽음의
승리

2020년 4월 9일

플랑드르 지방(지금의 벨기에)의 화가 피터르 브뤼헐에게는 〈죽음의 승리〉라는 제목의 대작이 있다. 제작 연도는 1562년께로 추정된다. 스페인 마드리드의 프라도미술관에 소장되어 있다.

'죽음'의 군세軍勢가 자비 없이 인간들을 덮치는데, 그 맹위 앞에서는 왕후장상도 고위 성직자도 어찌할 도리가 없다. 멀리서는 화산이 불을 뿜고 탑이 불타오르며, 바다에서는 배가 불에 타 침몰하고 있다. 언덕 위에서는 온갖 방법으로 사람들이 처형당한다. 여기에 그려진 세계는 과연 500년 전인가, 아니면 지금 우리가 살고 있는 이 세계인가. 요즘 내 뇌리에는 이 그림의 영상이 들러붙어 있다. 그리고 인간 사회는 끝내 나아지지 않았다는 생각이 끊이지 않는다.

이 원고를 쓰고 있는 오늘은 4월 1일이다. 일본에서는 새 회계연도가 시작되는 날로, 통상 각 학교에서는 입학식이, 회사에

서는 입사식이 열린다. 그러나 올해는 갑갑한 불안감이 전 사
회를 뒤덮고 있다. 내가 일하는 대학에서는 입학식이 취소됐다.
물론 '신종 코로나바이러스 감염증' 사태 때문이다. 오늘 시점
에서 전 세계의 감염자 수는 74만 명을 넘겼고 사망자 수도 3만
6,000명을 넘겼다. 일본에서는 감염자가 2,000명 남짓, 사망자
는 57명이지만, 이 수치는 앞으로 급속히 늘어날 수밖에 없을 것
이다.

감염증의 대유행과 의료 붕괴로 인한 집단적 공황이 전 세
계에서 진행 중이다. 뉴욕이나 이탈리아, 스페인 등지의 참상은
충격적이다. 내게 친숙한 로마나 파리의 도시 풍경은 이제 무인
지경이 됐다. 스페인에서는 장례식이 금지됐다. 인터넷상에는
뉴욕의 어느 병원에서 미처 수용하지 못한 시신이 냉장 설비를
갖춘 대형 트럭으로 운반되는 동영상이 올라왔다. "촬영자의 손
이 떨리고 있다. 그는 울고 있다."라는 언급과 함께. 실로 르네상
스 시대의 페스트 창궐을 보는 듯하다.

14세기 중엽, 페스트가 유럽 전역을 뒤덮었다. 유효한 치료
법이 없어 현세의 지위, 무력, 부는 모두 의미를 잃었고, 모든 계
급의 사람이 죽어 가는 상황에서 '메멘토 모리memento mori'(죽
음을 기억하라)라는 경구가 널리 퍼져 나갔다. 하지만 브뤼헐의
걸작은 단지 자연재해로서의 역병을 묘사하는 데 그치지 않았
다. 그것은 전쟁의 은유다. 당시 플랑드르는 스페인 합스부르크
왕가의 지배 아래 있었으며, 강대국들이 쟁탈전을 벌이던 전장

이기도 했다. 늘 그렇지만 재해와 역병은 단독으로 인간을 덮치지 않는다. 인간 스스로 그 고통과 비극을 배가시킨다. 재해에는 전쟁이 뒤따르는 것이다.

나는 이번 4, 5, 6월에 각각 한 번씩 심포지엄이나 강연을 위해 한국에 다녀올 예정이었으나, 그것도 모두 취소됐다. 그중 5월에는 내가 자문 위원을 맡고 있는 인천 디아스포라영화제에 갈 예정이었다. 영화제를 앞두고 운영 위원회의 요청으로 젊은 세대 지식인인 이종찬 선생과 공개를 전제로 서신 교환을 했다. 2월 초 이종찬 선생에게서 받은 첫 번째 서신의 제목은 「마스크로 평등해진 사회」였다. 이 흥미로운 제목에 자극받아 나는 2월 25일에 답신을 썼다.

이종찬 선생의 비유를 흉내 내자면, 우리가 지금 보고 있는 것은 지구상의 전 인류가 마스크를 쓴 채 멸망해 가는 모습이다. '평등화'라고는 하지만, 일본에서는 그 마스크조차 입수하지 못하는 사례가 속출하고 있다. 아베 총리는 어제 마스크를 쓰고 국회 질의에 답변하면서 국민 전 세대에 재사용이 가능한 면 마스크를 두 장씩 배포하겠다고 말했다. 마스크 두 장이라니! 이것이 이 위기에 직면한 일본 정부의 "전례 없는" "대담한" 시책의 핵심이라는 것이다. 농담이라 여기고 싶지만 유감스럽게도 그렇지 않다.

앞으로는 사회적 약자가 충분한 의료 서비스를 받지 못하는 불평등이 점점 확대될 것이다. 손을 씻을 물조차 부족한 아프리카 등의 발전도상국 사람들에게 닥쳐올 재앙을 상상해 보자. 호화 여객선이 침몰할 때 승객들은 평등하게 희생되지 않는다. 가장 먼저 구명보트를 탈 수 있는 일등실 선객과 배 밑바닥에 갇혀 있는 삼등실 선객은 불평등하게 희생당한다.

세월이 흘러 '아, 그런 일도 있었구나' 하고 돌이킬 날이 올지, 그렇지 않으면 이 사태가 더욱 끔찍한 대재앙의 서막이었다는 것을 깨닫게 될지는 예측하기 어렵다. '대재앙'은 전염병만을 가리키지 않는다. 이 혼란 속에서 자기중심주의와 불관용이 만연하고 파시즘이 대두하는 사태를 가리키는 것이다. 이미 헝가리 등 권위주의 정권이 지배하는 동유럽 국가들에서는 그런 불길한 조짐이 나타나고 있다.

일본에서는 민주적 절차나 인권의 원칙이 '비상시 대응'의 방해가 된다는 본말이 전도된 주장이 제기되고 있다. 아베 총리는 수많은 비리와 부정의 책임을 지고 사임해야 한다는 비판에 대해, 코로나 대책에 주력하고 있으므로 정권을 놓을 생각은 없다고 답했다. 재해나 역병까지도 권력의 연명에 이용하려는 너무나도 노골적인 태도 표명이다.

정부가 지급을 검토하고 있는 생활지원금 대상에서 '외국인'을 제외하라고 주장하는 국회의원이 있다. '외국인'도 납세자고 사회의 불가결한 구성원인데도 말이다. 기존의 기초생활수급자도 제외하라고 트위터로 떠드는 '작가'가 있고, 이에 대해 10만 건이 넘는 '좋아요'가 달린다. 이런 때는 손쉬운 차별일수록 더 많은 지지를 얻는다. 이런 정치, 이런 사람들이야말로 역병을 능가하는 재앙이다.

역병이나 자연재해는 인간의 생활과 생명을 빼앗지만, 실은 인간을 죽이는 것은 무엇보다도 인간 자신이다. 이익이나 권력에 홀린 인간들에 의해. 그리고 사고가 정지된 채 사태를 방관하는 인간들에 의해. 도쿄 올림픽 1년 연기라는 비합리적이고 위험한 선택이 일본 사회에서 환영받는 듯 보이는 것이 바로 그 좋은 예다.

브뤼헐의 〈죽음의 승리〉는 500년도 더 전에, 인간은 진보하지 않았다는 것을 가르쳐 주었다. '죽음'은 승리할 것이고 '죽음'에는 저항할 수 없다고 나는 생각한다. 하지만 '죽음'에는 저항할 수 없을지라도, 인간의 '불의'에는 마지막까지 저항할 작정이다.

코로나 사태 속의
인문학 교육

2020년 6월 4일

코로나19가 계속해서 세계를 휩쓸고 있다. 5월 29일의 시점에서 누적 감염자 수는 600만 명에 달하며, 사망자 수는 35만 명을 넘겼다. 그중 미국의 감염자는 170만 명, 사망자는 10만 명을 돌파했으며, 브라질에서는 감염자가 급증해 44만 명을 넘겼다는 소식이다. 중국과 한국에서는 제1차 유행의 정점은 넘긴 듯 보이며, 일본에서도 이유야 어찌 됐든 간에 당장 최악의 감염 폭발은 피한 상태인데, 세계적으로는 앞을 내다볼 수 없는 상황이 이어지고 있다. 특히 브라질을 비롯한 중남미가 팬데믹의 새로운 발생지가 되고 있다.

현재 대학의 수업은 모두 온라인으로 하고 있는데, 나는 이런 일에는 재주가 없다. 내가 '예술학' 수업에서 다루는 작가나 작품은 필연적으로 전염병과 깊이 관련되어 있다. 과거를 돌아보면 인간 세상이 전염병과 함께 죽음의 짙은 그림자에 뒤덮여 있을 때 뛰어난 미술 작품이 만들어졌다. 지난번 칼럼에서 다룬 피터르 브뤼헐의 〈죽음의 승리〉도 그러하다. 이번에는 20세기 초 빈의 화가 에곤 실레Egon Schiele(1890~1918)의 〈죽음과 소녀〉를 소개해 보겠다.

실레의 작품은 제1차 세계대전 때인 1918~20년에 걸쳐 인플루엔자(속칭 '스페인 독감')가 대유행할 때 그려졌다. 이 전염병으로 세계 인구의 약 4분의 1에 해당하는 5억 명이 감염됐고, 1700만~5000만 명이 사망한 것으로 전해진다. 인류 역사상 최악의 감염증 가운데 하나다. 실레 자신도 이 병으로 목숨을 잃었다.

'죽음과 소녀'는 죽음의 신이 아름다운 소녀를 억지로 데려가려는 장면을 담은 중세 이래의 전통적인 도상圖像이다. 페스트의 대유행과 궤를 같이해서 등장한 '메멘토 모리'(죽음을 기억하라)라는 호소는 현세의 번영이나 융성은 일시적이며, 누구나 언젠가는 죽는다는 사실을 잊지 말라는 기독교 교의에 토대를 두고 있다. 하지만 20세기 초의 이 그림에서는 역할이 역전되어 소녀가 오히려 죽음의 신에게 매달리는 듯 보인다. 죽음의 신은 실레 자신이며, 소녀로 그려진 것은 그의 연인 발리 노이칠이다. 발리는 실레가 이별을 고한 뒤 제1차 세계대전에 간호사로 종군하다 병사했다. '스페인 독감'의 대유행은 지금의 코로나 사태와 매우 닮았다. 역사의 교훈에 따르면, 이런 사건과 연동해서 일어나는 것은 불황이요 파시즘이며 전쟁이다.

어째서 전염병의 참화 속에서도 인간에게는 예술이 필요할까. 어째서 그로부터 뛰어난 예술이 탄생할까. 그것은 인간이 '피하기 어려운 죽음'의 낌새를 절박하게 느끼면서 죽음의 의미를 (바꿔 말하면 삶의 의미를) 스스로 물을 수밖에 없기 때문이다.

격차 사회일수록 재앙은 가난한 자, 약한 자, 고독한 자 등 '사회적 약자'에게 큰 희생을 강요한다. 미국에서는 백인계에 비해 아프리카계나 중남미계의 감염률, 치사율이 현저히 높다는 인종별 통계 보고도 이 사실을 이야기한다. "바이러스는 피해자를 고르지 않는다."라는 말이 있지만 실제로는 반드시 그렇다고만은 할 수 없다. 오히려 이런 재난 상황에서야말로 계급적·인종적·성적, 그리고 그 밖의 온갖 종류의 차별이 드러난다. 저항하지 않는 아프리카계 남성을 경찰관이 무릎으로 목을 압박해 사망케 한 사건이 일어난 후 현재 미국 전역에서 격렬한 항의 운동이 벌어지고 있다. 운동이 점점 반反트럼프 정권의 색채를 짙게 띠자, 트럼프는 군을 동원해 이를 진압하겠다고 위협하고 있다. 이 사건은 '코로나'와는 직접적 관계가 없는 듯 보이지만 결코 그렇지 않다.

대학에서 가르치는 몸으로서, 내가 딱하게 여기는 것이 바로 학생들이다. 입학금과 수업료를 냈으나 강의는 전부 온라인으로 이루어진다. 아르바이트는 뜻대로 되지 않는 데다 취업 활동도 할 수 없다. 생활이 어려워 자퇴를 고민하는 학생도 있다. 교육의 기본은 같은 공간에서 함께 얼굴을 마주하고 목소리를 들으면서 대화하는 것, 요컨대 '신체성'이라고 나는 생각한다. 같은 텍스트로 강의를 해도 담당 교원 개개인의 설득력에 차이가 있다면 그것은 바로 이 '신체성'에 기인할 것이다. 내가 맡고 있는 '예술학'과 같은 인문계 과목에서는 특히 그러하다. 영장류 연구의 일인자인 야마기와 주이치山極壽一 교토대 총장이 강조했듯이, 인류의 의사소통에는 언어를 초월한 '살아 있는 신체감각'이 매우 중요하다. 사람은 언어화된 정보에만 의존해 판단을 내리지 않는다. 상대의 표정, 몸짓, 목소리 등의 집적에서 신뢰감(또는 불신감)을 키우는 것이다. 야마기와는 '음악'의 의의를 강조하지만, 그에 못지않게 '미술'도 중요하다고 나는 말하고 싶다.

미술사적 또는 기법적 정보나 지식은 말할 나위 없이 중요하지만, 나는 학생들이 작품 자체를 마주하고 거기에서 언어적 정보를 초월하는(그 범위를 초과하는) 것을 느꼈으면 좋겠다. 예컨대 미켈란젤로에 관한 연구나 정보는 필요하고 또 유익하지만, 그것은 실제 작품(예를 들어 〈론다니니의 피에타〉)이 우리에게 직접적으로 전하는 감명을 대신할 수 없다. 이는 고야가 됐든 고흐가 됐든 마찬가지다. 학생들이 가능한 한 느긋하게, 자유로운 정신으로 작품과 대화하고 타자(교수인 나나 다른 학생)의 감상이나 의견을 접함으로써 언어적 정보만으로는 포착할 수 없었던 것을 발견해 주기 바라는 것이다.

이것이 내가 해 온 인문학 교육으로서의 '예술'의 기본적 접근법인데, 지금 그것이 밑바탕부터 위협받고 있다. 긴급대책으로서 온라인 교육이 필요하다는 것이나 그것이 지난 이점까지 부정할 생각은 없으나, 그럼에도 지금 지속되고 있는 사태는 장기적으로 보아 교육에 파괴적인 영향을 남길 것이다. 그것은 사람과 사람의 연결, 타자와의 관계를 통해 형성되는 인간성이라는 개념을 파괴할지도 모른다. 지금이 AI 등 첨단기술을 전면적으로 도입할 좋은 기회라고 외치는 자도 있으나, 나는 도저히 그렇게 낙관할 수가 없다. 다치면 아프다는 것을 신체감각으로 상상할 수 있고, 그 상상을 타자와 나눌 수 있는 존재가 사라지면 인간 사회는 어떻게 될까. 그것은 강자의 약자 지배, 침략과 전쟁에 더없이 마침맞은 사회일 것이다.

말할 것도 없이, 파괴적 영향은 교육 분야에 한정되지 않는다. 앞으로 닥칠 세계적인 대불황도 거기에 박차를 가할 것이다. 이번 팬데믹은 매우 글로벌한 현상이며, 세계 각국은 자국 중심주의로는 이 재앙을 이겨낼 수 없기에 이는 분단에서 새로운 연대로 나아갈 좋은 기회다. 반드시 그런 기회로 삼아야 한다. 하지만 현실은 그와는 거꾸로 움직이고 있다. 29일 트럼프 대통령은 세계보건기구(WHO)와의 관계를 끊겠다는 뜻을 표명했다. 11월의 대통령 선거를 앞두고 자신의 실정에 대한 비판의 화살을 돌리려는 목적으로 보인다. 이것은 국제사회(나아가 미국 스스로)가 오랜 세월 일궈 온 공중위생상의 국제적 협력 체계를 파괴하겠다는 선언이라 할 수밖에 없다. 결국 자금·인력 부족으로 인해 필요한 도움을 받지 못한 채 목숨을 잃는 사람이 늘어날 것이다. 인간을 죽이는 것은 역병이 아니라 인간 자신이다.

트럼프는 공화당 대통령 후보 선출을 앞두고 있던 4년 전에

"멕시코인은 대다수가 범죄자이므로 벽을 쌓아서 들어오지 못하게 할 필요가 있다. 그들은 강간범이나 마찬가지다."라며 차별과 배외주의를 부추겼다. 이런 선동은 1948년의 '세계인권선언'에 명백히 위반된다. 제2차 세계대전 이후의 국제사회는 실상이야 어떠하든 이념적 원칙으로서는 인권 존중을 하나의 전제로서 공유해 왔다. 하지만 트럼프 정권은 그 전제를 과거의 것으로 만들려 한다. 세계보건기구 탈퇴 선언도 이런 일련의 평화 파괴 행위의 하나다.

이와 같은 행위는 일일이 셀 수가 없을 정도지만, 팔레스타인 문제 하나만은 언급해 두지 않으면 안 된다. 이스라엘의 네타냐후 정권은 당장 7월에 팔레스타인 자치구 내의 유대인 정착촌을 병합할 태세다. 명백한 국제법 위반이다. 지금 구태여 이런 횡포를 강행하려는 것은 트럼프 정권의 강력한 뒷받침이 있기 때문이다. 트럼프는 미국의 기독교 복음파 등의 지지를 확보하기 위해 네타냐후를 밀어주고 있다.

이곳저곳 상처 입고 파괴된 세계는 설령 당장 트럼프 정권이 퇴장한다 한들 회복되기까지 긴 과정이 필요할 것이다. 그러나 거기까지 갈 것도 없이 11월의 대통령 선거 전에 미국과 중국 사이에 군사 충돌이 벌어지는 최악의 시나리오도 가능하다고 나는 생각한다. 상호의존적인 국제사회에서 대국 간의 전쟁 따위는 불가능하다는 게 '이성적인 식자'들의 견해지만, 현실은 늘 '이성'을 배반해 왔다. 우파 포퓰리스트들은 국내 정치에서 궁지에 몰릴 때면 언제나 더욱 강경한 태도로 배외주의를 부채질한다. 그것이 '이성'보다 효과적이라는 것을 학습한 것이다. 전염병, 불황, 전쟁은 근대사에서 항상 짝을 이뤄 인간들을 덮쳤다. 과연 이번만큼은 예외가 될 수 있을까?

디스토피아와
예술의 힘

2020년 7월 30일

한국 사정은 어떤지 잘 모르겠으나, 일본에서는 이제부터 팬데믹이 본격적으로 덮쳐 올 것이다. 어제 (7월 23일) 도쿄에서는 감염자 수가 360명을 넘겨 역대 최다를 기록했다. 오사카에서도 100명을 넘겼다. 앞날을 가늠할 수 없는 바이러스와의 싸움은 앞으로도 오래 이어질 것이다.

그러나 내가 '일본형 디스토피아'라 부르는 것은 코로나 사태 자체가 아니라 그것이 초래한 갖가지 부조리(실로 부조리극을 보는 듯한)를 가리킨다. 예컨대 수도권이나 간사이 지방에서 감염이 만연하는 현실에도 불구하고 일본 정부는 여러 비판을 무시한 채 거액의 국비를 들여 '고 투GO TO'라는 관광 진흥책을 강행했다. 영업 부진에 허덕이는 여행업계를 지원한다는 명목인데, 그렇다면 다른 방법도 얼마든 있다. 이는 사실 업계 단체와 유착한 정치인들의 요구에 따른 것이다. 아베 총리는 7월 22일 '신종 코로나바이러스 대책본부' 회의에서 내년 여름의 도쿄 올

403

림픽을 예정대로 개최한다는 '불퇴전不退轉의 결의'를 밝혔다. 일본 국내 여론조사에서도 80퍼센트 정도가 올림픽 '중지' 또는 '재연기'가 바람직하다고 응답했음에도 말이다. 누가 봐도 무리가 따르는 계획을 고집하는 것은 어째서인가. 이를 둘러싸고는 갖가지 해석이 있는데, 여기서 자세히 다루지는 않겠다. 다만 현실성 없는 정책의 강행으로 또다시 사람들이 큰 희생을 당하게 될 것이다.

트럼프의 미국이나 보우소나루의 브라질 등, 불합리한 정책으로 사람들에게 고통을 주는 정부는 그 외에도 적지 않다. 단 일본에서는 정책이 일단 결정되면, 그것이 아무리 불합리하더라도 재검토되는 일은 거의 없다. 전후 일본을 대표하는 지식인 가토 슈이치는 일찍이 그런 일본을 브레이크 없는 자동차에 비유했다. 비탈길을 곧장 내려갈 때는 순조로워 보이지만 도중에 방향을 바꿀 수도, 정지할 수도 없다는 의미다. 이는 지난날 전쟁을 향해 돌진한 일본을 이야기한 것이지만, 지금도 그런 특징은 바뀌지 않은 듯하다. 뻔히 알면서도 파국을 향해 돌진하는 이런 '부조리극'을 나는 '일본형 디스토피아'라 부른다.

익숙하지 않은 온라인 강의를 계속한 끝에 마침내 1학기 종강을 맞았다. 학생들과는 끝내 얼굴 한번 마주하지 못했다. 필시 스트레스가 쌓여 있을 것이다. 그래도 학생들은 요청에 따라 성실하게 리포트를 보내오고 있다. 그중 '예술학' 강의를 듣는 학생(D 군이라 해두자)의 리포트가 내 눈길을 끌었다. 본인의 허락을 얻어 그 앞부분을 소개한다.

"이 디스토피아적 세상에서 나는 왠지 마음이 설렌다. 영화 같은 걸 너무 많이 본 탓인지도 모르겠지만, 드디어 내 앞에 '세계의 끝과 하드보일드 원더랜드'가 막을 연 것이다. 세계의 끝이 바로 저 앞에까지 와 있다. 코로나바이러스 백신이 개발되기 전에 거대한 지진이 일어나 일본열도가 침몰할지도 모르고, 아니면 전쟁이 일어나 지구상의 모든 것이 파괴될지도 모른다."

사람들이 불안에 사로잡힌 채 병들어 죽어 가는 상황에서 이런 감상을 소개하는 것은 어쩌면 일부 사람들의 오해를 사, 신중하지 못한 처사라고 질책당할지도 모르겠다. 하지만 나는 그렇게 생각하지 않는다. 오히려 어쩐지 애달프다는 생각이 든다. '자네의 기분을 잘 알겠네'라고 말해 주고 싶어진다.

"디스토피아적 세상"에 내던져진 채 친구와 놀 수도 없고 대학 구내에 들어갈 수도 없어 믿고 의지할 데라고는 인터넷뿐인 고립된 상태에서 지난 몇 달을 보냈다. 취직도 아직 정해진 게 없다. 코로나 사태에 관한 비관적인 예측과 근거 없는 낙관론이 어지럽게 교차하는 가운데 어느 쪽을 믿어야 할지 알 수가 없다. 자기 인생은 차치하고 인류 전체의 내일이 생각하면 할수록 불투명하다. 그런 상황에서 D 군은 굳이 "마음이 설렌다."라고 말한다. 나는 그 심정을 이해할 수 있다. 그렇게 해서 그는 가까스로 불안을 다스리고 정신의 평형을 유지하는 게 아닐까. 그래서 '애달픈' 것이다.

　예술을 가르친다는 것은 예술에 관한 지식이나 정보를 주는 것이 아니다. 대상과 마주해 놀라거나, 슬퍼하거나, 분노하거나, 기뻐하는 감성을 환기하는 것이다. 어떻게 하면 그것이 가능할지 시행착오를 거듭해 왔는데, 이제는 코로나 사태까지 덮쳤다. 대면 수업은 불가능하고 많은 미술관, 영화관도 폐쇄됐다. 학생들과 얼굴을 마주하고 함께 작품을 감상한 뒤 소감이나 의견을 나눌 수 없게 됐다. 이런 식으로 '예술'을 가르칠 수 있을까? 어느 동료 교수(소설가이기도 하다)가 교육에는 '육감'과 '육성'이 필요하다고 역설했는데, 정말이지 그렇다.

　그렇긴 하나 나는 D 군의 리포트에서 다소 위로를 받았다. D 군은 위에 인용한 글을 다음과 같이 이어 나간다. "만약 내일 이 세상이 끝나 남은 24시간을 좋아하는 데 써도 된다면 이탈리아를 여행하고 싶다. 그리고 미술관에 가서 르네상스 시대의 정열적인 작품들을 기억 속에 담아 두고 싶다."

　여기에서 '예술의 힘'을 느낀다고 하면 과장일까? 정말로 코로나 사태가 종식되고, 세계 평화가 지켜지고, 취직도 되어 이탈리아에 여행을 갈 수 있다면, 그리고 도판이나 영상으로만 보던 보티첼리, 라파엘로, 미켈란젤로, 다빈치 등의 실물을 만날 수 있다면 얼마나 좋을까. "내일 이 세상이 끝나"라며 조건부로 이야기하는 것이, 그 소망은 자신에게는 요원하다고 말하는 듯해 참으로 애달프다.

　약 반세기 전, 나도 앞을 내다볼 수 없는 한 사람의 고립된 젊은이였다. 내 경우는 브뤼헐이나 히에로니무스 보스 Hieronymus Bosch(1450?~1516) 등 북방 르네상스로 일컬어지는 예술가들에게 특히 매료되어 있었다. 그들의 작품을 내 눈으로 보고 싶어 얼마나 애를 태웠는지 모른다. 만나는 사람마다 기회만 있으면 그런 내 동경을 이야기하기도 했다.

당시 내 두 형은 독재 정권 아래 정치범으로서 감옥에 있었고, 일본에는 형들을 돕던 사람들이 존재했다. 그중 국회의원 비서를 하고 있던 G 씨라는 친절한 여성이 있었는데, 평소 내 동경을 알고 있던 그가 어느 날 스페인 여행에서 돌아와 "당신도 언젠가 꼭 갈 수 있을 거예요."라고 격려하면서 보스의 〈쾌락의 정원〉의 커다란 복제품을 선물로 주었다. 그때는 내게도 그런 날이 오리라고는 생각도 못 했으나, 몇 년 뒤 나는 서양미술 순례의 여행을 실현하여 프라도미술관에서 〈쾌락의 정원〉을 이 눈으로 볼 수 있었다.

자세히 보니 그 그림은 바로 '디스토피아'를 그린 것이었다. 참으로 기괴한, 참으로 자유로운 그 상상력이라니! 그 '디스토피아'의 이미지에 나는 분명 '마음이 설렜다.' 나는 오늘 사회적 거리두기를 의식하며 오랜만에 영화관에 가 〈프라도―위대한 미술관〉(2019)을 보았다. 영화에 등장한 배우 겸 작가가 "프라도미술관에서 그림을 보는 것은 옛 친구와 재회하는 것과 같다."라고 이야기했는데 나 역시 정말 그렇게 느낀다.

'예술의 힘'으로 현실을 지워 없앨 수는 없다. 하지만 그것을 통해 자신이 내던져진 현실을 좀 더 넓은 시야로 바라볼 수는 있다. 현실은 때로 인간들의 상상력을 멀찍이 뛰어넘어 잔혹한 민낯을 보여 준다. 하지만 어떤 인간은 그런 현실의 잔혹함마저 꿰뚫고 나가는 상상력을 작품 세계에 펼쳐 보인다. 자신이 내던져진 '디스토피아'를 응시해 묘사해 내는 그 불가사의한 힘은 '디스토피아적 세상'을 살아가는 힘이 되기도 하는 것이다.

어째서 당신들은
침묵하는가

2020년 9월 24일

　　　　　　　　　"지금 또다시 정체불명의 누군가가 초인
종을 누르고 있다⋯⋯."

　지난 9월 11일 일본 펜클럽에서 발표한 스베틀라나 알렉시
예비치의 '긴급 메시지'는 이 한 문장으로 끝맺고 있다. 얼마나
고독하고 두려운 일인가. 나는 난처한 듯한 미소를 지으면서도
늘 수심에 차 있던 그의 표정을 떠올린다. 자신이 인터뷰한 수백
명의 '작은 사람들'(서민)이 그랬듯, 그 자신이 끝없이 이어지는
고난과 고뇌 속에 있는 것이다.

　나와 그는 지금까지 일본에서 두 차례 텔레비전 프로그램을
위해 대담을 했다. 첫 번째는 2000년(〈파멸의 20세기─스베틀라
나 알렉시예비치와 서경식〉), 두 번째는 알렉시예비치가 노벨상
을 수상한 이듬해인 2016년(〈마음의 시대─'작은 사람들'의 목소
리를 찾아서〉)으로, 이때는 후쿠시마 원전 사고 피해지를 함께
걸었다.

2016년의 대담 때 알렉시예비치는 이야기에 열중하다 그만 약 먹는 시간을 놓쳐 고통스러운 듯 대화를 중단하고 휴식을 취했다. 지병을 앓던 그는 몹시 지쳐 있었다. 그런 그의 문을 지금 "정체불명의 누군가가" 두드리고 있다. 나는 만년을 나치의 압박과 감시 아래 보내다가 나치 독일의 항복 직전에 고독하게 병사한 여성 예술가 케테 콜비츠를 연상하기도 했다.

알렉시예비치는 2015년의 노벨 문학상 수상자다. 지금은 벨라루스 펜클럽의 회장이자 루카셴코 정권을 비판하다 탄압받고 국외로 피신한 야당 후보자와 시민 단체 대표들이 설립한 '조정 평의회'라는 조직의 간부이기도 하다. 9월 9일 발표된 그의 '긴급 메시지'는 다음과 같이 시작한다.

"이제 '조정 평의회'의 간부회에는 나와 생각을 같이하는 벗이 한 사람도 남아 있지 않다. 모두 옥중에 있거나 국외로 쫓겨났기 때문이다. 오늘은 마지막 한 사람 막심 즈나크가 체포되었다. 처음에는 나라를 탈취하더니 지금은 우리의 가장 좋은 사람들을 강탈해 가고 있다. 그러나 강제로 앗아 간 동료들 대신에 다른 몇백 명이나 되는 사람들이 모여들 것이다. 들고일어난 것은 '조정 평의회'가 아니다. 나라가 들고일어난 것이다."

러시아와 유럽연합 국가들 사이에 끼인 벨라루스에서는 루카셴코 대통령의 강권 정치가 1994년 이래 26년이나 이어지고 있다. 그동안 알렉시예비치의 대표작 『체르노빌의 목소리』가 국내 출판을 금지당하는 등 언론·사상의 자유도 제한되었다. 1994년 처음 당선된 루카셴코는 1996년 임기를 연장했으며, 2001년 재선에 성공하고는 2004년에는 헌법의 3선 금지 조항을 삭제해 2006년, 2010년, 2015년에 당선됐고 2020년에는 6선을 달성했다. 알렉시예비치는 저서 『붉은 인간의 최후』에 2010년 선거 때 부정선거 항의 운동을 벌이다 인간성을 근본적으로 모욕하는 폭력과 학대에 시달린 젊은 여성의 증언을 담았다.

　2020년 8월 9일의 대통령 선거에서 중앙선거관리위원회는 루카셴코의 6선을 인정했으나 부정선거를 규탄하는 시민과 경찰 사이에 충돌이 일어나 8월 10일에는 수십 명의 사상자가 나왔다. 루카셴코 당선에 항의하는 참가자 10만 명 규모의 시위가 연일 계속되었으나 루카셴코는 9월 14일 러시아 소치로 날아가 푸틴과 정상회담을 하고 다시금 그의 지지를 얻어 냈다.

　이런 벨라루스의 현대사에 한국의 많은 시민은 일종의 데자뷔(기시감)를 느끼지 않을까. 한국 사회 역시 아직 저 군사독재 시대의 악몽에서 깨어나지 못했다. 하지만 세계로 눈을 돌리면 바로 지금 수많은 사람이 그런 악몽 속에서 발버둥 치고 있음을 알 수 있다. 물론 벨라루스만이 아니다. 코로나19의 대유행 속에 세계 각지에서 정치권력의 노골적인 폭력이 휘몰아치고 있다. 우리 인류는 여기서 길을 잘못 들면 또다시 폭력의 시대로 굴러떨어질지도 모른다.

　알렉시예비치는 중세에서 제정帝政 시대, 사회주의 혁명과 그 이후, 나아가 오늘날까지 이어지는 러시아 민중('작은 사람들')의 오랜 고뇌의 역사를 이야기한다. 그것도 높은 데 서서 공식이나 법칙을 말하는 것이 아니라 종종 모순으로 가득한 민중의 본래 목소리를 그대로 전한다.

유럽행 비행기가 우랄산맥을 넘어갈 때면 눈 아래로 평탄한 숲의 바다가 펼쳐진다. 그의 작품을 읽으면 나는 그 숲의 바다가 눈앞에 떠오르는 것을 느낀다. 끝없는 고뇌의 수해樹海다. 당장 20세기에 독소(독일-소련)전쟁의 주된 전장이었던 그곳에서는 마을들이 불타고 무수한 사람들이 잔혹하게 학살당했다. 유대인 주민에 대한 학살도 있었다. 역사가 티머시 스나이더Timothy Snyder는 독일과 러시아 사이에 위치해, 북으로는 발트 3국, 남으로는 우크라이나에 이르는 광대한 지역을 '블러드랜드'(유혈지대)라 명명했다. 그곳에서 태어나 살아가는 사람들. 알렉시예비치의 저작에는 그들의 목소리가 '이걸로도 부족한가' 하고 말하듯 가득 들어차 있다.

2016년의 대담이 끝나갈 즈음 나는 이렇게 물었다. "당신은 100년이 걸리더라도 좋은 미래가 찾아올 것이라 믿는다고 말합니다. 나는 거기에 경외심을 느낍니다. 이념이나 이상을 단념한 채 이익이나 욕망만 추구하는 상황이 러시아에서도, 미국에서도, 일본에서도 계속되고 있는데, 당신은 무엇을 근거로 미래를 믿는지요?"

그는 말을 고르고는 대답했다. "내가 유일하게 알고 있는 것은 갈 길이 멀다는 것입니다. 이것이 스스로에 대한 나의 답입니다. 우리 한 사람 한 사람이 자신의 작은 일을 해 나가며 선한 쪽에 서야 한다고 생각합니다."

정직히 말해 나는 그의 이 말을 충분히 이해했다고는 할 수 없다. 그러나 그럼에도 늘 "선한 쪽"에 서려고 하는 사람들이 한국과 벨라루스를 포함한 세계 각지에 존재한다는 것을 나는 안다. 지금 만일 그 사람들이 절멸한다면 그것은 인간의 희망 자체의 절멸이라는 것도 알고 있다.

알렉시예비치의 메시지는 끝으로 다음과 같이 호소한다. "나는 러시아의 인텔리겐치아—오랜 관습에 따라 그렇게 부르기로 하자—에게 호소하고자 한다. 어째서 당신들은 침묵하는가? 지원의 목소리가 좀체 들려오지 않는다. 작은, 긍지 높은 국민이 짓밟히고 있는 것을 보고도 어째서 침묵하는가? 우리는 지금도 당신들의 형제인데 말이다. 우리 국민에게는 이렇게 말하고 싶다. 사랑합니다. 자랑스럽게 생각합니다."

"어째서 당신들은 침묵하는가?"라는 물음은 "러시아의 인텔리겐치아"에게만 던져져 있지 않다.

+

알렉시예비치에 관한 추가적인 논의는 『서경식 다시 읽기 2』, 연립서가, 2023, 388~395쪽 참조.

미국의 '단말마'는
계속된다

2020년 11월 26일

───────────

전 세계에서 '디스토피아' 도래의 양상
이 점점 뚜렷해지고 있다.

가을이 깊어 감과 동시에 코로나19가 다시 맹위를 떨치기
시작했다. 미국이나 유럽은 물론이고 일본에서도 도쿄 등 대도
시권에서 연일 역대 최다 감염자 수를 경신하고 있다. 11월 21일
에는 일본 전국의 하루 신규 감염자 수가 2,500명을 넘겼다. 이
런 사태가 언제까지 계속될까? 한 학생은 괴로운 심정을 이렇게
토로했다. "앞으로 어떻게 되는 걸까. 내년은 물론이고 앞으로
2~3년이 지나도 학교에 가서 강의를 듣지 못하는 걸까. 외출할
기회가 부쩍 줄어 줄곧 집에 틀어박혀 있자니 제대로 온라인 수
업을 들을 집중력도 없고, 도쿄에 온 3월부터 조금도 성장하지
못한 기분이다. 이대로 상황이 바뀌지 않거나 혹은 더 나빠진다
면 내 안의 감정이나 정신, 이성을 잃을 듯해 늘 허무감이 든다."

이런 절실한 호소를 접해도 내가 할 수 있는 일은 유감스럽

게도 거의 없다.

지난 미국 대통령 선거에서 민주당 바이든 후보가 현직 트럼프 대통령에게 승리한 것은 오랜만에 듣는 낭보였다. 하지만 트럼프는 지금도 여전히 패배를 인정하지 않고 선거 결과를 뒤엎으려 발버둥 치고 있다. 인정은커녕 얼마 남지 않은 임기 중에 외교와 내정에서 갖은 기정사실을 만들려 한다. 게다가 절반쯤 되는 미국 국민이 그런 트럼프를 지지하고 있다. 이런 사태는 일종의 짓궂은 농담으로서 이야기되곤 했지만, 지금 벌어지고 있는 일은 농담이 아니라 현실이다.

11월 19일, 마이크 폼페이오 미국 국무장관은 이스라엘이 점령 중인 골란고원과 요르단강 서안의 유대인 정착촌을 방문했다. 골란고원에서는 "이곳은 이스라엘의 영토"라 말했고, 예루살렘 근교의 정착촌에서는 향후 그곳의 생산품이 미국으로 수출될 때는 '이스라엘산'으로 표시해야 한다고 선언했다. 이는 서둘러 기정사실을 쌓아 나가려는 노골적인 시도다. 당연히 팔레스타인 자치정부와 시리아 정부는 격하게 반발하고 있다.

지금으로부터 3년 반 전인 2017년 4월 6일 미군은 돌연 시리아 공습을 감행했다. 트럼프는 시리아 정부군 측의 화학무기에 희생된 "예쁜 아기" 영상을 보고 마음이 움직였다고 했다. 미국을 방문한 시진핑 중국 국가주석과의 만찬 자리에서 공격 명령을 내린 것이다. 그 뒤 아프가니스탄에서 '핵무기 다음가는 파괴무기'라고 하는 공중폭발대형폭탄을 사용했다. "예쁜 아기"에

415

대한 찬사는 있어도 미군의 공습에 희생된 시리아나 아프가니스
탄의 시민에 대한 언급은 없다. 『뉴욕 타임스』의 보도에 따르면,
트럼프 대통령은 11월 12일 외교 안보 참모진과의 회의에서 이란
의 핵 시설을 공격하는 방안을 타진했으며, 마이크 펜스 부통령
등 측근들이 대규모 분쟁으로의 확전 가능성을 염려해 이를 만
류했다고 한다. 하지만 트럼프는 단번에 형세를 역전시킬 군사
옵션을 계속해서 노릴 것이다. 중국과의 군사 충돌이 벌어질 수
도 있다. 트럼프의 '발버둥'이나 '기분 전환'에 휘말려 다수의 인
명이 희생될지도 모른다. 실로 디스토피아다.

올해 6월 29일 트럼프는 미국이 세계보건기구를 탈퇴한다
고 밝혔다. 이는 국제사회가 (나아가 미국 스스로가) 오랜 세월
일궈 온 공중위생상의 국제적 협력 체계를 파괴하겠다는 선언이
다. 자금·인력 부족으로 인해 필요한 도움을 받지 못한 채 목숨
을 잃는 사람이 늘어날 것이다. 11월 19일 오전 시점에 미국에서
는 코로나19로 25만 140명이 죽고 1149만 2,593명이 감염되었다.
사망자 수, 감염자 수 모두 세계 최다다.

트럼프 정권 아래서 죽지 않아도 될 사람들이 얼마나 많이
죽었을까. 그가 죽이고 있는 것은 외국 시민만이 아니다. 자국
시민도 마찬가지다. 이미 몇 번이나 이야기했지만 다시 한번 말
해 둔다. 인간을 죽이는 것은 무엇보다도 인간 자신이다.

그런 트럼프를 대통령 선거에서 패배시킨 것은 코로나 사태
에 대한 의도적인 무대책과 '흑인의 생명도 소중하다Black Lives

Matter' 운동을 비롯한 인종차별·성차별에 대한 광범위한 시민의 반발이었을 것이다. 올해 5월 아프리카계 미국인 조지 플로이드가 백인 경찰관에게 목을 짓눌려 사망한 사건을 계기로 미국 전역에 항의 운동이 번져 나갔다. 그것은 트럼프 재선 반대 운동의 중요한 요소가 됐다.

그림 하나를 소개한다. 일본계 미국인 화가 이시가키 에이타로石垣榮太郎(1893~1958)의 작품 〈KKK〉다. 빌리 홀리데이Billie Holiday(1915~59)가 부른 〈이상한 열매Strange Fruit〉(1939)라는 노래가 있다. "남부의 나무에는 이상한 열매가 열리네. (…) 남부의 바람에 대롱대롱 흔들리는 검은 몸뚱이, 포플러나무에 매달린 이상한 열매." 1920년대 미국 남부 일대에서 일상화되어 있던 흑인에 대한 차별과 폭행, 그 실행자가 백인우월주의 결사 '큐 클럭스 클랜'(KKK)이었다.

와카야마현 출신의 이시가키는 돈벌이를 위해 미국으로 이주한 아버지를 따라 소년 시절 미국으로 건너갔다. 일을 하며 영어를 배웠고, 성서나 사회주의 서적 등도 즐겨 읽었다. 그리고 당시 미국 사회의 배외적 풍조 속에서 사회적 의식을 갖게 됐다. 1914년부터는 샌프란시스코와 뉴욕에서 그림을 배워 1916년께부터 작품 활동을 시작했다.

이 그림은 폭행당하는 흑인뿐 아니라 KKK의 흰 두건을 벗기려는 또 한 사람의 흑인을 등장시켜 힘찬 저항의 모습도 담아냈다. 1929년 저명한 좌익 저널리스트 존 리드John Reed의 이름을 딴 작가 집단 '존 리드 클럽'이 결성되어, 이시가키 에이타로와 노다 히데오野田英夫(1908~39) 등 좌익계 일본인들도 참가했다. 〈KKK〉가 발표된 1936년에는 이시가키 자신이 준비위원을 맡은 미국미술가회의가 결성되었다. 이시가키는 아내 아야코綾子와 함께 일본 군국주의에 반대해 프랭클린 루스벨트 대통령이 설립한 첩보·선전 기관인 전쟁정보국(OWI)에서 활동했으나, 태평양전쟁이 시작되자 적성 외국인으로서 행동을 제한당했고, 전후 냉전 체제 아래서는 매카시즘(빨갱이 사냥)의 표적이 됐다. 1951년 일본으로 귀국해 다시 미국으로 가지 않고 7년을 살다 죽었다.

일본계 미국인 화가 중에는 위에서 이야기한 노다 히데오, 전에 칼럼에서 다룬 바 있는 미야기 요토쿠, 미국을 대표하는 화가의 한 사람이 된 구니요시 야스오國吉康雄 등 사회주의 또는 민주주의의 입장에서 조국 일본의 군국주의에 반대한 이들이 있었다. 이민이나 돈벌이를 위해 미국으로 건너간 그들은 심한 인종차별 속에서 잡역부, 급사, 철도 건설 인부, 농업 계절노동자 등으로 일하는 한편으로 그림을 그려 나가면서 '생활인'으로서 당시의 사회 현실에 주목했다. 파리에서 공부한 화가들과 다른 점이다. 1930년대의 '선한 미국'의 공기가 그들 '선한 일본인'을 길러 냈다. 미야기는 옥사했고, 코민테른의 밀명을 받아 지하활동을 한 것으로 알려진 노다는 일본에서 병사했다.

어느 식자는 "트럼프 정권은 헤게모니를 상실해 가는 미국의 단말마 같은 것이었다."라고 말했다(요시다 도루 홋카이도대학 교수, 『마이니치신문』 11월 18일). 실로 그렇다. 미국은 분단되어 쇠퇴의 길로 굴러떨어지고 있다. 하지만 이 단말마는 앞으로도 오래 이어지면서 많은 부패와 파괴를 거듭하며 인류 사회에 심각한 손상을 가할 것이다. 이시가키의 〈KKK〉가 그려진 지 90년 가까이 지난 올해, 백인 경찰관이 흑인 시민을 죽였고, 거기에 항의하는 사람들은 백인 지상주의자(트럼프 지지자)들에게 매도당하고 위협당한다. KKK는 살아 있다. 미국이 (그리고 세계가) 바뀌는 것은 얼마나 멀고 어려운 길인가, 나는 생각하지 않을 수 없다.

　언제까지? '감정과 이성'을 잃지 않으려, '허무'에 잡아먹히지 않으려 이런 어려움 속에서 제정신과 존엄을 지키며 싸워 나가는 선한 사람들, 예컨대 벨라루스와 홍콩, 태국의 사람들에게 배우며 스스로를 격려해 나가려고 한다.

+

노다 히데오에 관한 구체적인 소개는 「들꽃의 조용한 에너지」, 『나의 일본미술 순례 1』, 연립서가, 2022 참조.

++

본문에 언급된 이시가키 에이타로의 〈KKK〉는 일본 문화청의 '문화유산 온라인' 홈페이지에서 볼 수 있다.(https://bunka.nii.ac.jp/heritages/detail/215816)

붕괴 과정을
마주하는 나날

―2021년을 맞아

2021년 1월 21일

'아, 무너져 버렸다.' '이렇게 무너져 가는구나.' 이런 생각을 하는 하루하루다. 일본에서도, 세계 전체에서도 지금까지 간신히 유지되어 왔던 것이 둑 무너지듯 무너져 가는 과정을 마주하는 기분이다.

일본 사회의 모든 국면에서 붕괴 현상이 드러나고 있다. 정부는 통제력을 완전히 상실했다. 폭발적 감염의 위기가 현실로 다가오고 있으며, 의료 관계자들은 '의료 붕괴' 앞에 비명을 지르고 있다. 그럼에도 정부는 공허한 정신론을 되풀이할 뿐이다.

아베 전 총리는 자신의 정치적 부패 의혹에 대해 말로는 "책임을 통감한다."라고 하면서도 책임은 비서에게 떠넘기고 증거 자료 제출도 거부한 채 "설명 책임은 다했다."라며 당당한 태도를 보이고 있다. 후임 스가 요시히데 총리가 취임하자마자 단행한 것은 일본학술회의 회원 6명에 대한 임명 거부였다. 지금까지도 정부는 임명 거부의 이유를 설명하지 않고 있다. 이는 학술에 대한 무지와 멸시의 발로일 뿐 아니라 협의조차 필요 없는 강권 정치를 하겠다고 선언한 것과 다르지 않다. 그런가 하면 코로나 대책에서도 거액의 예산을 들여 여행·외식 진흥책을 고집하다가 감염자가 늘자 '스테이 홈', '자숙'을 호소하기 시작했다. 병상은 이미 거의 다 들어차 자택 대기 중에 사망하는 사람들도 나오기 시작했다.

사회 전 국면에서 뭔가가 급속히 붕괴하고 있다. "뭔가"란 단적으로는 복지·보건 제도, 교육제도를 비롯한 전후 일본의 민주주의 제도를 가리키지만, 더 깊이 생각하면 그 전제로서 존재해야 할 (그렇게 상정되어 있는) 사실에 대한 실증, 언어에 대한 신뢰, 지성과 이성이 붕괴한 것이며, 따라서 사실 인식과 논리의 공유에 기초한 대화와 논의 자체가 붕괴한 것이다. 일본 사회는 거짓말과 속임수가 부끄러움 없이 횡행하는 사회, 대화와 논의가 성립하지 않는 디스토피아로 변모하고 있다.

지난해 말 도쿄 시부야구 버스 정류장에서 밤을 지새우던 여성 노숙인이 "눈에 거슬린다."라는 이유로 졸지에 근처에 있던 남성에게 맞아 죽었다. 수중에 갖고 있던 돈은 8엔이었다. 오사카에서는 고령과 중년의 모녀가 소리 없이 굶어 죽은 채 발견됐다. 냉장고는 비었고 수도와 가스는 끊겨 있었다. 두 사람이 지닌 돈은 13엔이 전부였다고 한다. 이런 뉴스가 별다른 놀라움도 없이 유통되고 있다. 사회적 약자는 방치된 채 점점 궁지에 내몰리고 있다.

일본에서는 어제(1월 15일)가 최초의 코로나19 감염자 발생으로부터 딱 1년이 지난 날이었다. 최근 일본의 누적 감염자 수는 30만 명을 돌파했고 사망자 수는 4,000명을 넘겼다. 앞으로 더욱 늘어날 것이다.

지금으로부터 약 9개월 전, 코로나 사태가 본격화될 무렵 나는「죽음의 승리」라는 칼럼에서 다음과 같이 썼다. "'대재앙'은 전염병만을 가리키지 않는다. 이 혼란 속에서 자기중심주의와 불관용이 만연하고 파시즘이 대두하는 사태를 가리키는 것이다. (…) 역병이나 자연재해는 인간의 생활과 생명을 빼앗지만, 실은 인간을 죽이는 것은 무엇보다도 인간 자신이다."

매우 유감스럽게도 지금까지는 이 예감이 적중하고 있는 듯하다. 미국 대통령 선거를 둘러싼 소란을 봐도 그렇다. 민주당 바이든 후보가 가까스로 트럼프의 재선을 저지했으나, 트럼프는 패배를 받아들이지 않고 발버둥 치고 있다. 그리고 그것을 미국 국민 절반 가까이가 지지한다. 컬트적인 음모론까지 퍼뜨리면서 말이다. 이상한 일이지만 일본에도 음모론을 신봉하는 트럼프 지지자가 예상외로 많다.

이런 상황에서 권력이 이용하려고 하는 것이 '차별'이고 '전쟁'이다. 실제로 트럼프는 대통령 자리를 붙들기 위해 이란에 대한 군사 공격 옵션을 고려했다가 측근들의 만류에 단념했다고 한다. 1월 6일에는 의회에 트럼프 지지자의 무리(폭도)가 난입해 총 5명의 사망자를 낸 전대미문의 사태도 벌어졌다. 앞으로도 무슨 일이 일어날지 알 수 없는 상황이다.

지난해 11월 27일 자 칼럼에서 나는 "미국의 '단말마'는 계속된다."라고 썼다. '트럼프의'가 아닌 '미국의' 단말마다. "미국은 분단되어 쇠퇴의 길로 굴러떨어지고 있다. 하지만 이 단말마는 앞으로도 오래 이어지면서 많은 부패와 파괴를 거듭하며 인류 사회에 심각한 손상을 가할 것이다."

장기적으로 보면 미국이 쇠퇴하며 스스로 무너지는 것 자체는 나쁘지 않으나 그 과정에서 얼마나 많은 사람이 '단말마'의 희생을 당할지 생각하지 않을 수 없다. 붕괴 중인 것은 단지 '미국의 민주주의'가 아닌, 더 근본적인 것이다. 제2차 세계대전 이후 극히 불충분하게나마, 또 옛 식민지 민족들로서는 받아들이기 힘든 내용을 포함하는 것이었지만, 어쨌든 '인권'이나 '민주주의' 같은 보편적 가치는 누구도 공공연하게 무시할 수 없는 공통의 척도로 인정되어 왔다(1948년의 '세계인권선언'). 그로부터 70여 년이 지난 지금 그 기본적인 척도 자체가 무너지고 있는 듯하다.

미국 대통령 선거를 둘러싼 저간의 혼란을 다룬 많은 뉴스를 봤지만, 특히 흥미로웠던 것은 아널드 슈워제네거가 게시한 동영상이다. 그는 트럼프 지지자들의 의회 난입을 1938년 독일에서 일어난 나치의 유대인 박해 사건 '수정의 밤'에 비유하며 "수요일[1월 6일] 일은 바로 이곳 미국에서 일어난 '수정의 밤'

이었다."라고 엄숙한 표정으로 말했다. 1947년 오스트리아에서 태어난 슈위제네거는 "나는 역사상 가장 사악한 체제에 가담했다는 죄책감을 술로 잊으려는 망가진 남자들에 둘러싸여 자랐다."라며 "고통스러운 기억이기에 공개된 자리에서 이야기한 적은 없지만, 내 아버지는 일주일에 한두 번은 술에 취해 집에 돌아와 고함을 지르며 우리를 때렸고, 어머니는 겁에 질렸다."라고 이야기했다. 나는 그의 팬도, 정치적 지지자도 아니지만, 붕괴하고 있는 '척도'가 그에게는 아직 살아 있다는 것을 알 수 있다. 하지만 이런 생각, 이런 말이 얼마나 공감을 얻을지는 낙관할 수 없다. 현실을 보건대 '나치즘', '홀로코스트' 같은 척도는 이미 붕괴하여 '나치 같다'라는 비유도 유효성을 잃었기 때문이다. 지금 '꼭 아이히만 같다'라는 비판을 받고 부끄러워할 사람이 얼마나 될까.

2021년을 맞아 내가 소개하고자 하는 그림은 일본 화가 아이미쓰靉光(1907~46)의 대표작 〈눈[眼]이 있는 풍경〉이다. 이 그림은 1938년에 그려졌다. 루거우차오 사건과 난징 대학살이 일어난 이듬해, 일본에서 국가총동원법이 제정된 해, 독일에서 '수정의 밤' 사건이 일어난 해다.

아이미쓰는 다른 많은 화가와는 달리 전쟁화를 그리지 않았다. 1944년 소집되어 일개 병졸로서 중국으로 보내진 그는 우창武昌에서 패전을 맞았으나 이질에 걸리고 흉막염과 말라리아까지 겹쳐 패전 5개월 뒤 귀국하지 못한 채 상하이의 병참병원에서 사망했다. 패전 후였음에도 전쟁 중의 군대 규율이 온존하던 병원에서 상관의 반감을 사 '절식요법'이라는 명목으로 아사할 수밖에 없었던 것이다. 〈눈이 있는 풍경〉의 중앙에서 번득이는 눈은 그런 무참한 미래를 내다보고 있는 것 같다.

이번 학기의 수업에서 이 작품을 학생들에게 소개했더니 예년과는 다른 반응이었다. 현시대의 불안에 가득 찬 공기가 약 80년의 세월을 뛰어넘어 학생들의 감수성을 자극한 것이리라. 이번 학기를 끝으로 나는 이 대학에서 정년퇴직한다. 마지막 수업을 이렇게 끝내게 됐다. '척도'의 재건을 위해 힘쓸 작정이지만, 그러지 못하더라도 최소한 이 '눈'처럼 세상이 어디로 향하는지 끝까지 지켜볼 생각이다.

+

아이미쓰에 관한 본격적인 논의는 「'검은 손', 그리고 응시하는 '눈'」, 『나의 일본미술 순례 1』, 연립서가, 2022 참조.

무자비한
시대

2021년 5월 20일

아내(F라고 하겠다)의 허락을 받고, 그녀에 관한 이야기부터 하겠다. 이런 이야기를 써도 될지 잠시 고민했으나 결국 쓰기로 했다. 이 역시 2021년이라는 시대(나는 그것을 '무자비한 시대'라 부르기로 했다)의 일본과 세계에 관한 하나의 필요한 증언이라고 생각하기 때문이다.

F는 최근 2년 정도 몸이 아파 고생하고 있다. 전문의의 진단은 일단 '불안신경증'으로 되어 있다. 많은 경우 이 병의 증상은 전철을 탈 수 없다거나, 사람을 못 만나겠다거나 하는 것이지만, F의 경우는 그렇지 않고 저녁이 되어 날이 어두워지면 정체불명의 불안감에 사로잡힌다. 아침에는 잠에서 깬 순간부터 불안감이 있고 가슴이 아프다고 한다. 이런저런 치료를 시도해 봤으나 현재로서는 눈에 띄는 효과는 없다.

전문의에게 증상을 호소하니 "무엇이 그렇게 불안한가요?"라고 묻기에 F는 "미얀마라든가 아카기 씨 일이라든가……."라

고 대답했다. 미얀마에서 계속되고 있는 시민에 대한 탄압, 상관
으로부터 아베 전 총리의 모리토모학원 비리 의혹에 관한 자료
의 수정을 지시받고 양심의 가책을 느껴 자살한 재무성 관료 이
야기다. 그러자 '전문의'는 "당신은 일본에 있습니다. 일본은 안
심할 수 있는 안전한 곳이니 그런 건 신경 쓰지 않으셔도 됩니
다. 밝고 즐거운 생각만 하세요."라고 나무라는 듯한 말투로 말
했다. 옆에서 듣고 있던 나도 놀랐는데, F는 더 놀랐을 것이다.
'정신과 치료'라는 게 이런 것인가?

나는 F가 미얀마에서의 정치 폭력이나 부당하게 희생당한
하급 관료와 그 가족 때문에 마음 아파하는 것은 인간으로서 당
연하다고 생각한다. 그것을 '남의 일'로서 무시하는 것이 '치료'
일까? 하물며 F의 남편인 나는 한국 군사정권 시대의 정치범 가
족이었다. '사형'이나 '고문' 같은 말은 내게 '남의 일'이 아니라
늘 가까이에 있는 것이었다. 곁에 있던 F도 마음 아파했다. 그 기
억은 지금도 사라지지 않았다.

F의 증상에는 그 밖에도 본인의 개인사나 나와의 관계, 노화
에 따른 호르몬 변화 등 복합적인 요인이 겹쳐 있을 것이다. 그
럼에도 '세계의 현 상황'이 큰 그림자를 드리우고 있는 것은 틀
림없다고 생각한다. 불안한 것이 당연하지 않은가? 의사는 위에
서 말한 국내외의 정치적 문제들을 해결하지 못하기에 거기에
맞는 처방전을 제시하지 못한다고 해도 어쩔 수 없는 일이다. 하
지만 '불안'의 원인에 대한 환자 본인의 호소에 귀 기울이면서,

이해하지는 못하더라도 적어도 공감을 표하며 대해야 하는 게 아닐까? 그것이 틀림없이 치료에도 유효할 것이라는 생각은 '문외한의 판단'에 불과할까?

무엇보다 나나 F나 "일본은 안심할 수 있는 안전한 곳"이라 생각하지 않는다. 생각할 수가 없다. 일본은 예컨대 수중에 몇 엔밖에 없어 갈 곳이 없는 여성 노숙인이 밤중에 버스 정류장에서 맞아 죽는 곳이다. 헤이트스피치도 사라질 기미가 없다. 사라지기는커녕 이대로라면 곧 서양에서처럼 직접적 폭력을 동반하는 증오 범죄가 빈발하지는 않을지 나는 진지하게 걱정하고 있다. 그것은 이미 사가미하라의 장애인 시설에서 일어난 중증 심신장애인 집단 살상 사건으로 현실화했다. 이는 정부·행정 당국이 앞장서서 온 힘을 다해 막아야 할 '또 하나의 전염병'과 같은 것이다.

나는 이번에 20년 남짓 일한 도쿄의 어느 사립대학에서 무사히 정년퇴직했다. 거기에 안도한 사람이 다름 아닌 F다. F는 내가 그 대학에 취직했을 때부터 우익이나 차별주의자들의 표적이 되어 괴롭힘당하지 않을지, 언젠가 그만둘 수밖에 없게 되지 않을지 불안을 안고 살아왔다고 한다. 다행히 그런 일은 일어나지 않았지만, 직장에까지 기분 나쁜 전화가 걸려 온 적은 있다. 나보다 젊은 세대의 재일조선인 중에는 실제로 헤이트스피치의 표적이 된 사람이 적지 않다.

F가 그런 불안에 시달리는 것은, 1930년대의 독일에서 유대

계 대학교수들이 히틀러 지지자들(특히 친나치 학생 단체)의 공격을 받아 대학에서 쫓겨나, 어떤 이들은 망명할 수밖에 없었고, 또 어떤 이들은 강제수용소로 보내진 역사가 염두에 있기 때문이다. 그것은 내게는 물론이고 F에게도 결코 '남의 일'이 아니다. 사람들이 위협받고 있는 것을 '남의 일'로 여기라는 조언은 결코 위로가 되지 않는다. 이 상황을 함께 걱정하고 함께 개선하려 노력하는 자세를 보이는 것, 즉 '연대'만이 진정한 위로가 된다. 불필요한 말일지도 모르겠으나 만일을 위해 말해 두자면 F는 일본 국적의 일본인이다.

그런 생각을 하던 중에 라지 수라니Raji Sourani(1953~) 씨로부터 메일이 왔다. 라지는 팔레스타인 가자지구에 거점을 둔 인권 단체(Palestinian Center for Human Rights)의 창립자다. 나와 그는 어느 텔레비전 프로그램 일로 2003년 오키나와에서 대담을 가진 이래, 2010년과 2014년에도 도쿄에서 만난 사이다. 늘 위의 단체명으로 가자의 인권 상황에 관한 비통한 보고를 전해 왔는데, 이번에는 라지 본인의 이름으로 메일이 왔다. 그 첫머리는 이렇다.

"이것은 내가 평생 목격한 것 중 최악이다. 가자에 안전한 공간은 없다. 참으로 피투성이고, 야만이다. 그들은 밤낮으로 200만 가자 주민에게 테러 공격을 가하고 있다. 오늘 아침 우리는 다시는 해를 볼 수 없을 것이라 생각했다."

이스라엘군의 맹렬한 공습 아래 실시간으로 전한 보고다.

　동예루살렘에서의 팔레스타인인 탄압에 대해 가자지구에 봉쇄되어 온 하마스가 항의의 로켓탄을 발사했고, 이에 이스라엘이 가자지구에 대한 대규모 공습을 개시해 이달 10일 이후 하마스 사령관과 전투원 등 약 30명이 사망하고 민간인도 현재까지 83명이 숨졌다. 하마스의 로켓포 반격으로 이스라엘에서는 7명이 사망했다고 한다. 이스라엘의 네타냐후 총리는 취재진에게 "이건 시작에 불과하다."라고 말했다(『도쿄신문』 5월 14일). 이스라엘은 지금 가자지구 지상 침공을 감행할 태세다.

　이런 사태 악화의 배경에는 트럼프 정권 시절의 이스라엘 지원 강화 정책이 있지만, 바이든 정권이 들어선 뒤로도 미국은 이스라엘과의 동맹 관계를 중시하는 자세를 바꾸지 않고 있다. 이런 압도적으로 불균형한 상황 속에서 지금 어린이, 노인, 여성을 포함한 가자의 팔레스타인인들이 살해당하고 있다.

　이런 뉴스는 F를 더욱 깊은 불안에 빠뜨렸다. F 역시 지난 20년 가까운 세월 동안 라지를 존경스러운 친한 벗으로 생각해 왔다. "당신도 라지처럼 확실하게 하세요."라는 등 나를 질책한 적도 있다. 그 소중한 벗과 그의 동포들이 죽음에 내몰리고 있는 것이다. 세계는 또다시 이를 '남의 일'이라고 못 본 체할 것인가.

　라지는 위에 인용한 메일 뒷부분에 그다운 메시지를 남겼다. "우리에게는 체념한 채 '선량한 희생자'가 될 권리는 없다. 그들은 부끄러운 줄 알아야 한다. 그들과 '침묵의 공모' 관계인 자들도. 우리는 희망과 결의를 지켜 나갈 것이다."

아, 세계는 얼마나 무자비한가. 나는 얼마나 무력한 존재인가. 내가 할 수 있는 일이라고는 연대의 뜻을 전하는 짧은 메일을 보내는 것이 고작이다. 그럼에도 그렇게 할 수밖에 없었다. 그런 일이라면 하지 않는 편이 낫다고는 생각하지 않는다. 여기, 이렇게나 멀리 떨어진 극동의 땅에 무력하나마 당신의 고통에 공감하는 자가 있다. 그것만이라도 전하고 싶었다. F도 연대의 메일을 보내도록 힘을 실었다.

미얀마, 벨라루스, 홍콩……. 손 닿지 않는 세계 곳곳에서, 서로 만날 수도 얼굴을 마주할 수도 없는 곳에서 사람들의 고뇌가 끝없이 이어지고 있다. 그 고뇌에 '공감compassion'하는 이는 해결되기 어려운 고뇌를 떠안고, 자신의 심신마저 상처받는다. 하지만 그렇다고 '공감' 같은 건 하지 않는 편이 낫다고 할 수 있을까. 그럼에도 '공감'하게 되는 게 인간이 아닐까. '연대'하려 하는 게 인간이 아닐까. 그런 정신의 기능까지 포기할 때 '비인간화'가 완성되고 '전염병'이 개가를 올릴 것이다.

살기 위해서는
서로가 필요하다

2021년 7월 15일

　　7월 12일, 코로나19의 유행으로 도쿄에 네 번째 '긴급사태 선언'이 발령됐다. 올림픽의 전례 없는 '무관중' 개최가 결정되어 일본 사회는 혼란스럽기 이를 데 없다. 이는 예측할 수 있었던 사태이므로 좀 더 일찍 적절한 대책을 세웠어야 하며, 그러지 못한 것은 '이권'이나 '체면'에 연연했던 정부 여당의 실정 탓이라는 비판도 많다. 맞는 이야기지만, 이런 비판은 약하고 뒤늦은 감이 있다. 애당초 '무관중'이 아니라 '중지'가 옳았다. 사회의 대세가 '이미 결정된 것이니 이제 와서 그만둘 수는 없다'는 너무나도 '일본적'이라 해야 할 기분(일종의 허무주의)에 휩쓸리고 있다.

　　새삼 말할 것도 없지만, 나는 이번 도쿄 올림픽뿐 아니라 올림픽 자체에 반대한다. 그것이 본질적으로 '내셔널리즘'과 상업주의로 뒤범벅이 된 가식의 제전이기 때문이다. 올림픽이라는 말을 듣기만 해도 비판 정신을 잃어버리는 사람들을 보면 고대

로마제국의 투기장을 가득 메운 군중을 연상하게 된다. 그 군중
은 이교도가 맹수의 희생양으로 바쳐지는 장면을 구경하며 열광
했다. 올림픽에 대해 하고 싶은 이야기는 많지만, 지금은 이 정
도로 해 두자.

정년퇴직한 지 3개월 남짓 지났다. 퇴직 직전까지 이래저래
바빴기에 솔직히 좀 지쳐 있었다. 퇴직하고 나면 한가해져 실컷
쉴 수 있으리라 생각했는데, 안이한 생각이었다. 잡무를 처리하
는 게 간단하지 않다. 그뿐 아니라 일을 하는 능률이 이전에 비
해 현격히 떨어졌다. 사흘이면 되리라 생각한 일이 일주일이 지
나도록 끝나지 않는다. 늙는다는 게 이런 것이리라. 당연하다.
그래서 '정년'이라는 제도가 있는 것이므로. 하지만 실제로 그렇
게 되어 보지 않고는 실감하기 어렵다.

그런 데다 아내와 함께 병원에 다니느라 많은 시간을 소모
한다. 코로나바이러스 예방접종도 받았다. 우리는 우선적으로
접종받을 수 있는 '고령자'로 분류되어 있다. 내가 '고령자'라는
사실을 자각한 것은 버스 할인 승차권을 손에 넣었을 때, 그리고
이번이다.

백신 부작용에 대한 정보를 접하고는 접종받지 말아야 할
까도 생각했으나, 동시에 '백신 부족', '제○차 유행' 등의 보도를
들으면 빨리 접종받아야겠다는 초조감이 일었다. 모순된 생각이
다. 우리 두 사람 모두 백신 접종 뒤 2~3일간 발열과 함께 꽤 심
한 권태감을 체험했다. '그 정도로 끝나서 다행'이라고도 할 수

있겠으나 정말 그러한지, 백신의 효과는 어느 정도일지 아직 알
수 없다.

　사람이 자신의 건강과 생명의 주권자가 되는 것은 쉬운 노
릇이 아니다. 하물며 상대는 감염증이라는 눈에 보이지 않는 위
협이며, 의지할 만한 것이라는 과학도 우리 스스로 실험해 판단
할 수 없는 이상 '전문가'의 말을 따를 수밖에 없다. 게다가 그 전
문가를 전적으로 신용할 수도 없다. 그 배경에는 제약 회사, 의
료 기관의 이권 추구나 '보건 위생'을 통해 인민을 통제하려는
국가권력의 의도 등이 있다. 우리는 지금 우리 자신의 건강과 생
명에 관한 주권을 박탈당한 상태다. 어정쩡하고 뒤숭숭한 기분
은 근본적으로 이 부조리한 무無주권 상황에서 기인한다고 할
수 있다.

　정년을 맞아 시간이 생겼다기보다 좀 멍해져 버렸다. 아마
도 지금 나는 직업인에서 무직자로, 초로初老에서 진짜 노인으로
가는 과도기에 있고, 심신 양면으로 그 이행과 적응에 애를 먹고
있는 것이리라. 다만 정년 덕에 일과는 직접적 관련이 없는 책을
마음대로 읽는 일이 많아졌다. 이른바 '불요불급한 책'이다. 독
서라는 행위는 본래 그런 것이어야 한다고 생각한다. 요즘 읽은
책 중 재미있었던 것을 소개하겠다.

　티머시 스나이더의 『치료받을 권리—팬데믹 시대, 역사학
자의 병상일기』. 저자는 1969년생의 미국 예일대 역사학부 교수
로, 중·동유럽 역사 전문가다. 주요 저서로 『피에 젖은 땅—스탈

린과 히틀러 사이의 유럽』, 『블랙 어스—홀로코스트, 역사이자 경고』 등이 있다. 이 두 권은 저자의 전문 분야 저술로, 나는 집필 작업에 필요하기도 해 입수해 둔 터였다. 그러나 『치료받을 권리』의 저자가 동일 인물인 줄은 몰랐다. 좀 의외이기도 했다. 책을 손에 쥔 것도 코로나 사태와 관련해서다.

이 책은 중증의 감염증(코로나19는 아니다)으로 2019년 12월 입원한 저자가 코로나19 팬데믹과 트럼프가 재선에 도전한 대선 선거전의 와중에 생사의 경계를 오가며 생각한 바를 적은 것이다. 조금 인용해 보겠다.

"우리가 지닌 병폐의 한 부분은 '모든 인간은 평등하게 태어났다'는 전제가—삶과 죽음에 대해서도—진지하게 받아들여지지 않는다는 것이다. 만일 모든 인간이 평등하게 의료 서비스를 누릴 수 있다면 우리는 신체적으로뿐 아니라 정신적으로도 더 건강해질 것이다. 우리의 생존이 경제적·사회적 지위에 좌우된다고 더는 생각하지 않을 것이기에 우리 삶은 덜 불안하고 덜 외로울 것이다. 우리는 훨씬 더 자유로워질 것이다."

"나치의 유대인 학살이 최악의 악의라면, 최고의 선의는 무엇일까? (…) 나치는 의료를 인간과 인간 이하의 존재, 인간과 인간 아닌 존재를 구분하는 수단으로 삼았다. 우리가 타인을 질병의 전파자로, 스스로를 건강한 피해자로 여긴다면 나치와 별다를 바 없게 된다."

"도움 없이는 누구도 자유로울 수 없다는 것, 그것이 바로 자유의 역설이다. 자유는 홀로 있음을 뜻할지도 모르지만, 연대 없이는 자유도 없다."

"이 나라 어디에 살든 (…) 우리는 물건이 아닌 사람이며, 사람으로 대우받을 때 비로소 삶을 헤쳐 나갈 수 있다. (…) 자유로 워지기 위해서는 건강이 필요하며, 건강을 위해서는 서로가 필요하다."

더 소개하고 싶으나 지면이 다했다. 현대사의 대량 학살 전문 연구자가 중병으로 몸져누워 의료보험 제도에서 삶, 질병, 죽음, 그리고 '자유'에 이르기까지 갖가지 문제를 고찰한다. 필치는 매우 냉철하고 객관적이지만, 거기에는 '연대'의 의의를 강조하는 휴머니스트의 뜨거운 피가 흐른다. 저자의 비판은 물론 미국의 의료보험 제도가 가진 미비점과 결함, 그 밑바탕을 이루는 가치관을 향하지만, 적어도 이는 일본에도(아마도 한국에도) 들어맞는 이야기일 것이다. 신자유주의적 가치관이 의료 현장을 침식해 온 결과가 바로 현재의 참상이다. 인간을 죽이는 것은 인간이며, 인간이 살기 위해 필요한 것은 '연대'다. 여러분의 '건강' 을 기원합니다.

박탈당한
상상력

2021년 11월 4일

오늘은 10월 30일이다. 일본에서는 내일이 중의원 선거 투표일. 결과는 달이 바뀌는 11월 1일 새벽에야 나올 것이다. 그 결과를 보고 쓰면 좋겠지만 정해진 마감이 있어 어쩔 수 없이 지금 쓴다.

이번 선거는 2012년 12월 이래 이어져 온 제2차 아베 신조 정권과 그 후계인 스가 요시히데 정권의 총 약 9년에 걸친 집권에 대해 주권자가 심판을 내릴 기회, 장기 집권에 따른 구태와 은폐의 정치에 전환을 가져올 기회다. 하지만 일본 국적이 아닌 나는 투표권이 없어 이 중요한 기회에 내 의사를 투표로 표현할 수가 없다. 그런 내 입장에서 볼 때 투표권을 지닌 일본 국민 다수가 주권자의 권리에 대한 자각이 없어 늘 투표율이 저조한 것은 참으로 답답하고 이해하기 어렵다.

내일의 투표 결과는 어떻게 될까. 각 언론의 예측으로는 자민·공명 연립여당이 고전해 의석을 어느 정도 잃겠지만, 정권

교체를 불러올 만큼의 극적인 의석 감소는 없을 듯하다. 또 만일 집권 여당에 그런 위기가 닥치더라도 유사 야당이라 해야 할 포퓰리즘 정당과의 연립을 통해 극복해 나갈 것으로 보인다. 이 경우 유럽 등 세계 각지에서 확산 중인 극우 정당의 진출이라는 현상으로 이어질 것이므로 물론 반길 일이 아니다.

투표율을 끌어올리기 위해 '젊은이'를 대상으로 계몽 캠페인이 벌어지고 있다. 그러나 이는 문제의 본질에서 벗어난 대책일 뿐이다. 중요한 것은, 정치의 세계에서 일어나는 일을 '내 일'로 느끼는 감성, 달리 말해 자신이 이 나라의 정치를 좌우하는 '주권자'라는 자각이다. 그것은 교통법규와 마찬가지로 다른 사람에게 배울 일이 아니다.

'젊은이'뿐 아니라 일본인 대다수는 그런 자율적 '주권자'가 되는 데에 이미 오랜 세월 동안 실패해 왔다. 정해진 틀, 주어진 조건 속에서 어떻게든 무난하게 지나가는 데에는 민감하지만, 그런 틀 자체의 타당성이나 정당성을 근본적으로 문제 삼지는 않는다. 정부나 대기업 등 '위쪽'에서 '국가 프로젝트'라는 말만 나와도 쉽게 사고가 정지되어 그것을 추종한다. 근본적인 문제 제기를 하는 사람은 답 없는 난제에 집착하는 말썽꾼으로서 무시당하거나 배제당한다. 도쿄 올림픽의 경우가 바로 그러했다. 어째서 이럴까. 언제까지 이럴까.

찜찜한 기분으로 잡지 『세카이』 최신 호(2021년 11월 호)를 넘겨 보다가 '해결책'까지는 아니더라도 '힌트'는 될 만한 설명을 발견했다. 사카이 다카시酒井隆史의 「반反평등이라는 상념」에 따르면, 인류학자 데이비드 그레이버David Graeber는 "신자유주의의 최우선 과제"가 "지금의 세계 이외의 가능성을 모색하는 모든 상상력을 봉쇄하는 데에 있다."라고 지적했다(『관료제 유토피아』). "신자유주의는 경제적으로 실패했고, 약속을 거의 이행하지 않았다. 나아가 주장했던 이념을 스스로 노골적으로 배반했다. (…) 그럼에도 변함없이 살아남았을 뿐 아니라 실패하면 할수록 더 강력해져서는 한층 강압적으로 실패한 시책을 밀어붙이려고 한다. 어째서 이런 좀비화가 가능한가? 그것은 신자유주의가 다른 세계의 가능성, 다른 세계로 향하는 상상력을 봉쇄하는 데에 성공했기 때문이다."

절로 고개가 끄덕여진다. '젊은이'들에게 왜 투표하러 가지 않느냐고 물어보면, 투표해 봤자 아무것도 바뀌지 않기 때문이라는 답이 돌아오는 것이 보통이다. '아무것도 바뀌지 않는다'고 그토록 굳게 믿는 것은 어째서일까. 어른들은 꾸짖거나 가르치면서 그 태도를 고치려 한다. 하지만 그럴수록 젊은이들은 더 깊은 허무 속에서, 그것이 허무라는 것도 알지 못한 채 살아간다. '이 세계와는 다른 세계가 있다'거나 '이 세계는 바뀔 수 있다'는 상상을 처음부터 박탈당한 것이다. 이 허무는 그들 세대에서 시작되지 않았다. 그들의 부모도, 그 전 세대도 이미 '주권자 의식'을 상실했었다. 신자유주의는 그런 경향에 박차를 가했을 뿐이다.

10년 전쯤 내 강의를 듣던 한 학생이 '픽션화'라는 말을 가르쳐 주었다. 그에 따르면 제 또래들은 모든 것을 '픽션화'해서 본다는 것이었다. 대학 강의는 살아 있는 교수와 얼굴을 마주하고 내용을 고찰하는 행위가 아닌, '강의 장면'이라는 픽션으로 받아들인다. 친구들과의 교우나 연인과의 연애도 마찬가지다. 교수도 친구도 연인도 모두 디스플레이상의 영상이고, 잘못되면 언제라도 스위치를 끌 수 있는 대상인 것이다. 모든 것이 '픽션화'되어 있는 이상, 어느 것 때문에라도 상처 입을 일은 없다. 최악의 경우 '이건 픽션이야' 하고 스스로를 타이르면서 타인을 상처 입히거나 죽일 수도 있다. '지금 살고 있는 이 세계'가 픽션인 이상 '다른 세계'를 현실적인 것으로서 상상하는 것은 더는 의미가 없다. 이런 경향은 힘을 잃어 가는 사람들의 방어기제라고 볼 수도 있을 것이다. 급속한 IT화는 이런 추세에 박차를 가한다. 상상력의 밑바탕에 있어야 할 삶의 현실감이 박탈당하고 있다.

같은 잡지에 실린 우카이 사토시鵜飼哲의 「붕괴의 스펙터클, 도쿄 올림픽 2020」에는 미국의 축구 선수 출신 사회학자 줄스 보이코프Jules Boykoff가 제언한 '축하 자본주의celebration capitalism'라는 개념이 소개되어 있다. "'축제'를 구실로 비상사태와 같은 상황을 인위적으로 조성해 통상적인 법 운용이나 인권 규범을 경시하거나 정지시키는" 것, "일방적인 민관 협력을 통해 민간 자본이 통상 생각할 수 없는 조건으로 공적 자산·자금을 수탈할 수 있게 하는" 것, "국내외 대기업의 협찬을 통해 거액의 개최 자금을 조달하는" 것, "안보 산업과 특히 밀접한 관계"이며 그에 따라 "최첨단 감시 기술의 사회 침투가 일거에 진행"된다는 것 등이 그 속성이다. 더 있지만 전부 열거할 지면이 없다.

어쨌든 이런 속성을 가진 '축하 자본주의'의 모습은 올여름 도쿄에서 만천하에 드러났다. 일본 국민 다수는 코로나 사태의 위협 속에서도 요구에 부응해 '축하'했으며, 대량으로 만들어져 유포된 '미담'에 '감동'했다. 뒤에는 막대한 적자가 남았으나 그 부담은 올림픽 개최를 강행한 정치가나 기업이 아닌 국민이 짊어져야 할 것이다. 이것은 올림픽에 한정된 이야기가 아니다. 픽션화되고 엔터테인먼트화된 세계에 널리 일반화된 가장 효율적인 착취 방법이다. '축하 자본주의'에 맛을 들인 정부나 기업은 계속해서 축하 이벤트를 만들어 낸다. 뒷감당은 그들이 알 바가 아니다.

지금 우리는 이런 세상을 살아가고 있다. 투표하러 가지 않는 '젊은이'를 질책하려는 것이 아니다. 이런 상황의 일차적 책임은 그들에게 있지 않다. 인간이 이토록 철저하게 파괴된 허무의 세계를, 이런 모습이 아니기를 바라는 작은 바람과 함께 다만 지켜볼 뿐이다. 이번 선거가 이런 내 생각을 고쳐먹게 할 만한 결과를 가져올까? 내년의 한국 대통령 선거는 어떻게 될까?

고통스러운 상상력

― 2021년을 마감하며

2021년 12월 30일

       오늘은 12월 27일. 올해도 며칠 남지 않았다. 매년 이맘때가 되면 자연스레 지난 한 해를 되돌아보게 된다. 이는 자연히 칼럼 등 내가 쓰는 글에도 반영된다. 글을 쓴다는 것은 나에게 있어 틀림없는 기쁨이지만 동시에 고통도 따른다. '고통'이라 한 것은 좀처럼 희망 같은 것을 말할 수가 없기 때문이다.

       1년 전 나는 「붕괴 과정을 마주하는 나날―2021년을 맞아」라는 제목의 칼럼을 썼다. "사회 전 국면에서 뭔가가 급속히 붕괴하고 있다. (…) 사실에 대한 실증, 언어에 대한 신뢰, 지성과 이성이 붕괴한 것이며, 따라서 사실 인식과 논리의 공유에 기초한 대화와 논의 자체가 붕괴한 것이다." 지난 1년간 붕괴 과정은 더 진행됐다.

       일본에서 코로나 사태는 지난 가을 이래 진정될 조짐을 보이고 있다. 그러나 이것을 '희망적'으로 이야기할 수는 없다. 한국에서도 서양에서도 감염이 확대되고 있으며, 남아공에서 보고된 오미크론이라는 변이종이 전 세계로 빠르게 확산되고 있다. 일본에는 조만간 제6차 유행이 닥칠 것이다. 그러나 '고통'은 나와 내가 살고 있는 사회가 위협받고 있다는 데 그치지 않는다. 남아공을 비롯한 발전도상국에서는 백신 공급의 세계적 불평등을 비판하는 비명 같은 호소가 들려온다. 세계보건기구도 거듭 이를 지적하고 있다. 그러나 이른바 선진국들은 (그 국민 다수를 포함해) 이런 비인도적인 불평등에 거의 관심이 없다. 불평등 이야기가 나와서 하는 말이지만, 세계 상위 1퍼센트 초부유층의 자산이 올해 세계 전체 개인 자산의 37.8퍼센트를 차지했다고 한다(『교도통신』 12월 25일). 우리는 인류 역사에 유례가 없는 극단적인 불평등 시대를 살아가고 있다.

인간들의 '야만성'을 질릴 만큼 목도하고 있다는 생각이 든다. 아니 이것을 '야만'에 비유하는 것은 잘못이다. '야만'이기 때문이 아니라 오히려 '문명' 자체 안에 그런 '야만성'이 내재되어 있는 것이다. 그렇게 생각하는 내게 어떻게 희망을 말하라는 것인가. 그럼에도 내가 글쓰기를 그만두지 않는 것은 앞으로 힘든 삶을 살아갈 젊은 사람들에게 조금이라도 더 나은 사회를 남길 책임이 있다고 생각하기 때문이다.

지루하게 이어지는 코로나 사태 때문에 마음대로 이동할 수가 없다. 벗들과도 만날 수 없다. 멀리 떨어져도 연락할 수 있다는 사람들이 있으나, 나는 그렇게 생각하지 않는다. 인간 사이에 필요한 것은 정보만이 아니다. '좋다'는 감정을 '싫다'라는 정 반대의 말로 전달하는 것은 우리 일상에서 흔한 일이다. 같은 정 보라도 그것을 말하는 사람의 목소리나 표정, 또는 문맥에 따라 정반대의 의미가 될 수도 있다. 이런 비언어적인 소통 영역이 예 술의 존재 이유이기도 하다. 원거리 소통에서는 이 부분, 즉 '인 간'에 대한 상상력이나 공감력이 필연적으로 쪼그라들 수밖에 없다.

상상은 구체적이어야 한다. '감염자 수'나 '구속자 수' 같은 수치화되고 계량화된 정보는, 자신이 뭔가를 알고 있다는 그릇 된 자기만족을 줄 뿐 오히려 상상력을 저해한다. 예컨대 벨라루 스의 작가 스베틀라나 알렉시예비치는 지금 독일에 망명 중이 다. 그의 일상은 어떨까? 밤이 이슥해져 홀로 아파트에 돌아왔 을 때 어떤 불안과 고독이 그를 덮칠까. 또는 민주화를 요구하는 시위에 참여했다가 군인에게 맞아 죽은 미얀마 젊은이의 어머니 는 지금 무슨 생각을 하고 있을까. '불법체류' 혐의로 일본의 출 입국관리 당국에 구속되어, 극도의 건강 악화를 거듭 호소했음 에도 무시당해 결국 사망한 스리랑카인 여성은 어떤 고통의 신 음을 냈을까. 오늘 밤 묵을 곳이 없고 음식을 살 돈도 없어 거리 를 서성이는 사람들은 얼마나 추울까. 이런 것을 하나하나 상상 하는 데에는 한계가 있다. 무엇보다 그것은 상상하는 자에게 고 통이다. 그 고통으로 인해 증언자들은 돌처럼 침묵하거나, 피폭 시인 하라 다미키原民喜(1905~51)와 아우슈비츠 생환자 프리모 레비처럼 자살을 택하게 된다. 하지만 그렇다고 해서 우리는 그 고통을 회피해도 될까? 이것은 우리에게 던져진 궁극의 윤리적 물음이다.

뒤돌아보면 지난 1년간 내가 다녀올 수 있었던 미술관은 이와테현립미술관, 나가노현립미술관, 그리고 오키나와의 사키마미술관 정도다. 나는 이제까지 사키마미술관을 수도 없이 찾았다. 2003년, 나는 가자지구를 거점으로 어려운 활동을 이어 나가고 있는 인권 변호사 라지 수라니와 어느 텔레비전 프로그램을 위해 대담을 가졌다. 그 촬영 장소로 내가 택한 곳이 사키마미술관의 〈오키나와전투도〉 앞이었다. 팔레스타인에서 계속되는 무도한 인권 탄압, 그해 발발한 이라크 전쟁 등 무거운 주제를 제대로 논하기 위해 마루키 부부의 작품에서 힘을 빌린 것이다.

'반전화反戰畫'의 역사는 18세기 말 고야Francisco Goya(1746~1828)의 판화 연작 〈전쟁의 참화〉에서 시작된다. 궁정화가였던 고야는 탄압을 두려워하면서도, 스페인에 침입한 나폴레옹군의 포학함을 몰래 동판화에 새겼다. 이전까지 국가나 교회에 종속되어 있던 화가의 인격이 개인으로서 독립하여, 국가에 맞서 전쟁을 그리기 시작한 것이다. 독일의 화가 오토 딕스는 제1차 세계대전에 병사로 종군한 경험에 기초해, 독가스나 기관총 등 새로운 무기가 도입된 총력전의 참상을 그렸다. 〈전쟁〉(1929~32)은 기독교의 전통적 제단화 형식을 취하지만, 예수 그리스도나 성모 마리아가 그려져 있어야 할 화면 중앙에는 포탄을 맞고 널브러진 채 부패해 가는 병사의 시체가 배치되어 있다. 스페인 내전 때 피카소는 파시스트 세력에 의한 사상 초유의 전략폭격에 항의해 〈게르니카〉를 제작했다. 전략폭격이란 적의 전의를 꺾기 위한, 민간인 비전투원에 대한 무차별폭격을 긍정하는 전략 사상이다. 그것은 나중에 일본군의 충칭 폭격을 거쳐 히로시마·나가사키 원폭 투하로 이어졌다.

반전화의 역사에서 중요한 이정표가 되는 것이 바로 마루키 부부의 〈원폭도〉와 〈오키나와전투도〉다. 이 그림들은 최근 두 세기 사이에 전쟁이 거국적 총력전·섬멸전으로 변모해, 핵무기를 비롯한 무차별 대량 살육 무기가 사용되는 단계에 접어든 현실을 반영하고 있다. 마루키 부부의 중요한 성취로는 우선 〈원폭도〉 연작에서 핵무기에 의한 대량 살육 전쟁이라는 새로운 현실을 정면으로 다룬 것을 들 수 있다. 그들은 나가사키에서 피폭당한 조선인(〈까마귀〉)이나 일본군이 중국 전선에서 저지른 잔학 행위(〈난징 대학살〉)를 그림으로써 '피해'에서 '가해'로 인식을 심화시켰으며, '피해'와 '가해'의 중층성이라는 윤리적 난문을 파고들었다.

예컨대 〈오키나와전투도〉 연작의 〈집단 자결〉이라는 작품에는 선혈을 흘리며 차례차례 포개지는 희생자들과 함께 낫을 쳐든 인물의 검은 모습이 묘사되어 있다. 그림을 보는 이는 저도 모르게 자신을 피해자와 동일시하여 스스로를 무구한 방관자의 위치에 놓기 십상이지만, 다음 순간 이 악귀와 같은 인물은 누구인가 하는 의문에 휩싸인다. 이 인물 역시 섬의 주민으로, 희생자의 아버지나 형이 아닐까? 혹은 나 자신이 아닐까?

〈구메지마久米島의 학살(2)〉(그림 11)에는 목에 밧줄이 매인 채 끌려가는 앙상하게 마른 인물이 그려져 있다. 하반신에는 어린아이가 매달려 있다. 희생자 다니카와 노보루는 구중회라는 본명을 가진 조선인이다. 땜장이로 일하며 착실하게 생계를 꾸리고 있었으나, 섬의 다른 주민이 일본군에 제보해 '스파이' 누명을 쓴 채 오키나와인 아내, 다섯 아이와 함께 무참히 살해당했다. 오키나와 지상전이 한창인 가운데 미군에게 진지나 대피호待避壕의 위치를 알리는 '스파이'가 있다는 의심이 만연해 조선인 구 씨가 범인으로 몰렸다. 구 씨의 목에 매인 밧줄을 끌어당기는 자는 민간인으로 위장한 일본군 경비병이다. 부산 출신이라는 구 씨는 어떤 경위로 오키나와까지 흘러든 것일까. 오키나와인 여성과 가정을 꾸리고 아이를 키우는 데에는 어떤 고생과 기쁨이 있었을까. 살해당하는 순간 어떤 원통함을 느꼈을까. 조선말 억양의 일본어로 아내와 아이의 이름을 불렀을까? 고향 부산의 풍경이 뇌리를 스쳤을까?

전쟁은 이런 원통함, 분노, 절망, 비탄 하나하나의 집적이다. 그것이 '수치화'될 수 있을까. 이런 고통스러운 윤리적 성찰을 마루키 부부의 작업에서는 찾아볼 수 있다. 전쟁을 낭만화함으로써 개개인의 책임을 불문에 부치는 다수의 전쟁화, 예컨대 후지타 쓰구하루의 저 유명한 〈사이판섬의 동포, 신절을 다하다〉

따위와는 결정적으로 다른 점이다.

한국 사람들은 구중회라는 인물을 알고 있을까. 그의 죽음은 우리 조선 민족이 경험한 고통스러운 역사의 중요한 한 페이지다. 코로나 사태의 틈새기를 비집듯 다시 찾은 오키나와에서 다시금 무거운 과제를 새겼다.

+

마루키 이리·도시의 〈오키나와전투도〉에 관한 좀 더 본격적인 논의는 「예술적 독립투쟁」, 『나의 일본미술 순례 2』, 연립서가, 2025 참조.

이상 없는 시대에
온전한 정신으로

―――――

2022년 2월 24일

        오늘은 2022년 2월 19일이다. 어제 나는 만 71세가 됐다. 심신질환으로 고생하던 아내가 겨우 회복의 조짐을 보이기 시작해, 내 생일 축하를 겸해 함께 마쓰모토로 짧은 여행을 갔다. 나가노현 중부의 아즈미노安曇野라는 지역에 위치한 마쓰모토는 표고 2,000미터급의 산들에 에워싸인 중소 도시다. 시내 곳곳에 맑고 찬 물이 솟는 우물이 있어 시민들은 마음대로 그 물을 맛볼 수 있다. 아내는 초등학생처럼 기뻐하며 우물로 달려가 들고 다니던 빈 병에 물을 담았다. 길가의 오래된 양과자점에서 한숨 돌리며 달콤한 과자와 커피도 즐겼다. 여든이 넘어 보이는 주인이 여전히 현역으로 과자 만들기에 힘을 쏟고 있었다. 가게 벽에 재미있는 그림이 걸려 있는 것을 발견한 아내가 그림에 관해 물으니, 그 지역에서 유명한 화가의 작품이라고 한다. 참으로 마쓰모토다워 마음에 든다. 지금은 코로나 사태 탓도 있어서 오가는 사람이 많지 않다. 안온한 휴일이어야 했으나 내 마음은 평온하지 못하고 시름에 잠겼다. 그 시름이 아내에게까지 감염된 듯한 긴장을 느꼈다.

러시아군이 우크라이나 국경에 집결하고 있다. 바이든 미국 대통령은 18일 열린 기자회견에서 "우리는 러시아군이 며칠 안에 우크라이나 침공을 감행할 것이라 믿을 만한 근거를 가지고 있다. (…) 현시점에서 나는 푸틴이 이미 결단을 내렸다고 확신한다."라고 말하며 키이우가 그 목표가 될 것이라 밝혔다. 세계는 전쟁 위기의 벼랑 끝에 있다.

이런 시대를 무엇이라 불러야 할까? 나는 '이상理想 없는 시대'라 부르기로 했다.

노벨상 수상 작가 스베틀라나 알렉시예비치의 『세컨드핸드의 시대』*라는 작품이 있다. 지금 생각하면 탁월한 제목이다. 이 경우 '세컨드핸드'란 '이념'의 중고품이라는 의미다. 소련이라는 실험이 좌절되고 사회주의의 이념도 무너졌다. 고르바초프의 개혁은 신자유주의의 발호를 초래해 빈부 격차는 극대화되고 민족 간 분쟁도 다시 불붙었다. 옛 소련을 구성하던 나라들 여러 곳에 권위주의 체제가 들어섰다. 우크라이나의 군사적 긴장도 결국 소련 붕괴로 야기된 사태다. '유토피아의 폐허'다.

그 폐허에서 우리는 어떻게 살아가야 할까. 더구나 2년 넘게 이어지고 있는 코로나 사태는 여전히 우리를 위협하고, 한편에

---

*
한국어판: 『붉은 인간의 최후』, 이야기장수, 2024.

서는 IT나 제약 관련 기업들이 전에 없는 이윤을 얻고 있다. 이상
에 대한 추구를 되새기기는커녕 오히려 그것을 냉소하는 시대,
힘과 돈만을 진실로 여기는 시대, 따라서 필연적으로 국가주의
가 횡행하고 지켜야 할 이념을 잃어버린 사람들이 그 국가주의
를 앞장서서 추종하는 시대. 지금 우리는 그런 시대를 살아가고
있다.

　과거부터 모든 싸움의 배경에는 패권 국가의 정복욕, 지배
자의 권력욕, 그리고 권력에 빌붙어 막대한 이익을 탐하는 자들
의 물욕이 일관되게 나타났다. 오히려 그런 '욕망'이야말로 싸
움의 진짜 동기였다. 다만 어느 시기까지는 그런 욕망과 함께 늘
'이상'(대의)이 이야기되었다. 계급 해방, 민족 해방, 평등과 자
유 등이 그것이다. 그것들이 욕망이라는 진상을 덮어 가리는 이
데올로기적 허식이라는 측면을 가지고 있었던 것은 부정할 수
없으나, 그런 이상을 위해 스스로 희생한 많은 이들이 존재했다.
예컨대 명저『이상한 패배』로 알려진 프랑스의 역사가 마르크
블로크Marc Bloch(1886~1944)는 제2차 세계대전 중 레지스탕스
투쟁에 참여했다가 독일군에게 총살당했다. 그가 목숨을 바친
것은 '프랑스라는 국가'가 아니라 그 국가가 체현하고 있을 '자
유, 평등, 우애'의 이상이었다.

　1951년에 태어난 내 인생의 시간에는 알제리 전쟁, 베트남
전쟁, 쿠바 혁명, 남아공의 반아파르트헤이트 투쟁 등이 있었다.
이 싸움에서 희생당한 사람들은 싸움을 관통하는 '욕망'의 원리

에 무지했던 바보였을까. 그렇지 않다. 욕망의 추악함을 잘 알면서도, 나아가 자신들이 때로 그 욕망에 부조리하게 희생당하면서도 '이상'의 편에 서는 쪽을 택한 것이다. 설령 그들이 국가권력이나 탐욕스러운 자본에 기만당하고 이용당했다 하더라도 그들이 품은 이상 자체가 허망했던 것은 아니다. 그것마저 포기한다면 남는 것은 적나라한 욕망뿐이다. 인간 사회가 지침을 잃고 영원히 표류하는 것이다.

그런데 지금 우리 세계에서는 어떤 '이상'을 이야기하고 있는가?

우크라이나에서 전쟁이 터지면 순식간에 몇만 명의 사람이 죽고 다칠 뿐 아니라 그 시점부터 끝없는 내전 상태에 빠질 것이다. 그 몇만 명, 몇십만 명은 도대체 무엇 때문에, 어떤 '이상'을 위해 희생당하는 것인가. 러시아 측이든 우크라이나 측이든 그 희생을 설명할 이상(대의)은 찾기 어렵다. '욕망'을 정당화하기 위한 천박하고 야비한 구호만이 남는 것이다.

양과자점을 나서니 바깥은 영하의 추위였지만 하늘은 맑게 개어 주위의 봉우리들이 눈을 이고 하얗게 빛나고 있었다. 나는 20년쯤 전에 북이탈리아의 토리노에서 눈 덮인 알프스 봉우리들을 멀찍이 바라보던 순간을 떠올렸다. 아우슈비츠 생존자 프리모 레비의 생가를 찾았을 때의 일이다. 그 장엄하고 청정한 산악 지대에서 레비는 대對독일 레지스탕스 활동을 벌이다 체포되었다. 강제수용소에서 살아남아 토리노로 돌아온 그는 파괴당한 인간성의 재건이라는 '이상'을 끝까지 손에서 놓지 않았다. 해방된 지 약 40년이 지나 레비는 토리노의 생가에서 스스로 목숨을 끊었다. 그의 생명을 빼앗은 것은 강제수용소가 아니라 망각과 무관심에 빠진 바깥세상의 일상이었다. 토리노에서 바라다보이는 알프스를 나는 전에 "이상의 빛으로 빛나는 흰 봉우리들"이라 불렀다. 얼핏 보면 평화 그 자체인 마쓰모토에서 아즈미노의 봉우리들을 바라보며 나는 생각한다. "이상의 빛"은 영영 사라지고 만 것인가.

역사를 되돌아보면, '이상'은 때로 사람들을 속이기 위한 명목에 불과했다. 괴로울지라도 이 사실을 인식할 필요가 있다. 하지만 이상 따위는 애초에 전부 허망한 것이라고 단정하며 냉소주의를 관철하는 것은 결코 평화나 행복에 다가가는 길이 아니다. '이상 없는 시대'에 온전한 정신을 지켜 나가기란 얼마나 힘든 일인가. 그러나 상처 입은 이상을 재건하기 위해서는 좌절의 고통을 견디며 온전한 정신을 지켜 나가는 수밖에 없다.

한국의 대통령 선거가 목전에 다가왔다. 나도 도쿄에서 투표할 작정이다. 국내외의 동포들에게 감히 호소하고 싶다. 투표에 임해서는 저 암흑의 유신 독재 시대에서 '5·18', '6월 민주 항쟁'을 거쳐 '촛불시위'에 이르는 지난한 투쟁의 시대의 눈물과 환희를 떠올리자. 우리를 고무했던 자랑스러운 '이상'들을 떠올리자.

'밝은 희망'을
이야기하기보다는

2022년 4월 21일

코로나 사태는 2년이 지나도록 종식될 기미가 없다. 그런 가운데 언제까지고 꼼짝 않고 있을 수는 없어서 가끔 외출도 하고, 강연 의뢰 등이 있으면 수락하고 있다. 5월에는 인천 디아스포라영화제 참석차 한국을 찾아 친지들과도 오랜만에 재회할 예정이다. 8월에는 나가사키 원폭 기념일(8월 9일, 히로시마는 8월 6일)에 즈음해 나가사키에서 친구인 화가 마스다 조토쿠增田常德(1948~) 씨가 개인전을 연다. 이에 맞춰 나도 강연을 하기로 했는데, 무엇을 어떻게 이야기할지, 생각하면 할수록 어렵다. 정년퇴직하여 환경이 바뀌고 나 자신이 나이를 먹은 탓도 있겠지만, 그 이상으로 지금의 세계 상황이 내 마음을 울적하게 하고 입을 무겁게 만들기 때문이다.

지난번 칼럼을 쓴 직후 러시아군이 우크라이나 침공을 개시했다. 2개월이 지난 현재, 남부의 요충지 마리우폴이 격렬한 공격을 받고 있어 며칠 안에 함락되리라는 이야기가 나온다. 러시아 측은 투항하지 않으면 전멸시키겠다고 성명을 통해 밝혔다. 민간인 학살이 자행되고 있으며 생화학무기나 핵무기의 사용마저 가시화되고 있다. 바로 지금, 물불을 가리지 않는 무자비한 전쟁이 이어지고 있다. 가까운 장래에 이 전투를 중단시킬 방책을 누구도 갖고 있지 않다. 전투는 장기화되며 수렁에 빠져드는 양상이다. 앞으로도 무참한 희생이 거듭될 것이다.

1951년 일본 교토에서 태어난 나는 지리적으로나 시간적으로나 한국전쟁을 직접 경험했다고는 할 수 없으나, 지금 우크라이나에서 벌어지고 있는 사태를 흡사 한국전쟁의 재현인 양 느끼고 있다. 젊은 시절보다 지금이 훨씬 더 몸에 와닿는 것을 느낀다. 한국전쟁이 조선 민족의 심신에 새긴 상처가 얼마나 깊은 것이었는지를 새삼 생각한다. 우크라이나 사태와 연동된 한반도 핵 위기는 이런 치유될 수 없는 트라우마의 경련과도 같은 발병으로 보이기도 한다.

지난번 칼럼에 「이상 없는 시대에 온전한 정신으로」라는 제목을 붙였다. 나 자신은 "온전한 정신"을 지키고 있을 생각이지만, 세계의 대세는 그것을 잃는 방향으로 빠르게 흘러가고 있다. "이상 없는 시대"가 이어지고 있다. 생각해 보면 훨씬 이전부터 그랬다. 제2차 세계대전에서 파시즘 진영이 패배하고, 냉전이 일단 종결되자 세계는 마침내 평화를 누릴 수 있는 시대를 맞은 것처럼 보였다. 그러나 그것은 극히 짧은 기간에 지나지 않았던 듯하다. 지금 우리는 끝나지 않은 냉전이 순식간에 열전으로 바뛰는 모습을 어쩔 도리 없이, 실황중계로 목격하고 있다.

"극히 짧은 기간"이라 썼으나 실은 그것도 서양이나 일본 등 극히 한정된 지역에서나 그랬다. 그 기간에도 아프리카·중동·중남미 등 제3세계에서는 파괴와 살육이 끊이지 않았다. 이번 우크라이나 사태의 몇 배나 되는 피와 눈물이 흘렀다. 말할 나위 없이 서양은 가해자 측이었다. 세계는 거기에 충분한 관심을 기울이지 않았다. 우크라이나 전쟁이 일어나 유럽이 직접 휘말리게 된 지금에서야 세계는 이를 제 문제로서 이야기하기 시작한 것이다.

나는 일흔을 넘긴 지금 나 자신이 공적으로든 사적으로든 최대의 시련에 직면해 있다고 느낀다. 이 시련의 핵심은 지금이 "이상 없는 시대"라는 것이다. 이상을 찾지 못한 채 시련을 견디기는 어렵기 때문이다. 푸틴의 러시아가 '악'이라는 데에는 이론의 여지가 없다. 하지만 우크라이나와 그 배후에 있는 나토가 '선'이라고도 할 수 없다. 서방 국가들(일본 포함)도 중남미나 아프리카에서 미국의 패권이나 글로벌 금융자본의 이익 확대를 위해 정의에 반하는 힘을 행사해 왔기(하고 있기) 때문이다. 과거의 칠레, 최근의 이라크 또는 베네수엘라만 보더라도 그것은 분명하다.

내가 이해하는 한 오늘날의 세계는 한때 '민주주의', '인권', '피억압 민족 해방' 같은 보편적 이상의 기치 아래 '파시즘', '나치즘', '천황제 군국주의' 같은 눈에 잘 보이는 '악'과 싸워 다다른 도달점으로 여겨졌었다. 지금 생각하면 그것은 숱한 어려움은 있었을지언정 많은 사람이 '이상'을 공유할 수 있었던 시대였다. 하지만 그것은 단순한 통과점에 불과했을지도 모르겠다. 잠깐의 평화 시기는 지나가 버린 것일까. 우리는 이 커다란 전환점에 서서 어떤 각오를 해야 할까.

첫머리에 소개한 마스다 조토쿠 씨는 일본 서양화단에 몇 없는, 무거운 사회적 테마를 다뤄 온 화가다. 가까운 시기의 대표작으로는 동일본대지진 때의 지진해일 피해를 떠올리게 하는 〈적광寂光(조도가하마淨土ヶ浜)〉, 후쿠시마 원전 사고 뒤의 방사능 피해를 테마로 한 〈판도라의 상자(동토벽凍土壁)〉 등이 있다. 모두 보는 이를 압도하는 대작이다. 일본에서 이런 작품을 만날 기회는 드물다. 일본 서양화단의 주류는 메이지 시대 이래의 외광파外光派*의 전통에서 벗어나지 못한 밝고 장식적인 화풍이다. 무겁고 어두운 테마를 경원시하는 탓도 있다. 하지만 마스다의 작품은 그런 주류파와는 다르다.

그의 작품에는 방독면을 쓴 인물이 곧잘 등장한다(그림 12). 방독면은 제1차 세계대전에서 독가스가 무기로 자주 사용되면서 레마르크의 소설 『서부전선 이상 없다』나 오토 딕스의 동판화 연작 〈전쟁〉에 등장했다. 즉, 그것은 20세기와 함께 시작된 대량

---

*
고전적 아카데미즘 미술의 기조와 인상파의 자연광 묘사를 절충한 19세기 후반 프랑스의 화파 및 이로부터 파생된 메이지 시대 중기 일본 서양화의 한 유파.

살육 전쟁을 상징하는 아이콘이었다. 그 뒤로 대략 100년이 지났으나 방독면은 아직 퇴장할 수가 없다. 우리는 지금 우크라이나에서 그것을 또다시 볼지도 모른다는 악몽에 직면해 있다. 마스다 씨가 그리는 방독면 쓴 인물은 '일찍이 이런 시대가 있었다'는 증언이기도 한데, 그 시대는 여전히 계속되고 있으며 끝날 기미도 없다.

앞에서 이야기했듯이 이번 여름에 나는 나가사키의 기리시탄* 탄압 희생자를 기리는 '26성인 기념관'에서 강연할 예정이다. 내가 무슨 이야기를 할 수 있을까. 기리시탄 탄압, 원폭의 참화, 군함도 등지에서의 가혹한 강제 노동……. 그런 기억들이 중첩되어 있는 나가사키는 특별한 장소다. 우크라이나 전쟁의 먹구름 아래서는 더욱 그렇다. 인간의 어리석음과 잔혹함의 역사는 도대체 언제부터 이어져 온 것일까. 언제 끝을 고할까. 애당초 그것이 '끝날' 수는 있을까. 내게 좀 더 '밝은 희망'을 이야기하라고 권하는 사람들도 있다. 하지만 나는 오히려 정직하게 아픈 진실과 어두운 생각을 이야기하고 싶다. 그것이 우리가 "온전한 정신"을 지키는 데에 필요한 깊은 성찰의 기회를 제공한다고 생각하기 때문이다.

*
1549년 예수회 선교사 프란치스코 하비에르의 포교로 일본에 전해져 퍼져 나간 가톨릭과 그 신자. 에도 막부에 의해 사교邪敎로서 탄압당해 17세기 전반에 표면상 소멸했다.

인천 디아스포라영화제
참관기

2022년 6월 16일

2주 남짓 한국에 머물다가 5월 29일 일본에 돌아왔다. 약 3년 만에 인천 디아스포라영화제에 참석하고 서울에서 두 차례 북토크를 여는 것이 주목적이었는데, 코로나 사태로 출입국에 적잖이 애를 먹었기에 그 이야기를 해 보려 한다.

우선 동행한 아내는 일본 국적이어서 한국 입국에 비자가 필요했다. 과거 몇 번이고 비자 없이 한국을 왕래한 아내가 새삼스럽게 비자를 요구받을 줄은 몰랐기에 제법 당혹스러웠다. 게다가 본인의 호적등본을 비롯해 혼인관계증명서 등 몇 가지 서류가 요구되어, 그 발급을 위해서도 많은 시간과 품을 들여야 했다. 그 밖에 출발일 기준 48시간 이내에 PCR 검사를 받고 영어나 한국어로 된 공식 '음성 확인서'를 준비해 제출해야 했다. 이 때문에 도쿄의 병원에서 검사를 받았는데, 비용이 인당 2만 5,000엔으로 비쌌다. 일본에 돌아올 때도 나리타 공항에서 PCR 검사를 받고 결과가 나오기까지 오랫동안 기다려야 했다.

나를 더욱 힘들게 한 것은 일본에서도 한국에서도 이런 절차가 전부 스마트폰으로 처리하도록 유도되어 있는 점이었다. 스마트폰을 쓸 줄 모르면 자기 나라도 자유롭게 왕래할 수 없단 말인가. 젊은 친구의 도움을 받아 가까스로 난관을 통과했으나, 나 같은 고령의 IT 난민에게는 마치 국경을 넘는 이동이 금지된 것 같았다.

또 이런 절차의 각 단계에서 '개인 정보' 입력을 수반하는 '등록'이 집요할 만큼 요구된 것에도 심한 위화감을 느꼈다. 인간을 감시하고 관리하는 자들은 코로나 사태를 틈타 이렇듯 방대한 일반인 정보를 수집한다. 일반인 쪽에서는 납득이 가지 않더라도 요구에 따라 개인 정보를 제공할 수밖에 없다. 이런 절차를 따라가는 과정에서 마치 권력에 의해 '알몸'이 된 듯한 굴욕감마저 나는 느꼈다. 나아가 이런 절차의 제도화 이면에 막대한 이익을 보는 기업이나 개인이 있을 것이라는 상상도 나를 불쾌하게 만들었다. 전염병이나 전쟁으로 '긴급사태'가 발생했다고 국가가 일단 선언하기만 하면 사람들은 쉽게 '주권 없는 상태'로 전락하는 것이다. 일본에서 보수파가 헌법을 개악해 '긴급사태' 조항을 신설하려는 것이 이야기하는 바가 바로 이것이다.

물론 전쟁이나 그 밖의 이유로 난민이 된 사람들의 고생에 비하면 내가 느낀 불편 따위는 아무것도 아닐 것이다. 하지만 이런 경험은 내게 다시금 '국경이란 무엇인가' 하는 문제를 생각하게 했다. 피곤했지만 의미 있는 경험이었다.

지금 우크라이나에서는 700만 명 이상이 전쟁을 피해 국외로 흘러들고 있다고 한다. 그들은 일본을 비롯한 서방 국가들에서 비교적(어디까지나 비교적이지만) 후한 대우를 받고 있으나, 시리아 난민들은 노골적 혐오와 배척의 대상이 되었던 것이 기억에 새롭다. 미얀마 등 아시아 국가들이나 중동, 중남미, 아프리카의 난민과 우크라이나 난민의 처우에는 명백한 이중 기준과 불균형이 존재한다. 나는 우크라이나 난민의 고난을 경시하는 게 아니다. 그 몇 배나 되는 발전도상국 난민들의 고통과 눈물에 대해 세계는 너무나 냉혹하다고 말하고 싶은 것이다. 국가는 인도적 위기 관해서조차 자신들의 이해를 우선시한다. 말할 것도 없으나 '지원'이나 '원조' 역시 국가 전략의 일환이다. 곡물을 비롯한 자원의 보고이자 전략적 요충이기도 한 우크라이나를 둘러싸고 서방과 러시아가 치열한 세력권 다툼을 벌이고 있다. 냉전이 종결된 뒤에도 형태를 바꿔 계속되던 싸움은 지금 이념도 이상도 잃어버린 채 열전이 되어 불을 뿜고 있다.

서울과 인천에서는 3년 만에 그리운 사람들과 재회할 수 있었다. 인천 디아스포라영화제에서 나는 「전쟁과 예술」이라는 제목으로 강연하면서 참고 영상으로 소련 영화 〈병사의 발라드 Ballade of A Soldier〉(1959)와 〈컴 앤드 시Come and See〉(1985)를 소개했다. 왜 지금 '소련 영화'를 보는가. 그것은 말할 필요도 없이 현재 진행 중인 우크라이나 전쟁과 관련해 참고할 만한 내용이 많기 때문이다. 전자는 스탈린 시대가 마침내 '해빙'을 맞은

1959년에 공개되어 국제적으로도 높은 평가를 받았다. 1960년 대(안보 투쟁 이후) 일본에서 많이 보던 영화다(아마도 동시대의 한국에서는 볼 수 없었을 것이다). 나도 고교 시절에 이 영화에서 깊은 인상을 받았다. 물론 소련의 '국책영화'로서 비판받을 만한 점이 있지만, 전쟁을 배경으로 한 휴머니즘 찬가이기에 '국책영화'로만 치부할 수 없는 면이 있다.

〈컴 앤드 시〉는 1943년 3월 22일의 하틴Katyn 학살*을 소재로 한 알레시 아다모비치Ales Adamovich의 소설이 원작으로, 나치 독일 점령하 벨라루스가 무대다. 두 영화는 같은 시대(독소전쟁 시기), 거의 같은 장소(벨라루스)를 다루고 있으나 강렬한 대비를 이루는 정반대의 작품이라 할 수 있다. 후자는 '지옥'이라 일컬어진 독소전쟁의 진실을 남김없이 묘사한, 영화 역사상 가장 암울한 영화 중 하나로 평가받는다.

내 강연의 의도는 이 영화들을 '국책'의 취지대로 받아들이거나, 또는 '어차피 국책영화'라고 간단히 치부해 버리지 말고 오늘날의 세계라는 문맥 속에서 비판적·주체적으로 보는 관점을 갖자는 것이었다. 여론도 문화 경향도 획일화되기 십상인 오늘날과 같은 '전쟁' 상황에서 자립한 주체로서 문화를 향유하기 위해 꼭 필요한 자세라고 생각한다.

*
벨라루스 민스크 근교의 하틴에서 일어난 학살 사건. 독일군이 마을 주민들을 헛간에 몰아넣고 불을 지른 뒤 기관총을 발사해 어린이 75명을 포함한 149명의 마을 주민이 학살당했다.

그 밖에 인천문화재단 대표이사인 이종구 화백을 만나 그의 작업실에서 많은 작품을 볼 수 있었던 것이 개인적으로는 큰 수확이었다. 이 화백은 나와 거의 같은 세대로, 출신지도 내 조부모와 같은 충청남도다. 그의 작품을 보면서 나는 1960년대에 처음으로 찾아간 고향의 풍경과 가난하고 피폐했던 마을 사람들의 모습을 떠올렸다. 그것은 신경림 시인의 「농무」가 읊은 세계이기도 하다. 할아버지가 일본에 건너가 '디아스포라'가 된 나와, 변함없이 고향 농민들을 그리고 있는 이종구 화백의 세계는 완전히 대칭적이다. 그러나 그의 작품은 나를 강렬하게 잡아끌었다. 무엇보다 밤낮없이 논밭을 갈듯 농민들의 진실을 그려 온 그 삶이 내 가슴을 때렸다. 이런 사람이 문화재단의 대표로 있다는 것은 분명 소중한 일이다. 그것은 눈물과 땀으로 얼룩진 민주화 투쟁의 과실이다. 지난 대통령 선거 이후, 문화 정책만 보더라도 한국 사회는 중요한 분기점에 다다랐다. 지금까지의 귀중한 성과가 과연 앞으로도 유지될 수 있을 것인가. 나는 위태로움을 느끼며 주시하고 있다.

진부화의
폭력

2022년 8월 11일

일본에서는 가혹한 더위가 이어지고 있다. 코로나 사태도 진정될 기미가 없다. 나는 지난 8월 5일 나가사키를 찾아 '26성인 기념관'에서 강연했다. '평화 학습 포럼'이라는 기획의 일환으로, 강연 제목은 「지금 요구되는 상상력—전쟁과 회화」였다. 원폭이 투하된 지 올해로 77년, 나가사키와 그 주변에서는 예년처럼 관련 행사가 열려 언론도 많은 특집을 내보냈다. "망각에 저항한다."라는 말이 눈에 띄었지만, 내 뇌리에는 '전쟁의 진부화陳腐化'라는 말이 집요하게 떠올랐다.

전쟁이 진부해진다는 의미가 아니다. 전쟁은 인류 역사와 함께 있었고, 조금도 진부해지지 않았다. 전쟁의 기억이 진부해지고, 전쟁을 둘러싼 언설이 좋든 싫든 진부해진다는 의미다. 서둘러 덧붙여 두자면, 나는 이런 진부화를 어쩔 도리 없는 것으로서 인정하지는 않는다. 하지만 실제로는 '망각에 저항하는' 투쟁이 뜻대로 나아가지 못하고 있다는 것을 인정하지 않을 수 없다.

러시아군의 우크라이나 침공이 시작된 지 반년, 전쟁은 지금도 계속되고 있다. 그런데 어떤가. 전쟁을 둘러싼 언설은 어쩐지 '차분해지지' 않았는가? 어딘가 '지겨움' 같은 감정이 배어 있다고 느껴지기도 한다.

전쟁이든 대재해든 처음에는 분노, 비애, 동정 같은 감정이 흘러넘친다. 그러나 몇 개월만 지나도 그런 감정에 호소하는 보도나 언설은 형식적으로는 지지받을지언정 급속히 '진부화'되어 간다. '기억하자'는 호소는 필요하고 또 올바르다. 하지만 그것이 많은 사람에게 유효할지는 의문이다. 원폭도, 홀로코스트도, 코로나19 팬데믹도 모두 마찬가지다. 우크라이나나 벨라루스는 '지옥'이라 일컬어지는 독소전쟁의 전장이었다. 그런데 같은 장소에서 같은 전쟁 행위, 잔혹 행위가 반복되고 있다. 그곳에서 외쳐지고 있는 슬로건은 알렉시예비치의 책 제목대로 전부 '세컨드핸드'(중고품)다. 더욱이 현대는 전쟁의 참혹함을 설명할 '이념' 자체가 사라진 시대다.

이것은 인간성의 본질적인 한계에 관한 문제일까. 인간은 현실의 가혹함이 어떤 한계선을 넘으면 그것을 직시하거나 기억할 수 없는 존재인가. 그 한계선의 범위는 통상 생각되는 것보다 훨씬 좁은 듯하다. 그렇다면 우리에게 요구되는 것은 '대중'이나 '젊은 사람들'에게 받아들여질 수 있는 새로운 화법을 고안하는 식의 '진부한' 대안이 아니라 '상상력'이나 '공감력' 같은 인간 본래의 잠재 능력을 옹호하고, 키우고, 더 깊이 고찰하고, 끈기 있게 이야기해 나가는 것이다.

강연하러 나가사키로 떠나기 직전에 미얀마에서의 사형 집행에 관한 보도를 접했다. 미얀마 군정이 지난달 23일 아웅 산 수 치가 이끌던 여당 국민민주연맹(NLD)의 전 국회의원과 민주화 운동 활동가 2명을 포함한 정치범 4명의 사형을 집행했다는 것이었다. 고백하건대 이 소식은 나를 적잖이 동요시켰다. 그 자체로 인도에 반하는 잔혹한 형벌인 사형이 전 세계가 지켜보는 가운데 태연하게 강행됐기 때문이다. 게다가 얼마 전까지 미얀마의 민주화 운동을 그토록 열심히 보도하던 언론도 이에 대해서는 (적어도 일본 언론에 한해서는) 관심이 미미하다. 요컨대 이미 '진부화'된 것이다. 벨라루스나 홍콩의 민주화 운동 역시 빠르게 진부화되었다.

이 보도는 내 심리를 반세기 전으로 빠르게 되돌렸다. 그 무렵 나는 건강이 좋지 않아 고생하고 있었다. 스스로 몸을 잘 돌보지 않은 것과는 별개로 짚이는 사정이 있었다. 당시 한국에 모국 유학 중이던 내 두 형이 정치범으로서 체포·투옥되어 그중 하나(서승)는 군사재판에서 '사형'까지 선고받은 것이다(나중에 무기징역이 확정, 또 다른 형[서준식]은 징역 7년). 일본에 있던 나는 그저 정신을 갉아먹는 나날을 보내고 있었다. 마음이 소란스러워 편히 잠들 수 없는 밤이 이어졌다. 어두운 방에 드러누워 "자야만 해."라며 스스로를 타일렀으나 심장이 두근거리는 소리만 계속 들려왔다. 형들은 지금 어떤 일을 당하고 있을까, 어디에서 희망을 찾아야 할까, 그런 답 없는 물음을 끝없이 되풀이했다. 내 마음을 더욱 갉아먹은 것은 그런 상상 세계와 내 주변에서 전개되는 일본 사회의 '일상생활' 간의 괴리였다. 지인들은 내게 "앞으로 어떻게 할 거야?" "취직은?" "결혼은?" 하고 아무렇지 않게 물었다. 내게는 그런 '일상생활'이 허구이고, 어두운 상상 속의 감옥이나 형장이야말로 진실이었다.

보도에 따르면, 지금 미얀마에는 117명의 사형 확정자가 있고, 그 가족들은 정부로부터 연락이 오는 것을 두려워하고 있다고 한다(『뉴스위크』일본판 7월 25일). 연락이 오면 그것을 끝으로 이별해야 한다며 전전긍긍하고 있다는 것이다. 그 기분에 관해서도 기억이 있다. 유신 독재 시대인 1975년, 인혁당 사건의 피고인 8명은 대법원 판결 18시간 뒤에 처형되었다. 나는 형언할 수 없는 혐오감과 함께 어떤 끔찍한 일이라도, 어떤 부조리한 일이라도 이렇듯 실제로 일어난다고 자신에게 타일렀다. 그때의 처참했던 기분이 반세기 뒤인 지금 또렷하게 되살아난다. 그 시대는 끝나지 않았다. 세계 각지에서 지금도 계속되고 있다.

반세기 전의 내가 진실이고, 그 뒤 어찌어찌 평화롭게 살아온 나는 허구의 산물에 지나지 않는다는 생각이 든다. 전 세계에서 사람들이 죽임을 당하고, 병들고, 고통받을 때 진실은 그쪽에 있다. 내가 있는 곳은 허구 쪽이다. 내가 할 수 있는 것은 무슨 일이 있더라도 '진부화'의 폭력에 계속 저항하는 것밖에 없다.

나쁜
예감

2022년 10월 13일

    갑작스레 여름이 끝나고 가을이 왔다. 예년 같지 않은 쌀쌀한 가을이다. 몸 상태가 좋지 않은 날들이 이어져 칼럼 쓰기를 하루하루 미루고 있던 차에 마감이 눈앞에 닥쳐왔다. 무엇을 써야 할까. 쓰고 싶은 것이 없지는 않다. 하지만 어쩐지 마음이 가라앉아 도무지 쓸 엄두가 나지 않는다.

    솔직히 고백하건대, 우크라이나에 대해서는 더는 쓰고 싶지 않았다. 올해 2월, 러시아군이 우크라이나를 침공하기 직전의 시점에 나는 「이상 없는 시대에 온전한 정신으로」라는 칼럼을 썼다. 지금으로부터 8개월 전이다. 내가 해야 할 말은 거기에서 이미 다 했지만, 그 뒤로도 칼럼을 쓸 때면 우크라이나 전쟁을 언급하지 않을 수 없었다. 전투가 계속되고 있는 것은 물론이고, 이 전쟁으로 나 자신도 크게 흔들리고 있기 때문이다. 70여 년의 인생을 통해 보아 온 세계가 여기서 크게 바뀌려 하고 있다. 말할 것도 없이 더 나쁜 방향으로.

기존의 관점을 크게 바꾸게 되었다기보다는 이미 알고 있던 것, 예감하고 있던 것이 차례차례 현실화되고 있다. 나는 젊었을 때부터 비관적인 상상만 하는 경향이 있어서, 어떤 사람으로부터 "땅에 구멍을 파서 그 속만 들여다보고 있다."라는 핀잔을 들은 적이 있다. 정말 맞는 말이라고 감탄했다. 그러나 뒤돌아보면 나는 그렇듯 비관을 말하면서도 내 나쁜 예감이 빗나가기를 내심 바라기도 했다. 그런 바람이 있기에 굳이 나쁜 예감을 이야기하는 것이다.

그런데 지난 몇 개월을 돌아보건대 내 예감은 차례차례 현실이 되었다. 현실이 내 비관적 예감을 앞질러 버릴 때가 있다. 러시아의 우크라이나 침공은 방대한 희생자, 파괴, 난민을 낳으며 장기화되고 있으며 끝날 전망조차 보이지 않는다. 한 지역의 내전 상태를 넘어 준準세계대전이라고나 해야 할 상태가 이어지고 있다. 제2차 세계대전 뒤의 국제 질서를 그럭저럭 떠받쳐 온 유엔은 완전히 기능 부전에 빠져 있다. 푸틴은 우크라이나 동부 4개 주의 병합을 선언했으며, 핵무기 사용마저 현실감을 띠고 있다. 물론 미국이 주도하는 서방 세력은 소련 붕괴 이후, 아니 그보다 훨씬 전부터 세력권 확대를 꾀해 왔다. 소련 붕괴 시의 국제적 약속에 반하는 나토의 동진 전략이 러시아에 현실적인 위협이 된다는 것도 이해할 수 있다. 서방이 무조건 옳은 것은 아니다.

그러나 순진하다고 비웃음을 살지도 모르겠지만 나는 이렇

게 생각한다. 푸틴이 국가주의를 외치며 4개 주의 '러시아 통합'
을 추진하지 않고 '여러 민족의 평등에 기초한 불가피한 통합'을
목표로 내건 소련 사회주의의 이상을 지키겠다고 선언했다면,
달리 말해 서방의 신자유주의 이념을 능가하는 평화, 인권, 해방
등 인류 보편의 이상의 횃불을 밝혀 왔다면 많은 세계인의 지지
와 공감을 얻었을 것이고, 상황은 지금 같지 않았을 것이다. 레
닌의 주장대로 "대러시아인의 민족주의"를 극복하는 것이야말
로 사회주의 소련의 이상을 실현하기 위한 길이었다. 그리고 그
'이상'은 러시아인만의 것이 아니었다. 전 세계의 피억압 민족이
거기서 한 줄기 빛을 발견해 희생을 무릅쓰고 싸운 것이다. 조선
민족도 예외는 아니었다.

　그 '이상'이 배반당하고 버림받았다. 물론 소련 시대의 '이
상'도 한 꺼풀 벗기면 스탈린 체제의 철권통치로 유지됐다는 것
은 부정할 수 없다. 그 철권통치에서 벗어나 자유를 희구한 대중
을 탓하는 것은 잘못이지만, 자유를 희구하는 대중의 에너지가
불러온 소련 체제의 붕괴라는 결과가 서방의 신자유주의 세력에
일찌감치 찬탈당한 것도 사실이다. 그리고 스탈린의 철권통치를
대신해 이제 비밀경찰 KGB 출신의 푸틴이 철권을 휘두르고 있
다. 결국 '이상'이 사라지고 철권통치가 살아남았다. 푸틴이 주
장하는 것은 바로 "대러시아인의 민족주의"다. 전선에는 극동
지방의 소수민족 병사들이 투입되고 있다고 한다. 어떤 '이상'을
위해 그들에게 희생을 감수하라는 것인가.

유럽에서도, 또는 동아시아에서도 수십 년간 봉인되어 온 핵무기가 사용되는 때가 올지도 모르겠다. 내 나쁜 예감은 그때가 다가오고 있음을 고하고 있다. 인생이 끝나기 전에 나는 핵무기가 사용되는 장면을 목격해야 할지도 모른다. 부디 이 예감이 빗나가기를.

우리가 당면한 급선무는 잃어버린 '이상'을 재건하는 것이다. 다만 종래의 것이 아닌, 새로운 현실 속에서 험난한 투쟁을 거친 새 '이상'을. 물론 그것은 쉬운 일이 아니다. 머나먼 길이 앞에 놓여 있다. 지금 우리는 그 길을 앞에 두고 걸핏하면 머뭇거리려 하나 그럴 때가 아니다.

냉소주의가 개가를 올리며 '죽음의 춤'을 추고 있다. 이것은 일본만의 현상일까? 아무래도 그런 것 같지 않다. 지난번 칼럼에서 나는 우크라이나도 미얀마도 모두 빠르게 '진부화'되어 가며, 내가 할 수 있는 일은 진부화의 폭력에 저항하는 것밖에 없다고 말했다. 이에 대해 "'진부화'는 당연한 일이다. 사람은 분노나 비애에 사로잡힌 채로는 살아갈 수 없다. 그렇다면 서경식도 결국 프리모 레비와 같은 길을 걸어갈 수밖에 없지 않을까."라고 반응한 사람도 있다.

레비의 고향 이탈리아에서도 최근 선거에서 극우파가 약진했다. 그 밖의 유럽 각지나 트럼프 지지자가 횡행하는 미국도 사정은 어슷비슷할 것이다. 아우슈비츠라는 생지옥에서 생환해 평화를 위한 증언자로서 스스로 책임을 짊어지다가 결국 자살한 자의 존재는 이 사람들의 마음을 조금도 움직이지 못하는 것이다. 엄숙함, 경건함, 겸허함 같은 감정조차 불러일으키지 못한다. 오히려 레비의 자살은 분노나 비애에 사로잡힌 자의 '자기책임'이라 말하려는 듯하다. '이래서는 레비가 자살한 것도 무리가 아니지.' 이렇게 생각하는 사람들이 레비를 자살로 내몰지 않았을까. 레비의 증언이 인류 평화를 위한 것이었다면, '인류'는 이렇게 해서 자멸의 길을 걸어가고 있는 것이다.

"서경식도 결국 프리모 레비와 같은 길을 걸어갈 수밖에 없지 않을까."라고 하는데, 이것은 친절한 충고일까. 나는 나 역시 "레비와 같은 길"을 갈지도 모른다는 것을 자각하고 있다. 그것을 바라지는 않지만, 그렇게 될 수밖에 없다면 적어도 레비처럼 사람의 마음 깊은 곳에 가닿는 말을 남기고 싶다. 그렇게 생각하는 것은 내가 근거 없는 분노나 비애에 사로잡혀 있기 때문이 아니다. 세계의 현실이 끊임없이 분노와 비애를 낳고 있기 때문이다. "레비와 같은 길"을 가지 말라고 말하려면, 그런 현실에서 눈을 돌리라고 할 것이 아니라 현실을, 이 현실의 금방이라도 꺼질 듯한 밑바닥을 조금이라도 떠받치려고 함께 노력해야 하지 않을까. 그러나 냉소주의자들에게는 이런 말도 가닿지 않을 것이다.

'숫자'가 아닌
하나하나의 아픔을

2023년 3월 2일

"이제 그만! 신이시여, 너무합니다!"

이렇게 외치는 이재민의 목소리가 들려온다. 일반적으로 이슬람교도 민중은 가혹한 시련을 만나더라도 그것을 '신의 뜻'으로 받아들여 신을 원망하는 말은 거의 하지 않는다고 한다. 이것이 어느 정도로 타당한 견해인지 나로서는 곧장 판단할 수 없지만, 이번에는 상황이 다르다고 한다.

지난 2월 6일부터 7일에 걸쳐 튀르키예 남부, 시리아와의 국경 지대에 대지진이 덮쳤다. 그로부터 벌써 3주 가까이 지났는데, 최신 정보에 따르면 사망자 수는 튀르키예와 시리아를 합쳐 5만 명을 넘어섰다고 한다.

5만 명이라니……. 러시아의 우크라이나 침공 1년을 맞아 발표된 보고서에 따르면, 우크라이나의 일반 시민 사망자 수는 약 8,000명, 그중 487명이 18세 미만의 아동·청소년이라고 한다(2월 24일, 유엔인권고등판무관실 발표). 1년에 8,000명이라는

민간인 사망자 수만으로도 상상을 초월하는데, 한순간에 5만 명
이라니. 게다가 피해지는 오랫동안 이어져 온 시리아 내전으로
극도로 황폐해진 지역이다. 피해 주민 다수는 '나라 없는 민족'
이라 불리는 쿠르드족이다. 튀르키예 중앙정부로부터 좀체 도움
의 손길이 닿지 않는 것은 자신들이 억압받는 소수파이기 때문
이라는 탄식의 목소리도 들려온다고 한다. '버림받은 사람들'이
라 하는 게 맞을지도 모르겠다. 극한상황에서는 때로 '신이시여,
저를 버리시나이까?' 하는 절망의 물음을 던지게 된다. 예컨대
유대인 학살이 벌어지던 강제수용소 같은 곳에서. 우리는 지금
또다시 그 물음에 직면해 있는 것이다.

참고로 2011년 동일본대지진의 사망자는 약 1만 5,900명, 실
종자는 2,500여 명이라고 한다. 2004년 인도네시아 지진해일 때
는 약 23만 명, 2010년 아이티 지진 때는 약 32만 명이 희생됐다.
지금 인도네시아와 아이티를 기억하는 사람이 지구상에 얼마나
될까?

우크라이나 전쟁의 민간인 사망자 8,000명과 이번 지진의
사망자 5만 명. 전자가 '경미'하다는 따위의 말을 해서는 안 되
겠지만 암묵적으로 그런 비교가 이뤄지고 있지는 않은가. 사망
자 한 사람 한 사람에게 있어 죽는 순간은 인생 최후의 절대적인
순간이라는데 말이다. 이런 '수치'는 분명 하나의 판단 기준이
지만, 다른 한편에서는 상상력을 마비시키는 기능도 갖고 있다.
'엄청나게 많다'고 한마디 하는 것은 아무것도 생각하지 않는 것

이나 마찬가지다. 그것은 단순한 행운이나 모종의 비열함 덕에 우연히 살아남은 자들의 발상, 안전지대에 눌러앉아 지도상으로 (컴퓨터 화면으로) 전쟁을(파괴와 살육을) 수행하는 자들의 발상이다. 그렇기에 인류는 핵무기를 손에서 놓을 수 없는 것이다. 러시아는 우크라이나에 대한 핵 공격 의사를 내비치고 있는데, 이것이 당장 내일이라도 자제력을 잃고 폭주할 위험성이 현실로 다가오고 있다. 그렇게 되면 8,000명이라는 숫자는 즉시 그 열 배, 백 배로 뛸 것이다.

한 명의 희생자를 위해 눈물을 흘리는 것이 인간이라면, 희생자가 몇십만 명이 되든 눈 하나 까딱하지 않는 것도 인간이다. 거기에는 인종차별이나 민족 차별, 식민주의, 이윤 제일주의, 국가주의 등 인간을 인간으로 보지 않는 심리적 메커니즘이 작동하고 있다. '저 사람은 유대인이니까', '흑인이니까', '조선인이니까', '여자니까'……. 이런 심리적 메커니즘으로 피해자를 타자화하고 자기 자신을 면책하려 한다. 가자지구 팔레스타인인의 목숨은 우크라이나인의 목숨보다 가볍고, 아이티인의 목숨은 서양인의 목숨보다 가벼운 것이다.

우리는 "이제 그만! 신이시여, 너무합니다!"라는 울부짖음을 어떻게 하면 '신'이나 '위정자'에게 전할 수 있을까? 이것이 지금 우리가 직면한 물음이며, 굳이 말하자면 예술적 도전이기도 하다. 실은 인류는 늘 이 물음에 직면해 왔다. 특히 제2차 세계대전 이후와 핵전쟁의 위기가 휘몰아치던 동서 냉전의 시대에 그러했다. 그렇기에 이 두 시대에 평화운동의 사상이 세계 각지에서 성숙을 보일 수 있었던 것이다. 인류가 이 물음에 답했다고는 생각하지 않지만, 적어도 물음 자체의 중요성에 대한 인식은 공유되어 왔다. 하지만 지금은 그런 물음과 이상은 내팽개쳐지고 '죽음의 이데올로기'가 다시 세계를 뒤덮고 있다.

보도에 따르면 푸틴 러시아 대통령은 지난해 11월 25일 모스크바 교외 관저에서 우크라이나 침공 작전의 병력 보충을 위해 소집된 동원병의 어머니들과 간담회를 가졌다. 푸틴은 "아픔을 공유하고 있다."라고 운을 떼면서도 "사람은 반드시 죽는다."라며 "러시아에서는 매년 약 3만 명이 교통사고로 죽고, 음주 문제로도 비슷한 수의 사망자가 나온다."라고 말했다. "어떻게 살았는지가 중요한 것"이며 "우리는 목표를 달성해야 하고, 틀림없이 달성할 것"이라는 이야기였다(『요미우리신문』 2022년 11월 26일). 교통사고나 알코올의존증으로 인한 사망과 전사戰死를 '수치화'를 통해 균질하게 만들어 보인 것이다.

실로 흥미로운 텍스트다. "사람은 반드시 죽는다." 과연 그렇다. 푸틴에게 배울 것까지도 없다. 다만 "중요한 것"은 인생의 의미나 가치를, 즉 "어떻게 살았는지"를 결정하는 것은 푸틴이 아니라는 점이다. 사람이 개인의 생명과 재산, 가족과 친구 같은 사적인 가치 이상의 무엇인가를 위해(예컨대 평화, 사랑, 혹은 아름다움을 위해) 목숨을 바치는 것은 있을 수 있는 일이다. 다만 그것을 선택하는 것은 국가나 위정자가 아닌 '그 사람'이어야 한다. 이것이 20세기의 대량 파괴 전쟁 이후 (확립되었다고는 할 수 없을지언정) 널리 공유된 가치관이다. 그렇게 생각한 내가 어리석었던 것일까? 그럴지도 모르겠다. 뒤돌아보니 씁쓸함을 금할 수 없다.

푸틴의 담화에는 웃음이 나올 정도로 전형적인 20세기 전반의 전체주의 이데올로기가 넉살도 좋게 표명되어 있다. '죽음의 이데올로기'가 국가주의를 미화하는 것은 우리에게는 낯익은 광경이다. 일본의 식민 지배는 '천황제 이데올로기'를 강요하며 많은 조선 민족을 죽음으로 내몰았다. 천황제 국가를 위해 죽는 것은 '영원한 삶'을 얻는 것이라고 강조되었으며, 이 이데올로기를 주입받은 젊은이들은 대의 없는 싸움에 자진하여 또는 마지못해 동원되어 무참히 죽었다. 이 사실을 잊고 있지는 않는가?

"사람은 반드시 죽는다." 얼핏 심원하게 보이는 이 설교는 철두철미한 냉소일 뿐이다. 새로운 구석은 전혀 없는, 범용하고 낡아 빠진 군가일 뿐이다. 그런 푸틴을 (실상이야 어떻든) 80퍼센트 이상의 러시아 국민이 지지하고 있다.

지금으로서는 우크라이나 전쟁의 앞날이 보이지 않는다. 앞으로 더 많은 파괴와 살육이 거듭될 것이다. 그렇다고 해서 나토 등 이른바 '서방'이 무조건 지지받을 대의를 가진 것도 아니다. 이런 판국에 지진 등 대재해까지 덮친다. 일본의 위정자들은 이 틈을 타 전후의 평화주의적 정책을 유명무실하게 만드는 데 온 힘을 쏟고 있다. 그 종착지는 헌법 9조의 개악일 것이다. 실로 암담한 시대다.

우리는 어떻게 살아야 할까. 답은 간단하지 않다. 적어도 세상사를 '수치화'해서 말하는 정치가적·군인적 발상을 거부하고 언제나 한 사람 한 사람의 개별적 아픔, 고독, 분노에 입각해 말하는 것의 소중함을 명심해야 한다. 어려운 과제지만, 그것을 실천하지 않는 한 우리는 결국 권력에 철저히 이용당하고 말 것이다. "사람은 반드시 죽는다." 그렇기에 우리 삶의 주권자는 우리 자신이어야 하며, 그 삶은 (그리고 죽음은) 권력자의 손에 착취당해서는 안 된다.

평화는 잠깐의
'휴전'이었을 뿐

2023년 4월 13일

러시아군의 우크라이나 침공이 시작된 지 1년 넘게 지났지만, 전투는 계속되고 있다. 가까운 시일 내에 끝날 것 같지도 않다. 내 뇌리에는 '끝나지 않는 전쟁'이라는 말이 줄곧 깜빡이고 있다. 어떻게 하면 끝날지, 끝난다는 건 어떤 상태를 가리키는지 모호한 상황에서 살육과 파괴가 이어지고 있다.

얼마 전 러시아의 푸틴과 벨라루스의 루카셴코는 벨라루스 영내에 전술핵무기를 배치하기로 회담을 통해 합의했다. 불과 2~3년 전 부정선거 규탄 시위로 자리가 위태롭던 루카셴코는 시민들을 강경하게 탄압하고 푸틴에게 접근해 자리를 지켰다. 그때 투옥되거나 국외로 추방당한 시민들(예컨대 작가 알렉시예비치 등)은 지금 얼마나 처참한 심경으로 하루하루를 보내고 있을까. 냉전 시대에는 벨라루스에 수십 곳의 핵 기지가 있었는데, 바로 그 시절로 퇴보한 것이다. 전 세계적인 반동의 시대다. 전투는 눈사태처럼 핵전쟁으로 비화할지도 모른다. 핀란드가 나토에 가입하고 스웨덴도 가입을 신청했듯이, 이제는 세계에 분단과 대립이 고착되어 '중립국'이라는 개념 자체가 흔들리고 있다. 유엔 안보리 등으로 대표되는 전후의 세계 질서가 기능 부전에 빠진 현재, 이 추세에 제동을 걸 수 있는 요소는 보이지 않는다. 사태는 동아시아에서도 마찬가지다. 한반도 핵 위기, 대만 위기 등 금방이라도 불을 뿜을 것만 같다.

나는 1951년 일본에서 태어났다. 그때쯤이면 독립해서 평화를 누리고 있었어야 할 조국에서는 내전(한국전쟁)이 벌어지고 있었다. 전쟁은 막대한 희생을 치른 끝에 1953년 '휴전'되었으나, 70여 년이 지난 지금도 휴전 상태가 이어지고 있다. 전쟁은 아직 끝나지 않은 것이다.

베트남 전쟁 때 나는 고등학생이었다. 밤낮으로 어마어마한 파괴와 살육의 보도를 접하며 성인이 되었지만, 미군의 패배와 철수라는 극적인 광경도 실시간으로 목격했다. 체르노빌 원전 사고와 페레스트로이카, 소련 붕괴는 내가 마흔 줄에 접어들 무렵의 일이다. 9·11테러, 미·영 연합군의 이라크 침공 때는 텔레비전에 달라붙다시피 해 빠짐없이 보도를 봤다. 자세히 이야기할 지면은 없지만, 아프리카나 중남미에서도 전쟁이 끊이지 않는다.

밥 딜런의 반전 가요 가사는 아니지만, 도대체 얼마나 파괴되어야 '끝나는' 걸까? 얼마나 죽어야 '끝나는' 걸까? 조국의 사람들과 달리 나는 몇 가지의 우연이 겹쳐 직접 전쟁을 겪지는 않았지만, 내가 살아온 70여 년의 인생 동안 세계에 전쟁이 없었던 시기는 없다. 늘 전쟁의 검고 울적한 그림자가 드리워져 있었다. 그 그림자가 최근 날로 짙어지고 있다. 애당초 '전쟁의 그림자'와 무관하게, 그 그림자를 의식하지 않고 살아갈 수는 없는 걸까. '평화에 대한 소망', '평화를 위한 기도' 같은 말은 현실 앞에 무력한 공염불에 지나지 않는 것일까.

이럴 때 꼭 다시 읽어야 할 책으로 내 머리에 거듭 떠오르는 것이 프리모 레비의 『휴전』이다. 레비에 관해서는 이미 여러 차례 언급해 왔다. 『이것이 인간인가』라는 작품으로 알려진 아우슈비츠의 생존자이자 전후의 세계 평화를 위한 증언자, 그리고 현대 이탈리아를 대표하는 문학자다. 그는 1944년 2월부터 1945년 1월까지 아우슈비츠 강제수용소에서 강제 노역을 하다가 수용소가 소련군에 의해 해방되면서 함께 해방되었다. 레비와 함께 아우슈비츠로 이송됐던 '이탈리아계 유대인' 650명 중 그 시점까지 살아남은 사람은 겨우 3명이었다.

『휴전』은 아우슈비츠에서 해방(그야말로 맨몸으로 광야에 내던져진 듯한 '해방')된 레비가 8개월간 폴란드, 우크라이나, 벨라루스 등 러시아 서부 각지를 전전하며 기이한 인물들을 만나고, 갖가지 체험을 거듭한 끝에 고향 이탈리아로 살아 돌아가기까지의 고난에 찬 여로를 이야기한, 20세기의 서사시라 할 만한 명저다.

이야기의 주요 무대인 지역에서는 현재 전쟁이 계속되고 있다. 이 지역은 독소전쟁의 주전장이기도 했다. 우리는 그야말로 이 이야기를 '하나로 이어진 끝나지 않는 전쟁'의 서사시로서 읽게 되는 것이다. 이 이야기는 고난에서 해방된 환희를 노래하지 않는다. 고통스러운 경고로 가득한, 인간 존재에 대한 깊은 통찰을 담은 이야기다. 『휴전』이라는 제목이 그것을 단적으로 나타낸다.

아우슈비츠에서 해방된 레비는 역시 강제수용소 생존자인 "그리스인"(그리스계 유대인) 모르도 나홈과 방랑의 여행을 함께 하게 된다. 상인 출신으로, 간특한 꾀가 발달한 "그리스인"은 현실에서 살아남는 법을 가르치는 엄격한 스승이 되어 준다.

예컨대 옷이라고는 아우슈비츠에서 입던 수인복이 전부인데다 신고 있던 신발마저 금세 망가져 버린 레비에게 "그리스인"은 "어쨌든 바보로군."이라 말한다. "신발이 없는 놈은 바보지." 신발이 있으면 먹을 것을 찾아 나설 수 있지만, 신발이 없으면 불가능하다는 것이었다. "반론의 여지가 없었다. 그 논지가 옳다는 것은 손으로 만질 수 있을 만큼 명백했다."

아우슈비츠를 갓 벗어난 레비는 "그리스인"의 꾀와 대담성 덕에 조금씩 혼돈 속을 헤쳐 나갈 수 있었다. "그리스인"은 "전쟁은 끝났잖아요."라고 말하는 레비에게 "언제나 전쟁이야."라는 "기억해야 할 답"을 내뱉었다. "우리 두 사람 모두 라거 lager[강제수용소]를 경험했다. 나는 그것을 내 인생이나 인류 역사의 기괴한 뒤틀림, 추악한 이상 사태로 인식했지만, 그에게 이는 잘 알려진 사실들의 슬픈 확인이었을 뿐이다. '언제나 전쟁이야.' '인간은 인간에 대한 늑대다.'"

"언제나 전쟁이야." 긴 서사시의 앞부분에 나오는 이 일화가 책 전체의 주제다. 그 어조는 때때로 멋들어진 유머로 가득 차 있다. 특히 이탈리아인 사기꾼으로, 레비의 친구인 체사레에 관한 대목 등이 그렇다. 또 젊은 우크라이나인 여성 갈리나의 매력에 관한 이야기는 해방이 가져다준 생명의 기쁨을 시사한다. 전쟁의 종식과 함께 귀향을 위해 서에서 동으로 이동하는 사람들의 축제와도 같은 행렬, 이탈리아인 등 억류자들이 전쟁이 끝난 소식을 접했을 때의 폭발하는 환희 등 레비의 기억은 정치하고, 묘사는 생기로 가득하다. 하지만 이 서사시는 전승戰勝의 환희로 끝나지 않는다. 불길한 심연에서 말을 걸어오는 듯한 예언과 함께 끝나는 것이다.

1945년 10월 19일, 레비는 기나긴 고난 끝에 고향 토리노로 돌아갔다. 무사했던 가족과도 재회했다. 그러나 그 뒤로도 "공포로 가득한 꿈"은 사라지지 않았다. "나는 가족이나 친구와 함께 식탁에 앉아 있거나, 일터에 있거나, 푸른 들판에 가 있다. (…) 그럼에도 나는 마음속 깊이 어렴풋한 불안을 느낀다. 닥쳐오는 위협을 뚜렷이 감지한다. (…) 나는 다시 라거 안에 있고, 라거 바깥의 그 무엇도 진실이 아니다. 그것은 (…) 짧은 휴가, 착각, 꿈일 뿐이다." 그 꿈은 아우슈비츠에서 매일 아침 기상을

알리며 들려오던 "브스타바치"(폴란드어로 '기상')라는 호령 소
리에 깼다.

　이 서사시는 우리가 '종전'이나 '평화'라 부르는(부르고 싶
어 하는) 것은 잠깐의 '휴전'에 지나지 않는다는 쓰라린 진실을
이야기한다. 지금은 그 '휴전'조차 위협받고 있다. 1947년에 첫
아우슈비츠 체험기『이것이 인간인가』를 발표한 레비는 1963년
두 번째 작품인 이 책『휴전』을 펴냈다. 1962년의 쿠바 미사일 위
기를 거쳐 '냉전'이 '열전'으로 바뀔지 모른다는 위기감이 고조
되던 시기다. 레비는 그 뒤로도 '아우슈비츠'의 의미를 고찰하는
데에 그치지 않고 인류 평화의 가능성을 모색하는 작품들을 남
겼지만, 1987년 토리노의 자택에서 자살했다. 지금 우리는 우크
라이나에서 벌어지는 전쟁을 보면서『휴전』이 이야기하는 냉엄
하고 가혹한 현실에 맞닥뜨린다.

진실을
계속 이야기하자
—연재를 마치며

2023년 7월 6일

이 연재는 이번 글을 끝으로 마감하게 됐다. 나 스스로 바란 일은 아니다.

우크라이나에서는 전쟁이 계속되고 있고, 동아시아에도 화약내 풍기는 바람이 불고 있다. 시기가 시기인 만큼 사태의 향방을 더 차분히 살피며 미흡하게나마 보탬이 될 만한 발언을 이어가고픈 마음이지만, 내 나이나 최근 몸 상태를 생각하면 '이쯤이면 적당한 때려니' 하는 생각도 없지는 않다. 그런고로, 이번이 연재 마지막 회이니만큼 과거를 좀 돌아보며 소감을 적어 두고자 한다.

내가 『한겨레』에 처음으로 칼럼을 연재한 것은 2005년 5월이다. 애초에는 '심야통신'이라는 제목이었다. 그 뒤 연재의 제목과 형태는 몇 번 바뀌었으나 대략 18년간 계속 써 왔다. 확실히는 모르겠지만, 한 신문에 한 필자가 연재한 칼럼으로서는 상

당히 장수한 축에 속할 것이다. 처음에『한겨레』의 한승동 기자
가 국제전화를 걸어 와 집필을 의뢰했을 때를 지금도 또렷이 기
억한다. 재일조선인 2세로서 일본에서 나고 자란 나는 그때까지
한국 사회에서 살아 본 경험도 없었다. 한국 사회의 실정에 어두
웠던 것은 물론이고, 국내(한국) 사람들의 심정을 깊이 이해한
다고도 할 수 없었다. 그런 내가 무엇을 쓸 수 있을까? 적잖이 망
설였으나 디아스포라(이산자)나 마이너리티(민족적 소수자)의
관점에서 문화 비평을 하듯 이야기하는 것이라면 할 수 있을지
도 모르겠다고 생각했다.

　그 이상으로 이 일을 통해서 '조국'(선조의 고향이라는 의미)
사람들과 대화해 보고 싶다는, '과제를 공유하는 동포'로서의 유
대를 쌓고 싶다는 생각에서 시작한 연재가 스무 해 가까이 이어
진 것이다. 이런 나의 입장이 어느 정도 이해받고 수용된 결과라
고 생각해도 괜찮을까. 내 '초심'이 어느 정도 실현됐는지, 혹은
그것이 공허한 꿈에 불과했는지 지금은 판단할 수 없다. 다만 내
인생에 있어서는 2006년부터 2년간 성공회대학 객원교수로서
한국에 머문 경험과 함께 참으로 의미 있는 일이었다. 그 경험을
통해서 많은 한국의 선한 사람들을 만나 많은 것을 배울 수 있었
다. 그런 경험을 할 수 있었던 것은 큰 행운이었다고 생각한다.

　그와 동시에 재일 동포 대다수는 조국의 분단을 비롯한 여러
요인 때문에 나와 같은 기회를 얻지 못하고 있다는 것을 새삼 떠
올리게 된다. 그런 부조리한 상황이 해방 뒤 지금까지 이미 80년

가깝도록 이어지고 있다. 그런 가운데 인간은 자라나고 세상을 떠난다. 어느샌가 이런 상황을 '당연'하게 느끼게 된 것은 아닌가. 이는 '당연'하지 않다. 그런 사실을 상기하고 싶다. 평화로 가는 꿈, 통일의 꿈, 어느새 그 꿈을 단념하기 시작한 것은 아닐까.

한국에서 친해진 벗 K 씨가 사랑하는 아내와 두 아이를 데리고 굳이 일본까지 찾아와 주었다. 내 건강을 염려해 몸 상태가 어떤지 살피려고 온 것이다. 내가 서울에 머물던 2006년, 그는 Y 대학에서 공부하던 철학도였다. 몇 번인가 나를 세미나 강사로 불러 주었다. 나는 그와의 교우를 통해 한국의 '선한 젊은이들'의 사고방식과 행동 양식을 배웠다. 그사이 그는 멋진 성악가와 결혼해 육아에 관한 철학적 고찰을 담은 책도 썼다. 한국에 머물지 않았다면 그와 사귀지도 못했을 것이다. 한국, 한국인에 대한 내 인식은 지금보다도 얕은 수준에 머물렀을 것이다. 그의 아내는 아름다운 목소리로 이탈리아 가곡을 들려주었다. 아이들은 원기 왕성했고 기가 막힐 정도의 식욕을 거리낌 없이 발휘해 주었다.

나보다 서른 살쯤 젊은 그와 그의 아내, 아직 어린 그의 아이들, 이 '선한 사람들'은 앞으로 어떤 운명을 살아가게 될까? 부디 평화를 누릴 수 있기를 바란다. 얼굴 모르는 사람들을 포함해, 조국의 모든 사람이 평화를 누릴 수 있기를 바란다. 아니 "조국의"라는 말도 필요 없다. 나와 '친한 사람'과 그 이외의 사람들 사이에 보이지 않는 선을 긋는 것은 잘못이다. 모든 사람, 특히 부조리한 역경을 강요받고 있는 팔레스타인, 미얀마 등지의 사람들에게 평화가 있기를 간절히 바란다.

되돌아보면 내가 머물던 때의 한국은 김영삼, 김대중, 노무현으로 이어진 문민정부 시대, 긴 군정을 극복한, 여전히 문제투성이이면서도 희망과 활력을 느끼게 하던 시대였다. 나 자신은 아무런 공헌도 하지 못했으나, 그래도 이 새로운 숨결을 느끼며 큰 힘을 얻었다. 내 글이 사람들에게 읽히고 받아들여진 것 역시 그런 시대의 공기 덕분이라고 생각한다.

지금은 윤석열 정권 아래서 한국 사회가 역회전하기 시작한 것 같다. 남북 대립의 위태로운 시대가 또다시 찾아올 것인가. 그러지 않기를 바라지만, 70년 남짓 살면서 일본과 한국에서 많은 것을 봐온 나로서는 쉽게 낙관할 수 없다. 모든 것이 천박해지고 비속해지고 있다고 느낀다. '인생의 가을'을 맞이한 사람으로서 그래도 한마디 충고할 것이 있다면, 서두르지 말고 차분하게, 효율이나 속도를 넘어서는 다른 가치를 소중히 여기기를 바란다는 정도다. 말하자면 인문주의적 사고를 중시해 인간미가 있는 사회를 만들자는 이야기다.

마지막으로 에드워드 사이드의 말을 떠올리고 싶다. 그는 왜 1967년 이후 정치적 실천의 방향으로 나아간 것인가 하는 질문에 이렇게 답했다. "팔레스타인 투쟁이 정의에 대한 물음을 던지는 것이었기 때문입니다. 그것은 거의 승산이 없음에도 불구하고 진실을 계속 이야기하려는 의지의 문제였습니다."(『펜과 칼』)

우리 역시 승산이 있든 없든 '진실'을 계속 이야기하지 않으면 안 된다. 엄혹한 시대가 시시각각 다가오고 있다. 하지만 용기를 잃지 말고, 고개를 들고 '진실'을 계속 이야기하자. 사이드만이 아니다. 세계 곳곳에 천박함과 비속함을 거부하는, 진실을 계속 이야기하는 사람들이 존재한다. 그들이야말로 우리의 벗이다.

오랜 세월 애독해 주신 독자 여러분께 진심으로 감사드립니다. 번역자인 한승동 기자와 편집부 여러분께도 감사드립니다.

옮긴이의 말

　서경식 선생이 18년 넘게 이어 오던 『한겨레』 연재를 끝낸 것
은 2023년, 그러니까 바로 지난해 7월이었다. 같은 해 9월 서울에
오셨을 때 『한겨레』 책·지성 팀 등 문화부 기자들과 만나 함께 밥
을 먹으며 '나의 첫 책'이라는 타이틀의 『한겨레』 새 연재에 첫 번
째 필자(작가)로 참여해 주시기를 부탁드렸고, 10월에 관련 글들
이 『한겨레』에 실렸다. 선생의 첫 책 『나의 서양미술 순례』, 그리
고 다른 네 권(『청춘의 사신』, 『고뇌의 원근법』, 『나의 서양음악 순
례』, 『나의 조선미술 순례』)에 관한 간결하고 압축적인 글들이었
다. 9월에 뵈었을 때 허리 통증 등으로 지팡이를 짚고 걸어야 할
만큼 불편한 상태였으나 회복 중이라 하셨다. 불과 2개월 뒤인
12월에 그런 갑작스럽고 황망한 일을 당하실 줄은 몰랐다. 그 원
고들이 2005년 5월 도쿄로 전화를 걸어 선생께 원고 청탁을 한 뒤
선생이 생전 20년 가까이 쓰신 글들을 옮겨 온 내 짧지 않은 작업
의 마지막이 될 줄도 몰랐다.
　『한겨레』 국제부에서 일본을 담당했고, 1997년 말부터 2001년
초까지 도쿄에 특파원으로 가 있었지만, 내가 아는 일본은 정
치·경제 체제와 역사와 통계 수치로서의 일본이었다. 그것이 살
아 숨 쉬는 일본, 체제나 통계 수치 뒤의 잘 보이지 않는 좀 더 깊
숙한 일본으로 내게 다가온 것은 서경식 선생을 만나면서부터라
고 할 수 있다. 선생의 표현을 빌리자면, 그 '마음'을 어느 정도나
마 알게 됐다.

재일 동포라는 존재에 대해서도 같은 말을 할 수 있다. 도쿄 특파원 시절에 그들을 적지 않게 만났고, 특파원 생활을 마치고 도쿄를 떠날 무렵엔 주마간산으로나마 재일 동포 관련 기획 연재까지 했으나, 내가 체득한 재일 동포에 대한 앎의 수준은 여전히 천박했다. 이 또한 선생을 만나면서 많이 바뀌었다. 선생을 만난 뒤 멀리 떨어진 객관적 분석 대상으로서의 재일 동포가 훨씬 더 가까이에 있는 구체적인 이웃 사람으로 다가왔다고나 할까.

　　서경식 선생을 만나지 않았다면 선생의 손위 두 형제분을 각각 17년, 19년이나 감옥에 가둔 1971년 4월의 '학원 침투 재일 동포 간첩단 사건'을 비롯한 숱한 '재일 동포 모국 유학생 간첩단' 사건들도 단지 먼 '사건'으로만 인식했을 가능성이 높다. 그들이 간첩이란 죄목으로 체포되고 대대적으로 보도된 1971년 4월에 치러진 대통령 선거에서 박정희 후보는 김대중 후보를 근소한 표차로 가까스로 이겼다. 나는 그 형제들의 뜻밖의 수난과 그해 대통령 선거 전략을 짠 당시 군사정권 일각의 책략가들 꿍꿍이가 당연히 연관돼 있을 것으로 의심한다. 거창한 수식어를 단 그 유학생 간첩단 사건들은 한국 민주화 뒤 재심에서 거의 예외 없이 무죄판결을 받았다.

　　특파원으로 도쿄에서 3년 여를 살았지만 나는 그 사건을 거의 모르고 지냈다. 한참 지난 2005년 5월에야 한국에서도 베스트셀러가 된 『나의 서양미술 순례』를 읽고 도쿄로 전화해 칼럼 연재 청탁을 한 뒤에야, 그렇게 해서 선생을 만난 뒤에야 그 사건 당사자들인 서승, 서준식도 알게 됐고, 자식들을 조국에 유학 보내고 큰 기대를 했을 한 평범한 재일 동포 가족, 그들의 결코 평범할 수 없는 극한의 비극을 어느 정도나마 깊이 들여다보게 됐다.

나는 선생을 통해 비로소 '디아스포라'도 전혀 다른 차원으로 이해하게 됐다. 한국이라는 태생적 틀 안에 꼼짝없이 갇혀 있던 내 정신을 어느 정도나마 세계적 차원으로, 인류 보편 차원으로 구출해 낸 공을, 선생이 이 땅에서 새삼스레 그 실체를 다시 생각하게 만든 개념인 '디아스포라'에 일정 부분 돌리지 않을 수 없다.

　　그뿐만 아니라 디아스포라에 응축돼 있는 수난자, 순난자, 순교자, 마이너리티(소수자)의 격이 다른 감수성을 그 편린이나마 접하고 공명하게 해 준 것도 선생이었다. 자신이 무디다는 걸 자각할 수도 없을 정도로 무딘 감수성을 깨치는 데는 이론이나 분석이 아니라 구체적인 인간의 구체적인 체험을 접하는 새로운 '사건'들이 필요했다.

　　어떤 면에서 나는 서경식과 그의 형제들, 그 일가의 수난을 통해 재일 동포 유학생 간첩단 사건뿐만 아니라 재일 동포, 일본, 한일 관계, 그리고 한국 근현대사를 매우 다른 눈으로 재구성하기 시작했다고도 할 수 있다. 세계를 다르게 인식하게 됐다고도 할 수 있다.

　　선생이 많은 영향을 받았다고 종종 이야기한 일본의 '전후 지식인', 즉 히다카 로쿠로나 후지타 쇼조, 가토 슈이치, 이바라기 노리코 같은 '리버럴파'가 지향했던 보편적 인도주의, 인문학적 사고 내지 교양도 선생이 이 땅에서 공유하고자 했던 '선물'이었다. 오른쪽으로 너무 기울어져 버린, 그리고 선생이 지난해 7월 『한겨레』 연재 마지막 글에서도 지적하셨듯 천박하고 비속해진 지금의 일본 풍토에서는 상상하기도 어렵게 돼 버렸지만, 선생이 비관과 절망 속에서도 마지막까지 기대를 버리지 않았던 문명 재건의 출구 가운데 하나가 리버럴파의 '교양'이었다는 생각을 한다. 전후라는 시대적 한계를 넘어설 수 없었던 일본 전후 리버럴파 지식인들의 문제를 선생도 잘 알고 있었겠지만, 그들은 근대 일본이 성취해 낸 최고의 지적 전통의 한 갈래였다. 최근 일본의 전반적인 쇠락 기운 속에 그것마저 지금 급속히 사라져 가고 있다. 글 곳곳에 비관의 그림자를 드리웠던 선생의 죽음이 어쩌면 이런 시대적 퇴락과 깊이 연결돼 있는 게 아닐까 하는 상상을 할 때도 있다.

언젠가 '서경식과 그의 형제들' 또는 '교토의 재일 동포 서 씨 연대기'를 써 보리라 은근히 마음먹고 있었는데, 청천벽력이었다.

짧지 않은 시기에 쓰인 선생의 글들을 모아 놓은 이 책은 서경식과 그의 가족, 재일 동포, 한국과 일본, 한일 관계, 그리고 세계적 이슈와 교양에 관한 다층적이고 다면적인 생각과 그 실마리들을 담고 있다. 선생이 간간이 언급하는 당신 형제와 가족의 수난사가 그렇듯이, 글의 소재가 된 다양한 이슈들은 당대의 지역사나 세계사를 또 다른 시각으로 훨씬 더 폭넓고 깊게 바라볼 수 있게 해 주기도 한다.

이렇게라도 선생이 다시 한번 우리 곁으로 더 가까이 '재림' 하시게 돼 기쁘다.

시간상으로나 공간적으로 이리저리 흩어져 있는 글들을 모으고, 빠진 부분을 직접 번역해서 채워 넣기도 한 편집자와 연립서가 두 분께 깊이 감사드린다.

2024년 11월 4일
한승동

어둠에 새기는 빛 : 서경식 에세이 2011—2023

초판 1쇄 발행 2024년 12월 18일

지은이 서경식
옮긴이 한승동
책임편집 최유철
편집 최재혁 박현정
디자인 박대성
제작 세걸음

펴낸이 박현정
펴낸곳 연립서가
출판등록 2020년 1월 17일 제2022-000024호
주소 경기도 양평군 서종면 북한강로648번길 4, 4층
전자우편 yeonrip@naver.com
페이스북 facebook.com/yeonripseoga
인스타그램 instagram.com/yeonrip_seoga

ISBN 979-11-93598-05-4 (03810)
값 25,000원

서경식

1951년 일본 교토에서 재일조선인 2세로 태어났다. 와세다대학 불문과를 졸업하고 1971년 '재일교포 유학생 간첩단 사건'으로 구속된 형 서승, 서준식의 구명과 한국의 민주화를 위한 운동을 펼쳤다. 이때의 체험과 사유는 이후 저술과 강연, 사회 운동으로 이어졌다.

성장기의 독서 편력과 사색을 담은 『소년의 눈물』로 1995년 '일본에세이스트클럽상'을, 『시대의 증언자 쁘리모 레비를 찾아서』로 2000년 '마르코폴로상'을 받았고, 2012년에는 민주주의와 소수자 인권 신장에 기여한 공로로 '후광 김대중학술상'을 수상했다.

1992년 한국에 번역 출간되면서 많은 독자의 공감을 얻은 『나의 서양미술 순례』 이후, 그의 미술 순례 여정은 '우리'와 '미술'이라는 개념을 탈(재)구축하려는 시도였던 『나의 조선미술 순례』를 거쳐, 일본 근대미술의 이단자 계보를 따라가는 『나의 일본미술 순례』로 이어졌다. 『청춘의 사신』, 『고뇌의 원근법』, 『디아스포라 기행』, 『나의 이탈리아 인문 기행』, 『나의 영국 인문 기행』, 『나의 미국 인문 기행』 등의 저서를 통해 폭력의 시대와 차별에 맞선 예술가의 삶과 작품을 소개했으며, 『난민과 국민 사이』, 『고통과 기억의 연대는 가능한가?』, 『내 서재 속 고전』, 『시의 힘』, 『언어의 감옥에서』, 『다시, 일본을 생각한다』, 『시대를 건너는 법』, 『디아스포라의 눈』 등의 사회 비평, 인문 교양 관련 서적을 출간했다.

2000년부터 도쿄경제대학에서 현대법학부 교수로 재직하면서 인권론과 예술론을 강의하고 도서관장을 역임했으며 2021년에 정년퇴직했다. 2022년에는 동료와 후학 등이 그의 퇴임을 기념하는 문집과 대담집인 『서경식 다시 읽기』와 『徐京植 回想と對話』(한국어판 『서경식 다시 읽기2 ― 회상과 대화 / 최종강의』)를 발간했다. 2023년 12월 18일 향년 72세의 나이로 나가노에서 세상을 떠났다.

옮긴이 **한승동**

1957년 경남 창원 대산면에서 태어나 자랐다. 중·고등학교를 부산에서 다녔고, 1970년대 중반에 대학 진학과 함께 서울로 옮겨 간 뒤, 1980년대 중반에 민주언론운동협의회의 지하 출판물 『말』의 기자를 거쳐 1988년 『한겨레신문』에 창간과 동시에 입사했다. 도쿄 주재 특파원 생활 3년을 포함해 30년간 국제부, 문화부 등에서 기자로 일하고 정년퇴직했다. 그 후 출판과 번역 일을 하다가 지금은 '시민언론 민들레'에서 국제 및 외교 안보 담당 에디터로 2년째 일하고 있다.